"十二五"高职高专规划教材·案例实训教程系列

Photoshop CS3 图像处理案例实训教程

李学文　谷晓阳　编

西北工業大學出版社

【**内容简介**】本书为“十二五”高职高专规划教材。主要内容包括：初识 Photoshop CS3，选区的创建与编辑，绘图与修饰工具，图层的使用，路径与形状的使用，通道与蒙版的使用，调整图像颜色，文本的使用，滤镜的使用，动作、动画与自动化处理，综合案例以及案例实训，各章后附有本章小结及操作练习，使读者在学习时更加得心应手，做到学以致用。

本书结构合理，内容系统全面，讲解由浅入深，实例丰富实用，体现了高职高专教育的特色。既可作为各高职高专院校 Photoshop 基础课程的首选教材，也可作为各成人高校、民办高校及社会培训班的 Photoshop 基础课程教材，同时还可供广大平面设计爱好者自学参考。

图书在版编目（CIP）数据

Photoshop CS3 图像处理案例实训教程/李学文，谷晓阳编．—西安：西北工业大学出版社，2010.11
“十二五”高职高专规划教材·案例实训教程系列
ISBN 978-7-5612-2959-0

Ⅰ．①P… Ⅱ．①李… ②谷… Ⅲ．①图形软件，Photoshop CS3—高等学校：技术学校—教材 Ⅳ．①TP391.41

中国版本图书馆 CIP 数据核字（2010）第 232784 号

出版发行：西北工业大学出版社
通信地址：西安市友谊西路 127 号　　邮编：710072
电　　话：（029）88493844　88491757
网　　址：www.nwpup.com
电子邮箱：computer@nwpup.com
印 刷 者：陕西向阳印务有限公司
开　　本：787 mm×1 092 mm　1/16
印　　张：16
字　　数：420 千字
版　　次：2010 年 11 月第 1 版　　2010 年 11 月第 1 次印刷
定　　价：28.00 元

序　言

高职高专教育是我国高等教育的重要组成部分，担负着为国家培养并输送生产、建设、管理、服务第一线高素质、技术应用型人才的重任。

进入21世纪以来，高等职业教育呈现出快速发展的趋势。高等职业教育的发展，丰富了高等教育的体系结构，突出了高等职业教育的特色，满足了人民群众接受高等教育的强烈需求，为国家建设培养了大量高素质、技能型专业人才，对高等教育大众化作出了重要贡献。

在教育部下发的《关于全面提高高等职业教育教学质量的若干意见》中，提出了深化教育教学改革，重视内涵建设，促进“工学结合”人才培养模式的改革；推进整体办学水平提升，形成结构合理、功能完善、质量优良、特色鲜明的高等职业教育体系的任务要求。

根据新的发展要求，高等职业院校积极与各行业企业合作开发课程，配合高职高专院校的教学改革和教材建设，建立突出职业能力培养的课程标准，规范课程教学的基本要求，进一步提高我国高职高专教育教材质量。为了符合高等职业院校的教学需求，我们新近组织出版了“‘十二五’高职高专规划教材·案例实训教程系列”。本套教材旨在“以满足职业岗位需求为目标，以学生的就业为导向”，在教材的编写中结合任务驱动，项目导向的教学方式，力求在新颖性、实用性、可读性三个方面有所突破，真正体现高职高专教材的特色。

主要特色

中文版本、易教易学

本系列教材选取市场上最普遍、最易掌握的应用软件的中文版本，突出“易教学、易操作”，结构合理、内容丰富、讲解清晰。

结构合理、图文并茂

本系列教材围绕培养学生的职业技能为主线来设计体系结构、内容和形式，符合高职高专学生的学习特点和认知规律，对基本理论和方法的论述清晰简洁，便于理解，通过相关技术在生产中的实际应用引导学生主动学习。

内容全面、案例典型

本系列教材合理安排基础知识和实践知识的比例，基础知识以“必需，够用”为度，以案例带动知识点，诠释实际项目的设计理念，案例典型，切合实际应用，并配有课堂实训与案例实训。

体现教与学的互动性

本系列教材从“教”与“学”的角度出发，重点体现教师和学生的互动交流。将精练的理论和实用的行业范例相结合，使学生在课堂上就能掌握行业技术应用，做到理论和实践并重。

具备实用性和前瞻性，与就业市场结合紧密

本系列教材的教学内容紧随技术和经济的发展而更新，及时将新知识、新技术、新工艺和新案例引入教材，同时注重吸收最新的教学理念，根据行业需求，使教材与相关的职业资格培训紧密结合，努力培养“学术型”与“应用型”相结合的人才。

读者对象

本系列教材的读者对象为高职高专院校师生和需要进行计算机相关知识培训的专业人士，以及需要进一步提高计算机专业知识的各行业工作人员，同时也可供社会上从事其他行业的计算机爱好者自学参考。

针对明确的读者定位，本系列教材涵盖了计算机基础知识及目前常用软件的操作方法和操作技巧，使读者在学习后能够切实掌握实用的技能，最终放下书本就能上岗，真正具备就业本领。

结束语

希望广大师生在使用过程中提出宝贵意见，以便我们在今后的工作中不断地改进和完善，使本套教材成为高等职业教育的精品教材。

西北工业大学出版社

2010年11月

前　言

Photoshop CS3 是 Adobe 公司推出的一款使用广泛、功能强大的图形图像处理软件。它的成功之处在于操作界面的简单灵活和功能的不断完善，并且在界面基本保持不变的情况下，对许多菜单命令、工具按钮和面板组件等进行整合，使界面更加简洁和一致，因而被广泛应用在图像创意、特效文字制作、照片修整及处理、平面设计、商业插画制作、影像合成和各种效果图后期处理等领域。

本书以“基础知识+课堂实训+综合案例+案例实训”为主线，对 Photoshop CS3 软件循序渐进地进行讲解，使读者能快速直观地了解和掌握 Photoshop CS3 的基本使用方法、操作技巧和行业实际应用，为步入职业生涯打下良好的基础。

本书内容

全书共分 12 章。其中前 10 章主要介绍 Photoshop CS3 的基本知识和基本操作，使读者初步掌握使用计算机处理图像的有关知识；第 11 章列举了几个有代表性的综合案例；第 12 章是案例实训，通过理论联系实际，帮助读者举一反三，学以致用，进一步巩固前面所学的知识。

读者定位

本书结构合理，内容系统全面，讲解由浅入深，实例丰富实用，既可作为各高职高专院校 Photoshop 基础课程的首选教材，也可作为各成人高校、民办高校及社会培训班的 Photoshop 基础课程教材，同时还可供广大平面设计爱好者自学参考。

本书力求严谨细致，但由于水平有限，书中难免出现疏漏与不妥[illegible]者批评指正。

前言

Photoshop CS3 是 Adobe 公司推出的……[illegible]

[illegible]……为[illegible]入职业生涯打下坚实的基础。

本书内容

本书共11章，其中前10章主要介绍 Photoshop CS3 的基础知识和基本操作，[illegible]处理图像的有关知识；第 11 章列举了几个有代表性的综合案例，[illegible]通过理论联系实际，帮助读者举一反三，学以致用，进一步[illegible]

本书特点

[illegible]内容系统全面，讲解由浅入深，实例丰富实用，既可作为各高职高[illegible] Photoshop 基础课程的首选教材，也可作为各成人高校、民办高校及社会培训[illegible] Photoshop 基础课程教材，同时还可供广大平面设计爱好者自学参考。

[illegible]严谨细致，但由于水平有限，书中难免出现疏漏与不妥[illegible]

[illegible]指正。

目 录

第 1 章　初识 Photoshop CS3

Photoshop CS3 是 Adobe 公司推出的一款功能强大的图形图像处理软件。与以前的版本相比，Photoshop CS3 的功能更加强大，它保留有 Photoshop CS2 全面支持 Windows XP 操作系统的功能，并增强了对多个处理器的支持功能，还可以支持 Windows Vista 操作系统，从而使 Photoshop 的功能又获得了进一步的增强。

知识要点

- Photoshop CS3 的功能简介
- 图像处理的基本概念
- Photoshop CS3 的工作界面
- Photoshop CS3 的新增功能
- 图像处理的基本操作

1.1　Photoshop CS3 的功能简介

Photoshop CS3 之所以拥有广泛的应用领域，主要是因为它具有非常强大的功能和极易上手的特点，例如它可以方便地对图像进行抠图、添加特效、调整颜色等，能够帮助用户快速、出色地完成各种设计任务，是目前市场上应用较广泛的图形图像处理软件。

1. 抠图功能

多数平面设计作品都是将不同图片中的图像进行合成后处理而成的，所以抠图是处理图像过程中必不可少的一个环节。抠图即创建选区，Photoshop 的抠图功能非常强大，既可以使用选框工具、套索工具以及魔棒工具等创建选区，也可以使用快速蒙版和色彩范围命令创建选区，极大地方便了图像的处理。

2. 绘画和修饰功能

利用 Photoshop CS3 中提供的绘画工具、形状工具以及路径创建、编辑工具，可以快速地绘制出各种图形、图案及卡通画等；利用加深工具、减淡工具与海绵工具可以有选择地调整图像的颜色、饱和度或曝光度；利用锐化工具、模糊工具与涂抹工具可以使图像产生特殊的效果；利用图章工具可以将图像中某区域的内容复制到其他位置；利用修复画笔工具可以轻松地消除图像中的划痕或蒙尘区域，并保留其纹理、阴影等效果。

3. 色彩模式功能

Photoshop CS3 支持多种图像的色彩模式，包括位图模式、灰度模式、双色调、RGB 模式、CMYK 模式、索引颜色模式、Lab 模式、多通道模式等，同时还可以灵活地进行各种模式之间的转换。

4. 图层、通道与蒙版功能

利用 Photoshop CS3 提供的图层、通道与蒙版功能可以使图像的处理更为方便。通过对图层进行编辑，如合并、复制、移动、合成和翻转，可以产生许多特殊效果。利用通道可以更加方便地调整图像的颜色。而使用蒙版，则可以精确地创建选择区域，并进行存储或载入选区等操作。

5．滤镜功能

滤镜是 Photoshop CS3 中的一个重要组成部分，利用系统自身提供的多种不同类型的滤镜组，可以为图像制作各种特殊的效果。可以说，制作出的平面设计作品成功与否，与滤镜的灵活运用是分不开的。

6．颜色调整功能

在 Photoshop CS3 中，利用色调与色彩功能可以很容易地调整图像的明亮度、饱和度、对比度和色相。

1.2　图像处理的基本概念

在进行图形图像处理之前，首先要了解图像处理的一些基本概念，这些基本概念可以帮助用户由浅入深地学习利用 Photoshop CS3 进行图像处理。

1.2.1　图像类型

图像可以分为位图图像和矢量图像两种类型。其中矢量图像适合于技术插图，但很难在一幅矢量图像中获得聚焦和灯光的质量；而位图图像则能给人一种照片似的清晰感觉，其灯光、透明度和深度的质量等都能很逼真地表现出来。

1．位图

位图图像也叫点阵图像，由单个像素点组成。因此，图像像素点越多，分辨率就越高，图像也就越清晰。当放大位图时，可以看见构成图像的单个像素，从而出现锯齿使图像失真，因此可知位图图像与分辨率有密切的关系。如图 1.2.1 所示为位图图像放大前后的对比效果。

图 1.2.1　位图图像放大前后的对比效果

位图图像可以通过扫描或数码相机获得，也可通过 Photoshop 和 Corel PHOTO-PAINT 等软件生成。

2．矢量图

矢量图像也叫向量图像，是由一系列用数学公式表达的线条构成的。矢量图像中的元素称为对象。每个对象都是自成一体的实体，具有颜色、形状、轮廓、大小和屏幕位置等属性。对矢量图像进行放大后，图像的线条仍然非常光滑，图像整体保持不变形。所以多次移动和改变它的属性，不会影响图像中的其他对象。矢量图像的显示与分辨率无关，它可以被任意放大或缩小而不会出现失真现象。如图 1.2.2 所示为矢量图像放大前后的对比效果。

图 1.2.2　矢量图像放大前后的对比效果

常见的矢量图设计软件有 AutoCAD，CorelDRAW，Illustrator 和 FreeHand 等。

1.2.2　图像的分辨率

分辨率是图像中一个非常重要的概念，一般分辨率有 3 种，分别为显示器分辨率、图像分辨率和专业印刷的分辨率。

1．显示器分辨率

显示屏是由一个个极小的荧光粉发光单元排列而成的，每个单元可以独立地发出不同颜色、不同亮度的光，其作用类似于位图中的像素。一般在屏幕上所看到的各种文本和图像正是由这些像素组成的。由于显示器的尺寸不一，因此习惯于用显示器横向和纵向上的像素数量来表示所显示的分辨率，常用的显示器分辨率有 800×600 和 1 024×768，前者表示显示器在横向上分布 800 个像素，在纵向上分布 600 个像素；后者表示显示器在横向上分布 1 024 个像素，在纵向上分布 768 个像素。

2．图像分辨率

图像分辨率是指位图图像在每英寸上所包含的像素数量。图像的分辨率与图像的精细度和图像文件的大小有关。如图 1.2.3 所示为不同分辨率的两幅相同的图像。

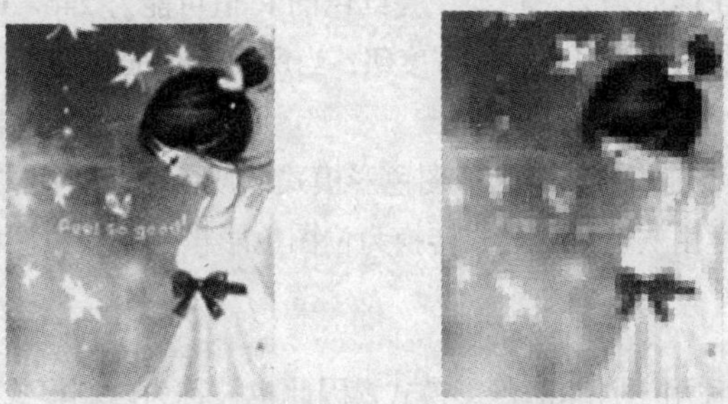

图 1.2.3　不同分辨率的图像

虽然提高图像的分辨率可以显著地提高图像的清晰度，但也会使图像文件的大小以几何级数增长，因为文件中要记录更多的像素信息。在实际应用中，我们应合理地确定图像的分辨率，例如，可以将需要打印图像的分辨率设置得高一些（因为打印机有较高的打印分辨率）；而用于网络上传输的图像，可以将其分辨率设置得低一些（以确保传输速度）；用于在屏幕上显示的图像，也可以将其分辨率设置得低一些（因为显示器本身的分辨率不高）。

只有位图才可以设置其分辨率，而矢量图与分辨率无关，因为它并不是由像素组成的。

3. 专业印刷的分辨率

专业印刷的分辨率是以每英寸线数来确定的，决定分辨率的主要因素是每英寸内网点的数量，即挂网线数。挂网线数的单位是 Line/Inch（线/英寸），简称 LPI。例如 150 LPI 是指每英寸有 150 条网线。给图像添加网线，挂网数目越大，网线数越多，网点就越密集，图像的层次表现力就越丰富。

1.2.3 色彩模式

颜色主要由光线、观察者和被观察对象这 3 个实体组成。由于物体内部的组成物质不同，受光线照射后，产生的光经过分解，一部分光线被吸收，其余光线被反射回来，成为我们所见的物体颜色。

在了解 Photoshop CS3 的色彩模式之前，先来了解一下计算机显示器显示颜色和打印输出颜色的区别。计算机显示器也是一种光源，用于显示图像的光线直接进入用户的眼睛。人眼观察颜色是根据所接收光的波长来决定的，包含所有色谱的光为白色，而没有光的情况下只有黑色。大部分可见光谱都是由红、绿、蓝三原色以不同比例混合而成的，因此显示器显示颜色为相加模式，即三种基色以不同的百分比混合而成的可见色光。

打印输出的颜色是一种反射光颜色，它是根据纸张上油墨对光的吸收和反射而显示出来的。彩色的油墨吸收一部分光而反射其他的光，这样用户就看到了各种颜色，因此打印输出的颜色为一种减色模式。

总之，显示器显示的颜色与打印输出的颜色是完全不同的两种色彩模式。在计算机中常用的色彩模式有以下几种：

1. RGB 色彩模式

RGB 色彩模式是 Photoshop CS3 中最常用的一种色彩模式，在这种色彩模式下图像占用的空间比较小，而且还可以利用 Photoshop CS3 中所有的工具及命令效果。

RGB 色彩模式的图像有 3 个颜色通道，它们分别为 Red（红色通道）、Green（绿色通道）和 Blue（蓝色通道），每个通道的颜色被分为 256（0～255）个亮度级别。在 Photoshop CS3 中每个像素的颜色都是由这 3 个通道共同作用的结果，例如，亮红色的 R 值可能为 246，G 值为 20，而 B 值为 50。当所有这 3 个分量的值相等时，结果是中性灰度级；当所有分量的值均为 255 时，结果是纯白色；当这些值都为 0 时，结果是纯黑色。

RGB 色彩模式的图像不能直接转换为位图色彩模式或双色调色彩模式图像，要把 RGB 色彩模式先转换为灰度色彩模式，再由灰度色彩模式转换为位图色彩模式或双色调色彩模式。

2. CMYK 色彩模式

CMYK 色彩模式是一种用于打印的色彩模式，因此也被称为印刷模式。它由 4 个颜色通道组成，分别为 Cyan（青色通道）、Magenta（洋红色通道）、Yellow（黄色通道）和 Black（黑色通道），而其中的青色、洋红色、黄色为印刷的三原色，将这 3 种颜色进行不同比例的混合可得到各种印刷的色彩，但是把这 3 种颜色混合到一起并不能得到纯黑色，所以另外引进了黑色。

CMYK 模式每个通道的颜色为 8 位，即每个像素有 32 位的颜色容量。在处理图像时，一般不采用此模式，因为这种模式文件大，会占用更多的硬盘空间与内存。此外，这种模式下，有很多滤镜都不能使用，所以编辑图像时有很大的不便，只有在印刷时才转换成 CMYK 模式。

3. Lab 色彩模式

Lab 色彩模式包含的颜色最多，它是一种与设备无关的色彩模式。它有3个颜色通道：一个代表亮度，用L表示，亮度的范围为0～100；其余两个代表颜色范围，用a和b表示，a通道颜色范围是由绿色渐变至红色，b通道是由蓝色渐变至黄色，a通道和b通道的颜色范围都为−120～120。

4. 位图色彩模式

位图色彩模式下的图像只由黑白两种颜色组成，没有中间层次，因此又叫黑白图像。它用黑和白两种颜色中的一种来显示图像中的像素，所以和其他色彩模式相比它占据磁盘空间最少。

在 Photoshop CS3 中，若要把一个彩色的图像转换为位图模式的图像，必须先把它转换为灰度色彩模式，再由灰度色彩模式转换为位图色彩模式。

5. 灰度色彩模式

灰度色彩模式的图像中只存在灰度，最多可以有256级灰度色彩信息。色彩信息在0时灰度最少，图像为黑色；色彩信息在255时灰度最大，图像为白色。

用户可直接将RGB模式和其他一些色彩模式直接转换为灰度色彩模式，但RGB色彩模式下的图像在转换为灰度色彩模式时，其原有的色彩信息会完全丢失，即使再转换为RGB色彩模式也不可能找回来。用户在制作黑白照片时可以采用这种色彩模式。

1.2.4 图像文件的格式

根据记录图像信息的方式（位图或矢量图）和压缩图像数据的方式不同，图像文件可以分为多种格式，每种格式的文件都有相应的扩展名。Photoshop 可以处理大多数格式的图像文件，但是不同格式的文件的使用功能不同。常见的图像文件格式有以下几种：

1. PSD 格式

Photoshop 软件默认的图像文件格式是PSD格式，它可以保存图像数据的每一个细小部分，如层、蒙版、通道等。尽管 Photoshop 在计算过程中应用了压缩技术，但是使用PSD格式存储的图像文件仍然很大。不过，PSD 格式不会造成任何数据损失，所以在编辑过程中，最好还是选择将图像存储为该文件格式，以便于修改。

2. JPEG 格式

JPEG 格式是一种图像文件压缩率很高的有损压缩文件格式。它的文件比较小，但用这种格式存储时会以失真最小的方式丢掉一些数据，而存储后的图像效果也没有原图像的效果好，因此印刷品很少用这种格式。

3. EPS 格式

EPS 格式可以同时包含矢量图像和位图图像，并且支持Lab、CMYK、RGB、索引颜色、双色调、灰度和位图色彩模式，但不支持 Alpha 通道。

4. GIF 格式

GIF 格式是各种图形图像软件都能够处理的一种经过压缩的图像文件格式。正因为它是一种压缩的文件格式，所以在网络上传输时，其传输速度比其他格式的图像文件快很多。但此格式最多只能支持 256 种色彩，因此不能存储真彩色的图像文件。

5. CDR 格式

CDR 格式是绘图软件 CorelDRAW 的专用图形文件格式。由于 CorelDRAW 是矢量图形绘制软件，所有 CDR 可以记录文件的属性、位置和分页等。但它在兼容度上比较差，所有在 CorelDRAW 运用程序中均能使用的，在其他图像编辑软件中却打不开。

6. TIFF 格式

TIFF 格式是由 Aldus 为 Macintosh 开发的一种文件格式。目前，它是 Macintosh 和 PC 机上使用最广泛的位图文件格式。在 Photoshop 中 TIFF 格式能够支持 24 个通道，它是除 Photoshop 自身格式（PSD 与 PDD）外唯一能够存储多于 4 个通道的图像格式。

7. BMP 格式

BMP 格式是 Windows 中的标准图像文件格式，将图像进行压缩后不会丢失数据。但是，用此种压缩方式压缩文件，将需要很长的时间，而且一些兼容性不好的应用程序可能会打不开 BMP 格式的文件。此格式支持 RGB、索引颜色、灰度与位图颜色模式，但不支持 CMYK 模式的图像。

8. PDF 格式

PDF 格式以 PostScript Level 2 语言为基础，可以覆盖矢量图像和位图图像，并且支持超链接。它是由 Adobe Acrobat 软件生成的文件格式，该格式文件可以存储多页信息，其中包含图形和文件的查找和导航功能，因此是网络下载经常使用的文件格式。

1.3 Photoshop CS3 的工作界面

启动 Photoshop CS3 中文版后，其工作界面与 Photoshop 以前的版本大同小异，如图 1.3.1 所示。

图 1.3.1 Photoshop CS3 的工作界面

1.3.1　标题栏

标题栏位于工作界面的最上方，分为两部分，其左侧显示了该程序的名称，在该名称上单击鼠标右键，在弹出的快捷菜单中选择相应的命令可对窗口进行相应的操作，例如，移动、改变大小和还原等；其右侧有 3 个按钮，分别为“最大化”按钮（“还原”按钮）、“最小化”按钮和“关闭”按钮，如图 1.3.2 所示。

图 1.3.2　标题栏

1.3.2　菜单栏

菜单栏位于标题栏的下方，包括 10 个菜单选项，如图 1.3.3 所示。单击每个菜单选项都会弹出其下拉菜单，在其中罗列着 Photoshop CS3 的大部分命令选项，通过这些菜单基本上可以使用 Photoshop CS3 的全部功能。

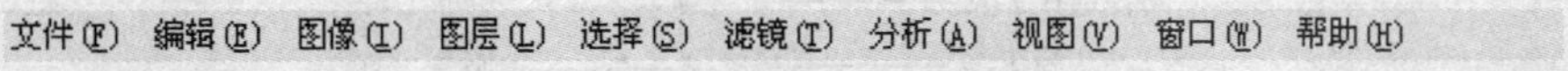

图 1.3.3　菜单栏

在弹出的下拉菜单中，有些命令后面带有 ▸ 符号，表示选择该命令后会弹出相应的子菜单命令，供用户进行更详细的选择；还有些命令后面带有…符号，表示选择该命令后会弹出一个与此命令相关的对话框，在此对话框中可设置各种所需的选项参数；另外，还有一些命令显示为灰色，表示该命令正处于不可选的状态，只有在满足一些条件之后才能使用。

1.3.3　属性栏

在属性栏中，用户可以根据需要设置工具箱中各种工具的属性，使工具在使用中变得更加灵活，有助于提高工作效率。其属性栏中的内容在选择不同的工具或进行不同的操作时会发生变化，如图 1.3.4 所示为“渐变工具”属性栏。

图 1.3.4　“渐变工具”属性栏

1.3.4　图像编辑区

在 Photoshop 中图像编辑区域也称为图像窗口，是工作界面中打开的图像文件窗口。如图 1.3.5 所示为图像窗口的标题栏，图像窗口是 Photoshop 的常规工作区，用于显示、浏览和编辑图像文件。图像窗口带有标题栏，分为两部分，左侧为文件名、缩放比例和色彩模式等信息；右侧是 3 个按钮，其功能与工作界面中的标题栏右侧的 3 个按钮功能相同。当图像窗口为“最大化”状态时，将与 Photoshop CS3 工作界面共用标题栏。

图 1.3.5　图像窗口标题栏

1.3.5　工具箱

工具箱位于工作界面的最左侧，其中包含了 Photoshop CS3 中使用的各种工具，要使用某种工具，只要单击该工具按钮即可，如图 1.3.6 所示。如果工具按钮右下方有一个黑色小三角，则表示该工具按钮中还有隐藏的工具，单击该工具并按住鼠标左键不放，或单击鼠标右键，就可以弹出工具组中的其他工具，将鼠标移至弹出的工具组中，单击所需要的工具按钮，该工具就会出现在工具箱中。

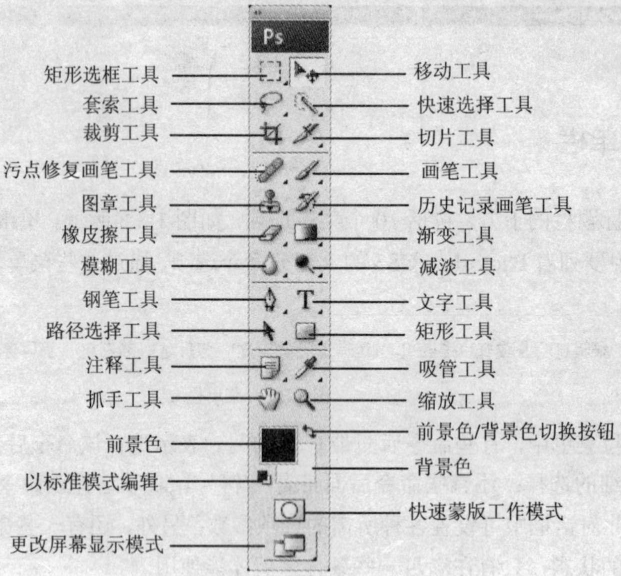

图 1.3.6　Photoshop CS3 工具箱

1.3.6　面板

在工作窗口的右侧有多个小窗口，即面板。单击面板标签，可以打开面板显示其内容，如图 1.3.7 所示。

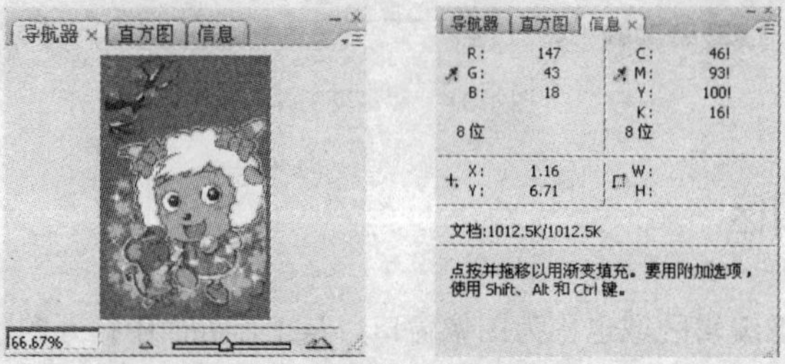

图 1.3.7　面板

这些面板可以帮助用户监控和修改图像。用户可以在操作时显示或隐藏面板。默认情况下，这些面板是成组出现的。退出程序时，所打开的面板和可移动对话框的位置都是按默认方式保存的。

1.3.7　状态栏

Photoshop CS3 中的状态栏位于打开图像文件窗口的最底部，由 3 部分组成，如图 1.3.8 所示。最左边显示当前打开图像的显示比例，它与图像窗口标题栏的显示比例一致；中间部分显示当前图像文件的信息；最右边显示当前操作状态及操作工具的一些帮助信息。

图 1.3.8　状态栏

1.4　Photoshop CS3 的新增功能

同以前的版本相比，Photoshop CS3 新增了许多功能。首先是窗口有了改进，特别是对文件浏览器与 ImageReady 做了较大的调整；同时在保持原有风格的基础上，对工作界面和菜单命令也进行了新的调整，使其结构更加合理，应用更加方便。

1．快速选取、优化边缘

在 Photoshop CS3 中新增了两项选取功能，用户可以自己决定选择组或者单独的图层。其中一项是快速选择工具，用户只须选择一个画笔的大小，将鼠标移至图像中需要选择的区域，拖动鼠标即可快速选择颜色差异大的图像，如图 1.4.1 所示。

图 1.4.1　快速选取

另外一项是所有选择工具都在属性栏中添加了非常重要的一个功能，即优化边缘。在图像中创建选区后，单击属性栏中的“优化边缘”按钮，可弹出“优化边缘”对话框，通过该对话框可对选区的大小、羽化效果进行设置，也可以以快速遮罩的形式来查看选区，既可以在白色的背景下，也可以在黑色的背景下，或是一个灰阶的遮罩。

2．组选择功能

Photoshop CS3 在移动工具的属性栏中添加了一项“组选择”模式，当使用移动工具结合按“Shift”键或“Ctrl”键，在图层面板中同时选择多个图层时，按“Ctrl+G”键可以将它们合并为一个组。其功能与图层面板下方的“创建新组”按钮的功能相同，但是新增的组选择模式更方便、快捷。

3．仿制源面板

新增的仿制源面板是与仿制图章工具配合使用的，允许定义多个克隆源（采样点），就像 Word

中有多个剪贴板一样。克隆源可以进行重叠预览，提供具体的采样坐标，也可以对克隆源进行移位、缩放、旋转、混合等操作。克隆源不仅可以针对一个图层，也可以针对上下两个图层，甚至所有图层。

4. 改进的界面

在打开 Photoshop CS3 时，可以看到外观界面上有了一些重要的改变，用户能够更为高效地使用软件。原来的面板可缩为精美的图标，类似于 CorelDRAW 中的泊坞窗，或是 Flash 的面板收缩状态，并且可以进行任意的组合，如图 1.4.2 所示。按“Shift+Tab”键则可以隐藏所有的面板，这样可以给用户提供更大的工作区域。

图 1.4.2　改进的界面

5. 智能滤镜

在原版本的 Photoshop 中最不灵活的一项功能就是滤镜的使用，一旦应用滤镜，文档就会被保存，无法重置。但 Photoshop CS3 中新增的智能滤镜功能，使滤镜也能够成为调节层和层遮罩操作时最为灵活的工作方式。在将一个层转换为一个智能对象之后，可以任意应用滤镜，此时所应用的滤镜效果都会出现在智能对象之上。任何时候，甚至在保存之后，仍可以在滤镜上双击来重新对它进行设置，也可以隐藏或删除，如图 1.4.3 所示。

图 1.4.3　转换层为智能对象并应用径向模糊滤镜的效果

6. 自动混合

在 Photoshop CS3 中，使用自动校准层能够轻松地将两张或是多张照片进行混合。例如，有两张不同的照片，在第一张中，有个人看起来似乎在走神，而在第二张照片中，他又对着照相机笑了。要将照片混合在一起，只需要将两个层都选中，并在“编辑”菜单中选择“自动校准层”命令。此时，两个层就会被自动链接，所有需要的画面都能够被添加到一个遮罩层上，并隐藏顶层中走神的那个主体，这样，我们就能够看见照片中的人在笑了。

7. 黑与白

在使用 Photoshop 时，一般使用通道混合命令可以将一张照片转变为灰阶色彩。由于在移动滑动条时很容易朝着错误的方向，因此就难免将这个图像突出的色彩全部破坏。在 Photoshop CS3 中，新增的黑与白功能就可以非常容易地将彩色图像转换为灰阶图像。

8. 消失点工具

在 Photoshop CS2 中引入消失点工具时引起了用户广泛的关注，使用之后却发现存在一些问题，这些问题在 Photoshop CS3 中得到了解决。其中最大的改进就是它能够改变平面的角度，过去会完全受限于消失点工具所决定应该使用的角度，现在只须按住“Alt”键，就可以将图像任意拖动到所需要的角度。

9. 增强的预览功能

在 Photoshop CS3 中极大地增强了 Adobe Bridge 的预览功能，单击工具属性栏中的按钮，在打开的对话框中可以使用放大镜来放大局部图像，而且还可以将放大镜进行随意的移动和旋转。在 Adobe Bridge 中还添加了 Acrobat Connect 功能，可以用来开网络会议。另外，利用 Adobe Bridge 还可以直接看 Flash FLV 格式的视频，而且播放效果非常好，没有任何停顿。

1.5 图像处理的基本操作

在了解 Photoshop CS3 的工作界面和新增功能后，下面将介绍一些 Photoshop CS3 的最基本的操作，如图像文件的操作、图像窗口的操作、辅助工具的操作以及图像和画布的操作。

1.5.1 图像文件的操作

在 Photoshop CS3 中，支持多种图像文件格式的操作，也可以实现不同图像文件格式之间的相互转换。Photoshop 中文件的基本操作主要包括新建图像文件、打开图像文件、保存图像文件以及关闭图像文件等。

1. 新建图像文件

如果想创建图像文件，可以选择菜单栏中的 文件(F) → 新建(N)... 命令，或按“Ctrl+N”快捷键，可弹出 新建 对话框，如图 1.5.1 所示。在该对话框中，可以设置创建的图像文件名称、图像大小、分辨率、颜色模式、背景内容等选项参数。单击其中的 高级 按钮，可以展开 高级 选项组，在该选项组中可以设置 颜色配置文件(O): 和 像素长宽比(X): 选项。

其对话框中主要选项的作用和设置方法介绍如下：

（1）名称(N)：用于输入新文件的名称，如果不输入，则 Photoshop 默认的新建文件名为“未标题-1”，如连续新建多个，则文件按顺序默认为“未标题-2”“未标题-3”……

（2）宽度(W) 与 高度(H)：用于设置图像的宽度与高度值，在设置前需要确定文件尺寸的单位，即在其后面的下拉列表中选择需要的单位，有像素、英寸、厘米、毫米、点、派卡和列等。

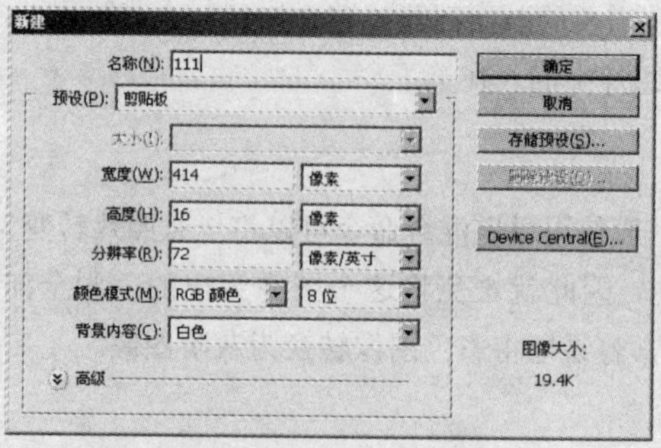

图 1.5.1 “新建”对话框

（3）分辨率(R)：用于设置图像的分辨率，可在其后面的下拉列表中选择分辨率的单位，有两种选择，分别是像素/英寸与像素/厘米，通常使用的单位为像素/英寸。

（4）颜色模式(M)：用于设置图像的色彩模式，可在其右侧的下拉列表中选择色彩模式的位数，有 1 位、8 位与 16 位 3 种选择。

（5）背景内容(C)：该下拉列表框用于设置新图像的背景层颜色，其中有 3 种方式可供选择，即白色、背景色与透明。如果选择背景色选项，则背景层的颜色与工具箱中的背景色相同。

（6）预设(P)：在此下拉列表中可以选择预设的图像尺寸、分辨率等。

2. 打开图像文件

要打开已有的图像文件，可以选择菜单栏中的文件(F)→打开(O)...命令（或按“Ctrl+ O”键），或者选择菜单栏中的文件(F)→打开为(A)...命令（或按“Shift+Ctrl+Alt+O”键），弹出如图 1.5.2 所示的打开对话框或如图 1.5.3 所示的打开为对话框。打开对话框和打开为对话框的区别在于，打开对话框中显示选中图像文件的缩略图，而打开为对话框只显示选中图像文件的文件大小。

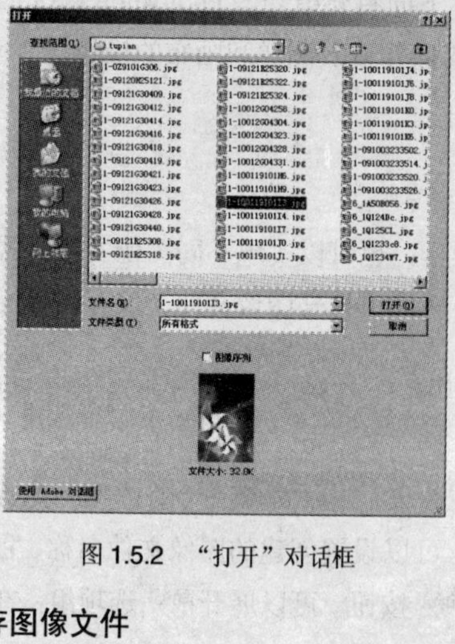

图 1.5.2 “打开”对话框

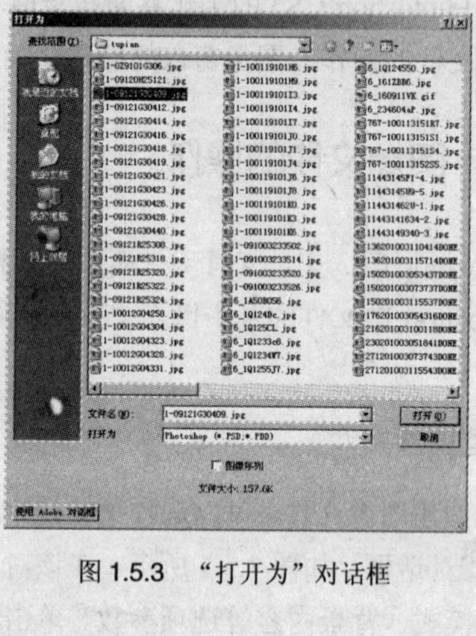

图 1.5.3 “打开为”对话框

3. 保存图像文件

图像文件在创建或处理完成后需要保存，如果图像文件之前没有保存过，那么选择菜单栏中的文件(F)→存储(S)命令，会打开如图 1.5.4 所示的存储为对话框。在该对话框中，设置需要保存的图像文件的参数，单击保存(S)按钮，即可保存该图像文件。如果保存的是已经存档的图像文件，那么选择存储(S)命令将直接保存该图像文件而不打开存储为对话框。

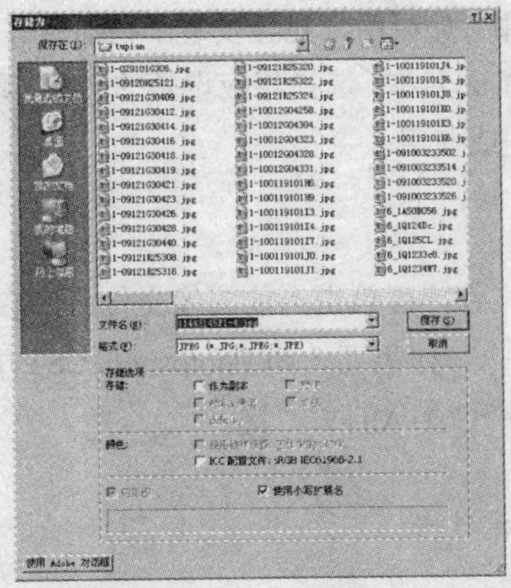

图 1.5.4　“存储为”对话框

提示： Photoshop CS3 默认的保存格式为 PSD 或 PDD，此格式也可以保留图层，如果以其他格式保存，则在保存时 Photoshop CS3 会自动合并图层。

另外，Photoshop CS3 还提供了 Web 文件格式的保存功能。选择菜单栏中的 文件(F) → 存储为 Web 所用格式(W)... 命令，或按“Shift+Ctrl+Alt+S”键，将弹出如图 1.5.5 所示的 **存储为 Web 所用格式** 对话框。设置图像的格式、大小、颜色和质量等参数后，单击 存储 按钮，即可将图像保存为 Web 应用优化的图像文件。

图 1.5.5　“存储为 Web 所用格式”对话框

4．导入图像文件

Photoshop CS3 中的导入功能是通过 置入(L)... 命令和 导入(M) 命令实现的，用户可以根据实际处理需要进行相应操作。

选择菜单栏中的 文件(F) → 置入(L)... 命令，在弹出的 **置入** 对话框中，用户可以选择 AI，EPS，PDF 或 PNG 等文件格式的图像文件，然后单击 置入(P) 按钮，即可将选择的图像文件导入至 Photoshop CS3 当前的图像文件窗口中。

导入(M) 命令的主要作用是直接将输入设备上的图像文件导入 Photoshop CS3 中使用。这种导入方式与 置入(L)... 命令不同之处在于，它会新建一个图像文件窗口，然后将从外部输入设备获得的图像导入至新创建的图像文件窗口中。如果用户已经安装了扫描仪等输入设备，此时在导入(M)命令的子菜单中会显示扫描仪等输入设备的名称，选择相应设备的名称，即可将从输入设备获得的图像文件导入至 Photoshop CS3 中进行处理或使用。

5. 关闭图像文件

如果要关闭正在编辑的图像文件，可单击当前图像文件窗口右上方的“关闭”按钮，或选择菜单栏中的文件(F)→关闭(C)命令。如果要关闭 Photoshop CS3 中打开的多个文件，可选择菜单栏中的文件(F)→关闭全部命令或按“Ctrl+Alt+W”键。

1.5.2 图像窗口的操作

用户在调整图像窗口的显示区域时可以直接借助滚动条在显示窗口中移动显示区域，也可借助工具箱中的抓手工具或导航器面板来调整图像的显示区域。在处理图像时，可通过排列窗口中的元素和切换屏幕的显示模式来处理图像的画面。

1. 使用抓手工具

抓手工具一般与缩放工具结合使用，用户可通过抓手工具来调整图像画面的显示比例。当需要预览图像中其他部分内容时，就可以使用抓手工具在图像窗口中移动图像进行观察或修改。

在导航器面板的图像预览区中有一个红色方框，如图 1.5.6 所示，将鼠标指针移动到方框内，指针将变成形状，此时它的功能与抓手工具相同，拖动鼠标即可移动图像窗口中显示的内容。

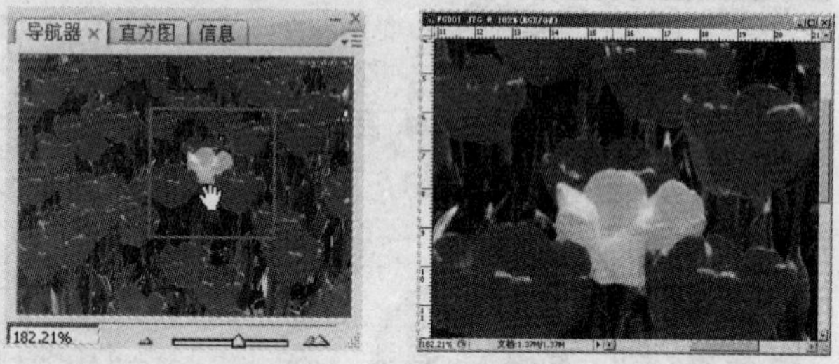

图 1.5.6 导航器面板与图像窗口

2. 排列窗口中的元素

在编辑两个以上的图像时，为了方便操作，可以根据需要采用不同的方式来排列窗口。选择菜单栏中的窗口(W)→排列(A)子菜单中的层叠(D)、水平平铺(H)或垂直平铺(V)命令，即可按相应的方式排列窗口，如图 1.5.7 所示。

图 1.5.7 排列窗口的 3 种方式

在多个窗口中进行编辑时，如果按某种方式排列了图像窗口，则单击所需窗口的标题栏即可激活该窗口，使之成为可编辑的当前窗口。如果看不到所需窗口，则可以在窗口(W)菜单底部选择所需窗口的名称，以切换到该窗口。

3．切换屏幕显示模式

Photoshop CS3 提供了 4 种窗口显示模式：标准模式、最大化模式、带有菜单栏的全屏模式和全屏模式。在工具箱中单击相应的按钮即可切换到相应的模式。

（1）单击工具箱中的“标准屏幕模式”按钮，可以显示默认窗口。在此模式下的窗口可显示 Photoshop 的所有组件，图像较大时，两侧会有滚动栏，如图 1.5.8 所示。

（2）单击工具箱中的“最大化屏幕模式”按钮，其窗口显示模式与“标准屏幕模式”基本相同，只是当前图像窗口以最大化方式显示于 Photoshop 界面中，如图 1.5.9 所示。

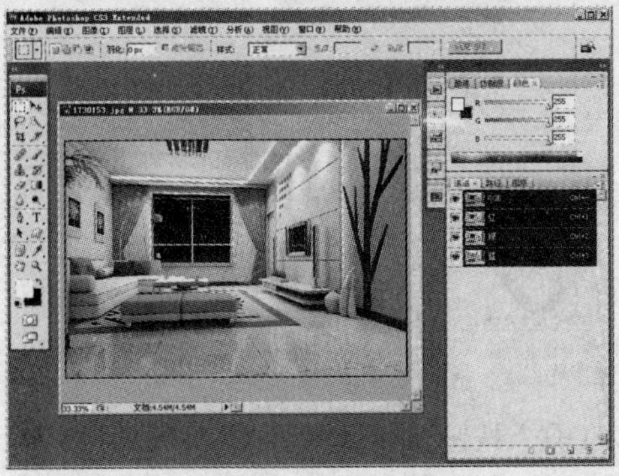

图 1.5.8　标准屏幕模式

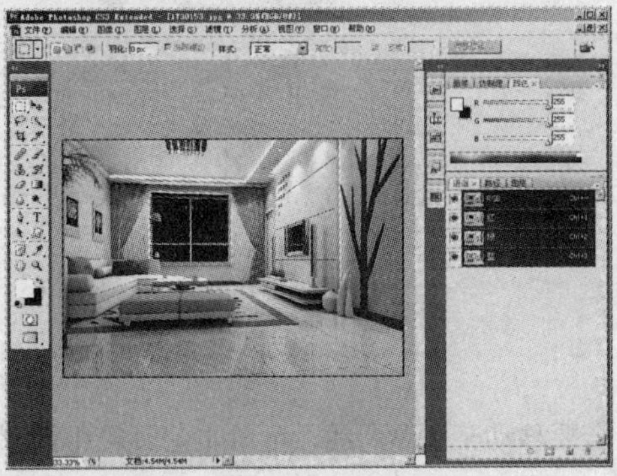

图 1.5.9　最大化屏幕模式

（3）单击工具箱中的“带有菜单栏的全屏模式”按钮，可切换至带有菜单栏及工具栏的全屏窗口，但不显示标题栏和滚动栏，如图 1.5.10 所示。

（4）单击工具箱中的“全屏模式”按钮，可切换至全屏窗口，但不显示标题栏、菜单栏和滚动栏。在“全屏模式”下，按“Tab”键将会隐藏所有的工具栏，如图 1.5.11 所示。

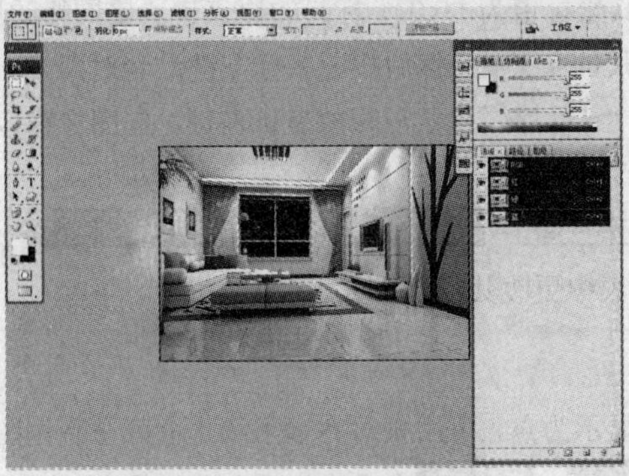

图 1.5.10　带有菜单栏的全屏模式

图 1.5.11　全屏模式

提示：按“F”键，可以更加方便地切换显示模式，每按一次“F”键，将更换一种显示模式。

1.5.3 辅助工具的操作

标尺、网格和参考线这些 Photoshop 提供的绘图辅助工具，能够帮助用户精确地放置图像或图像元素。

1. 参考线

如果要在图像中使用参考线，可选择 视图(V) → 新建参考线(E)... 命令，弹出 新建参考线 对话框，在 取向 选项框中选择参考线的方向，然后在 位置(P): 文本框中输入参考线相对于原点的距离，单击 确定 按钮，图像窗口中就会显示相应的参考线，如图 1.5.12 所示。

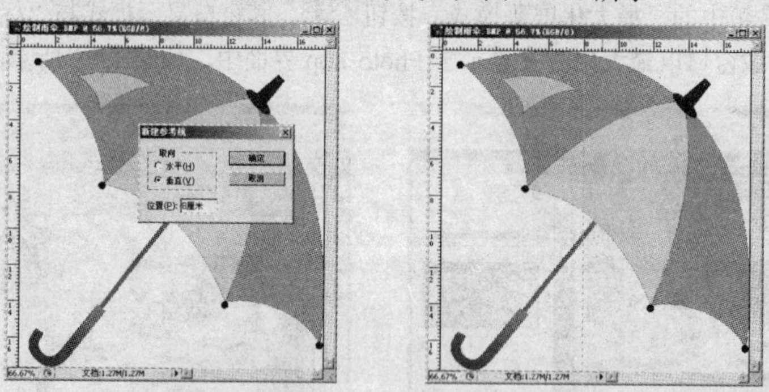

图 1.5.12 新建参考线

若要移动某条参考线，可单击工具箱中的“移动工具”按钮，将鼠标光标移动到相应的参考线上，当光标变为形状时，拖曳鼠标即可。在移动过程中若按住“Alt”键，可将水平参考线变为垂直参考线或将垂直参考线变为水平参考线，也可将其拖动到图像窗口外直接删除。

2. 标尺

标尺显示在当前窗口的顶部和左侧，标尺上的刻度显示指针的位置。选择 视图(V) → 标尺(R) 命令，或者按“Ctrl+R”键，即可在当前的图像窗口中显示标尺，如图 1.5.13 所示。

默认设置下，标尺的原点位于图像的左上角，其坐标值为（0,0）。标尺的原点也决定网格的原点。如果要更改标尺原点，可将指针放在窗口左上角标尺的交叉处，然后按下鼠标左键沿着对角线向右下方拖动到适当的图像位置上。在拖动时指针会变成“十”字，确定后释放鼠标左键，在图像窗口内就会出现一个新的原点。

如果需要更改图像窗口内的标尺单位，可选择 编辑(E) → 首选项(N) → 单位与标尺(U)... 命令，弹出 首选项 对话框，在 单位 选项组的 标尺(R): 下拉列表中更改其标尺单位。

3. 网格

默认情况下，网格显示为非打印直线，也可以显示为点，可用来对齐参考线，也可在制作图像的过程中对齐物体。要显示网格，选择 视图(V) → 显示(H) → 网格(G) 命令，此时会在图像窗口中显示网格，如图 1.5.14 所示。

网格在编辑文档时通常起着辅助定位的作用。选择 视图(V) → 对齐到(T) → 网格(R) 命令，可以使图形自动与网格对齐。

提示：在不需要显示网格时，选择 视图(V) → 显示额外内容(X) 命令，或按“Ctrl+H”键来隐藏网格。

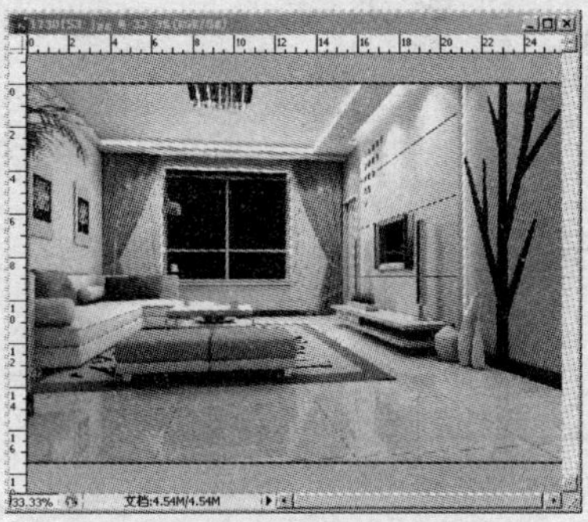

图 1.5.13　显示标尺

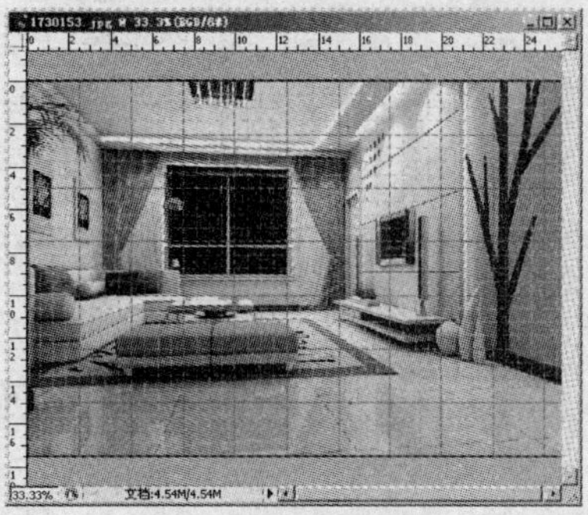

图 1.5.14　显示网格

4．标尺工具

利用标尺工具可以快速测量图像中任意区域两点间的距离，该工具一般配合信息面板或其属性栏来使用。单击工具箱中的“标尺工具”按钮，其属性栏如图 1.5.15 所示。

图 1.5.15　“标尺工具”属性栏

使用标尺工具在图像中需要测量的起点处单击，然后将鼠标移动到另一点处再单击形成一条直线，测量结果就会显示在信息面板中，如图 1.5.16 所示。

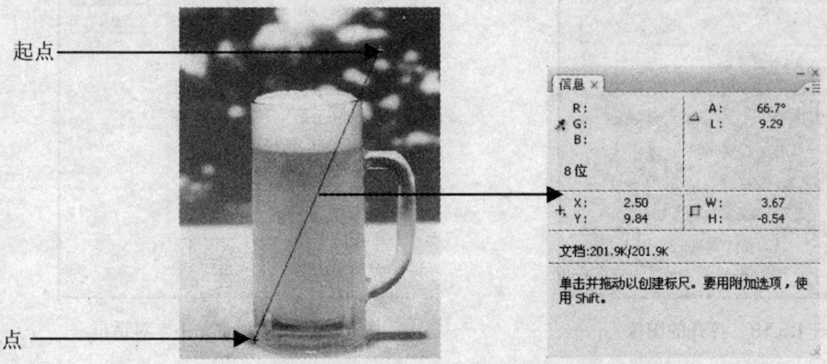

图 1.5.16　测量两点间的距离

1.5.4　图像和画布的操作

在编辑图像时，根据工作的需要，用户可能经常需要更改图像和画布的尺寸，为此，下面将介绍调整图像和画布的操作方法。

1．调整图像大小

一般情况下，当需要对扫描的图像或当前图像的大小进行调整时，可以对相关的参数进行设置。利用 图像大小(I)... 命令，可以调整图像的大小、打印尺寸以及图像的分辨率。具体操作方法如下：

（1）打开一幅需要改变大小的图像。

（2）选择菜单栏中的 图像(I) → 图像大小(I)... 命令，弹出 图像大小 对话框，如图 1.5.17 所示。

（3）在 像素大小: 选项区中的 宽度(W): 与 高度(H): 文本框中可设置图像的宽度与高度。改变像素大小后，会直接影响图像的品质、屏幕图像的大小以及打印结果。

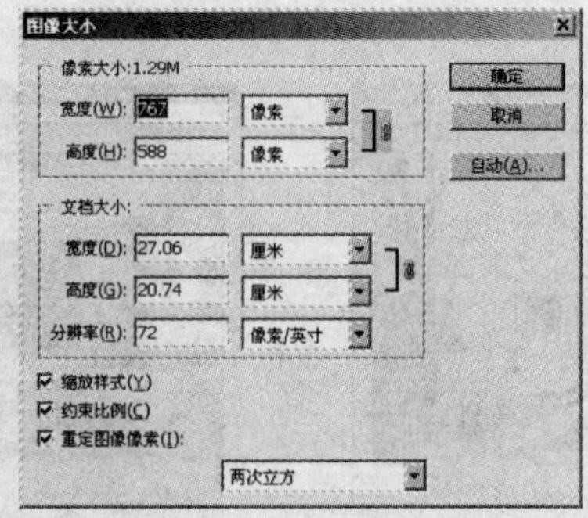

图 1.5.17 “图像大小”对话框

（4）在文档大小:选项区中可设置图像的打印尺寸与分辨率。默认状态下，宽度(D):与高度(G):被锁定，即改变宽度(D):与高度(G):中的任何一项，另一项都会按相应的比例改变。

（5）设置好参数后，单击确定按钮，即可改变图像的大小。

2．调整画布大小

调整画布大小的具体操作方法如下：

（1）打开一幅需要改变画布大小的图像文件，如图 1.5.18 所示。

（2）选择菜单栏中的图像(I)→画布大小(S)...命令，弹出画布大小对话框，如图 1.5.19 所示。

图 1.5.18 打开的图像

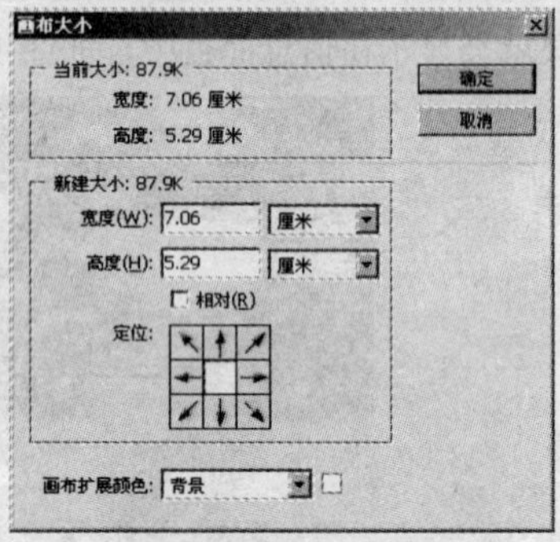

图 1.5.19 “画布大小”对话框

（3）在新建大小:选项区中的宽度(W):与高度(H):文本框中输入数值，可重新设置图像的画布大小；在定位:选项中可选择画布的扩展或收缩方向，单击框中的任何一个方向箭头，该箭头的位置可变为白色，图像就会以该位置为中心进行设置。

（4）单击确定按钮，可以按所设置的参数改变画布大小，如图 1.5.20 所示。

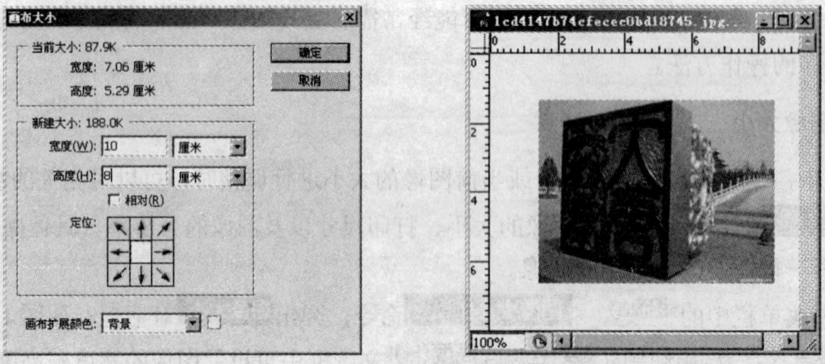

图 1.5.20 改变画布大小

默认状态下，图像位于画布中心，画布向四周扩展或向中心收缩，画布颜色为背景色。如果希望图像位于其他位置，只须单击 定位: 选项区中相应位置的小方块即可。

本 章 小 结

本章介绍了 Photoshop CS3 的功能、工作界面以及图像处理的基本概念和基本操作，通过对本章的学习，可使读者对 Photoshop CS3 软件有一个大体的了解，并掌握常用文件格式、文件管理、分辨率及图像尺寸的设定，为以后的学习和应用打下坚实的基础。

操 作 练 习

一、填空题

1．Photoshop CS3 是美国 Adobe 公司开发的______软件。

2．位图图像也叫________，是由________组成的。

3．矢量图像也叫________，是由________组成的。

4．面板可以帮助用户________和________图像，用户可以在操作时显示或隐藏工具面板。

5．Photoshop 默认的图像存储格式是_______。

6. 中文版 Photoshop CS3 的菜单栏由_______、_______、________、_______、_______、_______、________、_______、_______和_______10 个大类菜单组成。

7．Photoshop CS3 提供了________种不同的屏幕显示模式，分别为________、________和________。

8．如果要关闭 Photoshop CS3 中打开的多个文件，可按________键。

9．如果在 Photoshop CS3 中打开了多个图像窗口，屏幕显示会很乱，为了方便查看，可对多个窗口进行________。

10．使用________工具在图像中单击即可改变图像的显示比例。

二、选择题

1．（　）格式的图像不能用“置入”命令进行置入。

（A）TIFF　　（B）AI

（C）EPS　　（D）PDF

2．Photoshop CS3 中使用到的各种工具存放在（　）中。

（A）菜单　　（B）工具箱

（C）属性栏　　（D）面板

3．若要隐藏或显示所有打开的面板和工具箱，可以通过按键盘上的（　）键来实现。

（A）End　　（B）Esc

（C）Tab　　（D）Caps Lock

4．若要在 Photoshop CS3 中打开图像文件，可按（　）键。

（A）Alt+O　　（B）Ctrl+O

（C）Alt+B　　（D）Ctrl+B

5．按（　）键，可以在图像中显示标尺。

（A）Ctrl+R　　（B）Alt+R

（C）Ctrl+N　　（D）Alt+N

6．按（　）键，可以隐藏图像中的参考线。

（A）Ctrl+R　　（B）Alt+R

（C）Ctrl+H　　（D）Alt+H

7．除了使用缩放工具改变图像大小以外，还可用（　）将图像放大或缩小。

（A）抓手工具　　（B）导航器面板

（C）测量工具　　（D）裁剪工具

三、简答题

1．简述 Photoshop CS3 的主要功能。

2．在 Photoshop CS3 中如何置入和导入图像？

3．在 Photoshop CS3 中如何改变屏幕显示模式？

4．如何调整图像的显示比例？

5．在 Photoshop CS3 中如何更改图像画布的大小？

四、上机操作题

1．打开一个图像文件，显示图像的标尺、参考线及网格，并更改参考线和网格的颜色。

2．用 Photoshop CS3 打开一个图像文件，调整图像的尺寸和分辨率大小。

第 2 章　选区的创建与编辑

选区是指通过工具或者相应命令在图像上创建的选取范围。创建选取范围后，可以将选区进行隔离，以便复制、移动、填充或校正颜色。因此，要对图像进行编辑，首先要了解在 Photoshop CS3 中创建与编辑选区的方法和技巧。

知识要点

- 使用选框工具组
- 使用套索工具组
- 使用魔棒工具组
- 使用“色彩范围”命令
- 编辑选区
- 选区内图像的编辑

2.1　使用选框工具组

在 Photoshop CS3 中利用选框工具组可在图像中创建规则的几何形状选区，如图 2.1.1 所示。

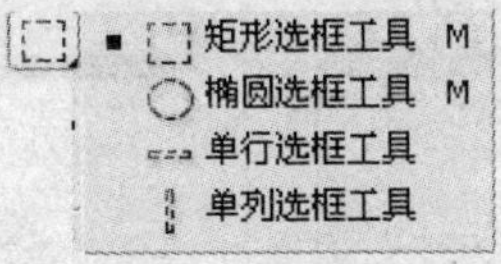

图 2.1.1　选框工具组

2.1.1　矩形选框工具

利用矩形选框工具可在图像中创建长方形或正方形选区。单击工具箱中的“矩形选框工具”按钮，在图像中单击并拖动鼠标即可创建选区，其属性栏如图 2.1.2 所示。

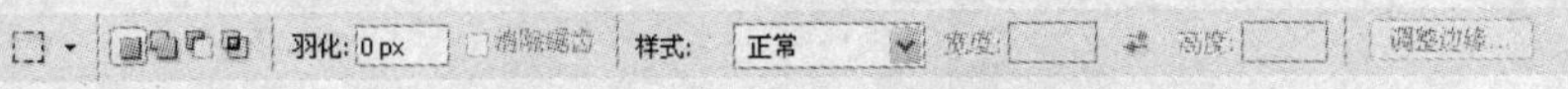

图 2.1.2　“矩形选框工具”属性栏

用鼠标单击按钮，可打开如图 2.1.3 所示的面板。单击其右上角的按钮，可弹出如图 2.1.4 所示的面板菜单，其中的“复位工具”命令用于将当前工具的属性设置恢复为默认值；“复位所有工具”命令用于将工具箱中所有工具的属性恢复为默认值。单击面板右侧的“创建新工具预设”按钮，可弹出“新建工具预设”对话框，设置完参数后，单击 确定 按钮，将会在面板菜单中添加新的预设工具，如图 2.1.5 所示，在此列表框中可以更换使用的绘图工具。

在“矩形选框工具”属性栏中提供了 4 种创建选区的方式：

“新选区”按钮：单击此按钮，可以创建一个新的选区，若在绘制之前还有其他的选区，新建的选区将会替代原来的选区。

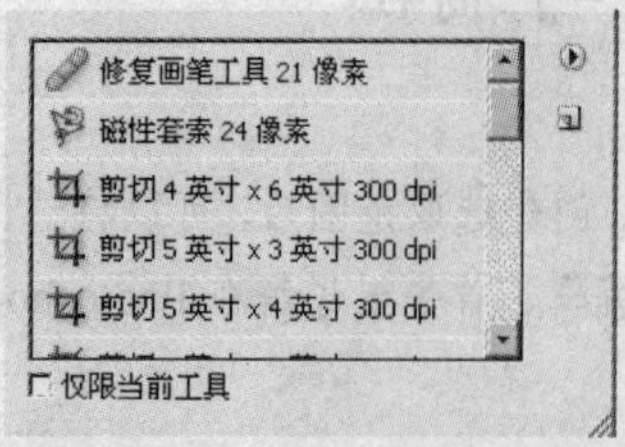

图 2.1.3　复位工具面板

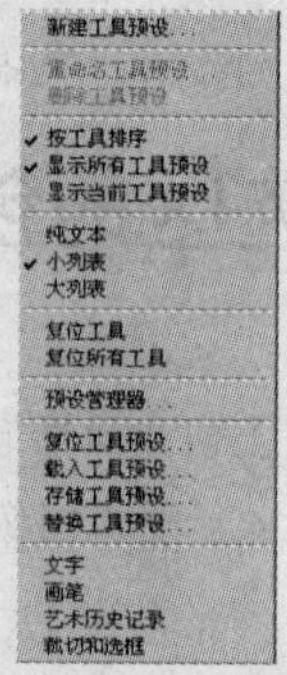

图 2.1.4　面板菜单

图 2.1.5　工具预设列表框

“添加到选区”按钮：单击此按钮，可以在图像中原有选区的基础上添加创建的选区，从而得到一个新的选区或增加一个新的选区，其效果如图 2.1.6 所示。

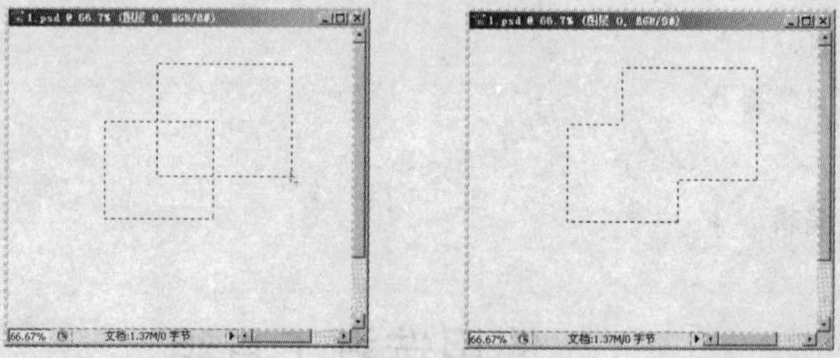

图 2.1.6　添加到选区效果

“从选区减去”按钮：单击此按钮，可以在图像中原有选区的基础上减去创建的选区，从而得到一个新的选区，其效果如图 2.1.7 所示。

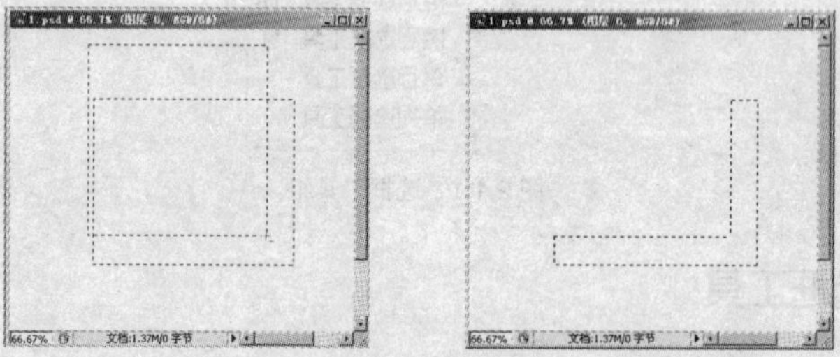

图 2.1.7　从选区减去效果

“与选区交叉”按钮：单击此按钮，可得到原有选区和新创建选区相交部分的选区，其效果如图 2.1.8 所示。

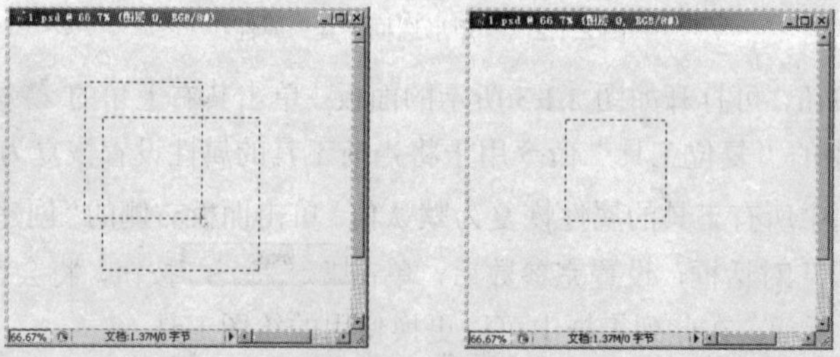

图 2.1.8　与选区交叉效果

技巧：在创建新选区的同时按“Shift”键，可进行“添加到选区”的操作；按“Alt”键，可进行“从选区减去”的操作；按“Alt + Shift”键，可进行“与选区交叉”的操作。

羽化：可用于设定选区边缘的羽化程度，使创建的选区边缘达到柔和的效果

样式：在其下拉列表中有 3 个选项，分别是正常、固定长宽比和固定大小，其中固定长宽比可固定矩形选区的长宽比例，而固定大小是用来创建长和宽固定的选区。

提示：按住“Shift”键的同时在图像中拖动鼠标，可以创建正方形选区；在按住“Alt”键的同时拖动鼠标可在图像中创建以鼠标拖动点为中心向四周扩展的矩形选区。

2.1.2　椭圆选框工具

利用椭圆选框工具可以在图像中创建规则的椭圆形或圆形选区，单击工具箱中的“椭圆选框工具”按钮，其属性栏如图 2.1.9 所示。

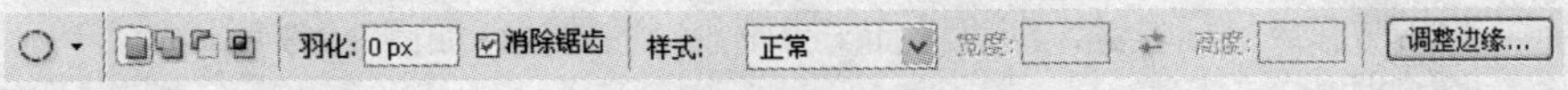

图 2.1.9　“椭圆选框工具”属性栏

在图像中按住鼠标左键并拖动即可创建椭圆形选区，如图 2.1.10 所示；其中在按住“Shift”键的同时拖动鼠标可得到圆形选区；在按住“Alt”键的同时拖动鼠标可在图像中创建以鼠标拖动点为中心向四周扩展的圆形选区。

“椭圆选框工具”属性栏与“矩形选框工具”属性栏的用法相似，只是椭圆选框工具多了一个☑消除锯齿复选框，选中此复选框，所选择的区域就具有了消除锯齿功能，在图像中选取的图像边缘会更平滑。因为 Photoshop 中的图像是由像素组成的，而像素实际上就是正方形的色块，因此在图像中斜线或圆弧的部分就容易产生锯齿形态的边缘，分辨率越低，锯齿就越明显。此时只有选中☑消除锯齿复选框，Photoshop 会在锯齿之间填入介于边缘与背景中间色调的色彩，使锯齿的硬边变得较为平滑。

2.1.3　单行选框工具

单击工具箱中的“单行选框工具”按钮，在图像中单击鼠标左键，可创建一个像素高的单行选区，如图 2.1.11 所示。其属性栏中只有选择样式可用，用法与矩形选框工具相同。

2.1.4　单列选框工具

单击工具箱中的“单列选框工具”按钮，在图像中单击鼠标左键，可创建一个像素宽的单列选区，如图 2.1.12 所示，其属性栏与单行选框工具的完全相同。

图 2.1.10　创建椭圆选区

图 2.1.11　创建单行选区

图 2.1.12　创建单列选区

2.2 使用套索工具组

在 Photoshop CS3 中使用套索工具组，可以在图像中创建不规则选区，如图 2.2.1 所示。

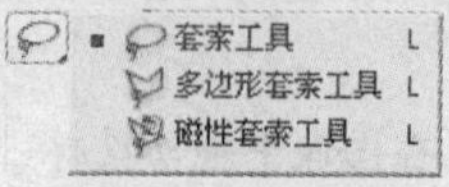

图 2.2.1 套索工具组

2.2.1 套索工具

利用套索工具可以创建任意形状的选区，也可创建一些较复杂的选区。单击工具箱中的“套索工具”按钮，其属性栏如图 2.2.2 所示。在图像中需要选取的区域按住鼠标左键拖动，当鼠标指针回到选取的起点位置时释放鼠标左键，即可选择一个不规则的选区，如图 2.2.3 所示。

图 2.2.2 “套索工具”属性栏

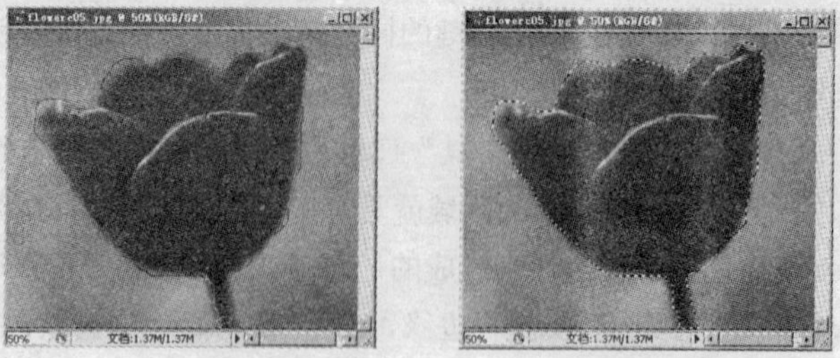

图 2.2.3 使用套索工具创建的选区

套索工具也可以设置消除锯齿与羽化边缘的功能，选中 ☑消除锯齿 复选框，可用来设置选区边缘的柔和程度。在 羽化: 文本框中输入数值，可设置选区的边缘效果，使选区边界产生一个过渡段。

2.2.2 多边形套索工具

利用多边形套索工具可以创建比较精确的图像选区，该工具一般用于选取边界多为直线或边界曲折的复杂图形。单击工具箱中的“多边形套索工具”按钮，在图像中单击鼠标左键创建选区的起点，然后拖动鼠标将会引出直线段，并在多边形的转折点处单击鼠标，作为多边形的一个顶点，用户可根据自己的需要创建多个顶点，最后使其回到起点处，当鼠标光标变为形状时单击，即可闭合选区，如图 2.2.4 所示。

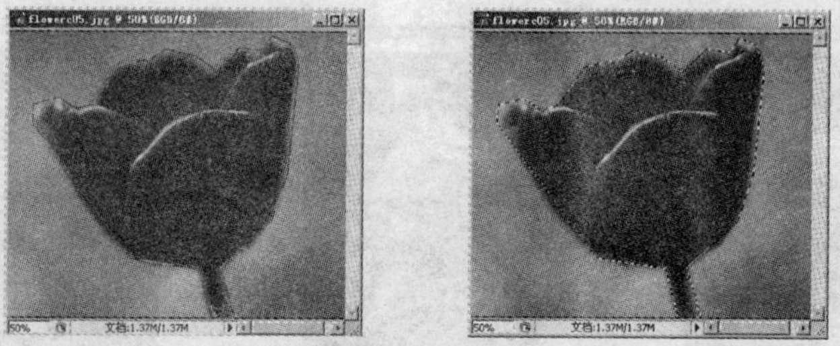

图 2.2.4 使用多边形套索工具创建的选区

使用多边形套索工具创建选区时，按住“Shift”键可以按水平、垂直或 45° 的方向绘制选区，

提示：用多边形套索工具时，如果选择的线段终点没有回到起点，那么双击鼠标左键，Photoshop 就会自动连接起点与终点，成为一个封闭的选区。

2.2.3　磁性套索工具

利用磁性套索工具可以快速地选取图像中与背景对比强烈而且边缘复杂的对象。单击工具箱中的“磁性套索工具”按钮，其属性栏如图 2.2.5 所示。

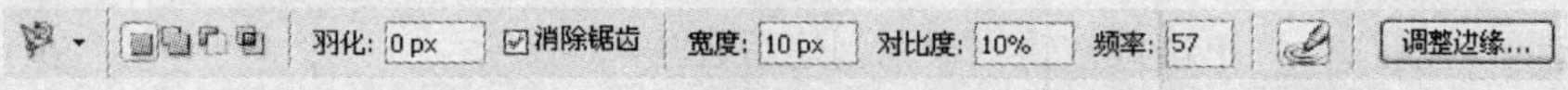

图 2.2.5　“磁性套索工具”属性栏

宽度：在该文本框中输入数值可设置磁性套索工具的宽度，即使用该工具进行范围选取时所能检测到的边缘宽度。宽度值越大，所能检测的范围越宽，但是精确度就降低了。

对比度：在该文本框中输入数值可设置磁性套索工具对选取对象和图像背景边缘的灵敏度。数值越大，灵敏度越高，但要求图像边界颜色和背景颜色对比非常明显。

频率：该选项用于设置在使用磁性套索工具选取范围时，出现在图像上的锚点的数量，数值越大，则锚点越多，选取的范围越精细。频率的取值范围为 1～100。

：该按钮用来设置是否改变绘图板压力，以改变画笔宽度。

选择磁性套索工具，在图像中要建立选区的区域边缘上任选一点单击左键，作为起始点，然后沿着要建立的选区的边缘拖动鼠标，该工具会自动在图像中对比最强烈的边缘绘制路径，增加固定点。在选取的过程中，若绘制的选区没有与所需选区对齐，可以根据需要单击鼠标左键加入固定点。当光标呈形状时，单击鼠标左键即可封闭选区，效果如图 2.2.6 所示。

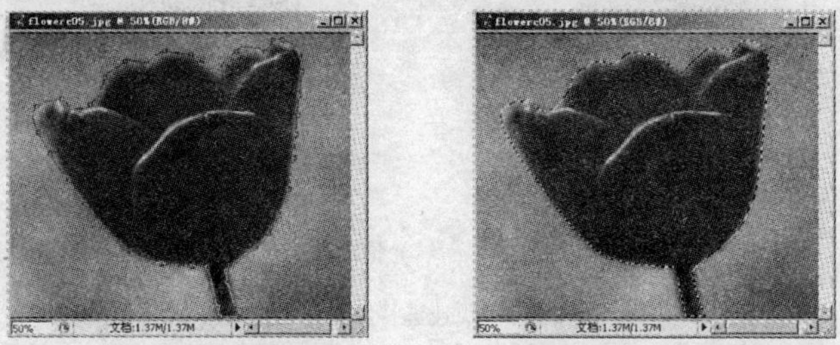

图 2.2.6　使用磁性套索工具创建的选区

技巧：在利用磁性套索工具创建选区的过程中，若对选取的区域不满意，可通过按“Delete”键将其删除，然后再进行选取，按“Esc”键可一次性全部删除。

2.3　使用魔棒工具组

在 Photoshop CS3 中，魔棒工具组是快捷方便的选区创建工具之一，它可以通过图像中相近的颜色像素建立选区，如图 2.3.1 所示。

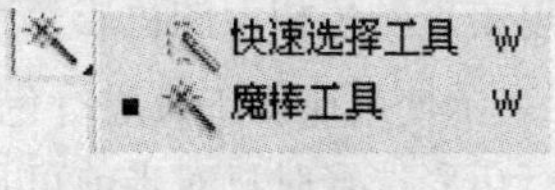

图 2.3.1　魔棒工具组

2.3.1 快速选择工具

快速选择工具是 Photoshop CS3 新增的一项选取工具，对于背景色比较单一且与图像反差较大的图像，快速选择工具有着得天独厚的优势。“快速选择工具”属性栏如图 2.3.2 所示。

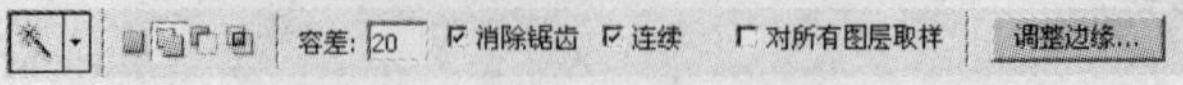

图 2.3.2 “快速选择工具”属性栏

“快速选择工具”属性栏各选项含义如下：

“新选区”按钮：，单击此按钮则表示创建新选区。

“增加到选区”按钮：，在鼠标拖动过程中选区不断增加。

“从选区减去”按钮：，从大的选区中减去小的选区。

画笔：快速选择工具笔触的大小代表快速选择工具一次选择范围的大小。

☑对所有图层取样：选中此复选框，表示基于所有图层（而不是仅基于当前选定图层）创建一个选区。

☑自动增强：减少选区边界的粗糙度和块效应。“自动增强”功能自动将选区向图像边缘进一步靠近并应用一些边缘调整，用户也可以通过在“调整边缘”对话框中使用“平滑”“对比度”和“半径”选项手动应用这些边缘调整。

使用快速选择工具创建的选区如图 2.3.3 所示。

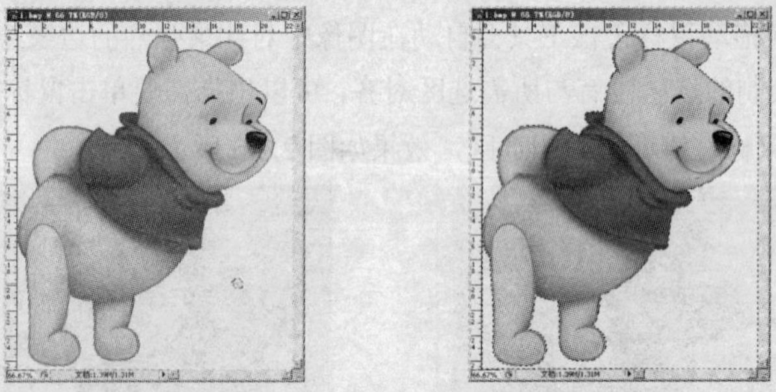

快速选择工具的应用　　拖动快速选择工具自动扩大选区效果

图 2.3.3 快速选择工具的应用

2.3.2 魔棒工具

魔棒工具是根据一定的颜色范围来创建图像选区的。一般用于选取图像窗口中颜色相同或相近的图像。单击工具箱中的“魔棒工具”按钮，其属性栏如图 2.3.4 所示。

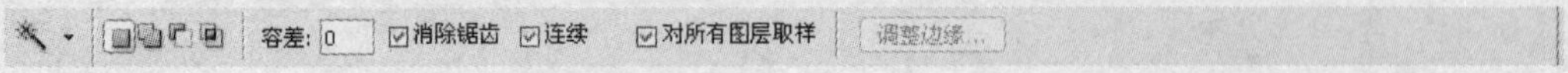

图 2.3.4 “魔棒工具”属性栏

容差：在容差文本框中输入数值，可设置使用魔棒工具时选取的颜色范围大小，数值越大，范围越广；数值越小，范围越小，但精确度越高。

☑连续：选中此复选框，表示只选择图像中与鼠标上次单击点相连的色彩范围；取消选中此复选框，表示选择图像中所有与鼠标上次单击点颜色相近的色彩范围。

☑对所有图层取样：选中此复选框，表示使用魔棒工具进行色彩选择时对所有可见图层有效；取消选中此复选框，表示使用魔棒工具进行色彩选择时只对当前可见图层有效。

使用魔棒工具创建的选区如图 2.3.5 所示。

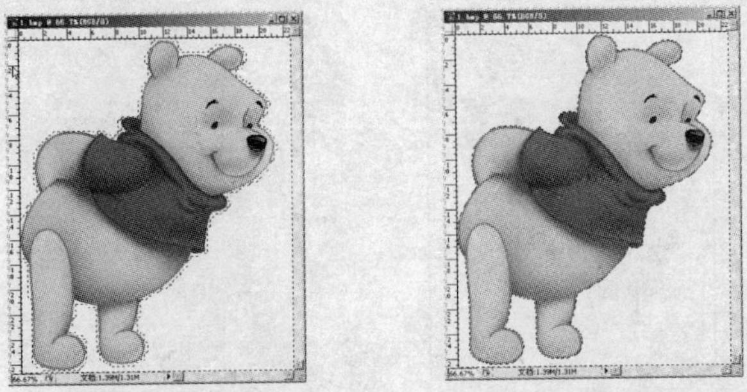

容差设置为 1 创建的选区　　容差设置为 50 创建的选区

图 2.3.5 使用魔棒工具创建的选区

技巧：在利用魔棒工具创建选区时，按住“Shift”键可同时选择多个区域。

2.4 使用“色彩范围”命令

利用“色彩范围”命令可在图像窗口中指定颜色来定义选区，并可通过指定其他颜色来增加活动选区。选择 选择(S) → 色彩范围(C)... 命令，弹出“色彩范围”对话框，如图 2.4.1 所示。

图 2.4.1 “色彩范围”对话框

该对话框中各选项含义介绍如下：

选择(C)：在其下拉列表中可选择所需的颜色范围。

颜色容差(E)：用于设置色彩范围，可以直接在其后的文本框中输入数值或拖动滑块来设定颜色范围。数值越大，选择的颜色范围就越大。

选中 ⊙ 选择范围(E) 单选按钮，可在预览窗口内显示选取范围的预览图像。

选中 ⊙ 图像(M) 单选按钮，在预览窗口内将显示整个图像的状态。

选区预览(T)：在其下拉列表中可设置图像中所建立的色域选区的预览效果。

选中 ☑ 反相(I) 复选框，可在选取区域与未被选取区域之间相互转换。

“吸管工具”按钮：单击此按钮，可以在当前图像或预览图像上设定颜色范围。

“加色工具”按钮：单击此按钮，可以增加已经确定的颜色范围。

“减色工具”按钮：单击此按钮，可以减少已经确定的颜色范围。

单击 载入(L)... 或 存储(S)... 按钮，可载入或存储颜色范围。

在该对话框中设置好参数后，单击 确定 按钮即可确定选择范围，效果如图 2.4.2 所示。

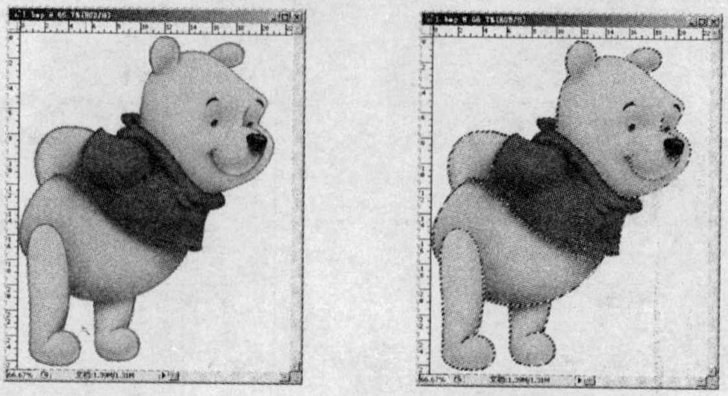

图 2.4.2　使用“色彩范围”命令创建选区效果

2.5　编辑选区

在编辑图像的过程中，经常会用到一些调整和修改选区的操作，以真正得到所需的选区。选区的修改与调整包括移动选区、反选选区、扩大选区、变换选区、收缩选区以及存储与载入选区等。

2.5.1　移动选区

在 Photoshop CS3 中可用以下方法移动选区。

（1）在图像中创建选区后，将鼠标移动到选区内，当光标呈 形状时，单击鼠标左键并拖动即可移动选区，效果如图 2.5.1 所示。

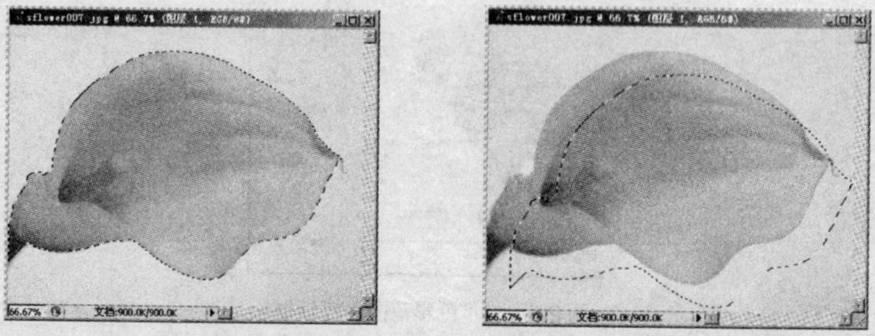

图 2.5.1　移动选区效果

（2）在图像中创建选区后，按键盘上的方向键，每按一次选区就会向方向键指示的方向移动 1 个像素。在按方向键的同时按住“Shift”键，每按一次，选区就会向方向键指示的方向移动 10 个像素。

2.5.2　反选选区

反选选区即将当前图像中的选区和非选区进行互换。用户可用以下 3 种方法来反选选区。

（1）在图像中创建选区，选择 选择(S) → 反向(I) 命令来实现。

（2）按“Ctrl+Shift+I”键，也可反选选区。

（3）在图像选区内单击鼠标右键，在弹出的快捷菜单中选择 选择反向 命令，即可反选选区，效果如图 2.5.2 所示。

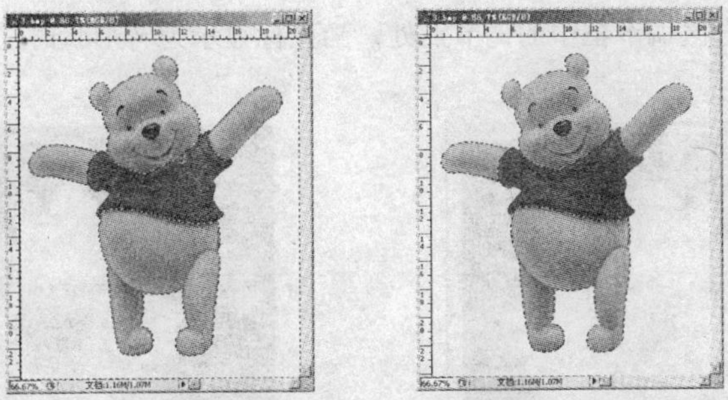

图 2.5.2　反选选区效果

2.5.3　扩大选区

扩大选区即使选区在图像上延伸，将连续的、色彩相近的像素点一起扩充到选区内。用魔棒工具单击创建选区，然后再选择 选择(S) → 扩大选取(G) 命令，效果如图 2.5.3 所示。

图 2.5.3　扩大选区效果

2.5.4　收缩选区

收缩选区的效果与扩大选区的效果刚好相反，此功能可以使选区区域得以减小。选择 选择(S) → 修改(M) → 收缩(C)... 命令，弹出“收缩选区”对话框，在其对话框中设置完参数后，单击 确定 按钮，效果如图 2.5.4 所示。

图 2.5.4　收缩选区效果

2.5.5　变换选区

Photoshop CS3 能够对选区进行变换。它应用几何变换来更改选区边框的形状，可以对整个图层、路径和选区边框进行缩放、旋转、斜切和扭曲，也可以旋转和翻转图层的部分或全部、整个图像或选区边框。选择 选择(S) → 变换选区(T) 命令，图像选区周围出现一个调节框，如图 2.5.5 所示。

将鼠标光标移动至选区调节框中的调节点处，当光标显示为 ↻ 形状时，拖动鼠标即可旋转选区，如图 2.5.6 所示。

图 2.5.5　调节框

图 2.5.6　旋转选区

将鼠标光标移动至选区调节框中的调节点处，当光标显示为 ⤢ 形状时，可对图像的选区进行任意缩放，如图 2.5.7 所示。

按住“Ctrl+Shift”键，将鼠标光标移动至选区调节框中的调节点处，可对图像的选区进行水平方向或垂直方向的斜切变形，如图 2.5.8 所示。

图 2.5.7　放大选区

图 2.5.8　斜切选区

按住“Ctrl”键，将鼠标光标移动至选区调节框中的调节点处，可对图像的选区进行任意扭曲变形，如图 2.5.9 所示。

按住“Alt”键，将鼠标光标移动至选区调节框中的调节点处，可以对图像的选区进行中心点对称扭曲，如图 2.5.10 所示。

图 2.5.9　任意扭曲选区

图 2.5.10　对称扭曲选区

2.5.6　描边选区

利用描边命令可以对创建的选区进行描边处理。下面通过一个例子来介绍描边命令的使用方法，具体的操作步骤如下：

（1）选择 编辑(E) → 描边(S)... 命令，弹出“描边”对话框，如图 2.5.11 所示。

（2）在 宽度(W): 文本框中输入数值，设置描边的边框宽度。

（3）单击 颜色: 后的颜色框，可从弹出的“拾色器”对话框中选择合适的描边颜色。

（4）在 位置 选项区中可以选择描边的位置，分别为位于选区边框的内部、居中和居外。

（5）设置完成后，单击 确定 按钮，即可对创建的选区进行描边，效果如图 2.5.12 所示。

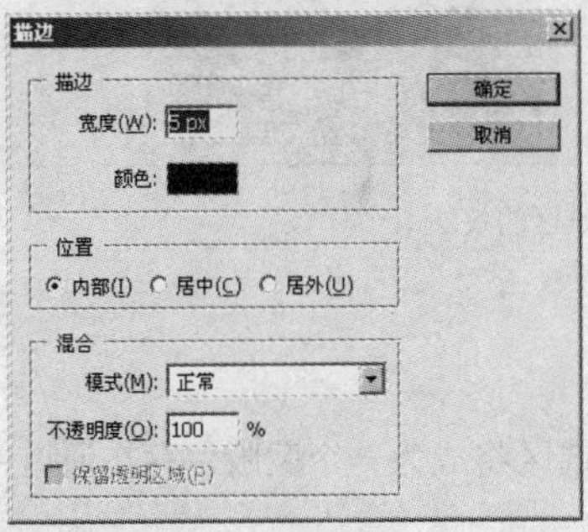

图 2.5.11　“描边”对话框

图 2.5.12　描边选区效果

2.5.7　填充选区

利用填充命令可以在创建的选区内部填充颜色或图案。下面通过一个例子介绍填充命令的使用方法，具体的操作步骤如下：

（1）按“Ctrl+N”键，新建一个图像文件，然后单击工具箱中的“套索工具”按钮，在新建图像中创建一个选区，效果如图 2.5.13 所示。

（2）选择 编辑(E) → 填充(L)... 命令，弹出“填充”对话框，如图 2.5.14 所示。

图 2.5.13　新建图像并创建选区

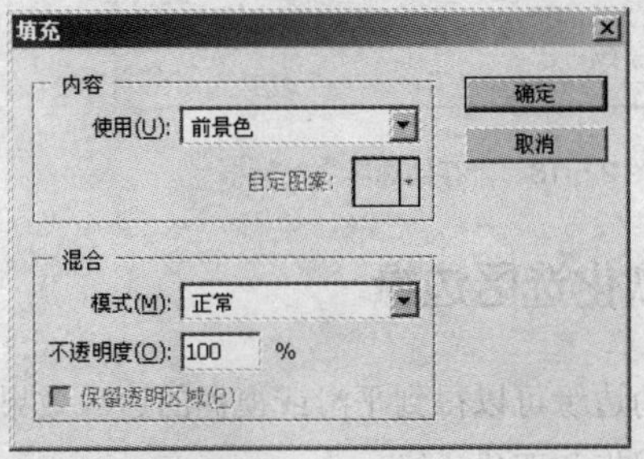

图 2.5.14　“填充”对话框

（3）在 使用(U): 下拉列表中可以选择填充时所使用的对象。

（4）在 自定图案: 下拉列表中可以选择所需要的图案样式。该选项只有在 使用(U): 下拉列表中选择“图案”选项后才能被激活。

（5）在 模式(M): 下拉列表中可以选择填充时的混合模式。

（6）在 不透明度(O): 文本框中输入数值，可以设置填充时的不透明程度。

（7）选中 ☑保留透明区域(P) 复选框，填充时将不影响图层中的透明区域。

（8）设置完成后，单击 确定 按钮即可填充选区，如图 2.5.15 所示为使用颜色和图案填充选区的效果。

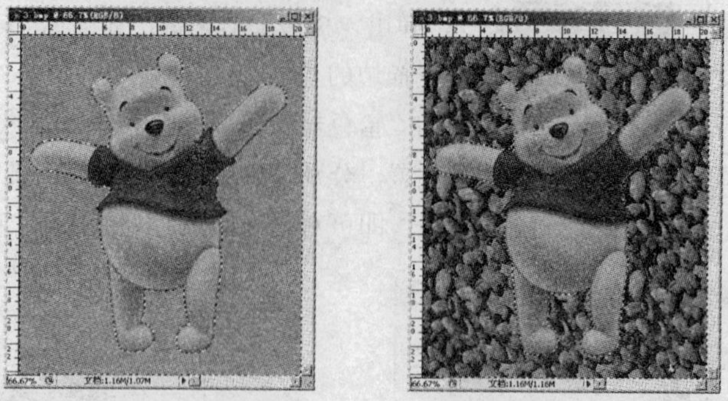

图 2.5.15　填充选区的效果

2.5.8　存储与载入选区

Photoshop CS3 提供了存储选区的功能，存储后选区将成为一个蒙版保存在通道中，需要用时再从通道中载入。

要存储选区，可在建立选区后选择 选择(S) → 存储选区(V)... 命令，弹出如图 2.5.16 所示的对话框，从中设置所需的参数，然后单击 确定 按钮，即可完成选区的存储。

要载入选区，可选择 选择(S) → 载入选区(O)... 命令，弹出如图 2.5.17 所示的对话框，设置所需的参数后，单击 确定 按钮，即可完成选区的载入。

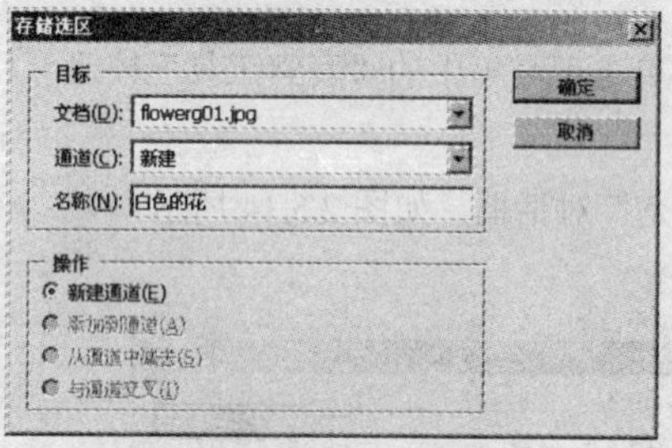

图 2.5.16　“存储选区”对话框

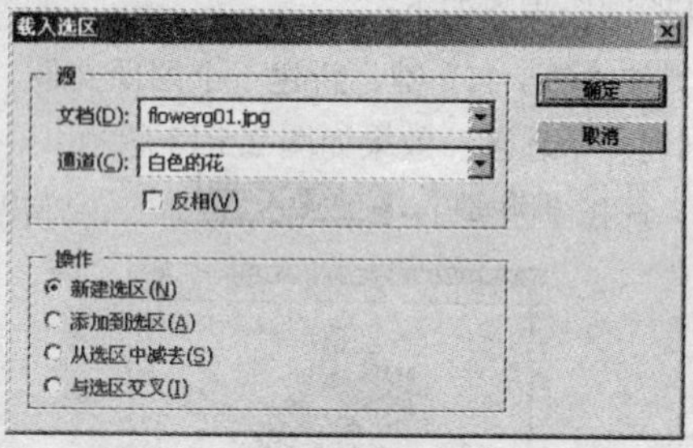

图 2.5.17　“载入选区”对话框

2.5.9　软化选区边缘

软化选区的边缘可以得到平滑或模糊的边缘效果。在 Photoshop CS3 中主要有两种软化选区边缘的操作：消除锯齿和羽化边缘。

（1）如果要通过消除锯齿来平滑选区边缘，在建立选区之前必须先在工具栏中选中“消除锯齿”复选框，这样才能对选区内的图像进行消除锯齿操作。

技巧：利用消除锯齿功能可以填充文字的边缘像素，使边缘光滑，从而使文字的边缘混合到背景层中。

（2）如果图像中创建的选区不规则，可以通过羽化使选区的边缘变得模糊，以融合到背景图像中。首先使用选框、套索、多边形套索或磁性套索工具在图像中创建一个选区，然后选择 选择(S) → 修改(M) → 羽化(F)... 命令，弹出“羽化选区”对话框，在该对话框中设置好参数后，单击 确定 按钮，效果如图 2.5.18 所示。

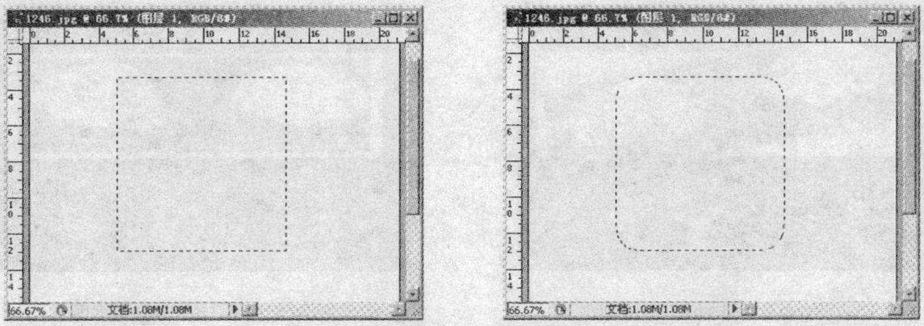

图 2.5.18　选区的羽化效果

2.6　选区内图像的编辑

本节主要介绍选区内图像的编辑，包括对图像文件进行复制、粘贴、删除、羽化和变形等操作。

2.6.1　变换选区内图像

在 Photoshop CS3 中新增了许多图像变形样式，可利用编辑(E)菜单中的自由变换(F)和变换(A)两个命令来完成。

1．自由变换命令

利用自由变换命令可对图像进行缩放、旋转、扭曲、透视和变形等操作，具体的操作方法如下：

（1）打开一个图像文件，单击工具箱中的“椭圆选框工具”按钮，在图像中创建选区，效果如图 2.6.1 所示。

（2）选择编辑(E)→自由变换(F)命令，在图像周围会出现 8 个调节框，如图 2.6.2 所示。

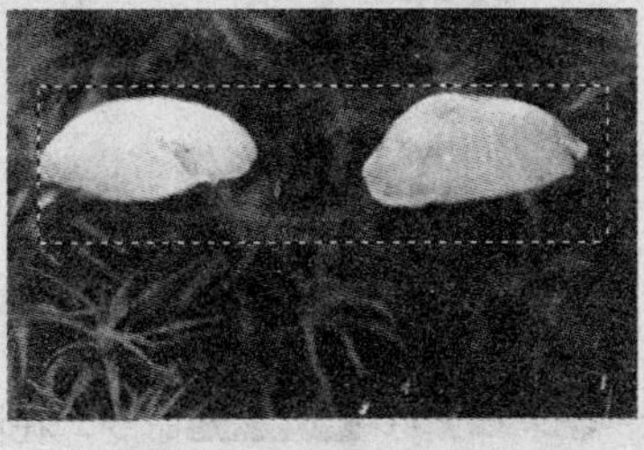

图 2.6.1　打开图像并创建选区

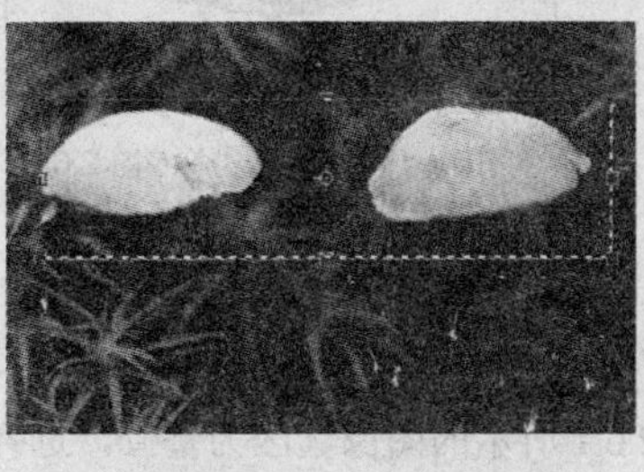

图 2.6.2　应用自由变换命令

（3）将鼠标指针置于矩形框周围节点以外，当指针变成↷形状时单击并移动鼠标可旋转图像，如图 2.6.3 所示。

（4）将鼠标指针置于矩形框周围的节点上单击并拖动，即可将选区内图像放大或缩小，如图 2.6.4 所示为缩小选区内的图像效果。

另外，执行自由变换命令以后，在其属性栏中还增加了“变形图像”按钮，单击此按钮其属性栏中会弹出变形: 自定 下拉列表框，单击右侧的下三角按钮，则可弹出变形图像下拉列表，如图 2.6.5 所示。

图 2.6.3　旋转图像效果

图 2.6.4　缩小图像效果

图 2.6.5　变形图像下拉列表

以下将列举几种图像变形效果，如图 2.6.6 所示。

原图

膨胀

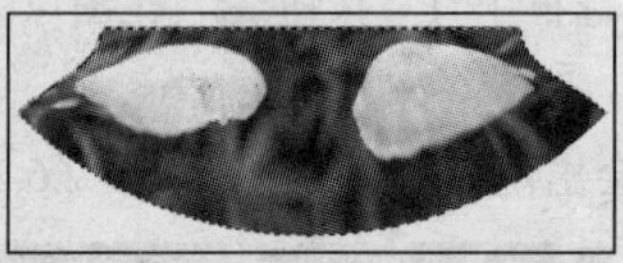

贝壳

旗帜

图 2.6.6　几种图像变形效果

2．变换命令

利用变换命令可对图像进行斜切、扭曲、透视等操作，具体的操作方法如下：

以如图 2.6.1 所示的图像选区为基础，选择 编辑(E) → 变换(A) → 斜切(K) 命令，在图像周围会显示控制框，单击鼠标并调整控制框周围的节点，效果如图 2.6.7 所示。

利用 扭曲(D) 和 透视(P) 命令变形图像的方法和 斜切(K) 命令相同，扭曲效果和透视效果如图 2.6.8 和图 2.6.9 所示。

图 2.6.7　斜切选区内图像效果

图 2.6.8　扭曲图像效果

图 2.6.9　透视图像效果

2.6.2　复制与粘贴选区内图像

利用编辑(E)菜单中的拷贝(C)和粘贴(P)命令可对选区内的图像进行复制或粘贴，也可通过按“Ctrl+C”键复制图像，按“Ctrl+V”键粘贴图像。具体的操作方法如下：

（1）打开一个图像文件，利用选取工具在需要复制的部分创建选区，如图 2.6.10 所示。

（2）按“Ctrl+C”键复制选区内的图像，按“Ctrl+V”键对复制的选区内图像进行粘贴，然后单击工具箱中的“移动工具”按钮，将粘贴的图像移动到目标位置，效果如图 2.6.11 所示。

图 2.6.10　创建选区效果

图 2.6.11　粘贴后的图像

技巧：在图像中需要复制图像的部分创建选区，然后在按住“Alt”键的同时利用移动工具移动选区内的图像，也可复制并粘贴图像。

用户也可同时打开两幅图像，将其中一幅图像中的内容复制并粘贴到另外一幅图像中，其操作方法和在一幅图像中的操作方法相同，这里不再赘述。

2.6.3　删除和羽化选区内图像

在处理图像时，有时需要对部分图像进行删除，则必须先对图像中需要删除的部分创建选区，再选择选择(S)→清除(E)命令，或按“Delete”键进行删除。如果图像中创建的选区不规则，其边缘就会出现锯齿，使图像显得生硬且不光滑，利用选择(S)→修改(M)→羽化(F)...命令可使生硬的图像边缘变得柔和。

下面将通过举例来介绍删除和羽化图像的方法，具体操作步骤如下：

（1）打开一个图像文件，单击工具箱中的“椭圆选框工具”按钮，在图像中创建椭圆选区，如图 2.6.12 所示。

（2）选择选择(S)→修改(M)→羽化(F)...命令，或按“Ctrl+Alt+D”键，弹出“羽化选区”对话框，设置参数如图 2.6.13 所示。

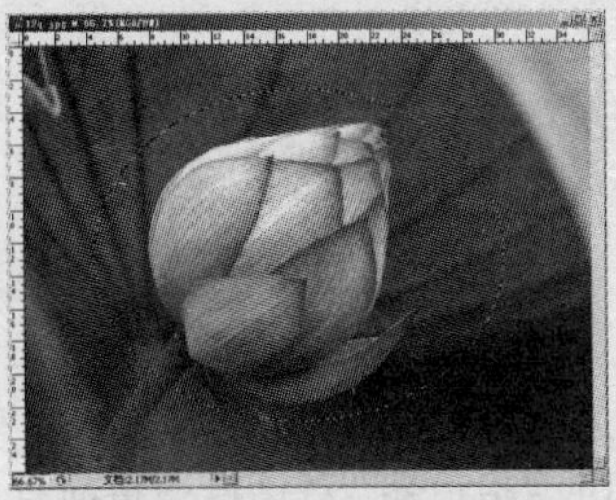
图 2.6.12　打开图像并创建选区

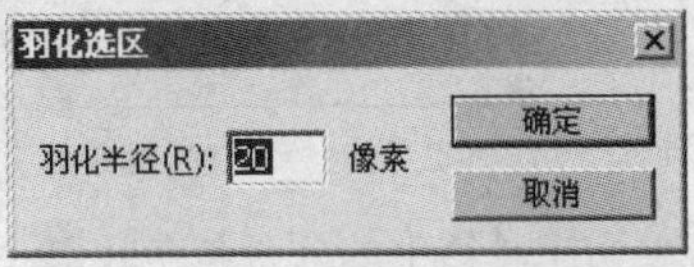

图 2.6.13　“羽化选区”对话框

（3）设置完成后，单击 确定 按钮，然后按“Ctrl+Shift+I”键反选选区，效果如图 2.6.14 所示。

（4）选择 编辑(E) → 清除(E) 命令，或按“Delete”键删除羽化后的选区内的图像，按“Ctrl+D”键取消选区，效果如图 2.6.15 所示。

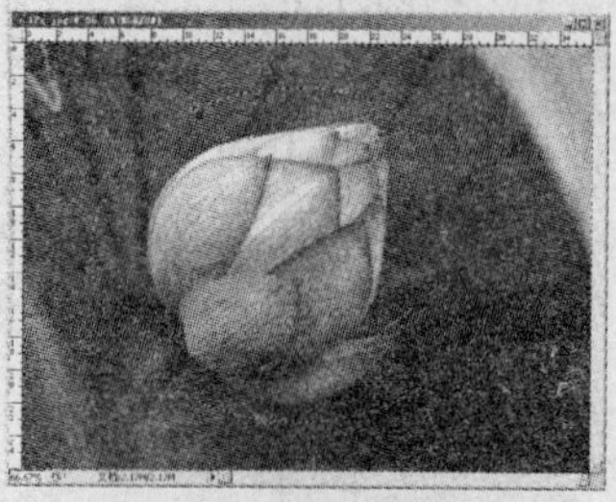

图 2.6.14　反选选区效果

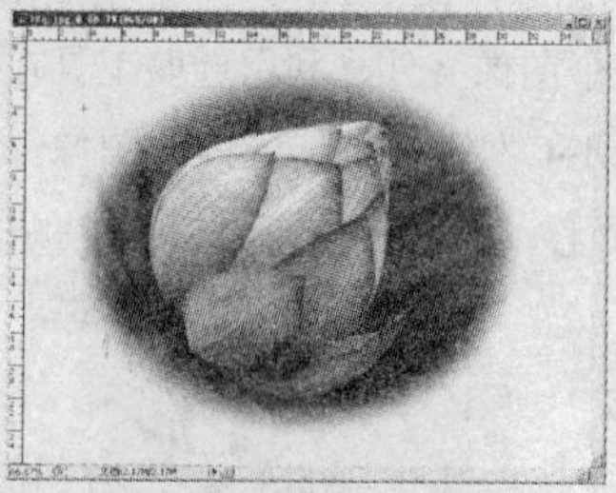

图 2.6.15　删除并取消选区效果

2.7　课堂实训——制作书签

本节综合运用前面所学的知识制作书签，最终效果如图 2.7.1 所示。

图 2.7.1　最终效果图

操作步骤

（1）选择 文件(F) → 新建(N)... 命令，弹出“新建”对话框，设置参数如图 2.7.2 所示，单击 确定 按钮，新建一个图像文件。

（2）单击工具箱中的“矩形选框工具”按钮，在图像中创建一个矩形选区，效果如图 2.7.3 所示。

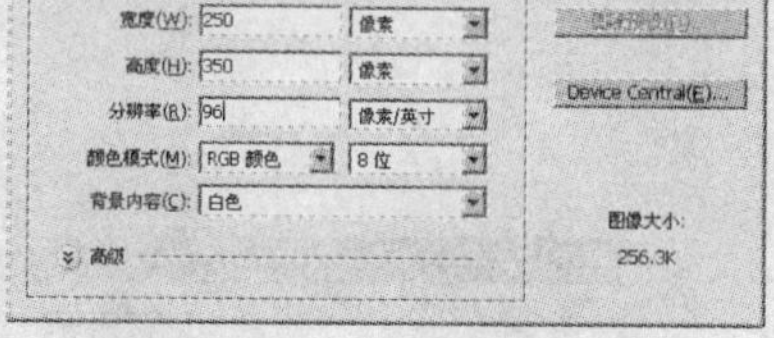

图 2.7.2　“新建”对话框

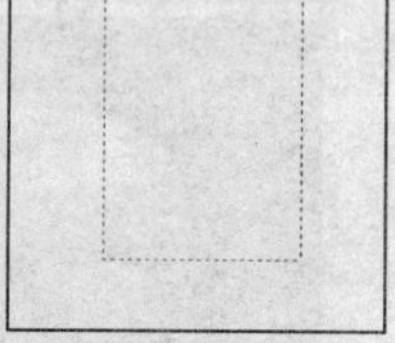

图 2.7.3　创建的矩形选区

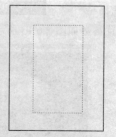

（3）用鼠标单击工具箱中的前景色色块，在弹出的“拾色器”对话框中将前景色设为红色（R:

251，G：1，B：25），然后按“Alt+Delete”键进行填充，效果如图 2.7.4 所示。

（4）单击工具箱中的“椭圆选框工具”按钮，单击鼠标，然后按住“Shift+Ctrl”键，在图像中创建一个圆形选区，并填充为白色，效果如图 2.7.5 所示。

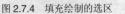

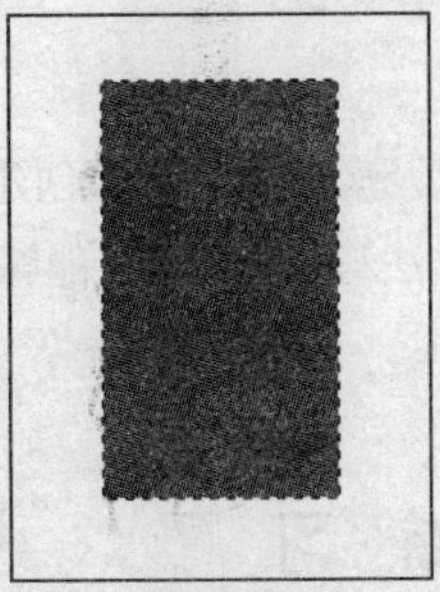

图 2.7.4 填充绘制的选区

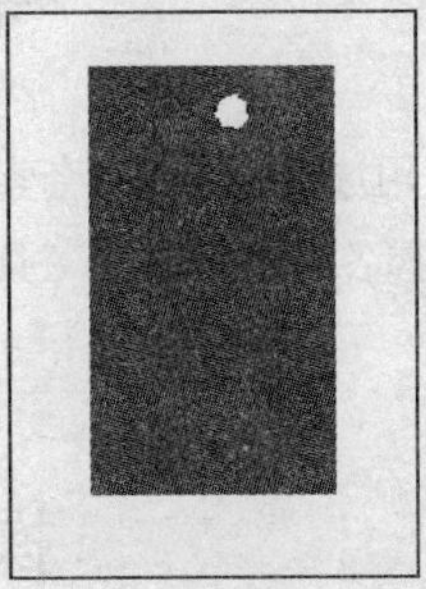

图 2.7.5 创建的圆形选区

（5）按“Ctrl+D”键取消选区，再按“Ctrl+O”键打开一个花的图像文件，单击工具箱中的“魔棒工具”按钮，设置“容差”值为 30，在花图像的背景处单击创建选区，效果如图 2.7.6 所示。

（6）选择 选择(S) → 反向(I) 命令，反选选区，将其中的“花”选取，效果如图 2.7.7 所示。

图 2.7.6 选取图像背景

图 2.7.7 反选选区效果

（7）选择 选择(S) → 羽化(F)... 命令，弹出“羽化选区”对话框，如图 2.7.8 所示，设置参数对“花”进行羽化处理。

（8）设置完成后，单击 确定 按钮。按“Ctrl+C”键复制选区内的“花”，然后单击新建图像，再按“Ctrl+V”键将复制到剪贴板中的图像粘贴到新建图像中，选择 编辑(E) → 自由变换(F) 命令，对复制的图像进行变换调整，效果如图 2.7.9 所示。

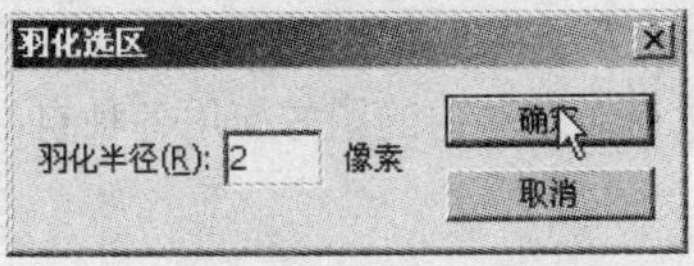

图 2.7.8 “羽化选区”对话框

图 2.7.9 调整图像效果

（9）单击工具箱中的“直排文字工具”按钮，设置其属性栏参数如图 2.7.10 所示。

图 2.7.10 “直排文字工具”属性栏

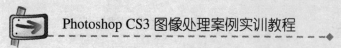

（10）设置完成后，在图像中输入文字“书山有路勤为径”，最终效果如图 2.7.1 所示。

本 章 小 结

本章主要讲解了使用选框工具组、套索工具组以及魔棒工具组等创建与编辑选区等知识，通过本章的学习，可使读者掌握各种选区创建工具的使用方法与技巧，并且能够对所创建的选区进行更加精确的修改和编辑操作。

操 作 练 习

一、填空题

1．基本选区工具有________、________和________。

2．软化选区的边缘可以得到________的效果，以便于图像的编辑和处理。

3．________工具可以选择图像内色彩相同或者相近的区域，而无须跟踪其轮廓。

4．利用________命令可在图像窗口中指定颜色来定义选区，并可通过指定其他颜色来增加活动选区。

二、选择题

1．在任何情况下，选择各种选框工具，并按住“Shift”键，然后在图像窗口中单击鼠标并拖动，都起着（ ）选区的作用。

（A）增加　　（B）镂空

（C）减去　　（D）交叉

2．利用（ ）命令可以将当前图像中的选区和非选区进行相互转换。

（A）反向　　（B）平滑

（C）羽化　　（D）边界

三、简答题

1．在 Photoshop CS3 中，如何平滑选区？

2．如何在 Photoshop CS3 中将一个选区保存，并在需要时再将其载入？

四、上机操作题

1．使用不同的工具创建选区，并对其进行渐变填充。

2．在一个图像文件中创建一个椭圆选区，然后对选区内的图像应用各种自由变换效果。

第 3 章　绘图与修饰工具

Photoshop CS3 工具箱中提供的大部分工具都是绘图与修饰工具，它们在绘画与修饰方面起着举足轻重的作用。用户利用这些工具可充分发挥自己的创造性，非常方便地对图像进行各种各样的编辑，从而制作出一些富有艺术性的作品。

知识要点

- 绘图工具
- 擦除图像工具
- 修饰图像画面
- 修复图像画面的瑕疵

3.1　绘 图 工 具

绘图是制作图像的基础，利用绘图工具可以直接在绘图区中绘制图形。绘图的基本工具包括画笔工具和铅笔工具，下面对其进行具体介绍。

3.1.1　画笔工具

单击工具箱中的“画笔工具”按钮，其属性栏如图 3.1.1 所示，可以在其中精确设置画笔的各项参数。

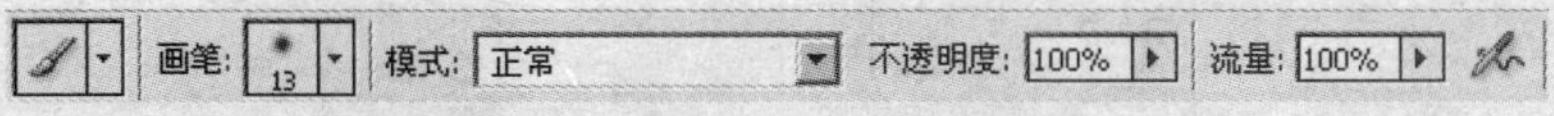

图 3.1.1　“画笔工具”属性栏

单击属性栏中的按钮，可弹出工具预设列表，如图 3.1.2 所示，单击预设列表右侧的“创建新的工具预设”按钮，可弹出“新建工具预设”对话框，如图 3.1.3 所示，在其中设置相关的参数，然后单击确定按钮即可将设置好的笔触属性添加到预设列表中。

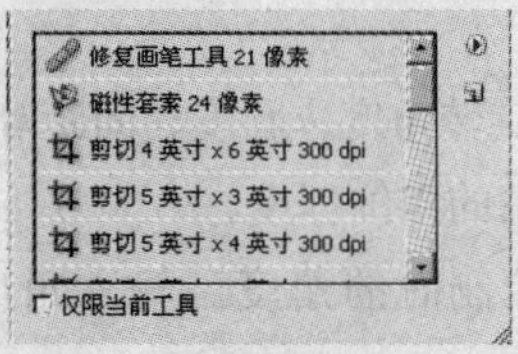

图 3.1.2　工具预设列表

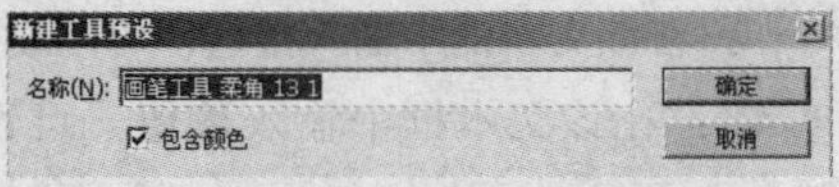

图 3.1.3　“新建工具预设”对话框

单击画笔:选项右侧的按钮，可弹出如图 3.1.4 所示的画笔下拉列表，可在其中选择画笔的笔触大小和笔触硬度，单击面板右侧的“新建”按钮，用户可以根据需要自己设定画笔。

单击模式:选项右侧的正常按钮，可弹出如图 3.1.5 所示的模式下拉列表，在不同的模式下，画笔在图像上产生的颜色将以不同的模式和其他图层中的颜色混合。

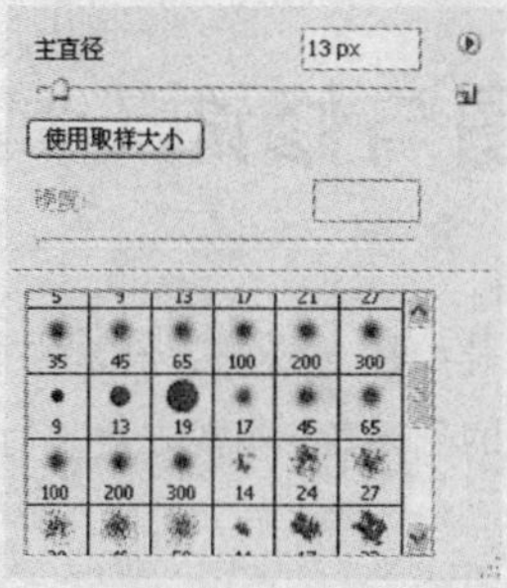

图 3.1.4　画笔下拉列表

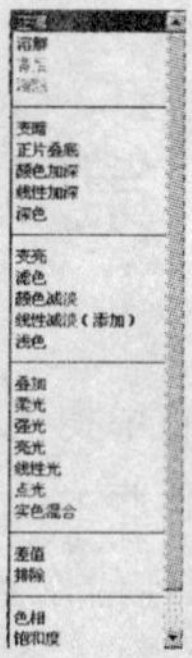

图 3.1.5　模式下拉列表

不透明度：在该文本框中输入数值，可以设置绘制图形时笔触的不透明程度，其对比效果如图 3.1.6 所示。

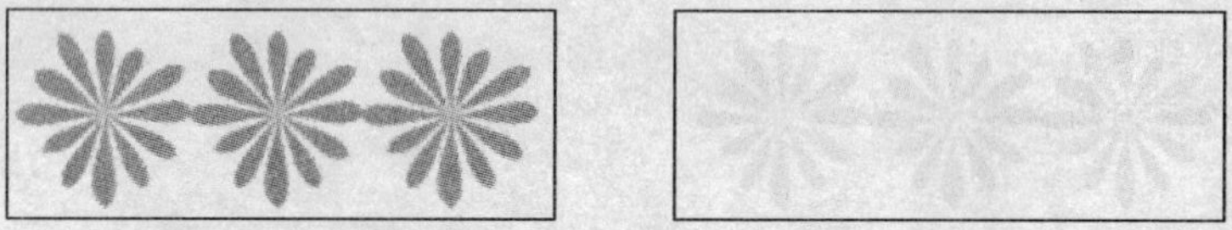

不透明度为 100%　　　　不透明度为 20%

图 3.1.6　不透明度对比效果

流量：在该文本框中输入数值，可以设置画笔的流量。

单击此按钮，可以启用喷枪工具，用于对图像应用渐变色调。

单击此按钮，可打开如图 3.1.7 所示的画笔面板。

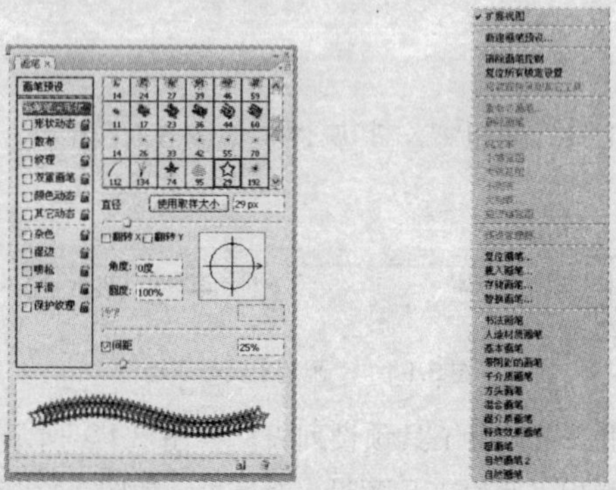

图 3.1.7　画笔面板

画笔面板中的各选项介绍如下：

（1）选择画笔笔尖形状选项，可在其中设置画笔的直径、旋转角度、圆度、间距等基本特性。

1）直径(D)：在该文本框中输入数值，可以设置绘制线条的粗细程度。

2）角度(A)：在该文本框中输入数值，可设置画笔绘制时的角度。输入角度数值范围为 $-180°\sim180°$。

3）选中☑间距复选框，可以设置绘制图形时两个绘制点之间的中心距离，取值范围为 1%～1 000%。

（2）选中☑形状动态复选框，画笔面板如图 3.1.8 所示，可以在其中设置画笔在绘制图形时的动态特性。

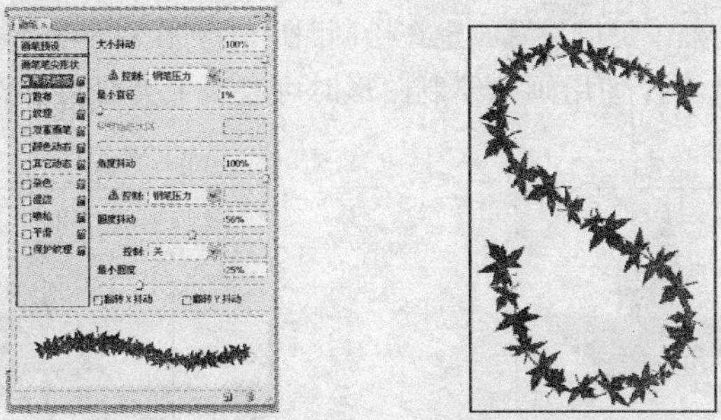

图 3.1.8　设置“形状动态”参数及其效果图

（3）选中散布复选框，画笔面板如图 3.1.9 所示，可在其中设置画笔在绘制图形时的各个绘制点杂乱散布的效果。

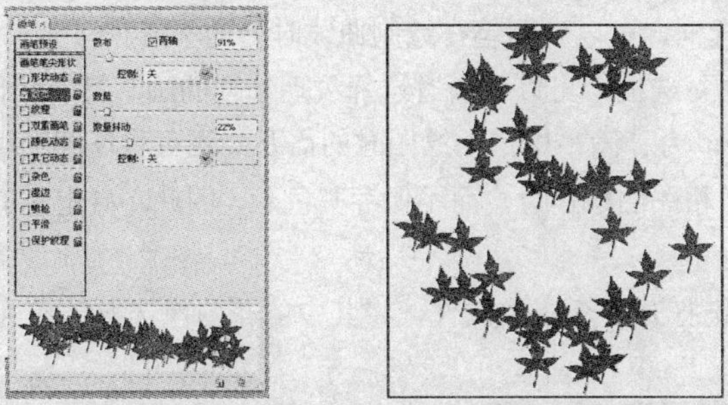

图 3.1.9　设置“散布”参数及其效果图

（4）选中纹理复选框，画笔面板如图 3.1.10 所示，可在其中设置画笔的纹理，使绘制出的图形不是单一的颜色，而是指定的纹理效果。

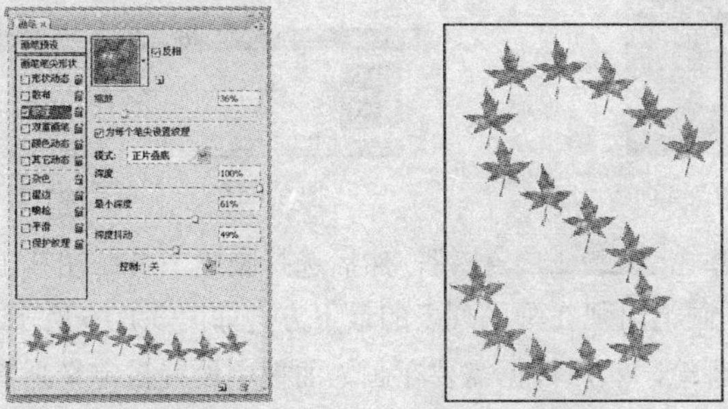

图 3.1.10　设置“纹理”参数及其效果图

（5）选中颜色动态复选框，画笔面板如图 3.1.11 所示，可在其中设置画笔在绘制图形时颜色自动发生变化的效果。

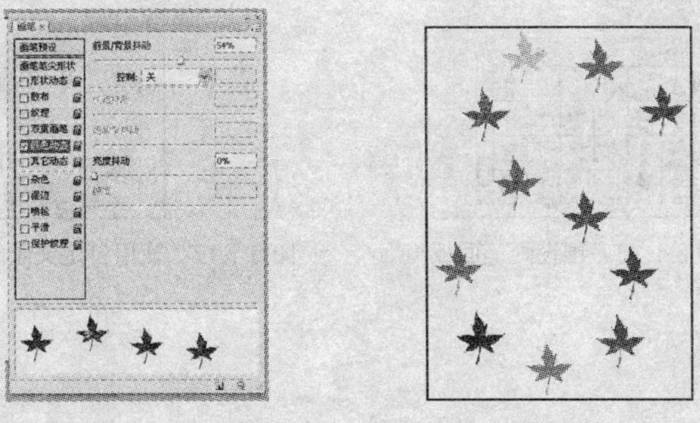

图 3.1.11　设置“颜色动态”参数及其效果图

（6）选中☑杂色复选框，可以设置画笔在绘制图形时产生的杂点数量，如图 3.1.12 所示。

（7）选中☑湿边复选框，使用画笔绘制图形时可以产生类似于水彩绘画的效果，如图 3.1.13 所示。

图 3.1.12　选中“杂色”复选框后绘制的图形

图 3.1.13　选中“湿边”复选框后绘制的图形

（8）选中☑喷枪复选框，使用画笔绘制图形时可以产生雾状图案效果，主要用来对图像上色。

（9）选中☑平滑复选框，可以使画笔在绘制曲线时更加平滑。

（10）选中☑保护纹理复选框，可以使所有选择纹理选项的画笔具有相同的比例。

在 Photoshop CS3 中，为了满足用户在绘图时的需要，还可将任意形状的选区图像定义为画笔。但是，在画笔中只保存了相关图像信息，而不保存其色彩，因此，自定义的画笔均为灰度图像。定义画笔的具体的操作方法如下：

（1）按“Ctrl+O”键打开一个图像文件，将其中的花图像选取，作为自定义画笔的图像区域，如图 3.1.14 所示。

（2）选择编辑(E)→定义画笔预设(B)...命令，弹出“画笔名称”对话框，如图 3.1.15 所示。

图 3.1.14　打开图像并创建选区

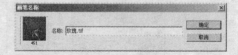

图 3.1.15　“画笔名称”对话框

（3）设置完成后，单击确定按钮，然后选择画笔工具，在其工具属性栏中打开画笔下拉列表，即可看到自定义的画笔出现在画笔列表的最下方，如图 3.1.16 所示。

（4）选择自定义的画笔，然后根据需要在画笔面板中设置自定义画笔的各项属性，然后进行绘制，效果如图 3.1.17 所示。

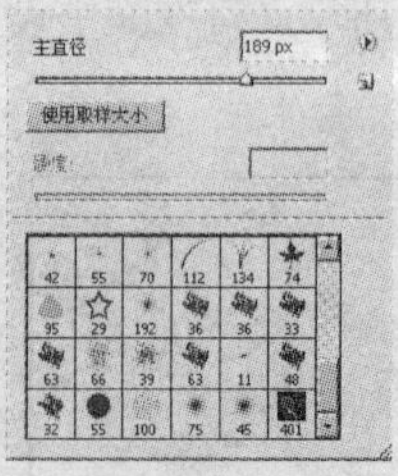

图 3.1.16　预设画笔面板

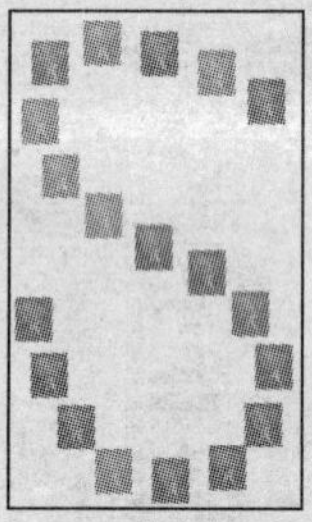

图 3.1.17　使用自定义画笔绘制的效果

3.1.2　铅笔工具

铅笔工具用于创建类似硬边手画的直线，线条比较尖锐，对位图图像特别有用。其使用方法与画笔工具类似，在工具箱中的“画笔工具”按钮上按下鼠标左键停留一会儿，然后在弹出的菜单中选择“铅笔工具”命令，即可选择该工具，如图 3.1.18 所示。选择铅笔工具后，在工作区中拖曳鼠标即可绘制图形，如图 3.1.19 所示。

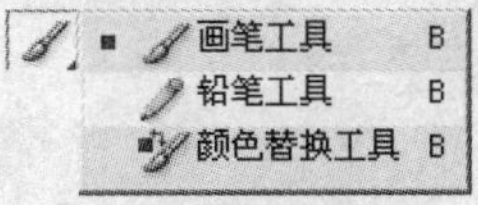

图 3.1.18　选择铅笔工具

图 3.1.19　使用铅笔工具绘制图形

“铅笔工具”属性栏和画笔工具相比，多了一个☑自动抹除复选框，此功能是铅笔工具的特殊功能。选中此复选框，所绘制效果与鼠标单击起始点的像素有关，当鼠标起始点的像素颜色与前景色相同时，铅笔工具可表现出橡皮擦功能，并以背景色绘图；如果绘制时鼠标起始点的像素颜色不是前景色，则所绘制的颜色是前景色。

提示：在按住“Shift”键的同时单击“铅笔工具”按钮，在图像中拖动鼠标可绘制直线。

3.2　擦除图像工具

要想擦除图像，可以利用工具箱中的橡皮擦工具、背景橡皮擦工具和魔术橡皮擦工具。这些工具位于工具箱中的橡皮擦工具组中，如图 3.2.1 所示。

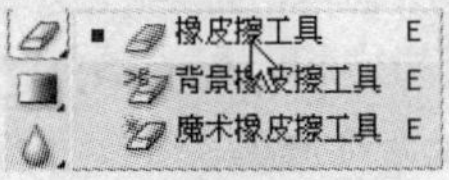

图 3.2.1　橡皮擦工具组

3.2.1　橡皮擦工具

使用橡皮擦工具擦除图像时，会以设置的背景色填充图像中被擦除的部分。单击工具箱中的“橡皮擦工具”按钮，其属性栏如图 3.2.2 所示。

图 3.2.2　“橡皮擦工具”属性栏

在“橡皮擦工具”属性栏中，模式:选项用于设置所要进行的擦除模式，在该选项的下拉列表中提供了 3 种擦除模式。画笔选项以画笔效果进行擦除；铅笔选项以铅笔效果进行擦除；块选项以方块形状效果进行擦除。如图 3.2.3 所示为不同擦除模式下的擦除效果。

选中☑抹到历史记录复选框，使用橡皮擦工具与使用历史记录画笔工具相似，可将指定的图像区域恢复至快照或某一操作步骤的状态。

注意：选择橡皮擦工具后，在图像中单击并拖动鼠标即可擦除图像。如果擦除的图像图层被部分锁定，擦除区域的颜色以背景色取代；如果擦除的图像图层未被锁定，擦除的区域将变成透明的区域，显示出原始背景层。

图 3.2.3　不同模式下的擦除效果

3.2.2　背景橡皮擦工具

背景橡皮擦工具可以清除图层中指定范围内的颜色像素，并以透明色代替被擦除的图像区域。单击工具箱中的“背景橡皮擦工具”按钮，其属性栏如图 3.2.4 所示。

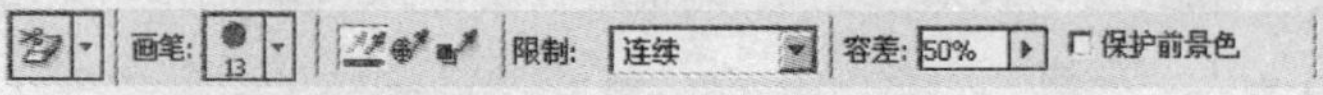

图 3.2.4　“背景橡皮擦工具”属性栏

该属性栏中的各选项含义介绍如下：

画笔:：该选项用于设置画笔的直径、硬度、间距等属性。

限制:：用于设置擦除的限制模式。在该选项的下拉列表中可以选择擦除时的擦除方式，包括 3 个选项：连续、不连续、查找边缘。使用“不连续”方式擦除时只擦除与擦除区域相连的颜色；使用“连续”方式擦除时将擦除图层上所有取样颜色；使用“查找边缘”擦除时能较好地保留擦除位置颜色反差较大的边缘轮廓。

容差:：用于确定擦除图像或选区的颜色容差范围。

☑ 保护前景色：用于防止擦除与工具栏中相匹配的颜色区域。

：用于确定擦除的取样方式，有连续、一次、背景色板 3 种模式。如果选择“连续”选项，进行擦除时会连续取样；如果选择“一次”选项，进行擦除时仅擦除按下鼠标左键时指针所在位置的颜色，并将该颜色设置为基准颜色进行擦除；如果选择“背景色板”选项，则只擦除图像中包含当前背景色的图像区域。如图 3.2.5 所示为应用不同擦除取样方式的擦除效果。

图 3.2.5　利用背景橡皮擦工具擦除图像效果

3.2.3　魔术橡皮擦工具

利用魔术橡皮擦工具可以擦除图像中颜色相近的区域，并且以透明色代替被擦除的区域。其擦除范围由属性栏中的容差值来控制，该工具的使用方法与魔棒工具相似，单击工具箱中的“魔术橡皮擦工具”按钮，其属性栏如图 3.2.6 所示，然后在图像中需要擦除的区域单击鼠标，即可将与鼠标的位置相近的颜色擦除。

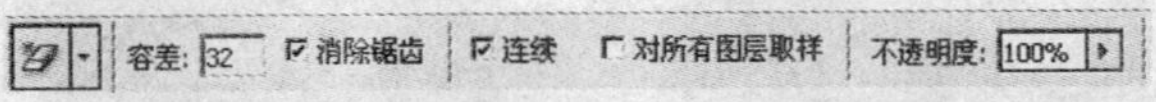

图 3.2.6　“魔术橡皮擦工具”属性栏

在容差: 文本框中输入数值，可以设置擦除颜色范围的大小，输入的数值越小则擦除的范围越小。

选中☑连续复选框，在擦除时只对连续的、符合颜色容差要求的像素进行擦除，如图 3.2.7（a）所示为选中“连续”复选框并单击鲜花后的擦除效果；而图 3.2.7（b）则为未选中“连续”复选框并单击鲜花后的擦除效果。

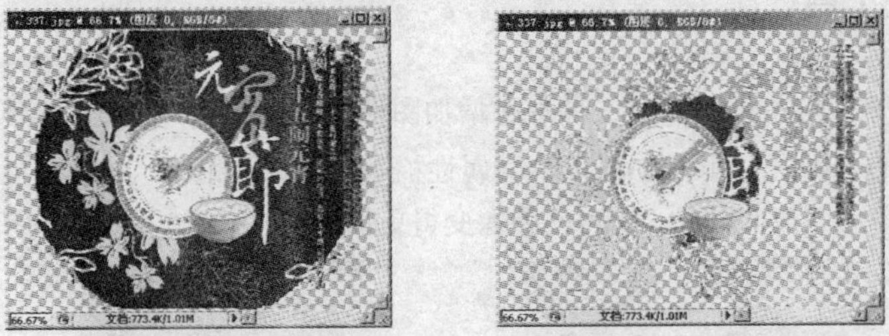

（a）　　　　　　（b）

图 3.2.7　利用魔术橡皮擦工具擦除图像效果

选中☑消除锯齿复选框，可以消除擦除图像边缘锯齿现象。

选中☑对所有图层取样复选框，可以针对所有图层中的图像进行操作。

在不透明度: 文本框中输入数值，可以设置擦除画笔的不透明度。

3.3　修饰图像画面

在处理图像的过程中，有时需要对图像画面的细节部分进行细微处理。在 Photoshop CS3 中提供了多个用于图像画面处理的工具，这些工具都位于工具箱中的修饰画面工具中。

3.3.1　模糊工具

模糊工具可以柔化图像中突出的色彩和较硬的边缘，使图像中的色彩过渡平滑，从而达到模糊图像的效果。单击工具箱中的“模糊工具”按钮，其属性栏如图 3.3.1 所示。

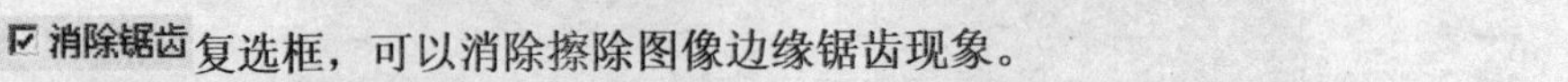

图 3.3.1　“模糊工具”属性栏

在模式: 下拉列表中可以设置画笔的模糊模式，包括正常、变暗、变亮、色相、饱和度、颜色和明度。

在强度: 文本框中可以设置图像处理的模糊程度，数值越大，其模糊效果就越明显。

选中☑对所有图层取样复选框，模糊处理可以对所有的图层中的图像进行操作；若取消选中该复选框，模糊处理只能对当前图层中的图像进行操作。

首先打开一个图像文件，在其属性栏中设置画笔大小、模式和模糊的强度，然后再将鼠标光标移至图像上单击并拖动即可。如图 3.3.2 所示为对图像的画面进行模糊处理的效果。

图 3.3.2　利用模糊工具处理图像效果

3.3.2　锐化工具

锐化工具与模糊工具功能恰好相反，即通过增加图像相邻像素间的色彩反差使图像的边缘更加清晰。单击工具箱中的“锐化工具”按钮，其属性栏与模糊工具相同，这里不再赘述。然后在图像中需要修饰的位置单击并拖动鼠标，即可使图像变得更加清晰，效果如图 3.3.3 所示。

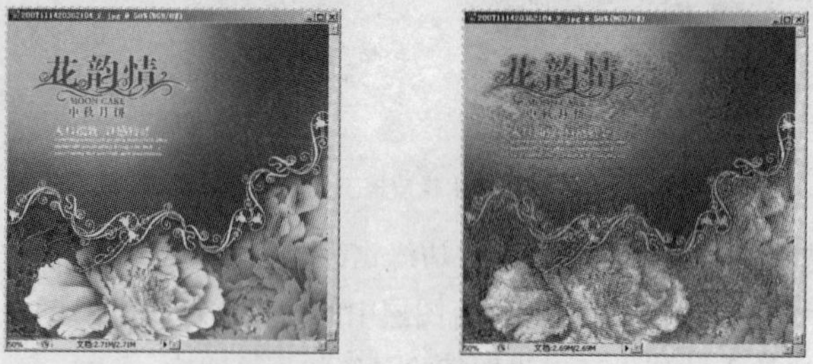

图 3.3.3　利用锐化工具处理图像效果

3.3.3　涂抹工具

涂抹工具可以模拟手指涂抹绘制的效果，在图像上以涂抹的方式融合附近的像素，创造柔和或模糊的效果。单击工具箱中的“涂抹工具”按钮，其属性栏如图 3.3.4 所示。

图 3.3.4　“涂抹工具”属性栏

该属性栏中的选项与锐化工具的属性栏基本相同。选中 ☑ 手指绘画 复选框，可以设置涂抹的颜色，即在图像中涂抹时用前景色与图像中的颜色混合；如果取消选中此复选框，涂抹工具使用的颜色则来自每一笔起点处的颜色。选中 ☑ 对所有图层取样 复选框，用于所有图层，可利用所有可见图层中的颜色数据来进行涂抹；若取消选中此复选框，则涂抹工具只使用当前图层的颜色。如图 3.3.5 所示为对图像的画面进行涂抹处理的效果。

图 3.3.5　利用涂抹工具处理图像效果

3.3.4　海绵工具

使用海绵工具可以调整图像的饱和度。在灰度模式下，通过使灰阶远离或靠近中间灰度色调来增加或降低图像的对比度。单击工具箱中的“海绵工具”按钮，其属性栏如图 3.3.6 所示。

图 3.3.6　“海绵工具”属性栏

模式:下拉列表用于设置饱和度调整模式。其中去色模式可降低图像颜色的饱和度，使图像中的灰度色调增强；加色模式可增加图像颜色的饱和度，使图像中的灰度色调减少，效果如图 3.3.7 所示。

图 3.3.7　使用海绵工具处理图像效果

3.3.5　减淡工具

利用减淡工具可以对图像中的暗调进行处理，增加图像的曝光度，使图像变亮。单击工具箱中的“减淡工具”按钮，其属性栏如图 3.3.8 所示。

图 3.3.8　“减淡工具”属性栏

范围:下拉列表用于设置减淡工具所用的色调。其中中间调选项用于提高中等灰度的亮度；暗调选项用于提高暗调区域的亮度；高光选项将进一步增加高亮区域的亮度。

曝光度:文本框用于设置图像的减淡程度，其取值范围为 0～100%，输入的数值越大，对图像减淡的效果就越明显。

当需要对图像进行亮度处理时，可先打开一个图像文件，然后单击需要减淡的图像部分即可将图像的颜色进行减淡，如图 3.3.9 所示为对图像的局部进行减淡处理的效果。

图 3.3.9　利用减淡工具处理图像效果

注意：在“减淡工具”属性栏的“画笔”下拉列表中包含着许多不同类型的画笔样式。选择边缘较柔和的画笔样式进行操作，可以产生曝光度变化比较缓和的效果；选择边缘较生硬的画笔样式进行操作，可以产生曝光度比较强烈的效果。

3.3.6 加深工具

加深工具可以改变图像特定区域的曝光度，使图像变暗。单击工具箱中的“加深工具”按钮，其属性栏如图 3.3.10 所示。

图 3.3.10 “加深工具”属性栏

在 范围: 下拉列表中可以选择 阴影 、 中间调 与 高光 选项。

在 曝光度: 文本框中输入数值，可设置图像曝光的强度。

当需要降低图像的曝光度时，可先打开一个图像文件，然后单击需要加深的图像部分即可将图像的颜色进行加深，如图 3.3.11 所示为对图像的局部进行加深处理的效果。

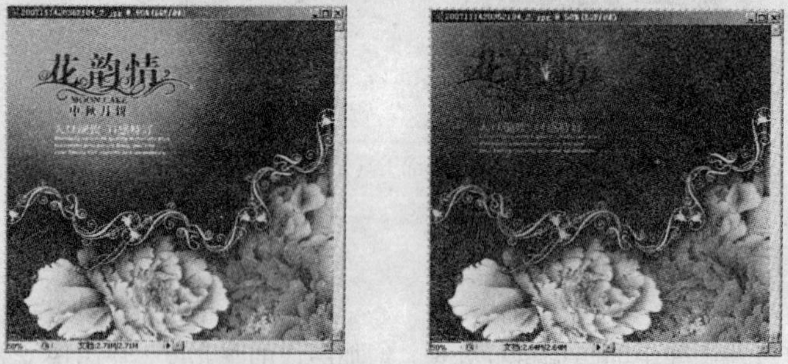

图 3.3.11 利用加深工具处理图像效果

3.4 修复图像画面的瑕疵

Photoshop CS3 提供了仿制图章工具、修复画笔工具、修补工具、红眼工具和污点修复画笔工具等多个用于修复图像的工具。利用这些工具，用户可以有效地清除图像上的杂质、刮痕和褶皱等图像画面的瑕疵。

3.4.1 仿制图章工具

利用仿制图章工具可以将取样的图像应用到其他图像或同一图像的其他位置。单击工具箱中的“仿制图章工具”按钮，其属性栏如图 3.4.1 所示。

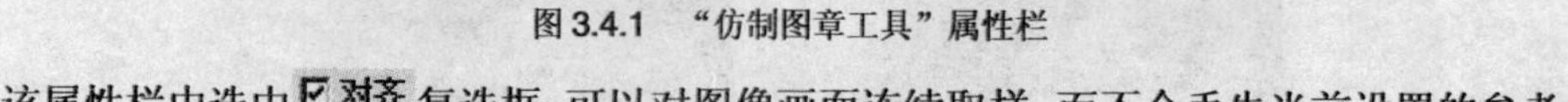

图 3.4.1 “仿制图章工具”属性栏

在该属性栏中选中 ☑对齐 复选框，可以对图像画面连续取样，而不会丢失当前设置的参考点位置；若取消选中该复选框，则会在每次停止并重新开始仿制时，使用最初设置的参考点位置。

用仿制图章工具复制图像时，首先要在按住“Alt”键的同时利用该工具单击要复制的图像范围取样，然后在要复制的目标位置处单击鼠标即可复制原图像到该位置。如图 3.4.2 所示为使用仿制图章工具复制图像后的效果。

图 3.4.2　使用仿制图章工具复制图像

注意：当使用仿制图章工具进行复制时，在图像的取样处会出现一个十字线标记，表示当前正复制取样处的原图部分。

3.4.2　修复画笔工具

使用修复画笔工具复制或填充图案的时候，会将取样点的像素自然融入复制到的图像中，而且还可以将样本的纹理、光照、透明度和阴影与所修复的图像像素进行匹配，使被修复的图像和周围的图像完美结合。单击工具箱中的“修复画笔工具”按钮，其属性栏如图 3.4.3 所示。

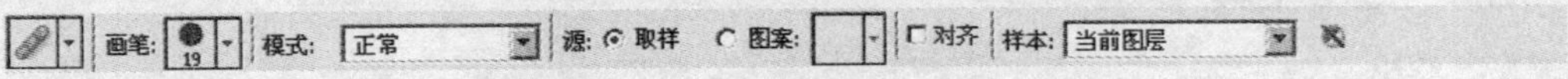

图 3.4.3　“修复画笔工具”属性栏

在源:选项区中选中取样单选按钮，可使当前图像的像素作为样本，设置样本时，按住“Alt”键在图像中单击鼠标左键，即可完成像素的取样；选中图案:单选按钮，可使图案作为样本，用户可单击其右侧的下拉按钮，在弹出的图案列表中选择需要的图案。选中对齐复选框，可对图像连续取样，即使释放鼠标也不会丢失当前的取样点；如果取消选中此复选框，则会在释放鼠标后停止取样，并且从再次单击鼠标的位置重新开始取样。

使用修复画笔工具修复图像的效果如图 3.4.4 所示。

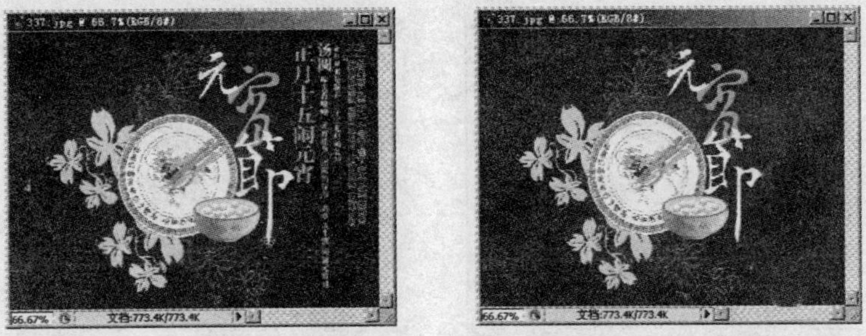

图 3.4.4　使用修复画笔工具修复图像

3.4.3　修补工具

使用修补工具可以用图像中其他区域或图案中的像素来修补选中的区域，与修复画笔工具一样，修补工具会将样本像素的纹理、光照和阴影与源像素进行匹配。单击工具箱中的“修补工具”按钮，其属性栏如图 3.4.5 所示。

图 3.4.5 “修补工具”属性栏

在修补:选项区中选中 源单选按钮，拖动图像中的选区到另一个区域，则原选区中的图像会被目标位置处的图像填充。选中 目标单选按钮，拖动图像中的选区到另一个区域，则会用原选区中的图像填充目标选区中的图像。选中 透明复选框，可设置修补区域的透明度。单击使用图案按钮，可设置修补区域使用图案填充，并将图案融合到背景图像中。

使用修补工具修补图像的效果如图 3.4.6 所示。

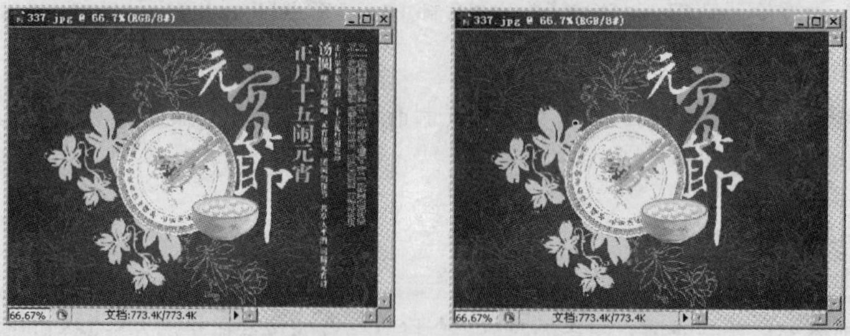

图 3.4.6 使用修补工具修补图像

3.4.4 红眼工具

使用红眼工具可消除用闪光灯拍摄的人物照片中的红眼，也可以消除用闪光灯拍摄的动物照片中的白色或绿色反光。单击工具箱中的“红眼工具”按钮，其属性栏如图 3.4.7 所示。

图 3.4.7 “红眼工具”属性栏

在瞳孔大小:文本框中可以设置瞳孔（眼睛暗色的中心）的大小。在变暗量:文本框中可以设置瞳孔的暗度，百分比越大，则变暗的程度越大。

使用红眼工具消除照片中的红眼效果如图 3.4.8 所示。

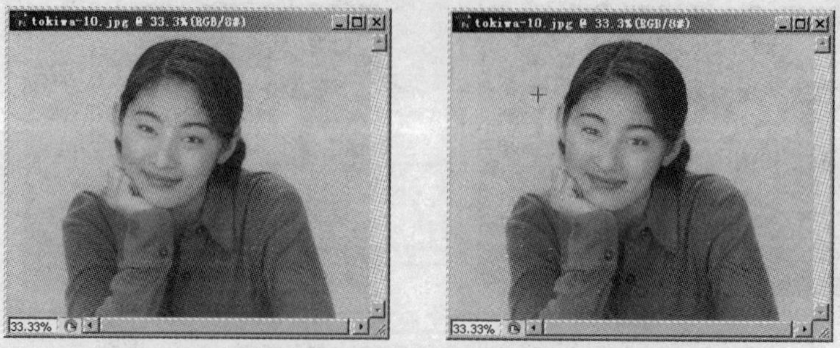

图 3.4.8 使用红眼工具消除照片中的红眼

3.4.5 污点修复画笔工具

污点修复画笔工具可以快速地修复图像中的污点以及其他不够完美的地方。污点修复画笔工具的工作原理与修复画笔工具相似，它从图像或图案中提取样本像素来涂改需要修复的地方，使需要修改的地方与样本像素在纹理、亮度和透明度上保持一致。单击工具箱中的“污点修复画笔工具”按钮，其属性栏如图 3.4.9 所示。

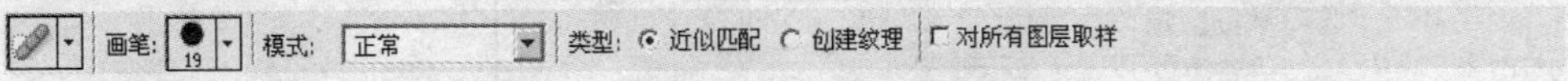

图 3.4.9　“污点修复画笔工具”属性栏

在 类型: 选项区中可以选择修复后的图像效果，包括 近似匹配 和 创建纹理 两个单选按钮，修复时选中 近似匹配 单选按钮，则使用选区边缘周围的像素来查找要用做选定区域修补的图像；修复时选中 创建纹理 单选按钮，则使用选区中的所有像素创建用于修复该区域的纹理。

选择污点修复画笔工具，然后在图像中想要去除的污点上单击或拖曳鼠标，即可将图像中的污点消除，而且被修改的区域可以无缝混合到周围的图像环境中，效果如图 3.4.10 所示。

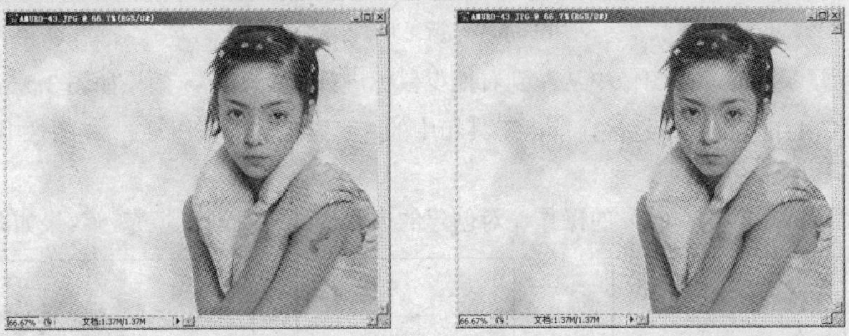

图 3.4.10　使用污点修复画笔工具修复图像

3.5　课堂实训——绘制燃烧的蜡烛

本节综合运用前面所学的知识绘制燃烧的蜡烛，最终效果如图 3.5.1 所示。

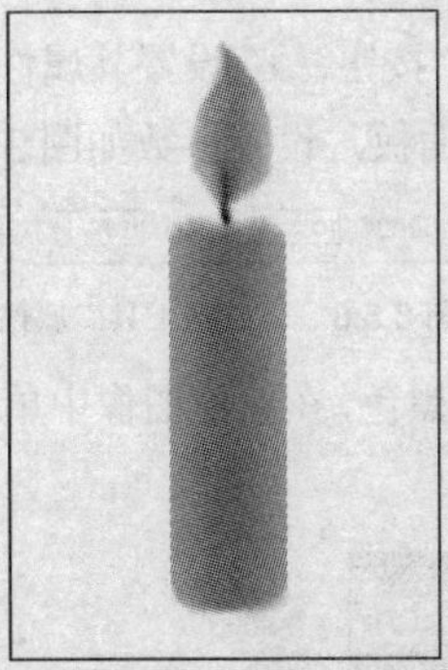

图 3.5.1　最终效果图

操作步骤

（1）选择 文件(F) → 新建(N)... 命令，弹出“新建”对话框，设置参数如图 3.5.2 所示。设置完成后，单击 确定 按钮，新建一个图像文件。

（2）单击工具箱中的“矩形选框工具”按钮，在新建图像中绘制一个矩形选区，如图 3.5.3 所示。

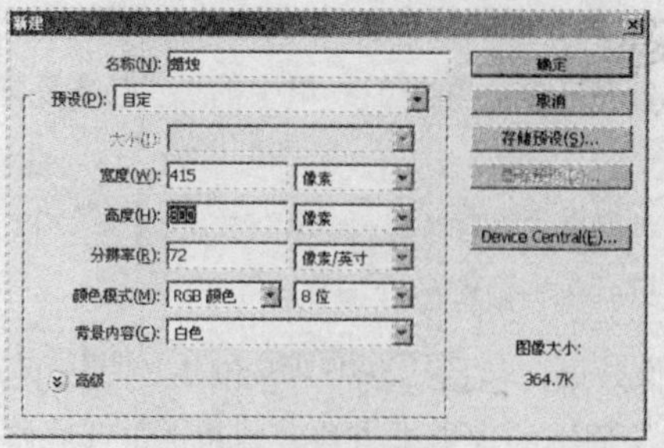

图 3.5.2 “新建”对话框

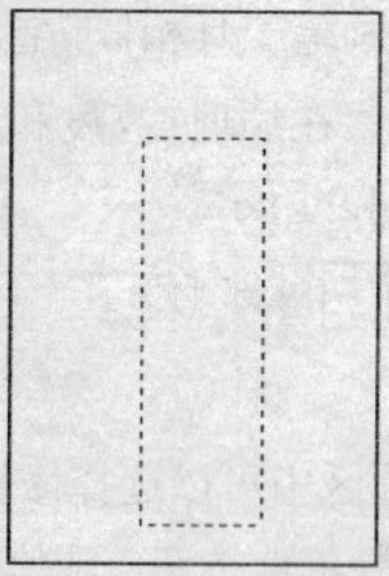

图 3.5.3 创建的矩形选区

（3）单击工具箱中的“渐变工具”按钮，设置其属性栏参数如图 3.5.4 所示。

图 3.5.4 “渐变工具”属性栏

（4）设置好参数后，在图像中从左到右拖曳鼠标进行渐变填充，效果如图 3.5.5 所示。

（5）按“Ctrl+D”键取消选区，单击工具箱中的“套索工具”按钮，在图像中创建火焰选区，效果如图 3.5.6 所示。

（6）重复步骤（3）～（4）的操作，对创建的火焰选区进行渐变填充，效果如图 3.5.7 所示。

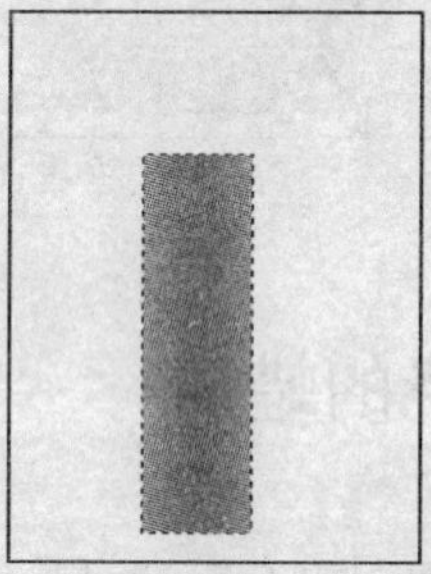

图 3.5.5 填充渐变效果

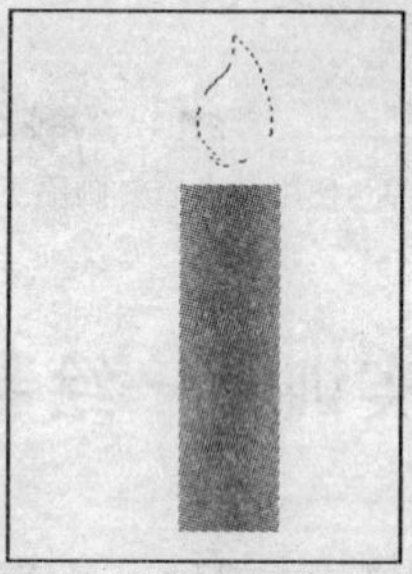

图 3.5.6 创建的火焰选区

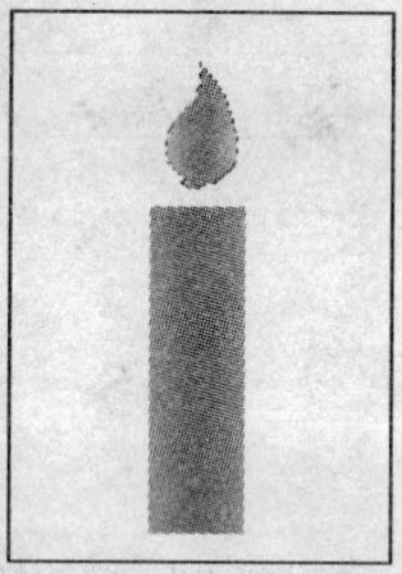

图 3.5.7 填充火焰选区效果

（7）单击工具箱中的“画笔工具”按钮，设置其属性栏参数如图 3.5.8 所示，单击其中的“切换画笔面板”按钮，即可打开画笔面板，设置参数如图 3.5.9 所示。

图 3.5.8 “画笔工具”属性栏

（8）设置完成后，将前景色设置为黑色，在新建图像中单击并拖动鼠标绘制灯芯，效果如图 3.5.10 所示。

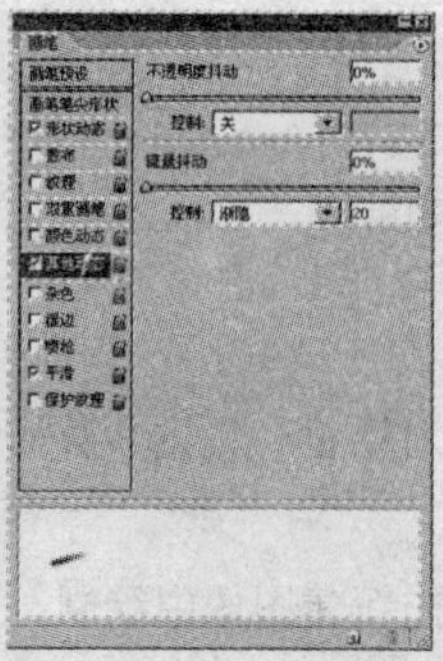

图 3.5.9 画笔面板参数设置

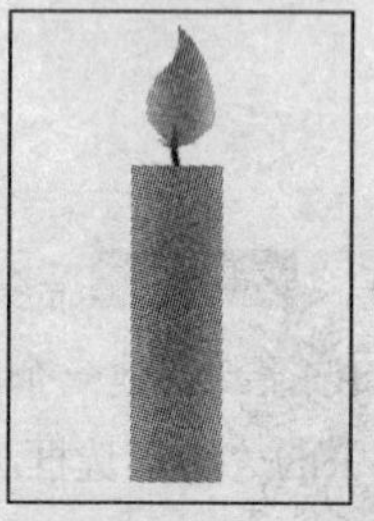

图 3.5.10 绘制的灯芯效果

（9）单击工具箱中的“涂抹工具”按钮，设置其属性栏参数如图 3.5.11 所示。

图 3.5.11 “涂抹工具”属性栏

（10）设置完成后，在图像中单击并拖动鼠标，对绘制的蜡烛进行涂抹修改，最终效果如图 3.5.1 所示。

本章小结

本章主要讲解了绘图工具、擦除图像工具、修饰图像画面、修复图像画面的瑕疵等知识，通过本章的学习，可使读者掌握各种绘图工具与修饰工具的使用方法和技巧，以便在处理图像的过程中更加快速地完成任务。

操作练习

一、填空题

1. 绘图的基本工具包括_________和_________，此外还可以使用形状工具来绘制各种形状。
2. _________工具用于创建类似硬边手画的直线，线条比较尖锐，对位图图像特别有用。
3. 要想擦除图像，可利用工具箱中的_________、_________和_________3 种工具来擦除图像。
4. 利用_________工具可以在图中绘制边缘较硬的线条及图像。
5. 利用_________可以对图像中的暗调进行处理，增加图像的曝光度，使图像变亮。
6. 利用_________可以将取样的图像应用到其他图像或同一图像的其他位置。

二、选择题

1. 如果选中“铅笔工具”属性栏中的“自动抹掉”复选框，可以将铅笔工具设置成类似（ ）工具。

（A）仿制图章　　（B）魔术橡皮擦

（C）背景橡皮擦　　（D）橡皮擦

2. 利用（ ）工具可以擦除图层中具有相似颜色的区域，并以透明色替代被擦除的区域。

（A）魔术橡皮擦　　（B）橡皮擦

（C）背景橡皮擦　　（D）仿制图章

3. 利用（ ）工具可以使图像像素之间的反差缩小，从而形成调和、柔化的效果。

（A）锐化　　（B）模糊

（C）加深　　（D）海绵

4. 利用（ ）工具可降低图像的曝光度，使图像颜色变深，更加鲜艳。

（A）锐化　　（B）减淡

（C）涂抹　　（D）加深

5. 利用（ ）工具可以清除图像中的蒙尘、划痕及褶皱等，同时保留图像的阴影、光照和纹理等效果。

（A）污点修复画笔　　（B）修补

（C）修复画笔　　（D）背景橡皮擦

三、简答题

1. 如何自定义画笔笔触？
2. 简述如何使用艺术画笔工具处理图像效果。
3. 修复画笔工具与什么工具相似，可对图像进行什么操作？
4. 如何使用修补工具修饰图像？

四、上机操作题

1. 打开一幅红眼照片，使用本章所学的红眼工具修复照片画面的瑕疵。
2. 利用本章所学画笔工具，绘制一幅如题图 3.1 所示的图形。
3. 利用本章所学绘图工具，绘制一幅如题图 3.2 所示的图形。

题图 3.1　效果图

题图 3.2　效果图

第 4 章　图层的使用

图层是 Photoshop 软件工作的基础，它是进行图形绘制和处理的重要工具，灵活的使用图层可以创建各种各样的图像效果。

知识要点

- 图层简介
- 创建与编辑图层
- 填充与调整图层
- 图层的混合模式和特殊样式
- 图层蒙版的使用

4.1　图 层 简 介

图层在 Photoshop CS3 图像处理中起着十分重要的作用，许多 Photoshop 爱好者甚至将图层称为 Photoshop 的灵魂。

4.1.1　图层的概念

在实际创作中，将图画的各个部分分别画在不同的透明纸上，每一张透明纸可以视为一个图层，将这些透明纸叠放在一起，从而得到一幅完整的图像。在 Photoshop CS3 中将图像的每一部分放到不同的图层中，这些图层叠放在一起就形成了一幅完整的图像。

图层与图层之间彼此独立，用户可以对每一层或某些图层中的图像内容进行各种操作，而不会对其他图层的内容造成影响。打开一个包含有多个图层的图像文件后，在图层面板中将显示出该图像的图层信息。如图 4.1.1 所示为打开的图像及图层面板。

图 4.1.1　打开的图像及图层面板

虽然图像中的各图层相对独立，但是一个图像文件中的所有图层都具有相同的分辨率、通道数和色彩模式。

4.1.2 图层面板

在默认状态下，图层面板显示在 Photoshop CS3 工作界面的右侧，如果没有显示，可选择菜单栏中的 窗口(W) → 图层 命令，打开图层面板，如图 4.1.2 所示。

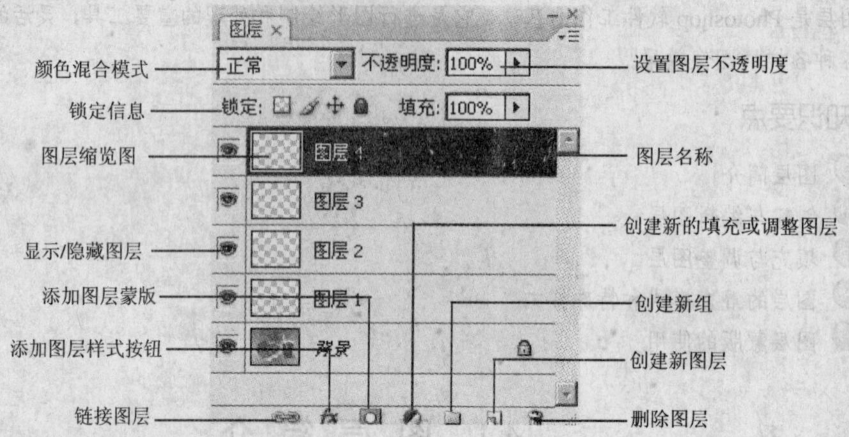

图 4.1.2 图层面板

下面对图层面板中的各选项功能进行介绍：

（1）正常 下拉列表框：从中可以选择 25 种混合模式。使用这些混合模式，可以混合所选图层中的图像与下方所有图层中的图像。

（2）不透明度: 文本框：用于设置当前图层的整体不透明度。

（3）填充: 文本框：用于设置图层内部的不透明度，当对图层使用了类似渐变填充的工具后，在文本框中直接输入数值，可以控制渐变填充后图层的不透明度。

（4）“锁定透明像素”按钮：可使当前图层的透明区域一直保持透明效果。

（5）“锁定图像像素”按钮：可将当前图层中的图像锁定，不能进行编辑。

（6）“锁定位置”按钮：可锁定当前图层中的图像所在位置，使其不能移动。

（7）“全部锁定”按钮：可同时锁定图像的透明度、像素及位置，不能进行任何修改。

（8）“眼睛”图标：此图标用于显示或隐藏图层。当图标显示为时，此图层处于隐藏状态；图标显示为时，此图层处于显示状态。如果图层被隐藏，对该层进行任何编辑操作都不起作用。

（9）图层面板中部：在图层面板中以蓝色显示的图层，表示正在编辑，因此称为当前图层。每个图层在图层面板中都会有一个缩览图，用于显示该图层中的图像内容。

另外，在图层面板下方还有 7 个工具按钮，主要用于图层的调整与修饰，各按钮的功能介绍如下：

（1）链接图层：表示该图层和另一个图层有链接关系。对有链接关系的图层操作时，会同时作用于链接的两个图层上。

（2）添加图层样式 fx.：可从弹出的下拉菜单中选择一种图层样式，以应用于当前图层。

（3）图层蒙版：可在当前图层上创建图层蒙版。

（4）创建新的填充与调整图层：可从弹出的下拉菜单中选择填充图层或调整图层。

（5）创建新组：可以创建一个新的图层序列。

（6）创建新图层：可以创建一个新图层。

（7）删除图层：可将当前图层删除，或用鼠标将图层拖至此按钮上删除。

4.1.3　图层的分类

在 Photoshop CS3 中，用户可以根据需要创建不同的图层来用于编辑处理，常用的图层类型有以下 6 种。

（1）背景图层：使用白色背景或彩色背景创建新图像或打开一个图像文件时，位于图层控制面板最下方的图层称为背景层。一幅图像只能有一个背景层，且该图层有其局限性，不能对背景层的排列顺序、混合模式或不透明度进行调整，但是，可以将背景图层转换为普通图层后再对其进行调整。

（2）普通图层：该类图层即一般意义上的图层，它位于背景图层的上方。

（3）文本图层：使用文字工具在图像中单击即可创建文本图层，有些图层调整功能不能用于文本图层，可先将文本图层转换为普通图层，即栅格化文本图层后对其进行普通图层的操作。

（4）调整图层：用户可以通过该类图层存储图像颜色和色调调整后的效果，而并不对其下方图像中的像素产生任何影响。

（5）填充图层：该类图层对其下方的图层没有任何作用，只是创建使用纯色、渐变色和图案填充的图层。

（6）形状图层：使用形状工具组可以创建形状图层，也称为矢量图层。

4.2　创 建 图 层

图层的创建包括创建普通图层、创建背景图层、创建文本图层、创建形状图层以及创建图层组等。

4.2.1　创建普通图层

创建普通图层的方法有多种，可以直接单击图层面板中的“创建新图层”按钮进行创建，也可通过单击图层面板右上角的按钮，从弹出的面板菜单中选择新建图层命令，弹出“新建图层”对话框，如图 4.2.1 所示。

在名称(N):文本框中可输入新图层的名称，单击颜色(C):右侧的按钮，可从弹出的下拉列表中选择图层的颜色，可在模式(M):下拉列表中选择图层的混合模式。

单击确定按钮，即可在图层面板中显示创建的新图层，如图 4.2.2 所示。

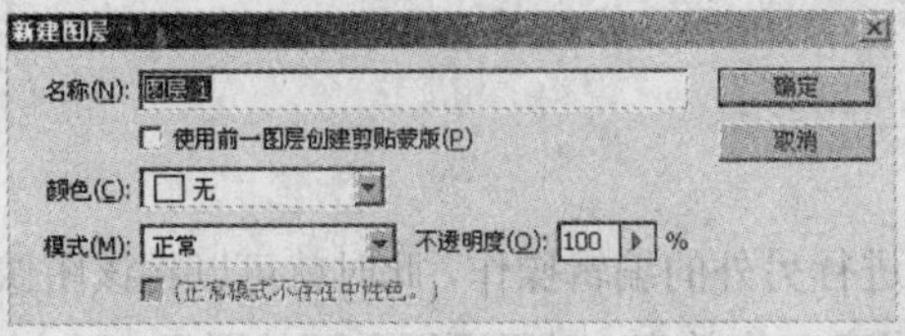

图 4.2.1　“新建图层”对话框

图 4.2.2　新建图层

4.2.2　创建背景图层

如果要创建新的背景图层，可在图层面板中选择需要设定为背景图层的普通图层，然后选择图层(L) → 新建(W) → 图层背景(B)命令，即可将普通图层设定为背景图层。如图 4.2.3 所示为将左图中的“图层 1”设定为“背景”图层。

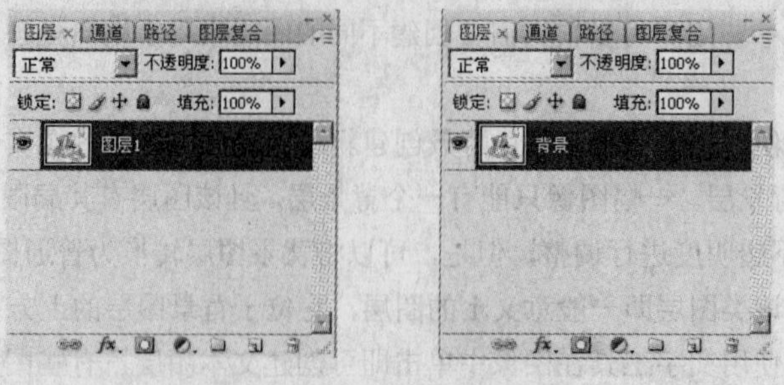

图 4.2.3　创建背景图层

如果要对背景图层进行相应的操作，可在背景图层上双击鼠标，弹出“新建图层”对话框，单击 确定 按钮，则将背景图层转换为普通图层，即可对该图层进行相应的操作。

4.2.3　创建图层组

创建图层组有多种方法，可以直接单击图层面板中的“创建新组”按钮进行创建，也可单击图层面板右上角的按钮，在弹出的面板菜单中选择 新建组(G)... 命令，创建一个图层组，如图 4.2.4 所示。

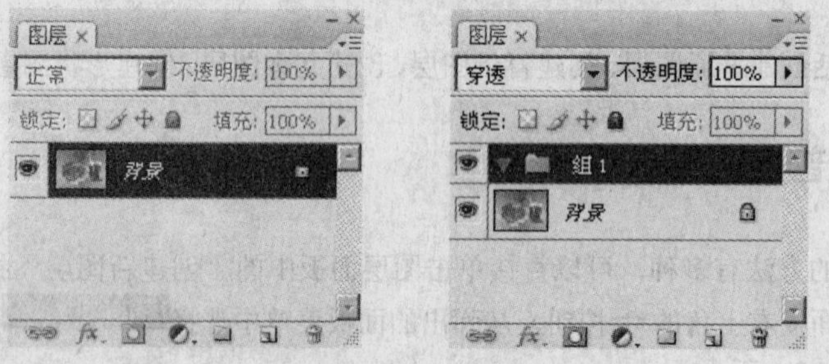

图 4.2.4　创建图层组

4.3　编 辑 图 层

在图层面板中，用户不仅可以对新建的图层进行复制与删除，而且还可以链接和合并图层。

4.3.1　复制与删除图层

在处理图像时，有时需要对同一幅图像进行另外的编辑操作，此时就可以将该图像所在的图层进行复制，再进行编辑，这样可以节省时间，提高工作效率。对于不再需要的图层，用户可以将其删除，这样可以减小图像文件的大小，便于操作。

复制图层的方法有以下两种：

（1）用鼠标将需要复制的图层拖动到图层面板底部的“创建新图层”按钮上，当鼠标指针变成形状时释放鼠标，即可复制此图层。复制的图层在图层面板中会是一个带有副本字样的新图层，如图 4.3.1 所示。

（2）单击图层面板右上角的 按钮，从弹出的面板菜单中选择 复制图层... 命令，弹出“复制图层”对话框，如图 4.3.2 所示，在 为(A): 文本框中输入复制图层的名称，然后单击 确定 按钮，即可复制图层。

删除图层的方法有以下 3 种：

（1）在图层面板中选择要删除的图层，单击“删除图层”按钮 ，即可将该图层删除。

（2）在图层面板中所要删除的图层上单击鼠标右键，在弹出的快捷菜单中选择 删除图层 命令，弹出如图 4.3.3 所示的提示框，单击 是(Y) 按钮，即可将该图层删除。

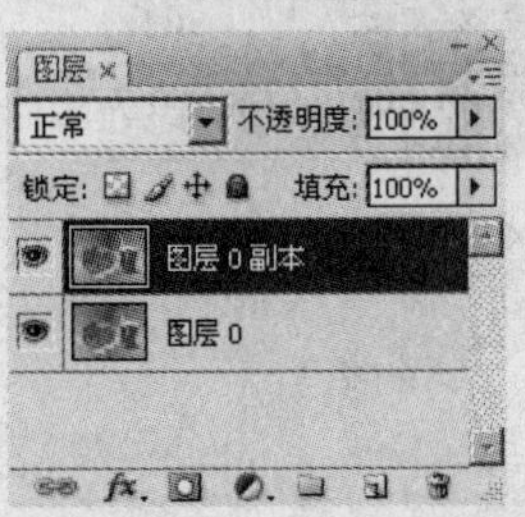

图 4.3.1　复制图层

图 4.3.2　“复制图层”对话框

图 4.3.3　提示框

（3）在图层面板中选择要删除的图层，单击图层面板右上角的 按钮，在弹出的面板菜单中选择 删除图层 命令即可。

4.3.2　链接与合并图层

要链接图层只需要在图层面板中选择需要链接的图层，然后再单击图层面板底部的“链接图层”按钮 ，即可将图层链接起来。在链接图层过程中，按住“Shift”键可选择连续的几个图层，按住“Ctrl”键可分别选择需要链接的图层。

若要合并图层，Photoshop CS3 提供了以下 3 种方式，它们都包含在 图层(L) 菜单中。

（1） 向下合并(E)：可将当前图层与它下面的一个图层进行合并，而其他图层则保持不变。

（2） 合并可见图层(V)：可将图层面板中所有可见的图层进行合并，而被隐藏的图层将不被合并。

（3） 拼合图像(F)：可将图像窗口中所有的图层进行合并，并放弃图像中隐藏的图层。若有隐藏的图层，在使用该命令时会弹出一个提示框，提示用户是否要放弃隐藏的图层，用户可以根据需要单击相应的按钮。若单击 确定 按钮，合并后将会丢掉隐藏图层中的内容；若单击 取消 按钮，可取消合并操作。

技巧：按“Ctrl+E”键，即可合并链接图层；按“Shift+Ctrl+E”键，即可合并所有的可见图层。

4.3.3　排列图层顺序

在操作过程中，上面图层的图像可能会遮盖下面图层的图像，图层的叠加顺序不同，组成图像的视觉效果也就不同，合理地排列图层顺序可以得到不同的图层组合效果。排列图层顺序有以下两种方法：

（1）选择要排列顺序的图层，然后用鼠标单击并将其拖动至指定的位置上即可，效果如图 4.3.4

所示。

（2）选择要调整顺序的图层，然后选择 图层(L) → 排列(A) 命令，弹出如图 4.3.5 所示的子菜单，在其中直接选择需要的命令即可。

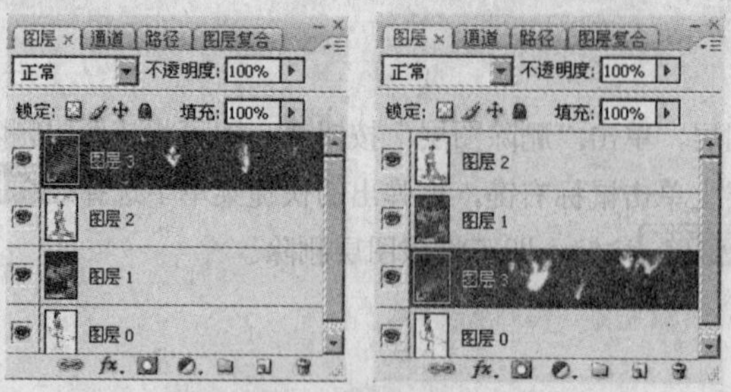

图 4.3.4 调整图层顺序

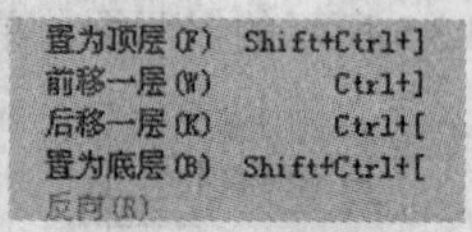

图 4.3.5 排列图层顺序菜单

4.3.4 将选区中的图像转换为新图层

用户不但可以新建图层，还可以将创建的选区转换为新图层。具体的操作方法有以下两种：

（1）打开一个图像文件，并在其中创建一个选区，选择 图层(L) → 新建(N) → 通过拷贝的图层(C) 命令，即可将选区中的图像拷贝到一个新图层中，效果如图 4.3.6 所示。

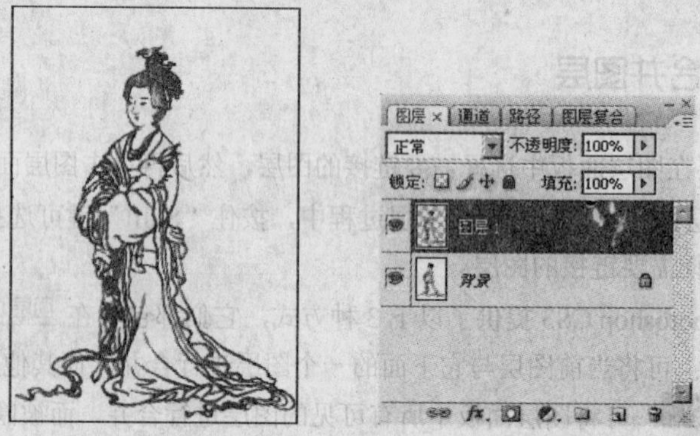

图 4.3.6 通过拷贝的图层命令新建图层

（2）通过剪切选区中的图像也可新建图层，选择 图层(L) → 新建(N) → 通过剪切的图层(T) 命令，即可将选区中的图像剪切到一个新图层中。再利用移动工具 移动其位置，效果如图 4.3.7 所示。

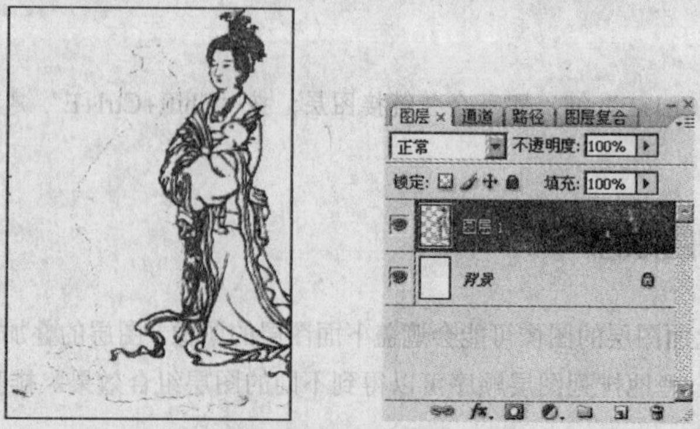

图 4.3.7 通过剪切的图层命令新建图层

4.4　填 充 图 层

填充图层是一种特殊的图层，可以用纯色、渐变或图案填充图层，也可设置填充的方向、角度等，创建填充图层不会影响其下方的图层。

4.4.1　纯色填充

打开一幅如图 4.3.6 所示的图像，选择菜单栏中的 图层(L) → 新建填充图层(W) → 纯色(O)... 命令，弹出“新建图层”对话框，如图 4.4.1 所示。

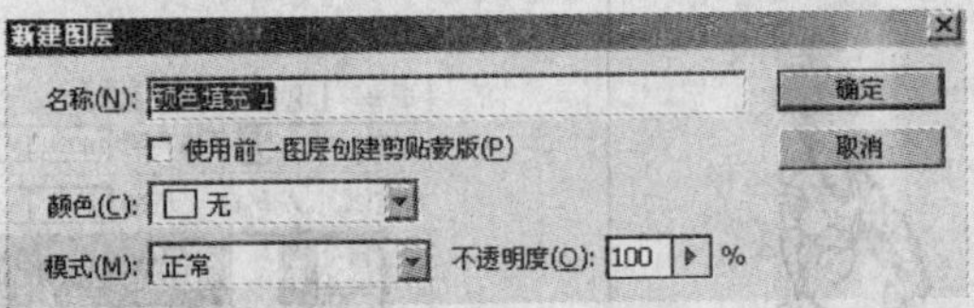

图 4.4.1　“新建图层”对话框

设置好相关参数后，单击 确定 按钮，即可弹出“拾取实色”对话框，如图 4.4.2 所示。

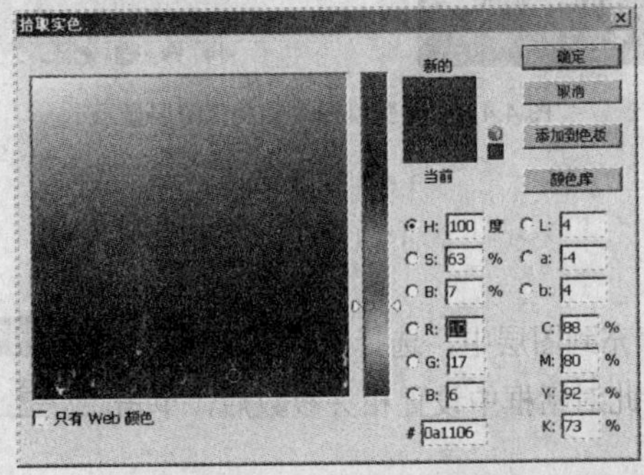

图 4.4.2　“拾取实色”对话框

在此对话框中可选择一种需要的颜色，单击 确定 按钮，将在确认的图层上显示创建的填充图层，如图 4.4.3 所示。

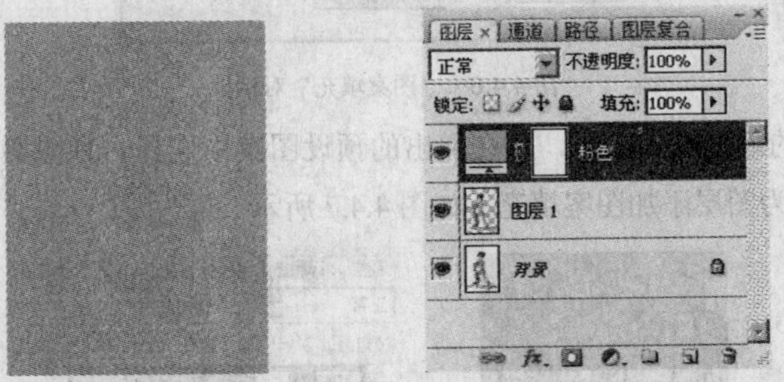

图 4.4.3　纯色填充效果及其图层显示

4.4.2　渐变填充

选择菜单栏中的 图层(L) → 新建填充图层(W) → 渐变(G)... 命令，也可弹出“新建图层”对话框，在此对话框中设置好相关参数后，单击确定按钮，将弹出“渐变填充”对话框，如图 4.4.4 所示。

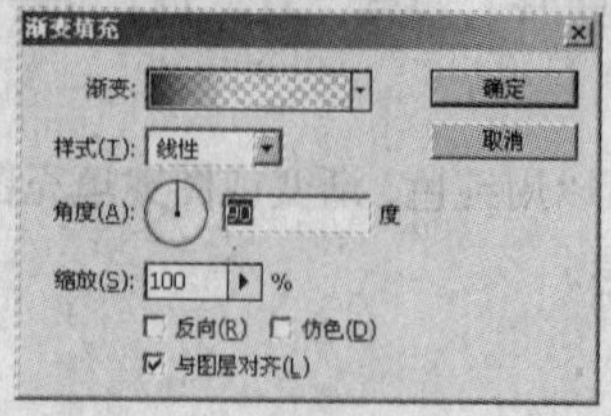

图 4.4.4 “渐变填充”对话框

在此对话框中可设置渐变填充的样式、颜色及角度等，设置相关参数后，单击确定按钮，即可为图层创建渐变填充效果，如图 4.4.5 所示。

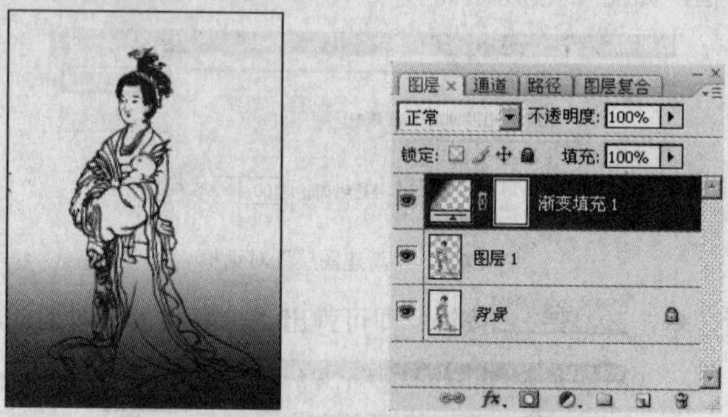

图 4.4.5 渐变填充效果及其图层显示

4.4.3 图案填充

使用图案填充可将图案填充到图层中，选择图层(L)→新建填充图层(W)→图案(R)...命令，也可弹出“新建图层”对话框，在此对话框中设置相关参数后，单击确定按钮，将弹出“图案填充”对话框，如图 4.4.6 所示。

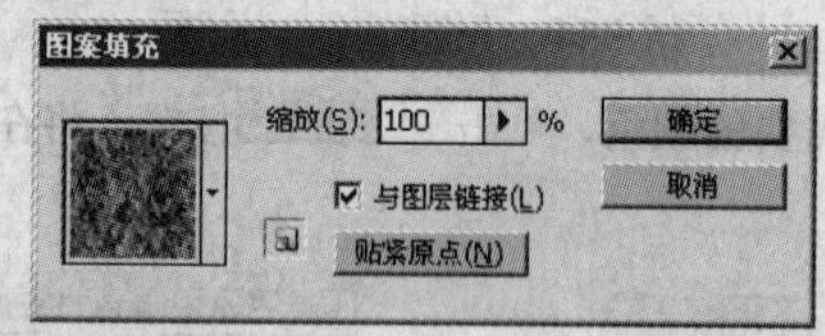

图 4.4.6 “图案填充”对话框

在此对话框左边的缩览图上单击，可在弹出的预设图案中选择一种图案，然后设置参数，单击确定按钮，即可为图层添加图案填充，如图 4.4.7 所示。

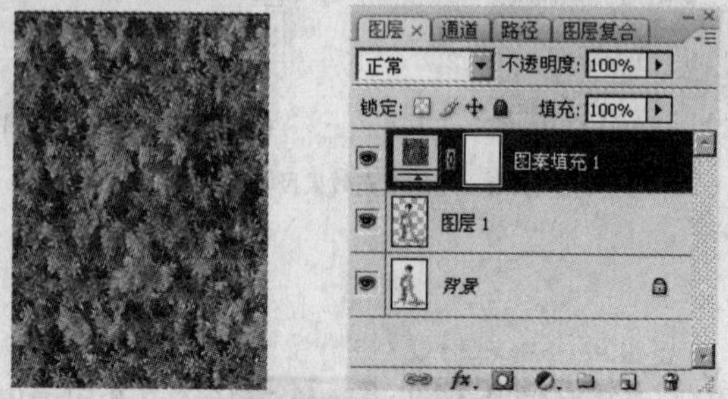

图 4.4.7 图案填充效果及其图层显示

4.5　调 整 图 层

图层调整与图层填充都是一种图层处理的方法，调整图层可以在一个图层上进行相关的颜色与色调调整，效果与在图像中使用色彩调整命令相同，使用图层调整还可调整图层的不透明度，改变其混合模式，也可通过图层蒙版的调整从而使图像得到特殊的效果。

调整图层的具体操作步骤如下：

（1）选择 图层(L) → 新建调整图层(J) 命令，可弹出子菜单如图 4.5.1 所示。

（2）打开需要调整色调与色彩的图像，如图 4.5.2 所示。

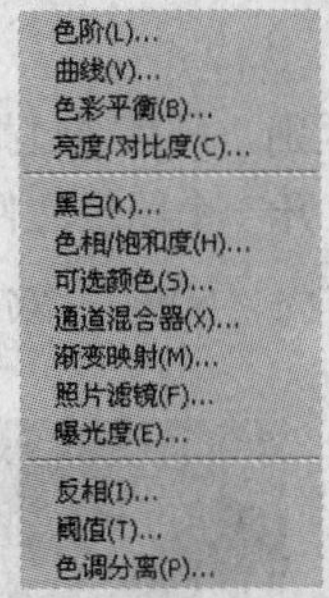

图 4.5.1　新建调整图层子菜单

图 4.5.2　打开的图像

（3）选择 图层(L) → 新建调整图层(J) → 曲线(V)... 命令，弹出"新建图层"对话框，如图 4.5.3 所示，在此对话框中可设置新图层的颜色、模式及名称等。

（4）设置好参数后，单击 确定 按钮，即可弹出"曲线"对话框，如图 4.5.4 所示，在该对话框中设置相关参数。

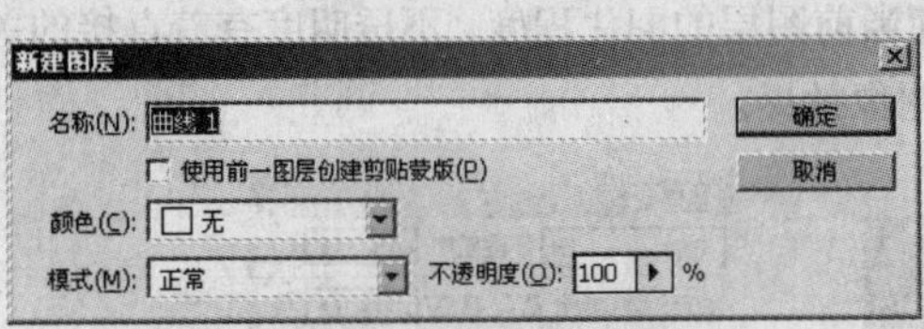

图 4.5.3　"新建图层"对话框

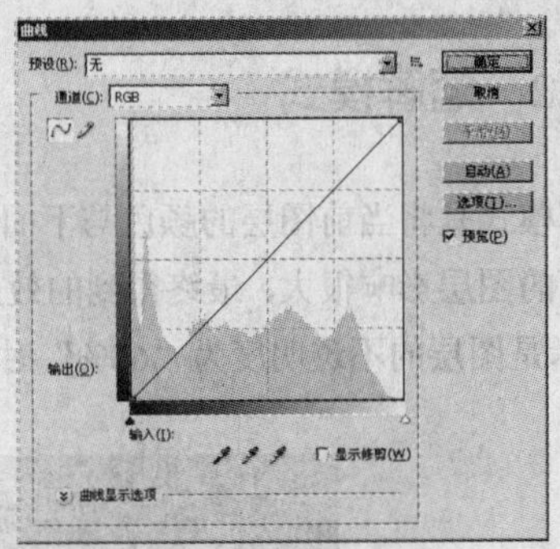

图 4.5.4　"曲线"对话框

（5）设置好参数后，单击 确定 按钮，调整图层颜色后的效果与图层面板如图 4.5.5 所示。

图 4.5.5　调整图层后的效果及图层面板

如果对调整后的颜色不满意，可在图层面板中显示的图层缩览图上双击鼠标左键，即可弹出"曲线”对话框，重新调整各项参数。

4.6 图层的混合模式

图层的混合模式就是指将当前图层与下面图层中的图像进行混合，得到某种特殊的效果。选择不同的混合模式，创建的效果也不相同，默认情况下，图层的混合模式是“正常”。混合模式得到的结果与图像的明暗色彩有直接关系，因此在进行模式选择时，必须根据图像的自身特点灵活应用。

4.6.1 正常模式

默认情况下，图层以正常模式显示，此模式与原图没有任何区别，只有通过拖动 不透明度: 框中的滑块来改变当前图层的不透明度，并显示出下面图层中的像素。打开一个图像文件，使图层 1 为当前图层，在混合模式下拉列表中选择 正常 选项，设置 不透明度: 为“60%”，效果如图 4.6.1 所示。

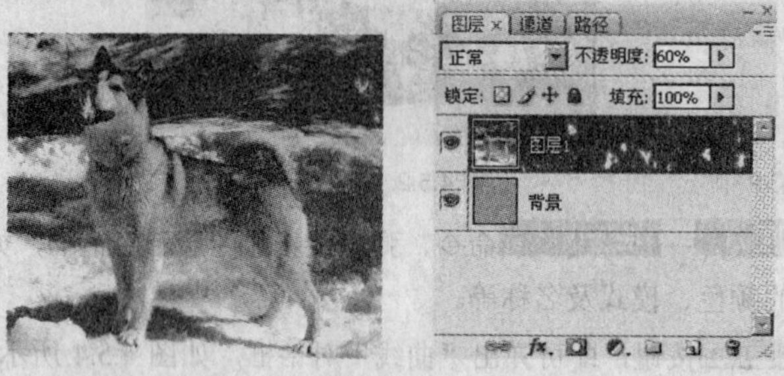

图 4.6.1 应用正常模式及调整不透明度效果

4.6.2 溶解模式

溶解模式是将当前图层的颜色与下面图层的颜色进行混合而得到的另外一种效果。该模式对于有羽化边缘的图层影响很大，最终得到的效果和当前图层的羽化程度、不透明度有着直接的关系。如图 4.6.2 所示是图层的不透明度为“60%”时的图像效果。

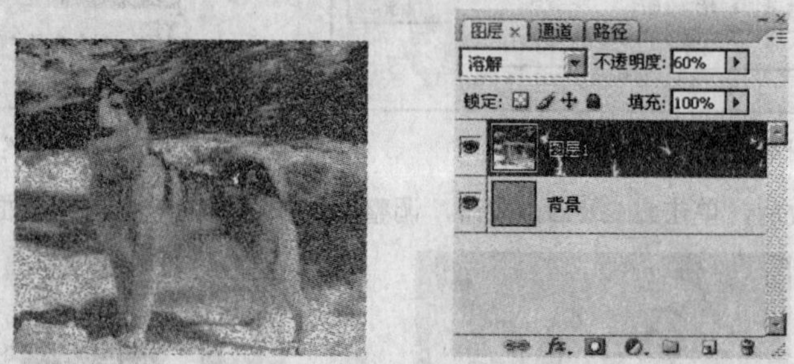

图 4.6.2 应用溶解模式效果及图层面板

4.6.3 变暗模式

变暗模式是将当前图层的颜色与下面图层的颜色相混合，并选择基色或混合色中较暗的颜色作为结果色，其中比混合色亮的像素被替换，比混合色暗的像素将保持不变，如图 4.6.3 所示。

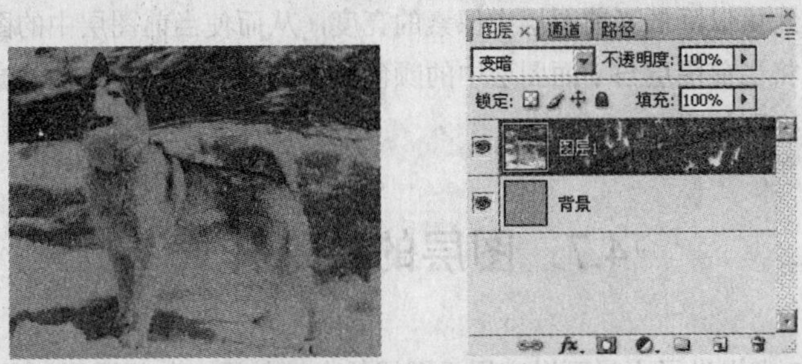

图 4.6.3　应用变暗模式效果及图层面板

4.6.4　线性光模式

使用线性光模式，如果当前图层与下面图层中的颜色混合大于 50%灰度，则会增加亮度，使图像变亮；如果当前图层与下面图层中的图像颜色混合小于 50%灰度，则会减少亮度，使图像变暗，如图 4.6.4 所示。

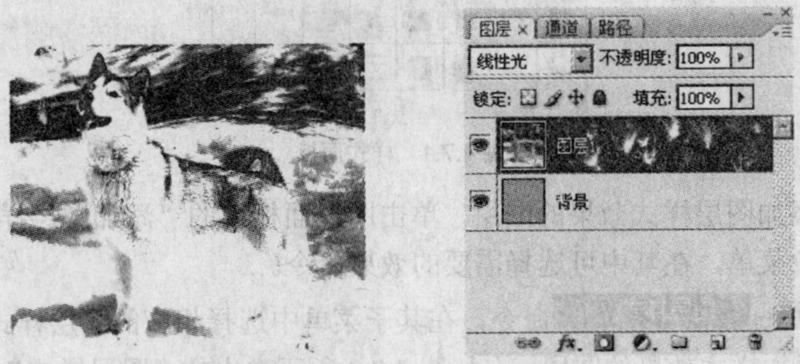

图 4.6.4　应用线性光模式效果及图层面板

4.6.5　正片叠加模式

使用正片叠加模式可以使图像颜色变得很深，产生当前图层与下面图层颜色叠加的效果。但黑色与黑色叠加产生的颜色仍为黑色，白色与白色叠加产生的颜色仍为白色，如图 4.6.5 所示。

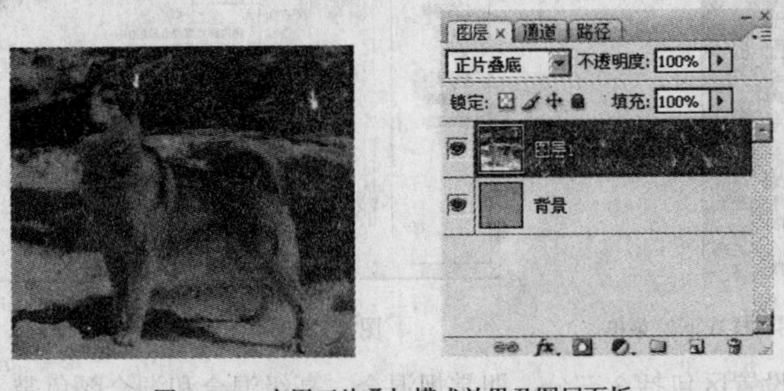

图 4.6.5　应用正片叠加模式效果及图层面板

4.6.6　颜色加深、线性加深与叠加模式

使用颜色加深模式可以增加图像的对比度，使当前图层中的像素变暗，此模式产生的图像颜色比正片叠加更深一些。

使用线性加深模式可以降低当前图层中像素的亮度，从而使当前图层中的图像颜色加深。

使用叠加模式可将当前图层与下面图层中的颜色叠加，相当于正片叠加与滤色两种模式的操作，从而使图像的暗区与亮区加强。

4.7 图层的特殊样式

在 Photoshop CS3 中提供了大量可以应用于图层的自动效果，包括阴影、发光、斜面与浮雕等，其操作方法基本相似。

首先介绍添加图层样式效果的几种常用方法。

（1）选择需要添加图层样式效果的图层，单击如图 4.7.1 所示的样式面板，可直接利用其中的各种效果按钮来为选区或图层创建效果。

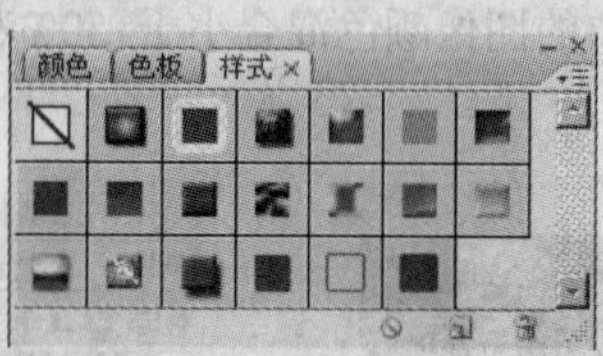

图 4.7.1 样式面板

（2）选择需要添加图层样式效果的图层，单击图层面板上的“添加图层样式”按钮 fx，弹出如图 4.7.2 所示的下拉菜单，在其中可选择需要的效果命令。

（3）选择 图层(L) → 图层样式(Y) 命令，在其子菜单中选择相应的图层样式效果命令即可。

（4）双击需要添加样式效果的图层，在如图 4.7.3 所示弹出的“图层样式”对话框左侧选中所需的效果复选框，再进行相应的参数设置即可。

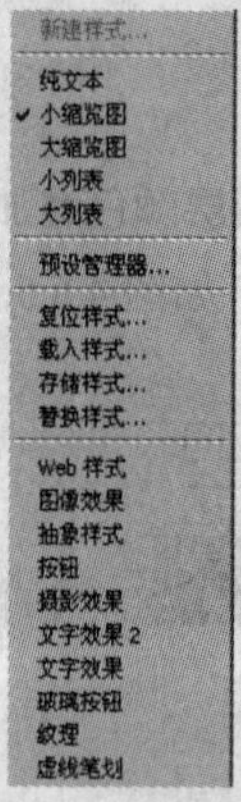

图 4.7.2 添加图层样式下拉菜单

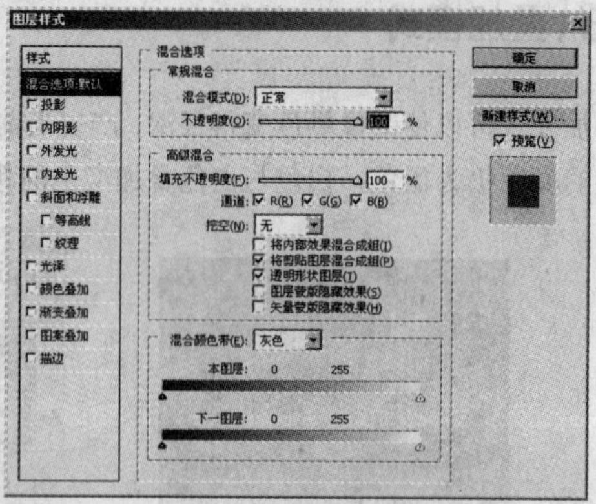

图 4.7.3 “图层样式”对话框

该对话框的参数设置区包括 3 部分，即常规混合、高级混合和混合颜色带。

常规混合：在该选项区中包含有混合模式和不透明度两个选项，可用于设置图层样式的混合模式和不透明度。

高级混合：在该选项区中可以设置高级混合效果的相关参数。

混合颜色带(E)：在该选项区中可以根据图像颜色模式的不同来设置单一通道的混合范围。

如图 4.7.4 所示为图像中的雨伞添加描边效果。

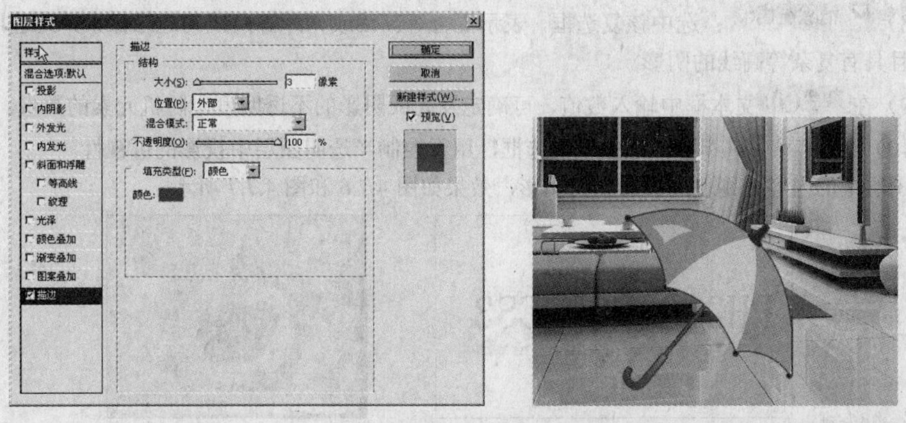

图 4.7.4 应用描边样式效果

4.7.1 投影和内阴影效果

用户可以在“图层样式”对话框中选中☑投影复选框和☑内阴影复选框，在对应的参数设置区中分别设置图层的投影效果和内阴影效果，如图 4.7.5 所示。

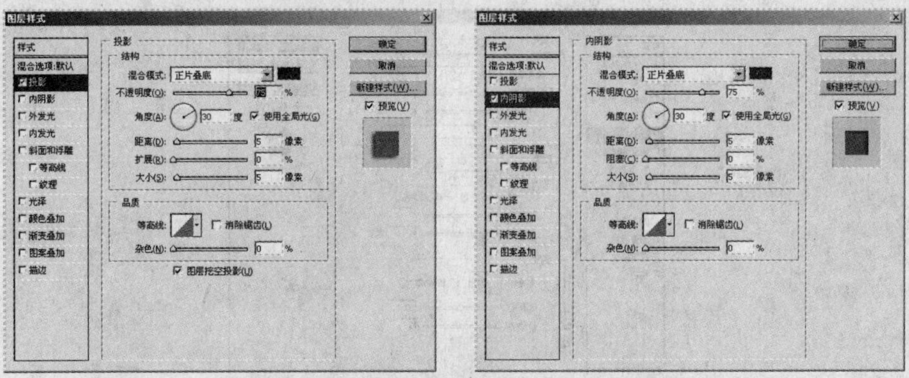

图 4.7.5 “投影”参数设置区和“内阴影”参数设置区

“投影”和“内阴影”参数设置区中的选项基本相同，各选项含义如下：

（1）混合模式:：该选项用于确定图层样式的混合方式，用户可根据需要设置混合模式选项，其右边的色块用于设置投影的颜色或内阴影的颜色。

（2）不透明度(O):：该选项用于设置投影效果或内阴影效果的不透明度。

（3）角度(A):：该选项用于确定效果应用于图层时所采用的光照角度，可以在图像窗口中拖动鼠标以调整投影或内阴影效果的角度，选中☑使用全局光(G)复选框即可为该效果打开全部光源，取消选中该复选框，可对投影或内阴影效果指定局部角度。

（4）在距离(D):文本框中输入数值，可确定内阴影或投影效果的偏移距离，也可以拖动其右侧的滑块指定偏移距离。

（5）在扩展(R):文本框中输入数值，可确定进行处理前对该效果的模糊程度。

（6）在大小(S):文本框中输入数值，可确定内阴影或投影效果的大小。

（7）等高线:：该选项用于增加不透明度的变化。单击其右侧的下拉按钮，弹出等高线下拉列表，用户可以针对不同的图像选择相应的等高线来调整图像。

（8）☑ 消除锯齿(L)：选中该复选框，表示混合等高线或光泽等高线的边缘像素，此选项适用于尺寸小且具有复杂等高线的阴影。

（9）在 杂色(N): 文本框中输入数值，可确定发光或阴影的不透明度中随机元素的数量。

（10）☑ 图层挖空投影(U)：选中该复选框，用于控制半透明图层中投影的可视性。

对图层中的内容分别使用投影和内阴影，效果如图 4.7.6 和图 4.7.7 所示。

图 4.7.6　投影效果

图 4.7.7　内阴影效果

4.7.2　内发光效果

在“图层样式”对话框左侧选中 ☑ 内发光 复选框，此时的“内发光”参数设置区如图 4.7.8 所示。

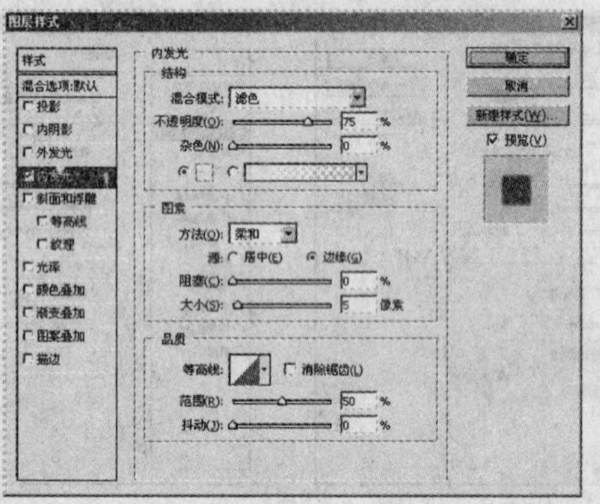

图 4.7.8　“图层样式”对话框中的“内发光”参数设置区

在 源: 选项区中选中 ⊙ 居中(E) 单选按钮，将会在图层中图像的中心位置添加发光效果，选中 ⊙ 边缘(G) 单选按钮，可在图层中图像的边缘处添加发光效果。如图 4.7.9（a）所示为从图像边缘添加的内发光效果，如图 4.7.9（b）所示为从图像中心添加的内发光效果。

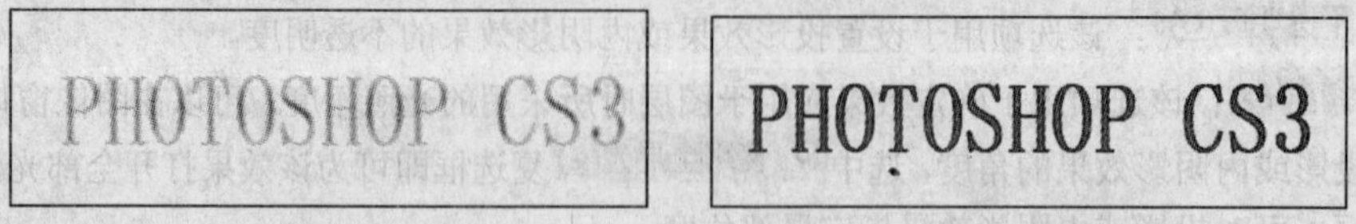

（a）　　　　（b）

图 4.7.9　添加的不同内发光效果

4.7.3　外发光效果

利用外发光选项可为图层中的图像添加光环围绕效果，在“图层样式”对话框左侧选中 ☑ 外发光 复选框，“外发光”参数设置区如图 4.7.10 所示，在其中设置好相关参数，单击 确定 按钮，效果如图 4.7.11 所示。

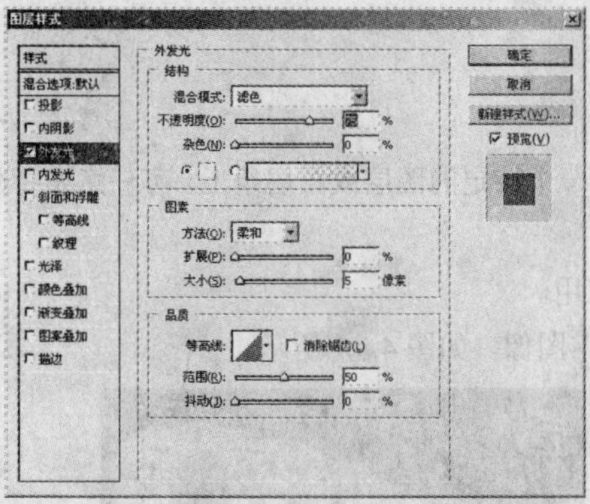

图 4.7.10　“图层样式”对话框中的“外发光”参数设置区

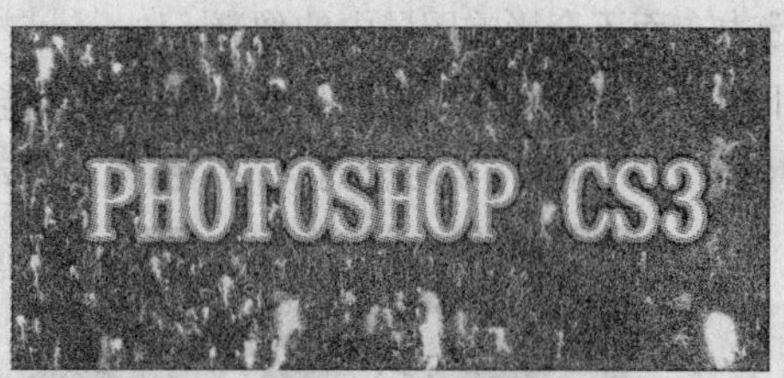

图 4.7.11　添加外发光效果

4.7.4　斜面和浮雕效果

利用斜面和浮雕选项可以为图层中的图像添加立体效果与高光及暗调效果。在“图层样式”对话框左侧选中☑斜面和浮雕复选框，此时的“斜面和浮雕”参数设置区如图 4.7.12 所示。

单击样式(T):右侧的按钮，弹出如图 4.7.13 所示的下拉列表，可从中选择斜面与浮雕的样式。

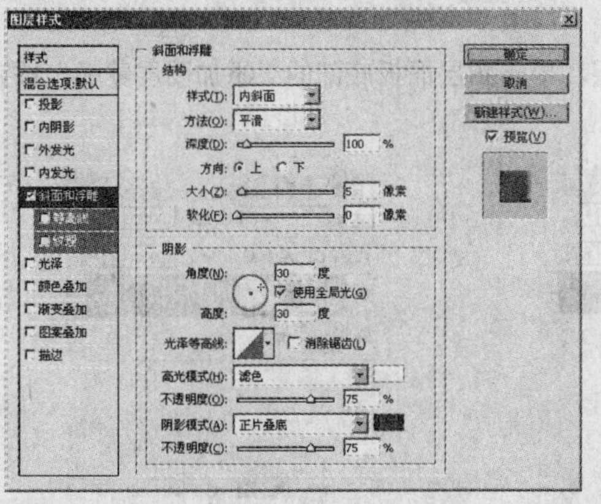

图 4.7.12　“图层样式”对话框中的“斜面和浮雕”参数设置区

图 4.7.13　样式下拉列表

在深度(D):文本框中输入数值，可设置浮雕效果的深度，输入的数值越大，浮雕效果越强。

设置好参数后，单击确定按钮，浮雕效果如图 4.7.14 所示。

图 4.7.14　添加斜面与浮雕效果

4.8　图层蒙版的使用

在 Photoshop CS3 中，蒙版用于控制图像显示和隐藏的区域，是进行图像合成的重要手段，下面介绍图层蒙版、剪贴蒙版和矢量蒙版的使用方法与技巧。

4.8.1 图层蒙版

图层蒙版是应用最为广泛的蒙版，将它覆盖在某一个特定的图层或图层组上，可任意发挥想象力和创造力，而不会影响图层中的像素。

下面通过一个具体的实例来介绍蒙版的功能与应用。

（1）打开两幅需要融合的“花”图像与“动物”图像，如图 4.8.1 所示。

图 4.8.1 打开的图像文件

（2）使用移动工具将“动物”图像移至“花”图像中，可生成图层 1，将其调整到适当位置，此时图层面板显示如图 4.8.2 所示。

（3）将图层 1 作为当前可编辑图层，单击图层面板底部的“添加图层蒙版”按钮，可为图层 1 添加蒙版，如图 4.8.3 所示。

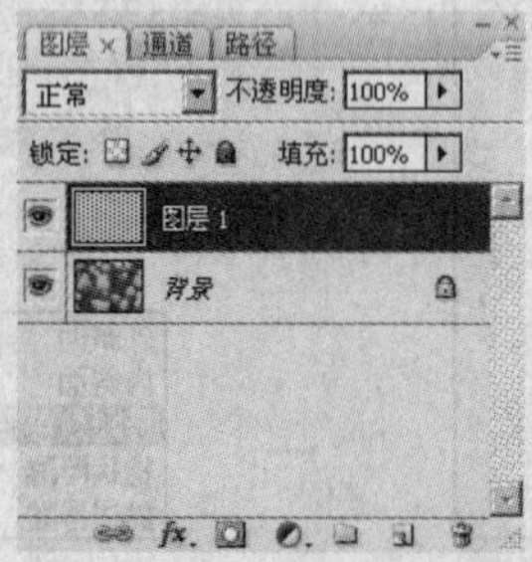

图 4.8.2 图层面板

图 4.8.3 添加图层蒙版

（4）单击工具箱中的“渐变工具”按钮，在其属性栏中设置渐变方式为线性渐变，在图层蒙版上从右下角向左上角拖动鼠标填充渐变效果，如图 4.8.4 所示。

图 4.8.4 为图层蒙版填充渐变效果

4.8.2 矢量蒙版

矢量蒙版是通过钢笔工具或形状工具创建的路径来遮罩图像的，它与分辨率无关，因此在进行缩放时可保持对象边缘光滑无锯齿。

选择菜单栏中的图层(L)→矢量蒙版(V)命令，可弹出其子菜单，如图 4.8.5 所示。从中选择相应的命令可创建矢量蒙版。

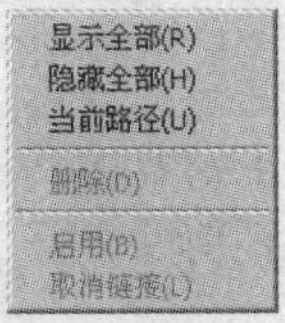

图 4.8.5　矢量蒙版子菜单

选择显示全部(R)命令，可为当前图层添加白色矢量蒙版，白色矢量蒙版不会遮罩图像。

选择隐藏全部(H)命令，可为当前图层添加黑色矢量蒙版，黑色矢量蒙版将遮罩当前图层中的图像。

选择当前路径(U)命令，可基于当前的路径创建矢量蒙版。

创建矢量蒙版后，可通过锚点编辑工具修改路径的形状，从而修改蒙版的遮罩区域，若要取消矢量蒙版，可选择图层(L)→矢量蒙版(V)→删除(D)命令进行删除。

4.8.3 剪贴蒙版

创建剪贴蒙版的具体操作方法如下：

（1）使用移动工具选择需要创建剪贴蒙版的图层，此处选择图层 2，如图 4.8.6 所示。

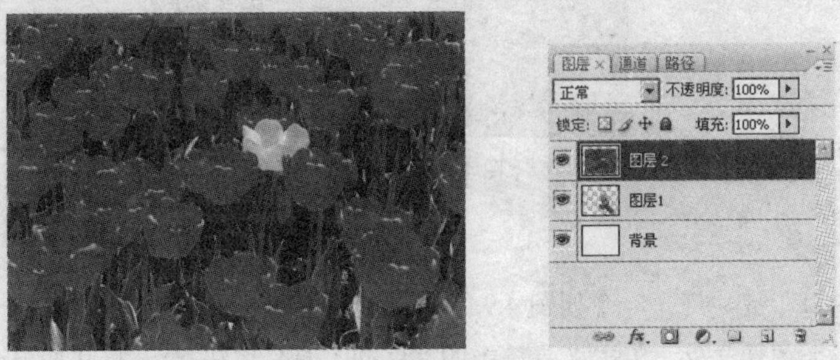

图 4.8.6　原图及选择的图层

（2）选择菜单栏中的图层(L)→创建剪贴蒙版(C)命令，或按“Alt+Ctrl+G”键，即可将选择的图层与下面的图层创建一个剪贴蒙版，如图 4.8.7 所示。

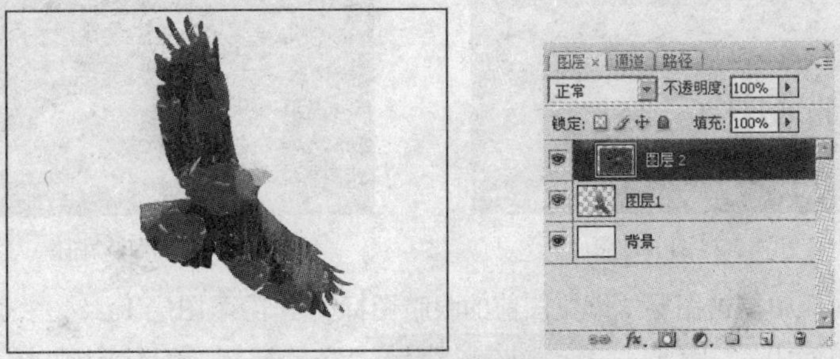

图 4.8.7　创建的剪贴蒙版及图层面板的变化

在剪贴蒙版中，上面的图层为内容图层，内容图层的缩览图是缩进的，并显示出一个剪贴蒙版图标，下面的图层为基底图层，基底图层的名称带有下画线，移动基底图层会改变内容图层的显示区域，如图 4.8.8 所示。

图 4.8.8　移动基底图层后的效果

要取消剪贴蒙版，只须选择菜单栏中的图层(L)→释放剪贴蒙版(P)命令，或按“Ctrl+Alt+G”键，即可取消剪贴蒙版。

4.9　课堂实训——制作图像混合效果

本节综合运用前面所学的知识制作图像混合效果，最终效果如图 4.9.1 所示。

图 4.9.1　最终效果图

操作步骤

（1）按“Ctrl+O”键，打开一个如图 4.9.2 所示的图像文件，作为背景层。

（2）再打开一个图像文件，单击工具箱中的“移动工具”按钮，将其拖曳到“背景”窗口中，得到图层 1，如图 4.9.3 所示。

图 4.9.2　打开的图片 1

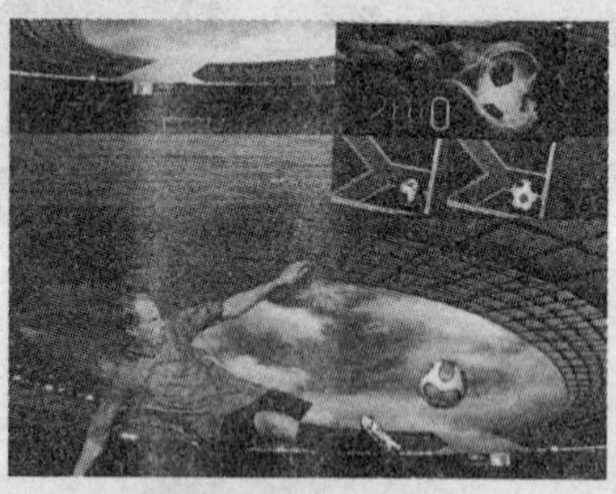

图 4.9.3　复制并移动图像

（3）在图层面板中单击图层 1 缩览图前的眼睛图标，隐藏图层 1。

（4）选择菜单栏中的选择(S)→色彩范围(C)...命令，打开“色彩范围”对话框，将光标移动到“背景”图像窗口的足球图像上单击来提取色值，如图 4.9.4 所示。

（5）设置好参数后，单击确定按钮，效果如图 4.9.5 所示。

（6）按“Ctrl+Alt+D”键，弹出“羽化选区”对话框，设置其对话框参数如图 4.9.6 所示。设置好参数后，单击 确定 按钮。

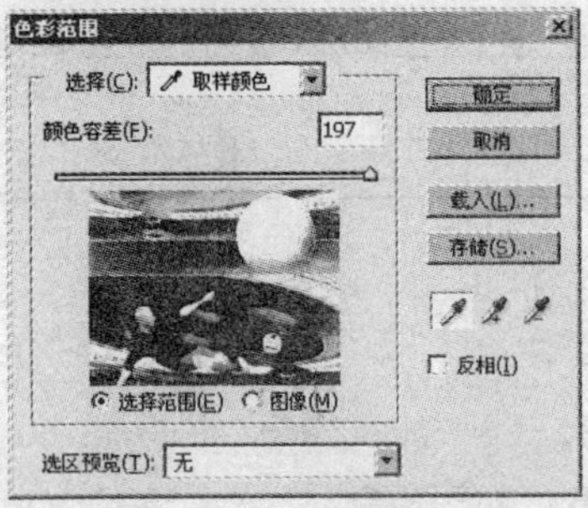

图 4.9.4 “色彩范围”对话框

图 4.9.5 创建选区

（7）将图层 1 设置为可见层，单击图层面板中的“添加矢量蒙版”按钮 ，创建出蒙版效果，如图 4.9.7 所示。

图 4.9.6 “羽化选区”对话框

图 4.9.7 添加矢量蒙版

（8）按“Ctrl+T”键，旋转图层 1 中的图像，最终效果如图 4.9.1 所示。

本 章 小 结

本章介绍了图层的概念、创建与编辑图层、填充与调整图层、图层的混合模式和特殊样式以及图层蒙版的使用等，通过本章的学习，可使读者掌握创建和使用图层，并了解在图像处理过程中，图层的重要性和使用的普遍性，从而更加有效地编辑和处理图像。另外，通过对图层特殊样式和图层混合模式的学习，读者可以创建出绚丽多彩的图像效果。

操 作 练 习

一、填空题

1. __________在 Photoshop 图像处理中起着十分重要的作用，许多 Photoshop 爱好者甚至将其称为 Photoshop 的灵魂。

2. 为了方便地管理图层与操作图层，在 Photoshop CS3 中提供了__________面板。

3. __________图层是一种不透明的图层，该图层不能进行混合模式与不透明度的设置。

4. 在图层面板中，“眼睛”图标 可用于__________或__________图层。

5. __________模式就是将两个图层的色彩叠加在一起，从而生成叠底效果。

6．按住__________键单击其他图层，可同时选择多个图层。

7．在 Photoshop CS3 中可以将图层分为 4 类，即__________图层、__________图层、__________图层和__________图层。

8．根据图层的属性和功能，可将图层分为__________、__________、__________、__________、调整图层和填充图层。

二、选择题

1．通过选择 图层(L) → 新建(N) 命令，可新建（　）。

（A）普通图层　　（B）文字图层

（C）背景图层　　（D）图层组

2．在 Photoshop CS3 中，按（　）键可以快速打开图层面板。

（A）F7　　（B）F5

（C）F6　　（D）F4

3．（　）图层是图层中最基本也是最常用的图层形态，在该图层上，用户可以对图像进行任意的编辑操作。

（A）普通　　（B）背景

（C）文字　　（D）调整

4．如果要将多个图层进行统一的移动、旋转等操作，可以使用（　）功能。

（A）复制图层　　（B）创建图层

（C）删除图层　　（D）链接或合并图层

5．图层中含有标志时，表示该图层处于（　）状态。

（A）可见　　（B）链接

（C）隐藏　　（D）选择

三、简答题

1．创建普通图层有哪几种方法？

2．如何将选区中的图形转换为新图层？

3．调整图层顺序的方法有哪几种？

四、上机操作题

1．创建一幅如题图 4.1 所示的混合效果。

2．创建一幅如题图 4.2 所示的特效字效果。

题图 4.1　效果图

题图 4.2　效果图

第 5 章　路径与形状的使用

在 Photoshop CS3 中，路径工具是绘图的一个得力助手。它提供了一种按矢量的方法来处理图像的途径，从而使得许多图像处理操作变得简单而准确。本章将介绍有关路径的各种操作。

知识要点

- 路径简介
- 绘制路径
- 编辑路径
- 绘制几何形状

5.1 路径简介

路径是 Photoshop CS3 的重要工具之一，利用路径工具可以绘制各种复杂的图形，并能够生成各种复杂的选区。

5.1.1 路径的概念

路径是由一条或多条直线或曲线的线段构成的。一条路径上有许多锚点，用来标记路径上线段的端点，而每个锚点之间的曲线形状可以是任意的。使用路径可以进行复杂图像的选取，可以将选区进行存储以备再次使用，可以绘制线条平滑的优美图形。

使用路径可以精确地绘制选区的边界，与铅笔工具或其他画笔工具绘制的位图图形不同，路径绘制的是不包含像素的矢量对象。因此，路径与位图图像是区别开的，路径不会被打印出来。

路径可以进行存储或转换为选区边界，也可以用颜色填充或描边路径，还可以将选区转换为路径。路径是由锚点、方向线、方向点和曲线线段等部分组合而成的，如图 5.1.1 所示。其中，A 为曲线线段；B 为方向点；C 为被选择的锚点，呈黑色实心的正方形；D 为方向线；E 为未选择的锚点，呈空心的正方形。

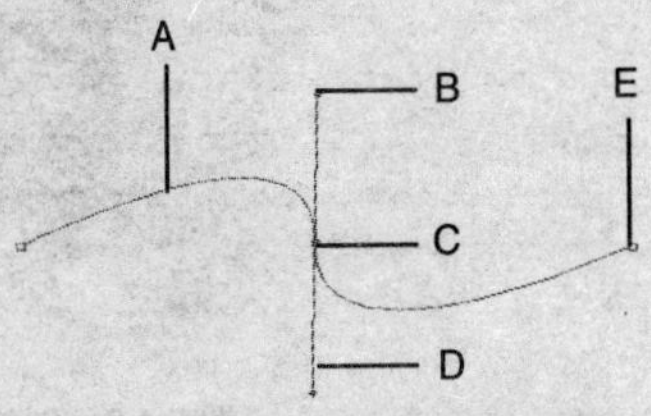

图 5.1.1　路径的组成

曲线线段：是指两个锚点之间的曲线线段。

方向点与方向线：是指在曲线线段上，每个选中的锚点显示一条或两条方向线，方向线以方向点结束。

锚点：是由钢笔工具创建的，是一个路径中两条线段的交点。

5.1.2 路径的作用

在 Photoshop CS3 中，路径的作用概括起来有以下几点：

（1）使用路径功能，可以将一些不够精确的选区转换为路径后再进行编辑和微调，完成一个精确的路径后再转换为选区使用。

（2）更方便地绘制复杂的图像，如人物的卡通造型等。

（3）利用填充路径与描边路径命令可以创建出许多特殊的效果。

（4）路径可以单独作为矢量图输入到其他的矢量图程序中。

5.1.3 路径面板

通过路径面板可以执行所有路径的操作。选择菜单栏中的 窗口(W) → 路径 命令，即可打开路径面板，如图 5.1.2 所示。

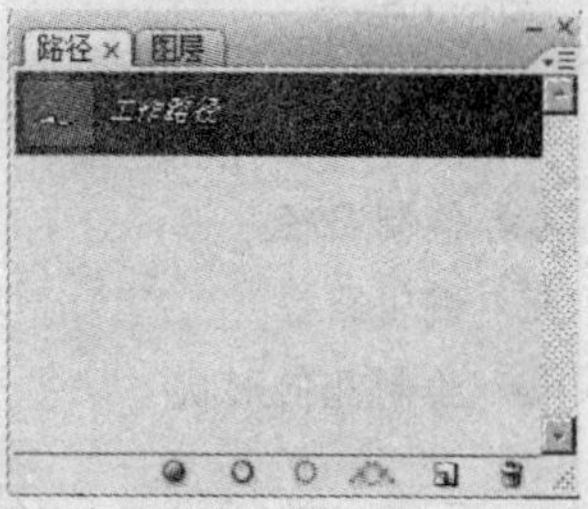

图 5.1.2 路径面板

路径面板中的各项功能介绍如下：

路径列表：在路径列表框中列出了当前图像中的所有路径。

路径面板菜单：单击路径面板右上角的按钮，弹出路径面板菜单，从菜单中可以选择相应的命令对路径进行操作。

“用前景色填充路径”按钮：单击此按钮，可将当前的前景色、背景色或图案等内容填充到路径所包围的区域中。

“用画笔描边路径”按钮：单击此按钮，可用当前选定的前景色对路径描边。

“将路径作为选区载入”按钮：单击此按钮，可将当前选择的路径转换为选区。

“从选区生成工作路径”按钮：单击此按钮，可将当前选区转换为路径。

“创建新路径”按钮：单击此按钮，可创建新路径。

“删除当前路径”按钮：单击此按钮，可删除当前选中的路径。

5.1.4 路径与形状的区别

路径与形状都是通过钢笔工具或形状工具来创建的，二者的区别在于路径表现的是绘制的图形以轮廓进行显示，不可以进行打印；而形状表现的是绘制的矢量图像以蒙版的形式出现在图层面板中。绘制形状时系统会自动创建一个形状图层，形状可以参与打印输出和添加图层样式。

如图 5.1.3 和图 5.1.4 所示为创建的路径和形状。

图 5.1.3 创建的路径

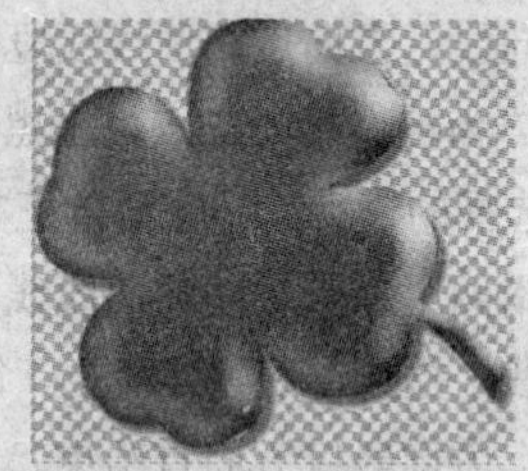
图 5.1.4 创建的形状

5.2 绘 制 路 径

在 Photoshop CS3 中，用户可以使用钢笔工具和自由钢笔工具来绘制路径。

5.2.1　使用钢笔工具绘制路径

钢笔工具是基本的路径绘制工具，使用它可绘制直线路径或曲线路径，并可在绘制路径过程中对路径进行简单的编辑，如图5.2.1所示。

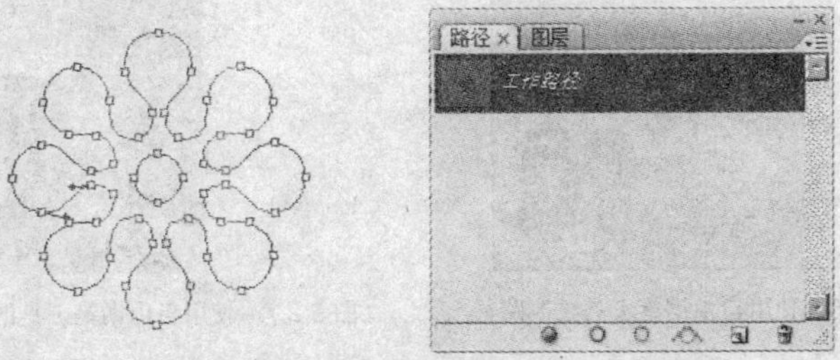

图5.2.1　使用钢笔工具绘制路径

使用钢笔工具绘制路径的具体方法如下：

（1）在工具栏中选择钢笔工具，移动鼠标指针到图像窗口，单击鼠标左键，以确定线段的起始锚点。

技巧：在按住“Shift”键的同时单击并移动鼠标进行绘制，可绘制出水平或垂直的直线路径。

（2）移动鼠标到下一锚点处单击就可以得到第二个锚点，这两个锚点之间会以直线连接，如图5.2.2所示。

（3）继续单击其他要设置节点的位置，在当前节点和前一个节点之间以直线连接。如果要绘制曲线路径，将指针拖移到另一位置，然后按左键拖动鼠标，即可绘制平滑曲线路径，如图5.2.3所示。

（4）将鼠标指针放在起始锚点处，使指针变为形状，然后单击鼠标左键，即可绘制封闭的路径，如图5.2.4所示。

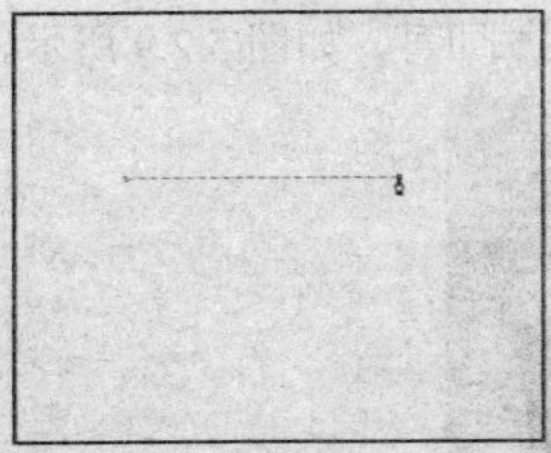

图5.2.2　绘制的直线路径

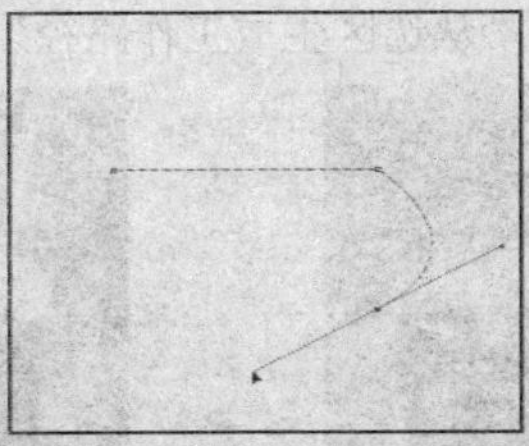

图5.2.3　绘制的曲线路径

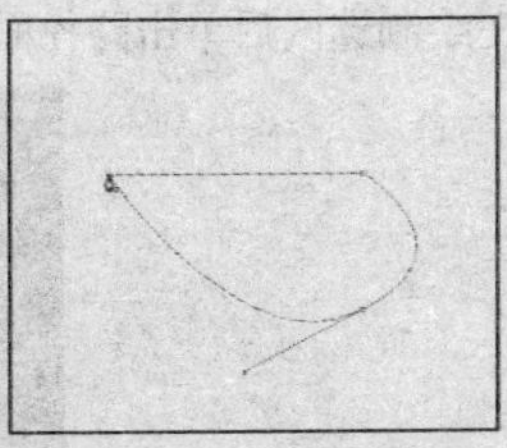

图5.2.4　绘制的封闭路径

5.2.2　使用自由钢笔工具绘制路径

使用自由钢笔工具可以绘制任意形状的曲线路径。单击工具箱中的“自由钢笔工具”按钮，其属性栏如图5.2.5所示。

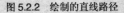

图5.2.5　“自由钢笔工具”属性栏

其属性栏中只有☑磁性的选项与“钢笔工具”属性栏的选项不同，选中此复选框，自由钢笔工具将具有磁性套索工具的属性。在图像窗口中适当位置处单击鼠标左键并拖动，就可以创建所需要的路径，释放鼠标即可完成路径的绘制，如图 5.2.6 所示。如果要绘制封闭的路径，将鼠标指针放在起始锚点处，使指针变为形状，然后单击鼠标左键，即可绘制封闭的路径，如图 5.2.7 所示。

图 5.2.6　使用自由钢笔工具绘制路径

图 5.2.7　使用自由钢笔工具的磁性属性绘制路径

单击“自由钢笔工具”属性栏中的“几何选项”按钮，将打开自由钢笔面板，如图 5.2.8 所示。

在曲线拟合:文本框中输入数值，可设置拖动生成路径的灵敏度。数值范围为 0.5～10.0，输入的数值越大，创建的路径锚点越少，路径越简单。

在宽度:文本框中输入数值，磁性钢笔将会自动检测距指定宽度距离内的边缘。数值范围为 1～256。

在对比:文本框中输入数值，可设置磁性钢笔的灵敏度。数值范围为 1～100，类似于魔棒工具的容差。

在频率:文本框中输入数值，可指定锚点的生成频率。数值范围为 5～40，输入的值越大，路径锚点的密度就越大。

选中☑钢笔压力复选框，可以增加钢笔的压力，使宽度值自动减小。

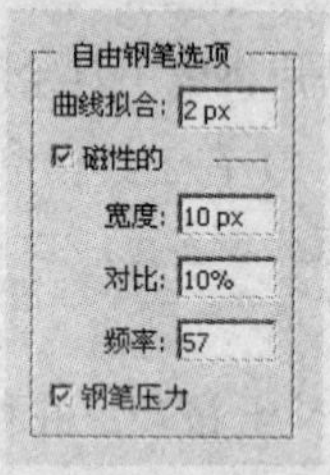

图 5.2.8　自由钢笔面板

5.2.3　根据选区绘制路径

除了可利用钢笔工具和自由钢笔工具绘制路径外，还可以将当前图像中的任意选区转换为路径，只需在绘制选区后单击路径面板中的“从选区生成工作路径”按钮即可，如图 5.2.9 所示。

图 5.2.9　将选区转换为路径

5.3　编 辑 路 径

在通常情况下，用户直接绘制的路径不能很好地满足要求，此时就需要对路径进行进一步的编辑。

5.3.1　添加与删除锚点

利用路径编辑工具组中的钢笔工具、添加锚点工具和删除工具，可以轻松添加或删除路径中的锚点。具体方法是：在图像中创建一个路径，将鼠标指针置于需要添加锚点的路径上，当鼠标指针变为形状时单击鼠标左键，即可在路径上添加一个新的锚点；如果要删除锚点，将鼠标指针置于路径中需要删除的锚点上，当鼠标指针变为形状时单击鼠标左键，即可删除路径上的锚点。

5.3.2　转换锚点

利用转换锚点工具可在平滑曲线和直线之间相互转换，还可以调整曲线的形状。单击工具箱中的“转换锚点工具”按钮，将鼠标指针置于路径中需要转换的锚点上，当鼠标指针变为形状时单击鼠标左键并拖动，即可转换路径上的锚点，同时由于方向线的改变，使得直线段转换为曲线段，效果如图 5.3.1 所示。

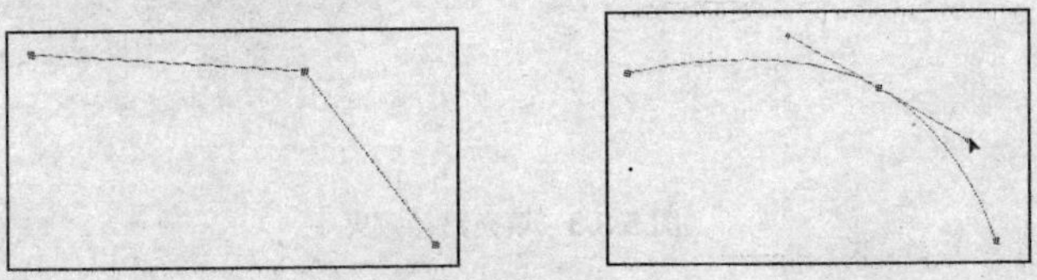

图 5.3.1　转换路径上的锚点

5.3.3　调整路径

要对所制作的路径进行调整，首先须选择路径或其中的锚点，这就需要用到路径选择工具和直接选择工具。

使用路径选择工具可以选中已创建路径中的所有锚点，拖动鼠标即可将该路径拖动至图像中的其他位置。还可以使用该工具复制路径，在按住“Alt”键的同时拖动该路径到图像中的合适位置即可完成路径的复制。

使用直接选择工具可以选择并移动路径中的某一个锚点，还可以对选择的锚点进行变形操作，以改变路径的形状。单击工具箱中的“直接选择工具”按钮，然后单击图形中需要调整的路径，此时路径上的锚点全部显示为空心小矩形。再将鼠标移动到锚点上单击，当锚点显示为黑色时，表示此锚点处于选中状态，用鼠标单击并拖动可以对其进行调整，如图 5.3.2 所示。

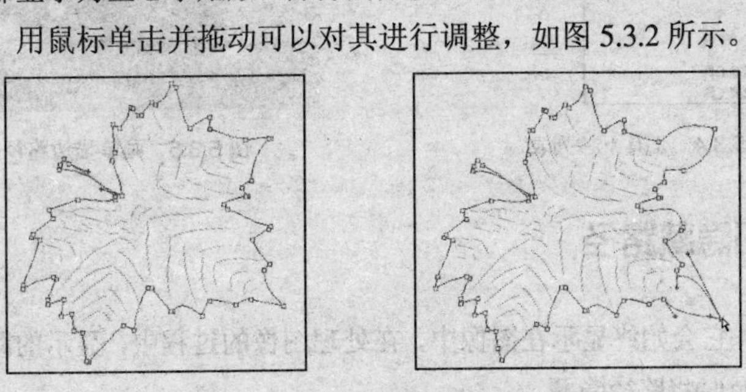

图 5.3.2　使用直接选择工具调整路径

提示：当需要在路径上同时选择多个锚点时，可以按住“Shift”键，然后依次单击要选择的锚点即可，也可以用框选的方法选取所需的锚点。若要选择路径中的全部锚点，则可以按住“Alt”键在图形中单击路径，当全部锚点显示为黑色时，即表示全部锚点被选择。

5.3.4 填充和描边路径

填充路径和填充图像选区相似，在用户创建好路径后，可单击路径控制面板下方的“用前景色填充路径”按钮，对路径用前景色进行填充，或单击路径控制面板右侧的按钮，在弹出的下拉菜单中选择填充路径...命令，并在弹出的“填充路径”对话框中进行详细的设置，设置好参数后，单击确定按钮即可填充路径，如图 5.3.3 所示。

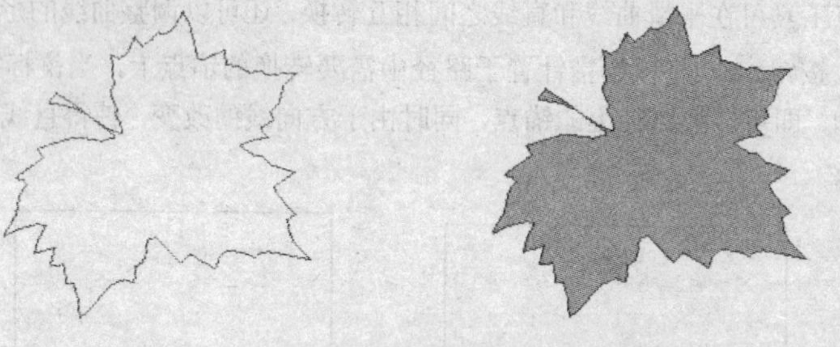

图 5.3.3 填充路径效果

要用画笔工具对路径进行描边，可单击路径面板底部的“用画笔描边路径”按钮，即可对路径进行描边。要使用其他描边工具，可在路径面板菜单中选择描边路径...命令，弹出如图 5.3.4 所示的对话框，用户可从中选择描边所用的绘画工具。

选择描边工具后，该工具的当前属性设置，如色彩模式、不透明度、画笔特性、羽化效果等将影响描边效果。如图 5.3.5 所示为利用画笔工具对面包进行描边效果。

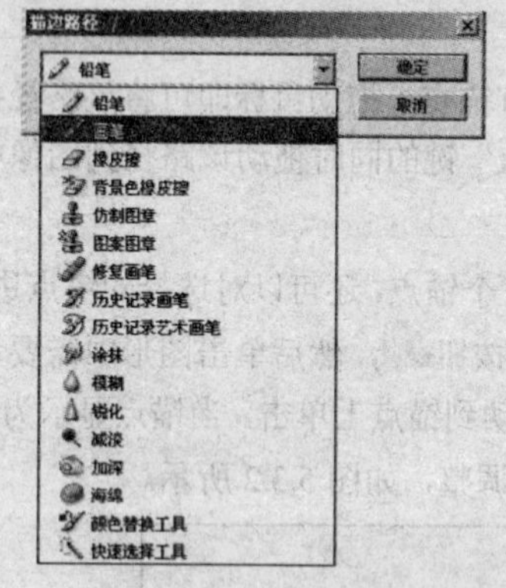

图 5.3.4 工具下拉列表

图 5.3.5 画笔描边路径效果

5.3.5 显示和隐藏路径

绘制一个路径后，它会始终显示在图像中，在处理图像的过程中，显示的路径会为处理图像带来不便。因此，就需要及时将路径隐藏。

要隐藏路径，只需要将鼠标移至路径面板中的路径列表与路径缩略图以外的地方单击，或按住“Shift”键单击路径名称即可；如果需重新显示路径，可直接在路径面板中单击路径名称。

5.3.6 剪贴路径

利用剪贴路径的功能，可输出路径内的图像，而路径之外的区域则为透明区域。剪贴路径的具体操作方法如下：

（1）打开一幅图像并创建路径，在路径面板菜单中选择剪贴路径...命令，弹出“剪贴路径”对话框，如图5.3.6所示。

图5.3.6 “剪贴路径”对话框

（2）在展平度(F):文本框中设置填充输出路径之内的图像边缘像素。

（3）单击确定按钮，即可完成输出剪贴路径的操作。然后，可选择菜单栏中的文件(F)→存储为(V)...命令，在弹出的“存储为”对话框中将图像保存为TIFF格式，其他支持剪贴路径的应用程序就可以使用此图像文件。

5.3.7 删除路径

在Photoshop CS3中，删除路径常用的方法有以下两种：

（1）选择需要删除的路径，将其拖动到路径面板中的“删除路径”按钮上即可删除路径。

（2）选择需要删除的路径，单击路径面板右上角的按钮，在弹出的路径面板菜单中选择删除路径命令，即可删除路径。

5.3.8 将路径转换为选区

用户不但能够将选区转换为路径，而且还能够将所绘制的路径作为选区进行处理。要将路径转换为选区，只须单击路径面板中的“将路径作为选区载入”按钮，即可将路径转换为选区。如果某些路径未封闭，则在将路径转换为选区时，系统自动将该路径的起点和终点相连形成封闭的选区。

将路径转换为选区的具体操作步骤如下：

（1）新建一个图像文件，在图像中使用钢笔工具绘制一个路径，如图5.3.7所示。

（2）在路径面板底部单击“将路径作为选区载入”按钮，可直接将路径转换为选区，如图5.3.8所示。

图5.3.7 绘制路径

图5.3.8 将路径转换为选区

（3）选择渐变工具对图像进行渐变填充，再按“Ctrl+D”键取消选区，效果如图 5.3.9 所示。

此外，在路径面板中单击右上角的▾≡按钮，从弹出的下拉菜单中选择 建立选区... 命令，弹出“建立选区”对话框，可在将路径转换为选区时利用“建立选区”对话框设置选区的羽化半径、是否消除锯齿，以及和原有选区的运算关系等，如图 5.3.10 所示。

图 5.3.9 以渐变色填充选区效果

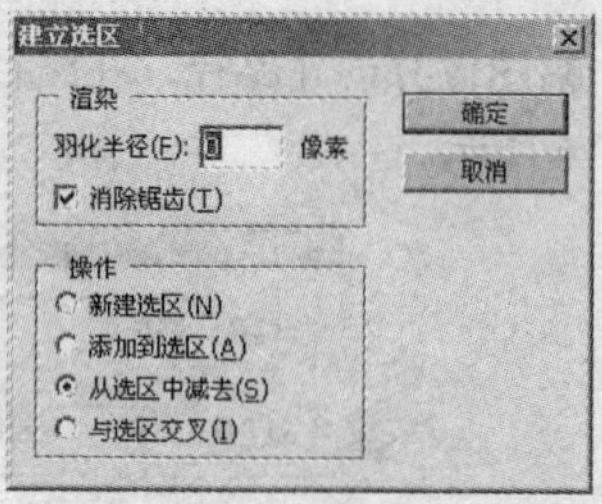

图 5.3.10 “建立选区”对话框

5.4 绘制几何形状

在 Photoshop CS3 中，可以通过相应的工具直接在页面中绘制矩形、椭圆形、多边形等几何图形，且绘制出的图形都是矢量图形，也可以使用其他矢量工具对绘制出的图形进行编辑。

绘制几何图形的工具都集中在形状工具组中，在工具箱中用鼠标右键单击“自定形状工具”按钮，即可弹出形状工具组，如图 5.4.1 所示。

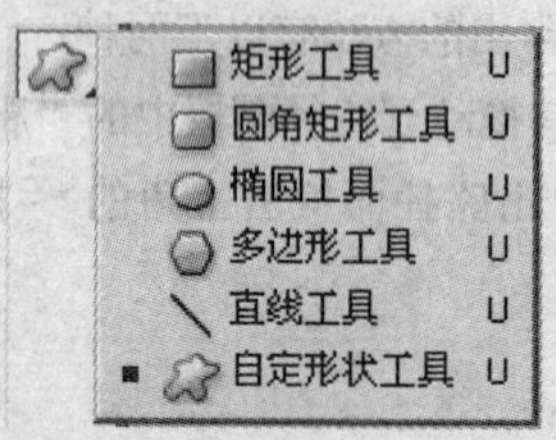

图 5.4.1 形状工具组

5.4.1 矩形工具

使用矩形工具可以绘制矩形和正方形，通过设置相应的属性可以创建形状图层、路径和以像素进行填充的矩形图形。

单击工具箱中的“矩形工具”按钮，其属性栏如图 5.4.2 所示。

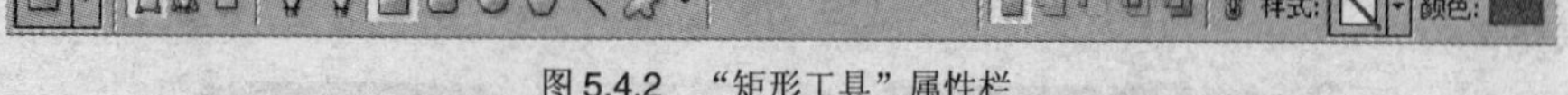

图 5.4.2 “矩形工具”属性栏

“矩形工具”属性栏与“钢笔工具”属性栏基本相同，其中各选项含义如下：

（1）“自定义形状”按钮：单击该按钮右侧的下拉按钮，打开矩形选项面板，如图 5.4.3 所示。

1）选中 不受约束 单选按钮，可以随意绘制矩形路径或图形。

2）选中 方形 单选按钮，可以在图像中绘制正方形的路径或图形。

3）选中 固定大小 单选按钮，可在 W: 与 H: 文本框中输入所需的宽度与高度，然后在图像中拖动鼠标，只能绘制所设置数值大小的路径或矩形图形。

4）选中 比例 单选按钮，可在 W: 与 H: 文本框中输入所需的宽度与高度比例数值，然后在图像中拖动鼠标，只能绘制所设长宽比例的路径或矩形图形。

5）选中 从中心 复选框，可在图像中任何区域绘制从中心向四周扩展的图形或路径。

6）选中 对齐像素 复选框，绘制矩形时，所绘制的矩形会自动同像素边缘重合，使图形的边缘不会出现锯齿。

（2）“锁定”按钮：单击该按钮，即可锁定或清除锁定目标图层的属性。

（3）样式：单击该选项右侧的下拉按钮，弹出样式下拉列表，如图 5.4.4 所示，用户可以在该列表中选择系统自带的样式绘制图形。

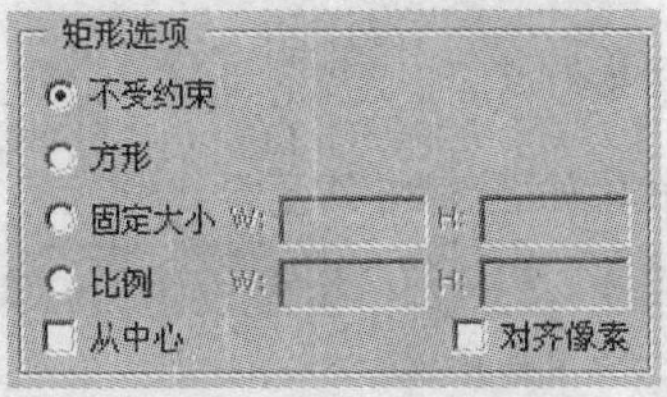

图 5.4.3　矩形选项面板

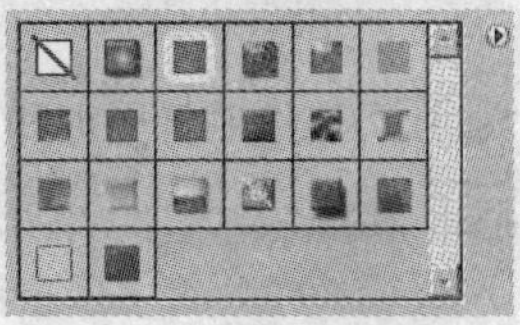

图 5.4.4　样式下拉列表

（4）颜色：单击其右侧的色块，弹出“拾色器”对话框，用户可以在该对话框中选择颜色，设置形状的填充色。

矩形工具的使用方法非常简单，具体的操作步骤如下：

（1）单击工具箱中的“矩形工具”按钮，将光标移到图像窗口中，按住鼠标左键并拖动，随着光标移动将出现一个矩形框。

（2）当对矩形的大小满意后，释放鼠标，此时，矩形框中将自动填充前景色，并在路径面板中自动建立一个工作路径，同时在图层面板中建立一个形状图层，如图 5.4.5 所示。

图 5.4.5　绘制的矩形路径效果

5.4.2　圆角矩形工具

使用圆角矩形工具可以绘制圆角矩形，其属性栏如图 5.4.6 所示。

图 5.4.6　“圆角矩形工具”属性栏

该属性栏与“矩形工具”属性栏基本相同，在 半径: 文本框中输入数值可设置圆角的大小，当该数值为 0 时，其功能与矩形工具相同。

使用圆角矩形工具绘制不同的半径值的图形及路径，效果如图 5.4.7 所示。

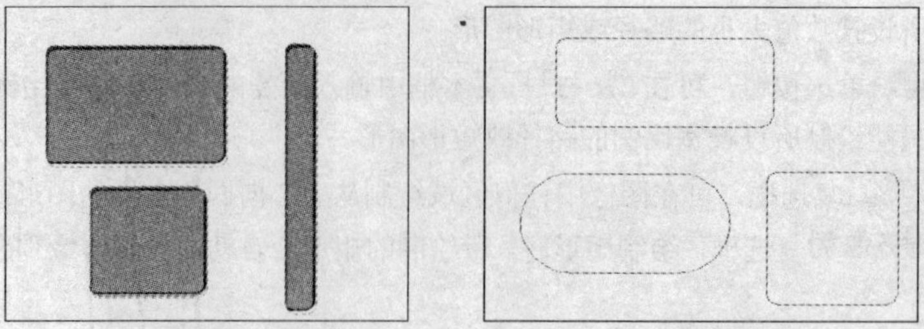

绘制的图形　　　　绘制的路径

图 5.4.7　使用圆角矩形工具绘制的图形及路径

5.4.3　椭圆工具

使用椭圆工具可以绘制椭圆形和圆形，其属性栏如图 5.4.8 所示。

图 5.4.8　“椭圆工具”属性栏

该属性栏与“矩形工具”属性栏完全相同，选择该工具，按住“Shift”键在绘图区拖动鼠标即可创建一个圆形，使用该工具绘制的图形及路径，效果如图 5.4.9 所示。

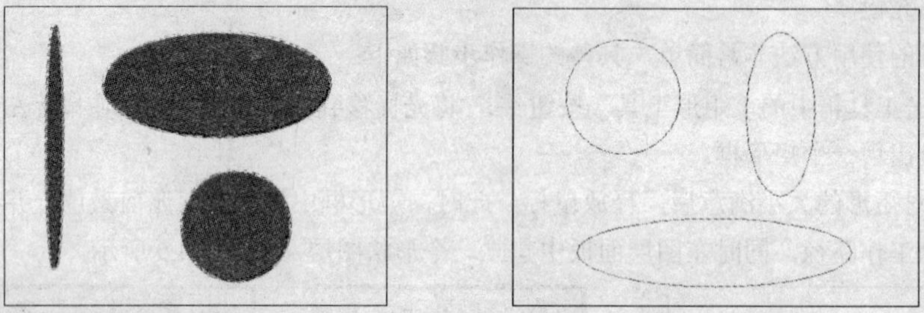

绘制的图形　　　　绘制的路径

图 5.4.9　使用椭圆工具绘制的图形及路径

5.4.4　多边形工具

使用多边形工具可以绘制等边多边形，如等边三角形、五边形以及星形等。具体的操作方法如下：

（1）在工具箱中单击“多边形工具”按钮，其属性栏如图 5.4.10 所示。

图 5.4.10　“多边形工具”属性栏

（2）在该属性栏中设置多边形工具的选项，如图层模式、图层样式、不透明度以及边数。其中，边数在默认状态下为 5，在图像中拖动光标即可绘制等边五边形，如图 5.4.11 所示。

（3）在绘制多边形时，始终会以单击处为中心点，并且随着鼠标的拖动改变多边形的位置，即在拖动鼠标时，移动鼠标指针可以旋转还未绘制完成的多边形。

用户还可以通过设置多边形工具的选项，绘制出更多的多边形。单击“多边形工具”属性栏中的“几何选项”按钮，可打开多边形选项面板，如图 5.4.12 所示。

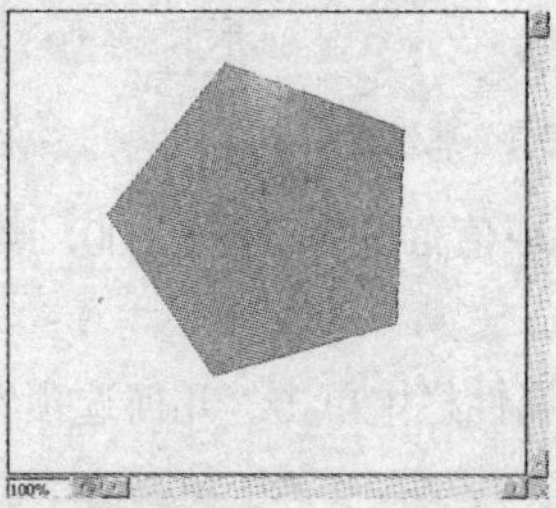

图 5.4.11　使用多边形工具绘制五边形

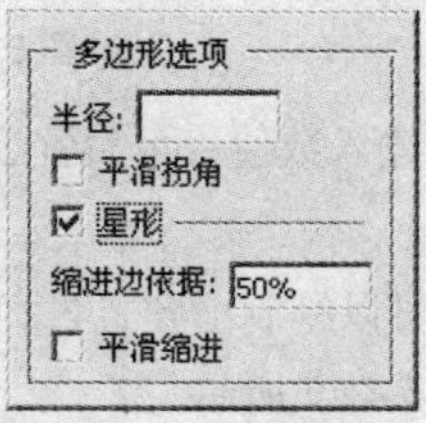

图 5.4.12　多边形选项面板

在 半径: 文本框中输入数值，可指定多边形的半径。

选中 ☑ 平滑拐角 复选框，可以平滑多边形的拐角，使绘制出的多边形的角更加平滑。

选中 ☑ 星形 复选框，可设置并绘制星形，如图 5.4.13 所示。

图 5.4.13　绘制星形

在 缩进边依据: 文本框中输入数值，可设置星形缩进边所用的百分比。

选中 ☑ 平滑缩进 复选框，可以平滑多边形的凹角，如图 5.4.14 所示。

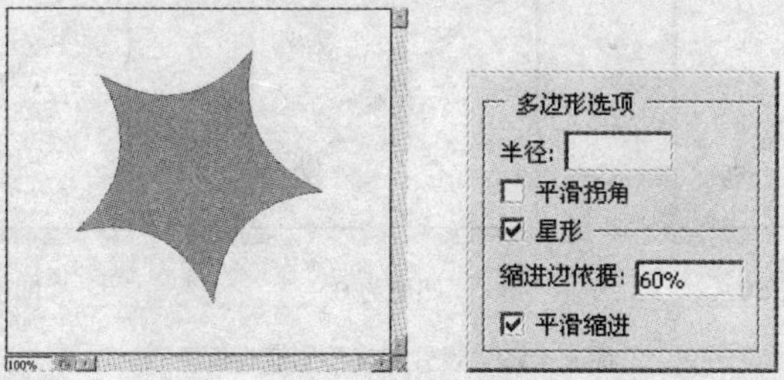

图 5.4.14　凹角多边形

5.4.5　直线工具

使用直线工具可以绘制出直线、箭头和路径，其绘制方法与矩形工具基本相同。只要使用直线工具在图像中拖动，就可以绘制出直线图形，如图 5.4.15 所示。

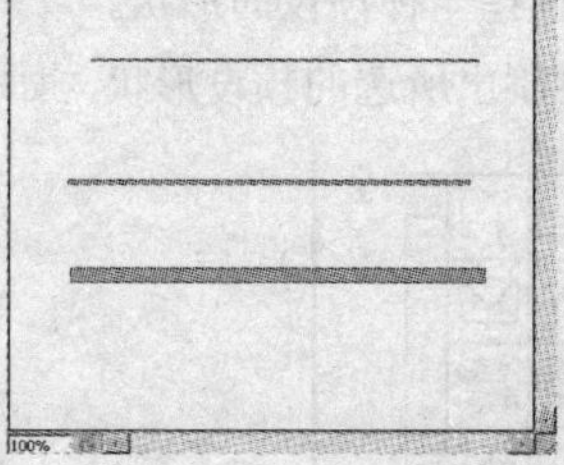

图 5.4.15　绘制直线

单击工具箱中的“直线工具”按钮，其属性栏如图 5.4.16 所示。

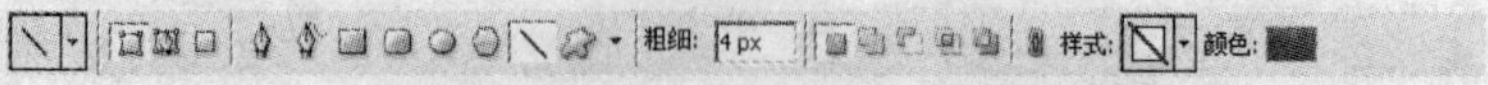

图 5.4.16 “直线工具”属性栏

在粗细:文本框中输入数值，可设置线条的宽度，取值范围为 1～1 000，数值越大，绘制的线条越粗。

使用直线工具还可以绘制出各式各样的箭头。在属性栏中单击“几何选项”按钮，可打开直线工具选项面板，如图 5.4.17 所示。

选中☑ 起点复选框，可在绘制直线形状或路径的起点处绘制箭头。

选中☑ 终点复选框，可在绘制直线的终点处绘制箭头。

如果同时选中☑ 起点与☑ 终点复选框，即可在起点与终点处同时绘制箭头，如图 5.4.18 所示。

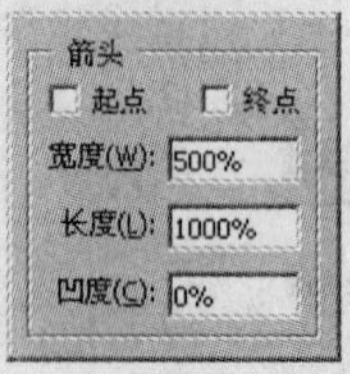

图 5.4.17 直线工具选项面板

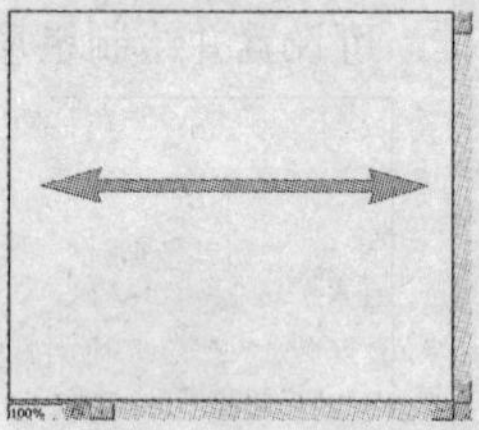

图 5.4.18 绘制两端带箭头的直线

在宽度(W):文本框中输入数值，可设置箭头的宽度。

在长度(L):文本框中输入数值，可设置箭头的长度。

在凹度(C):文本框中输入数值，可设置箭头的凹度，如图 5.4.19 所示。

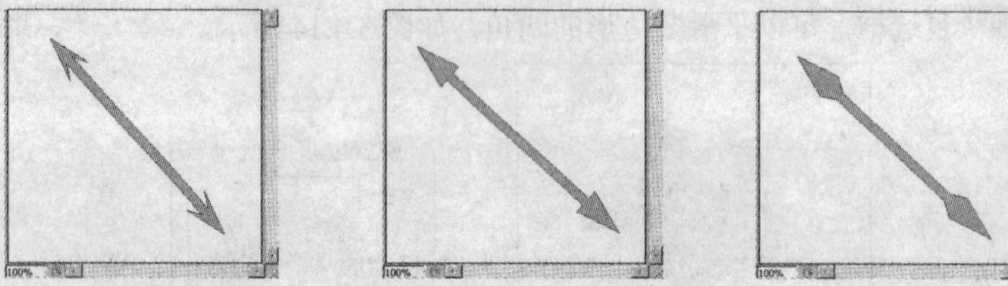

凹度为 50　　凹度为 0　　凹度为-50

图 5.4.19 设置凹度绘制箭头效果

5.4.6 自定形状工具

使用自定形状工具可以绘制出各种预设的形状，如箭头、心形以及手形等。具体的操作方法如下：

（1）设置好前景色。

（2）单击工具箱中的“自定形状工具”按钮，在其属性栏中单击形状:下拉列表框，可打开如图 5.4.20 所示的形状面板，在其中选择一种预设的形状。

（3）在图像中拖动光标，即可绘制出所选的预设形状，如图 5.4.21 所示。

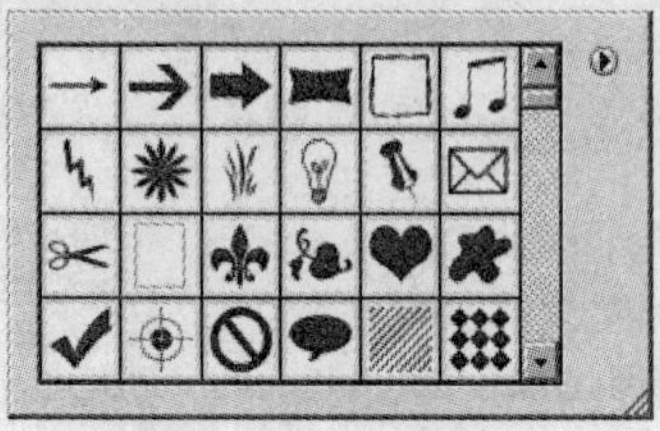

图 5.4.20 形状面板

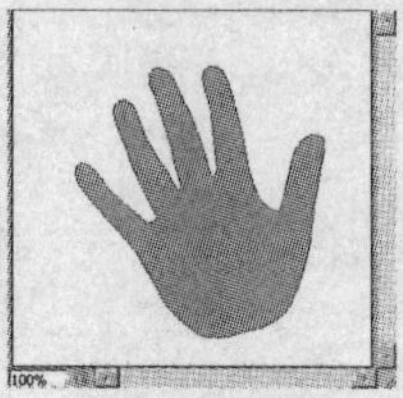

图 5.4.21 绘制自定形状

用户可以单击该列表右侧的按钮，从弹出的下拉菜单中选择相应的命令进行载入形状和存储自定义形状等操作。

使用形状工具不仅可以绘制各种各样的形状，还可将绘制的形状转换为路径。这样绘制一些特定的路径就非常方便了。

将绘制的形状转换为路径的方法很简单，下面以自定形状工具为例进行讲解。

（1）单击“钢笔工具”属性栏中的“自定形状工具”按钮，或单击工具箱中的“自定形状工具”按钮，其属性栏如图 5.4.22 所示。

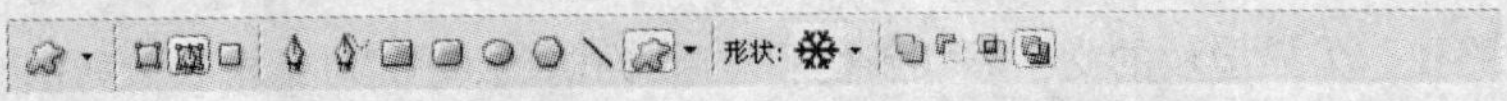

图 5.4.22　“自定形状工具”属性栏

（2）在该属性栏中单击形状:选项右侧的三角形按钮，在弹出的下拉列表中选择形状，然后在图像中拖动鼠标绘制形状，如图 5.4.23 所示。

（3）单击工具箱中的“直接选择路径工具”按钮，在图像中绘制的形状上的任意位置处单击，此时绘制的形状如图 5.4.24 所示。

（4）用鼠标在路径中的锚点上单击并拖动，即可修改路径锚点，修改后的路径效果如图 5.4.25 所示。

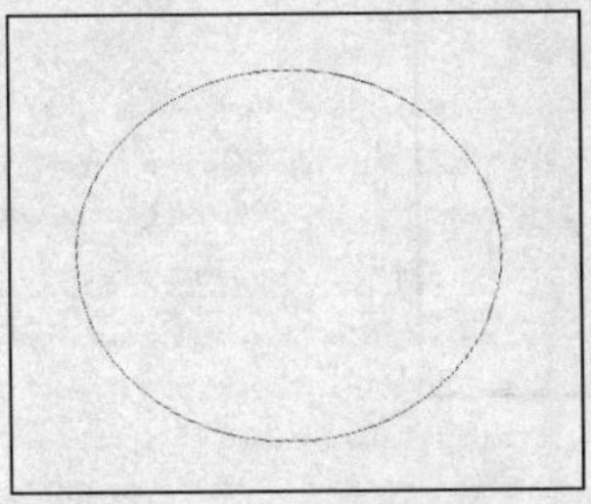

图 5.4.23　绘制的形状

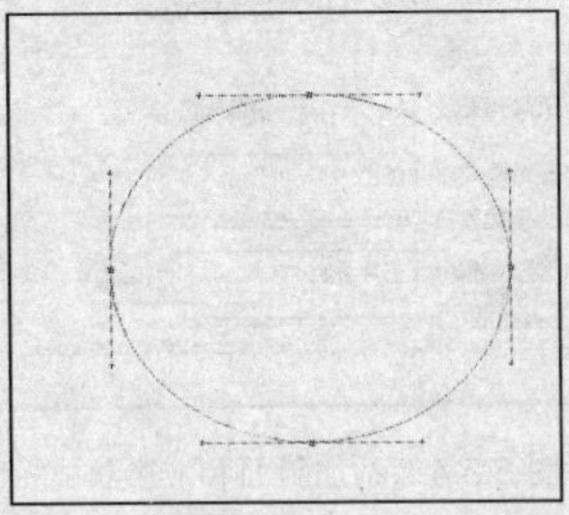

图 5.4.24　使用直接选择路径工具

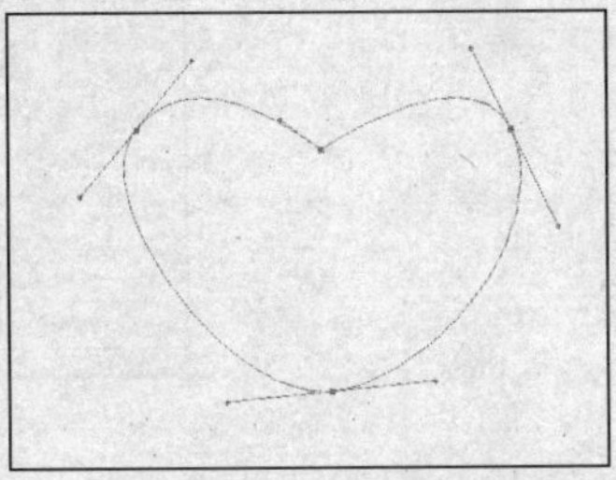

图 5.4.25　修改后的形状路径

5.5　课堂实训——制作描边字

本节主要利用所学的知识制作描边字，最终效果如图 5.5.1 所示。

图 5.5.1　最终效果图

操作步骤

（1）新建一个图像文件，新建图层 1，使用横排文字蒙版工具在图像中创建文字选区，在路径面板底部单击“从选区生成路径”按钮，即可将选区转换为路径，如图 5.5.2 所示。

（2）单击工具箱中的“画笔工具”按钮，在画笔面板中设置好参数后，在路径面板底部单击

"用画笔描边路径"按钮，即可用设置好的画笔为路径描边，效果如图 5.5.3 所示。

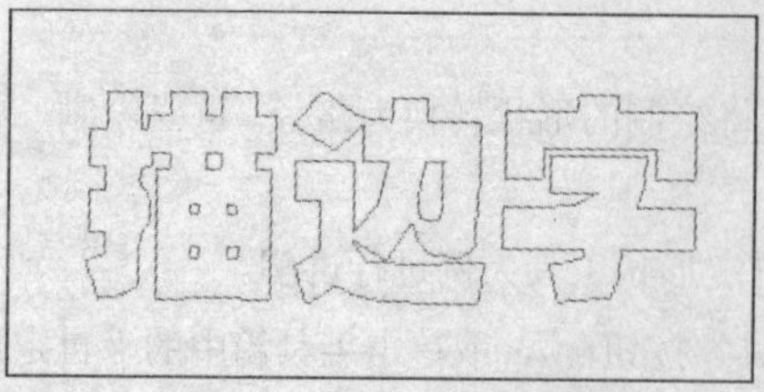

图 5.5.2　转换选区为路径

图 5.5.3　描边后的效果

（3）隐藏路径，为描边后的文字添加斜面和浮雕样式，设置其对话框参数如图 5.5.4 所示。

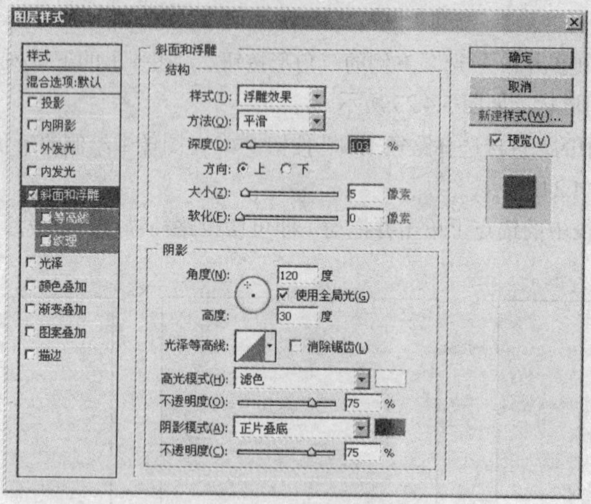

图 5.5.4　添加斜面和浮雕样式

（4）设置完成后，单击 确定 按钮，最终效果如图 5.5.1 所示。

本 章 小 结

本章主要内容有路径的简介、绘制路径、编辑路径以及绘制几何形状等知识，通过本章的学习，可使读者熟练使用路径工具创建各种不同形状的路径，并利用编辑路径工具对所创建的路径进行编辑，从而绘制出多种不同效果的图形。

操 作 练 习

一、填空题

1．路径是由__________、__________、__________和__________等部分组合而成的。

2．编辑路径的工具有__________、__________、__________、__________和__________5 种。

3．路径不是真实的像素图形，它只是用来描绘__________。

4．自定义一种形状路径，应选择"编辑"菜单中的__________命令，打开"形状名称"对话框，为自定义形状路径命令。

5. 用户可以使用__________工具和__________工具创建路径。

二、选择题

1. 要将当前的路径转换为选区，可单击路径面板底部的（　）按钮。

（A）　　（B）

（C）　　（D）

2. 在 Photoshop CS3 中，用户除了可以利用相应的工具来绘制路径外，还可将（　）转换为路径。

（A）图层　　（B）切片

（C）通道　　（D）选区

3.（　）是最常用的一种描绘路径的工具，它可方便地绘制直线或曲线路径。

（A）矩形工具　　（B）自由钢笔工具

（C）自定义形状工具　　（D）钢笔工具

4. 单击工具箱中（　）可以将角点与平滑点进行转换。

（A）转换点工具　　（B）直接选择工具

（C）路径选择工具　　（D）添加锚点工具

5. 当选择一块区域后，在“路径”面板上单击“从选区生成工作路径”按钮，可以将（　）。

（A）选区转换为工作路径　　（B）工作路径转换为选区

（C）删除工作路径　　（D）复制一个新的选区

三、简答题

1. 简述光滑点和角点的区别。

2. 简述路径与选区的转换方法。

四、上机操作题

1. 结合本章所学的知识，绘制一段路径后，对其进行描边、填充等操作。

2. 根据本章所学的知识，制作一幅如题图 5.1 所示的卷页效果。

题图　5.1

第6章　通道与蒙版的使用

在 Photoshop CS3 中，所有的颜色都是由若干个通道来表示的，用户可以利用通道来记录组成图像的颜色信息，也可以利用通道来保存图像中的选区和创建蒙版。有效地发挥其功能，可以设计出各种精美的艺术作品。

知识要点

- 通道简介
- 创建与编辑通道
- 合成通道
- 通道蒙版与快速蒙版

6.1　通 道 简 介

在处理图像过程中，经常会利用通道对图像进行色彩调整，并运用滤镜和其他特殊效果，使图像有更好的视觉效果。

6.1.1　通道的概念

在 Photoshop CS3 中，可以使用不同的方法将一幅图像分成几个相互独立的部分，对其中某一部分进行编辑而不影响其他部分，通道就是实现这种功能的途径之一，它用于存放图像的颜色和选区数据。打开一幅图像时，Photoshop 便自动创建了颜色信息通道，图像的颜色模式决定所创建的颜色通道的数目。例如，RGB 图像有 4 个默认的通道，分别为红色、绿色、蓝色和用于编辑图像的复合通道。此外，Alpha 通道将选区作为 8 位灰度图像存放并被加入到图像的颜色通道中。包括所有的颜色通道和 Alpha 通道在内，一幅图像最多可以有 56 个通道。

注意：RGB 通道和 CMYK 通道是通道面板上的第 1 个通道，也是各个通道组合到一起的复合通道。

6.1.2　通道的分类

Photoshop CS3 的通道大致可分为 5 种类型，即复合通道、颜色通道、Alpha 通道、专色通道和单色通道。

1．复合通道

复合通道不包含任何信息，实际上它只是能同时预览并编辑所有颜色通道的一种快捷方式。它通常被用来在单独编辑完一个或多个颜色通道后使通道面板返回到默认状态。对于不同模式的图像，其通道的数量是不一样的。在 Photoshop CS3 中，通道涉及 3 种模式，对于 RGB 模式的图像，有 RGB、红、绿、蓝共 4 个通道；对于 CMYK 模式的图像，有 CMYK、青色、洋红、黄色、黑色共 5 个通道；对于 Lab 模式的图像，有 Lab、明度、a、b 共 4 个通道。

2. 颜色通道

在 Photoshop CS3 中，图像像素点的色彩是通过各种色彩模式中的色彩信息进行描述的，所有的像素点包含的色彩信息组成了一个颜色通道。例如，一幅 RGB 模式的图像有 3 个颜色通道，其中 R（红色）通道中的像素点是由图像中所有像素点的红色信息组成的，同样 G（绿色）通道和 B（蓝色）通道中的像素点分别是由所有像素点中的绿色信息和蓝色信息组成的。这些颜色通道的不同信息搭配组成了图像中的不同色彩。

3. Alpha 通道

Alpha 通道是计算机图形学的术语，指的是特别的通道。Alpha 通道与图层看起来相似，但区别却非常大。Alpha 通道可以随意地增减，这一点类似于图层，但 Alpha 通道不是用来存储图像而是用来保存选区的。在 Alpha 通道中，黑色表示非选区，白色表示选区，不同层次的灰度则表示该区域被选取的百分比。

4. 专色通道

专色通道可以使用除了青、黄、品红、黑以外的颜色来绘制图像。它主要用于辅助印刷，是用一种特殊的混合油墨来代替或补充印刷色的预混合油墨，每种专色在复印时都要求有专用的印版，使用专色油墨叠印通常要比四色叠印更平整，颜色更鲜艳。如果在 Photoshop CS3 中要将专色应用于特定的区域，则必须使用专色通道，它能够用来预览或增加图像中的专色。

5. 单色通道

单色通道的产生比较特别，也可以说是非正常的。例如，在通道面板中随便删除其中一个通道，就会发现所有的通道都变成“黑白”的，原有的彩色通道即使不删除，也变成了灰度的。

6.1.3　通道面板

在默认状态下，通道面板显示在 Photoshop CS3 工作界面的右侧，如果没有显示，可选择菜单栏中的 窗口(W) → 通道 命令，打开通道面板，如图 6.1.1 所示。

图 6.1.1　图像及通道面板

下面对通道面板底部的各按钮功能进行介绍：

“将通道作为选区载入”按钮：可将操作通道中的内容转换为选区或将某一通道内容直接拖至该按钮上建立选区，也可以通过按住“Ctrl”键，在面板中单击要载入选区的通道来实现。

“将选区存储为通道”按钮：可将当前图像中的选区转变为蒙版存储到新增的 Alpha 通道。

“创建新通道”按钮：可用来创建新的通道，如果同时按住“Alt”键，则可以在弹出的对话框中设置新建通道的参数；如果同时按住“Ctrl”键，则可以创建新的专色通道。

“删除当前通道”按钮：可以删除当前用户所选择的通道，但是不能删除图像文件打开后显示的默认通道。

6.2 创 建 通 道

在 Photoshop CS3 中，除了系统默认的通道外，还可以根据需要创建通道。具体的创建方法有以下几种：

（1）可通过快速蒙版创建临时的 Alpha 通道。

（2）单击通道面板底部的“创建新通道”按钮，创建一个 Alpha 通道。

（3）选择菜单栏中的选择(S)→存储选区(V)...命令，存储选区为新的 Alpha 通道。

（4）选择菜单栏中的图像(I)→计算(C)...命令，存储计算的结果为新的 Alpha 通道。

（5）在通道面板菜单中选择新建通道...命令，弹出“新建通道”对话框，如图 6.2.1 所示，在其对话框中设置好参数后，单击确定按钮，即可创建一个新的 Alpha 通道。

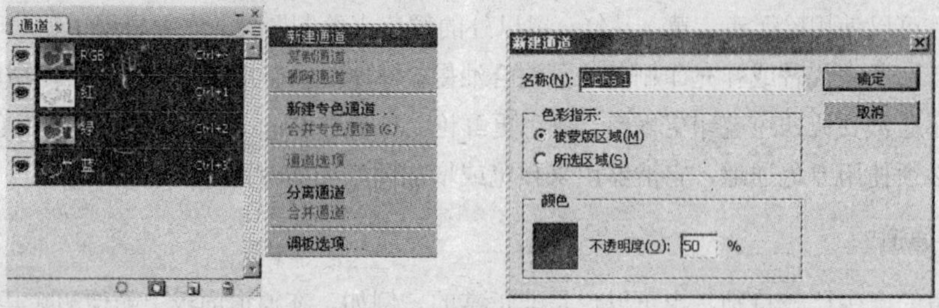

图 6.2.1 “新建通道”对话框

在“新建通道”对话框中，各选项的功能介绍如下：

名称(N):文本框：用于设置新建的 Alpha 通道名称。

色彩指示:选项区：用于设置新建通道的颜色显示方式。选中被蒙版区域(M)单选按钮，则新建通道中所有有颜色的区域代表被遮盖的区域，没有颜色的区域代表选区；选中所选区域(S)单选按钮，则与之相反。

颜色选项区：用于设置通道的蒙版所显示的颜色和不透明度。

6.3 编 辑 通 道

在 Photoshop CS3 中，不仅可以创建新通道，也可以对创建的通道进行复制、删除、分离等操作。

6.3.1 复制通道

复制通道的方法有以下两种：

（1）选中要复制的通道，单击鼠标左键将其拖动到通道面板底部的“创建新的通道”按钮上，即可进行复制。

（2）单击图层面板右上角的 按钮，在弹出的下拉菜单中选择复制通道...命令，弹出“复制通道”对话框，在其中设置好参数后，单击确定按钮，即可复制一个通道，如图 6.3.1 所示。

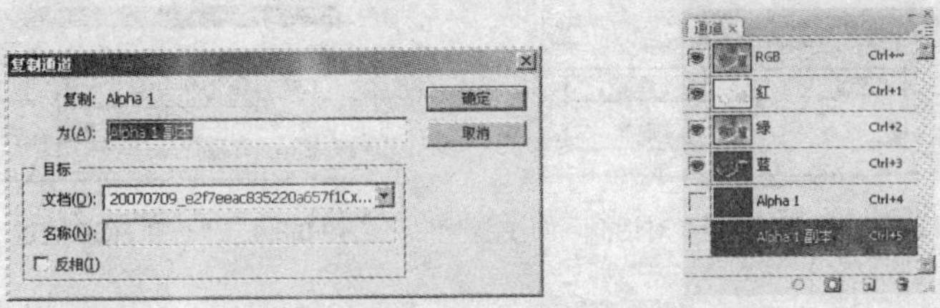

图 6.3.1　“复制通道”对话框及通道面板

6.3.2　删除通道

删除通道的方法有以下两种：

（1）在通道面板中，选中要删除的通道，单击图层面板右上角的 按钮，在弹出的菜单中选择删除通道命令，即可将该通道删除。

（2）在通道面板中，单击要删除的通道，将其拖曳到“删除当前通道”按钮 上，即可将该通道删除。

6.3.3　分离通道

打开一个图像文件，单击通道面板右上角的 按钮，在弹出的通道面板菜单中选择分离通道命令，即可将每一个通道从原图像中分离出来，同时，原图像文件将会自动关闭。分离后的图像都以独立的窗口显示在屏幕上，并且均为灰度图。如图 6.3.2 所示为一幅 RGB 模式图像分离通道后的效果。

图 6.3.2　分离通道效果

注意：使用分离通道命令的图像必须是只含有一个背景图层的图像。如果当前图像含有多个图层，则需要先合并图层，否则无法使用此命令。

6.3.4　合并通道

通道被分离后，还可以重新合并为一个新图像，用户也可以将多个灰度图像合并为一个图像。在合并通道的过程中，所有被合并的图像都必须为灰度模式的图像，而且还要具有相同的像素尺寸，打开的灰度图像的数量决定合并通道时可用的颜色模式。单击通道面板右上角的 按钮，在弹出的通道面板菜单中选择合并通道...命令，可弹出“合并通道”对话框，如图 6.3.3 所示。在该对话框中的模式:下拉列表中选择RGB 颜色选项，单击确定按钮。此时，弹出“合并 RGB 通道”对话框，如图 6.3.4 所示。单击确定按钮，可将已经分离的灰度图像合并成一个新的彩色图像。

图 6.3.3 “合并通道”对话框

图 6.3.4 “合并 RGB 通道”对话框

6.3.5 将 Alpha 通道转换为专色通道

Alpha 通道可以转换成专色通道，具体的操作步骤如下：

（1）在 Alpha 通道上双击，可弹出如图 6.3.5 所示的“通道选项”对话框。

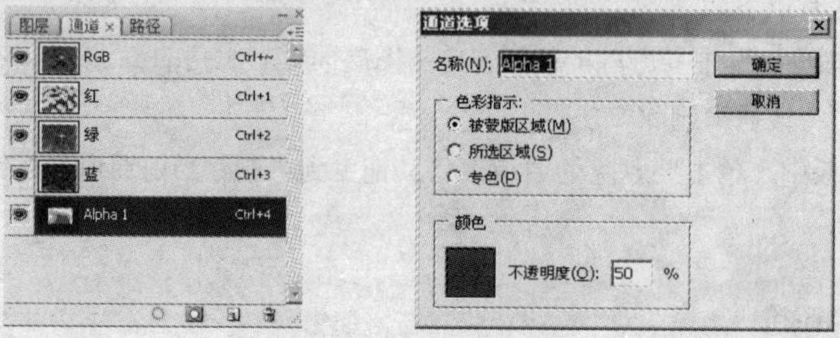

图 6.3.5 “通道选项”对话框

（2）在色彩指示:选项区中选中专色(P)单选按钮，单击确定按钮，Alpha 通道即会转换成专色通道，如图 6.3.6 所示。

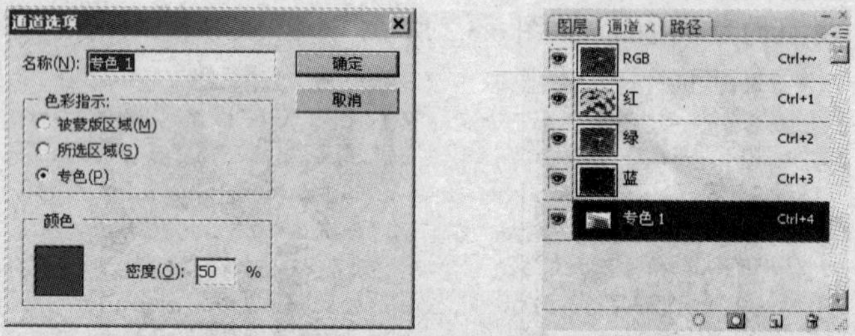

图 6.3.6 Alpha 通道转换为专色通道

6.3.6 将通道作为选区载入

在通道面板中选择要载入选区的通道后，单击通道面板底部的“将通道作为选区载入”按钮，即可将所选通道中的浅色区域作为选区载入，如图 6.3.7 所示。

图 6.3.7 载入通道选区

6.4 合成通道

使用 图像(I) 菜单中的 计算(C)... 和 应用图像(Y)... 命令，可以对图像文件中的通道进行合成操作。这里所说的通道可以是一个图像文件，也可以是多个图像文件。

6.4.1 计算

使用“计算”命令可以混合一个或多个源图像文件的两个独立通道，然后把计算结果存储到一个符合要求的图像文件中，也可以将它存为一个颜色通道或 Alpha 通道。这样就可以在需要时直接把该计算结果应用到一个新图像文件中，或者应用到当前图像文件的新通道和选区中。

打开如图 6.4.1 所示的图像文件，选择 图像(I) → 计算(C)... 命令，弹出“计算”对话框。

图 6.4.1　打开的图像文件

在其对话框中的 源 1(S): 或 源 2(U): 下拉列表中可选择参与计算的第一个通道或第二个通道所在的图像文件。在 图层(L): 下拉列表中可选择需要参与计算的图层。在 通道(E): 下拉列表中可选择需要参与计算的通道。在 不透明度(O): 文本框中输入数值，可设置计算时图层的不透明度。选中 ☑ 蒙版(K)... 复选框，并设置“蒙版”选项组中的参数。设置完参数后，单击 确定 按钮，效果如图 6.4.2 所示。

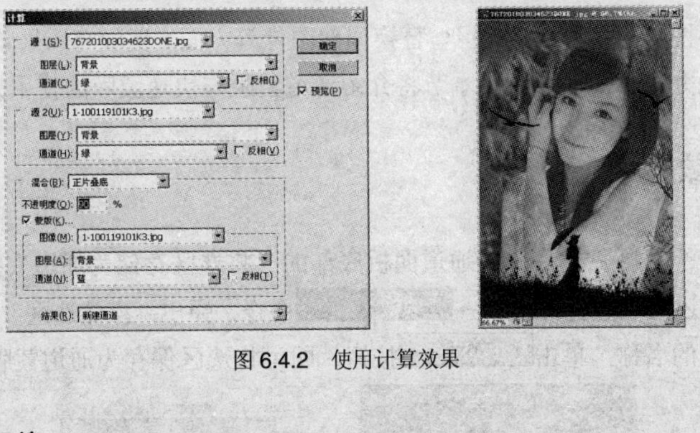

图 6.4.2　使用计算效果

6.4.2 应用图像

在 Photoshop CS3 中，用户可以选择 图像(I) → 应用图像(Y)... 命令，将一幅图像的图层或通道混合到另一幅图像的图层或通道中，从而产生许多特殊效果。应用这一命令时必须保证源图像与目标图像的像素相同，因为“应用图像”命令就是基于两幅图像的图层或通道重叠后，相应位置的像素在不同的混合方式下相互作用，从而产生不同的效果。

打开如图 6.4.3 所示的图像文件，选择 图像(I) → 应用图像(Y)... 命令，弹出“应用图像”对话框。

图 6.4.3　打开的图像文件

在 源(S): 下拉列表中可以选择一个与目标文件大小相同的文件。在 图层(L): 下拉列表中可以选择源文件的图层。在 通道(C): 下拉列表中可以选择源文件的通道，并可以选中 ☑反相(V) 复选框使通道的内容在处理前反相。设置完参数后，单击 确定 按钮，效果如图 6.4.4 所示。

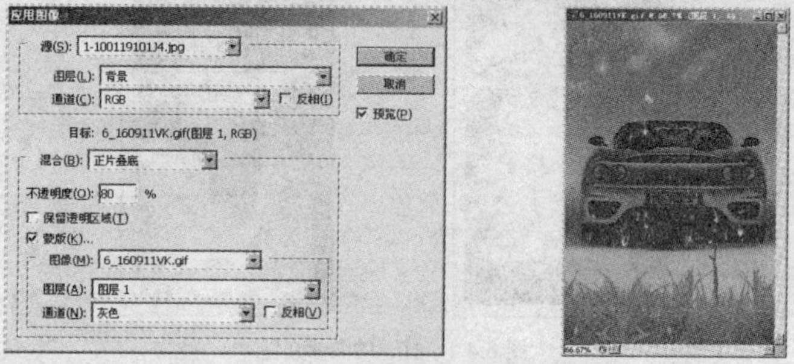

图 6.4.4　使用应用图像效果

6.5　通道蒙版与快速蒙版

蒙版一般用于多图像拼接、创建选区、替换局部图像等方面。蒙版有图层蒙版、通道蒙版和快速蒙版 3 种，前面已经介绍了图层蒙版，本节将介绍通道蒙版与快速蒙版的使用方法与技巧。

6.5.1　通道蒙版

在图像中创建一个选区，然后单击通道面板底部的“将选区存储为通道”按钮，即可将选区保存为通道蒙版。还可以选择 选择(S) → 存储选区(S)... 命令，弹出“存储选区”对话框，在 名称(N): 文本框中输入通道蒙版的名称，单击 确定 按钮，即可将选区保存为通道蒙版，如图 6.5.1 所示。

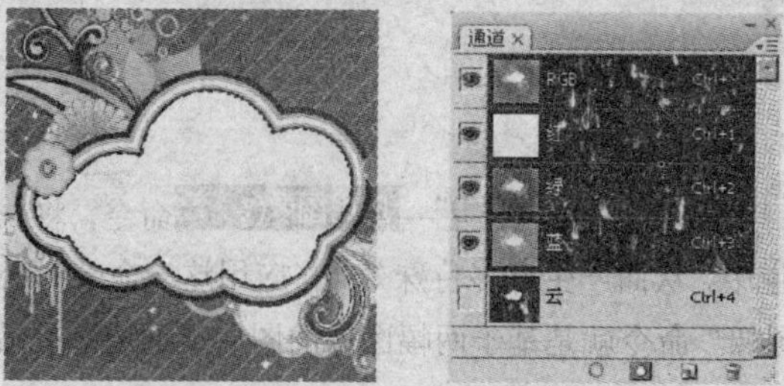

图 6.5.1　创建通道蒙版效果

6.5.2　快速蒙版

快速蒙版可以将任何选区作为蒙版进行图像的编辑和查看，而无须使用通道。打开一个图像文件，使用椭圆选框工具在图像中创建一个椭圆选区，单击工具箱中的“以快速蒙版模式编辑”按钮，或按“Q”键即可在图像中创建一个蒙版，如图 6.5.2 所示。

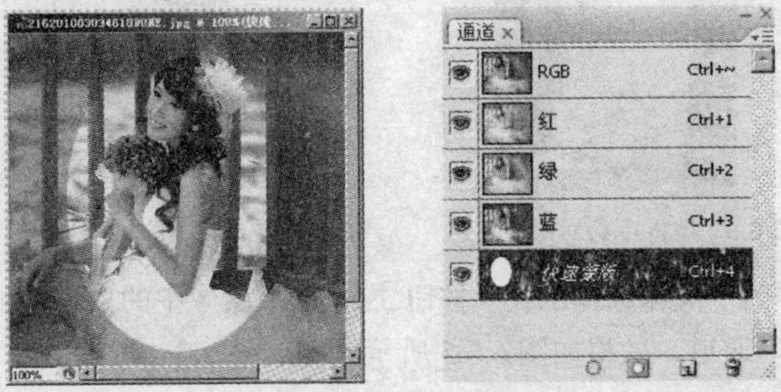

图 6.5.2　创建快速蒙版

6.6　课堂实训——设计壁纸

本节主要利用所学的知识设计壁纸，最终效果如图 6.6.1 所示。

图 6.6.1　最终效果图

操作步骤

（1）打开两个如图 6.6.2 所示的图像文件，将小狗图像作为当前背景的图像。

图 6.6.2　打开的图像文件

（2）进入通道面板，激活“红”通道，选择 图像(I) → 调整(A) → 亮度/对比度(C)... 命令，在弹出的“亮度/对比度”对话框中设置 亮度(B): 为“0”、对比度(C): 为“50”，效果如图 6.6.3 所示。

（3）按“Ctrl+I”键反相图像，然后单击工具箱中的“减淡工具”按钮，在小狗图像的周围单击鼠标减淡图像，效果如图 6.6.4 所示。

图 6.6.3 调整亮度/对比度效果

图 6.6.4 减淡图像效果

（4）单击工具箱中的“快速选择工具”按钮，选中图像中的白色区域，然后反选图层，删除选区内图像，单击“绿”通道，效果如图 6.6.5 所示。

（5）切换至图层面板，羽化小狗图像，并对其进行白色描边，再使用移动工具将其拖曳到另一幅图像中，效果如图 6.6.6 所示

图 6.6.5 删除选区并显示“绿”通道

图 6.6.6 复制并移动图像效果

（6）再复制一个小狗图层，按“Ctrl+T”键，调整其大小及位置，并对其进行水平翻转，最终效果如图 6.6.1 所示。

本 章 小 结

本章介绍了通道的概念、创建通道、编辑通道、合成通道以及通道蒙版与快速蒙版的使用方法与技巧，通过本章的学习，可使读者对通道与蒙版有更深的了解，从而制作出美观的图像。

操 作 练 习

一、填空题

1．在处理图像过程中，经常会利用________对图像进行色彩调整，并运用滤镜和其他特殊效果，使图像有更好的视觉效果。

2．Photoshop CS3 的通道大致可分为 5 种类型，即________通道、________通道、Alpha 通道、________通道和单色通道。

3．在 Photoshop CS3 中，可使用________和________命令来对图像中的通道进行混合运算。

4．________可以将任何选区作为蒙版进行图像的编辑和查看，而无须使用通道。

二、选择题

1．一幅图像最多能有（ ）个通道。

（A）26　　（B）36

（C）46　　（D）56

2．对图像分离通道后，可以将图像的每个通道分离成（ ）图像。

（A）位图　　（B）灰度

（C）黑白　　（D）彩色

3．在通道面板中，（ ）通道不能更改其名称。

（A）Alpha　　（B）专色

（C）复合　　（D）单色

4．在 Photoshop 中保存图像文件时，使用（ ）格式不能存储通道。

（A）PSD　　（B）TIFF

（C）DCS　　（D）JPEG

5．在通道面板上，按钮的作用是（ ）。

（A）将通道作为选区载入 `　　（B）将选区存储为通道

（C）创建新的通道　　（D）删除通道

三、简答题

1．在 Photoshop CS3 中，如何对通道进行分离和合并？

2．如何将 Alpha 通道转换为专色通道？

四、上机操作题

1．新建一个图像文件，创建一个椭圆选区，并将该选区保存到通道面板中。

2．打开如题图 6.1（a）和（b）所示的两幅大小相同的图像，使用本章所学的知识练习制作出如题图 6.1（c）所示的图像混合效果。

（a）　　（b）　　（c）

题图 6.1　效果图

第7章　调整图像颜色

在设计的作品中，不仅各部分的内容、布局要合理，色彩的搭配也是非常重要的。在Photoshop CS3中，系统提供了众多色调和色彩调整命令，用户可以使用这些命令创作出千变万化的图像。

知识要点

- 色彩概述
- 图像的色彩模式
- 图像的颜色设置
- 调整图像色彩

7.1　色彩概述

图像色彩和色调的控制是图像修饰中非常重要的操作，它决定着图像的整体视觉感。要在设计作品时灵活、巧妙地运用色彩，使作品达到各种特殊效果，就必须学习一些色彩的相关知识。

7.1.1　色彩的概念

色彩的调整主要指的是对图像的亮度、色调、饱和度及对比度的调整。

1．亮度

亮度是指色彩的明暗程度，亮度的高低，要根据其接近白色或灰色的程度而定。越接近白色亮度越高，越接近灰色或黑色，其亮度越低，如红色有明亮的红或深暗的红，蓝色有浅蓝或深蓝。在彩色中，黄色亮度最高，紫色亮度最低。

2．色调

色调又称色相，是指色彩的相貌，或是区别色彩的名称或色彩的种类，而色调与色彩明暗无关。如苹果是红色的，这红色便是一种色调。色调的种类很多，普通色彩专业人士可辨认出300～400种，但如果要仔细分析，可有1 000万种之多。

3．饱和度

饱和度是指色彩的强弱，也可以说是色彩的彩度，调整图像的饱和度也就是调整图像的彩度。将一个彩色图像的饱和度降为0时，就会变成一个灰色的图像，增加饱和度就会增加其彩度。例如，调整彩色电视机的饱和度，就可调整其彩度。

4．对比度

对比度代表了颜色间的差异，对比度越大，两种颜色之间的反差也就越大，反之越相近。

7.1.2　色彩的对比

在同一环境下，人对同一色彩有不同的感受，而在不同的环境下，多种色彩会给人另一种印象。色彩之间这种相互作用的关系称为色彩对比。

色彩对比包括两方面：其一，时间隔序，称同时发生的对比；其二，空间位置，称连贯性的对比。对比本来是指性质对立的双方相互作用、相互排斥，但在某种条件下，对立的双方也会相互融合、相互协调。

7.1.3　色彩的调和

色彩的调和有两层含义：一是色彩调和是配色美的一种形态，一般认为好看的配色，能使人产生愉快、舒适感；二是色彩调和是配色美的一种手段。色彩的调和是针对色彩的对比而言的，没有对比也就无所谓调和，两者之间既互相排斥又互相依存，相辅相成。不过，色彩的对比是绝对的，因为两种以上的色彩在构成中总会在色调、饱和度、亮度、面积等方面或多或少的差别，这种差别必然会导致不同程度的对比。对比过强的配色需要加强共性来调和；对比过于柔和的配色需要加强对比来进行调和。色彩的调和就是在各色的统一与变化中表现出来的，也就是说，当两个或两个以上的色彩搭配组合时，为了达成共同的表现目的，使色彩关系组合并调整成一种和谐、统一的画面效果，这就是色彩调和。

7.1.4　Photoshop 中的专色

专色是特殊的预混油墨，用来替代或补充印刷色（CMYK）油墨。每种专色在胶印时要求有专用的印版（因为印刷时调油墨也要求有单独的印版，它也被认为是一种专色）。

在处理专色时，需要注意以下几点：

（1）要将专色作为一种色调应用于整个图像，将图像转换为双色调模式，并在其中一个双色调印版上应用专色。可以使用多达 4 个专色，每个印版一个。

（2）要将专色用于图像的特定区域，必须创建专色通道。专色通道可以在图像中添加和预览。

（3）可以创建新专色通道或将现有 Alpha 通道转换为专色通道。

（4）专色通道与 Alpha 通道一样，任何时候都可以编辑或删除。

（5）专色不能应用于单个图层。

专色印刷有以下几个特点：

（1）准确性。每一种专色都有其本身固定的色相，所以它能够保证印刷中颜色的准确性，从而在很大程度上解决了颜色传递准确性的问题。

（2）实地性。专色一般用实地色定义颜色，而无论这种颜色有多浅。当然，也可以给专色加网，以呈现专色的任意深浅色调。

（3）不透明性。专色油墨是一种覆盖性质的油墨，它是不透明的，可以进行实际的覆盖。

（4）表现色域宽。套色色库中的颜色色域很宽，超过了 RGB 的表现色域，更不用说 CMYK 颜色空间了。所以，有很大一部分颜色是用 CMYK 四色印刷油墨无法呈现的。

7.2 图像的色彩模式

色彩模式是指图像在显示或打印时定义颜色的不同方式。在 Photoshop CS3 中，提供了 8 种色彩模式，分别是索引模式、位图模式、灰度模式、RGB 模式、CMYK 模式、Lab 模式、双色调模式和多通道模式。

7.2.1 索引模式

索引模式中的图像也具有 8 位的最大颜色容量，即索引模式的图像共有 256 种颜色。但与灰度模式不同，此模式的图像是彩色的。

由于索引模式也是 8 位的颜色模式，因此将其他类型的色彩模式转换为索引模式之前，应将其模式设置为 8 位/通道。在进行转换时，如果原图像的颜色少于 256 色，选择菜单栏中的 图像(I)→模式(M)→索引颜色(I) 命令，不会看到明显的变化，此时图像中所有像素的颜色已经映射为一张颜色查询表；如果原图像的颜色多于 256 色，选择菜单栏中的 图像(I)→模式(M)→索引颜色(I)... 命令，将弹出 索引颜色 对话框，如图 7.2.1 所示。

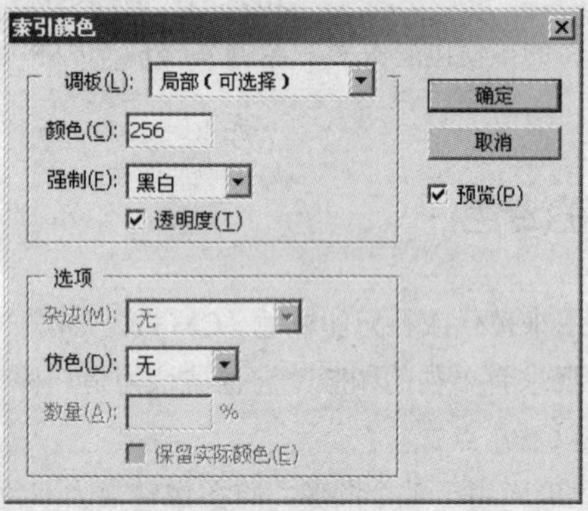

图 7.2.1 “索引颜色”对话框

由于颜色超过 256 种，转换时必须进行减色处理。在 调板(L): 下拉列表中选择不同的调色板，就有不同的减色方式和不同的用途。选择了某种调色板后，可在 颜色(C): 文本框中输入需要包含的颜色数，但不能超过 256 种。

7.2.2 位图模式

位图模式是由白色和黑色两种颜色组成的，所以也被称为黑白图像，位图图像由 1 位像素组成，所以其文件最小，所占的磁盘空间也最少。如果要将其他模式的图像转换为位图模式，则要先将图像转换为灰度模式，然后再转换成位图模式。

将 RGB 模式的图像转换为位图模式，具体的操作步骤如下：

(1)打开一个如图 7.2.2 所示的 RGB 模式图像文件，选择菜单栏中的 图像(I)→模式(M)→灰度(G) 命令，可弹出一个提示框，如图 7.2.3 所示，提示用户如果继续操作，将导致图像的色彩丢失。

(2) 单击 扔掉 按钮，图像的色彩模式即可转换为灰度模式，如图 7.2.4 所示，原来的色彩被灰度显示的方式替代。

图 7.2.2 RGB 模式图像

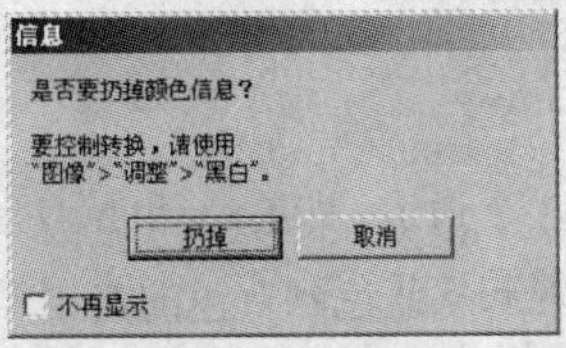

图 7.2.3 提示框

图 7.2.4 灰度图像

（3）选择菜单栏中的图像(I)→模式(M)→位图(B)...命令，可弹出位图对话框，如图 7.2.5 所示。在其中设置位图图像的各种参数和输出方式如下：

1）分辨率选项区：用来显示当前图像的分辨率与设定转换成位图后的分辨率。单位有像素/英寸与像素/厘米，一般选择像素/英寸。

2）方法选项区：用来设定转换成位图时的 5 种减色方法，如图 7.2.6 所示，根据需要可以选择相应的选项。

（4）选择不同转换方法会得到相应的效果图，这里选择“扩散仿色”选项，单击确定按钮，转换为位图模式后的效果如图 7.2.7 所示。

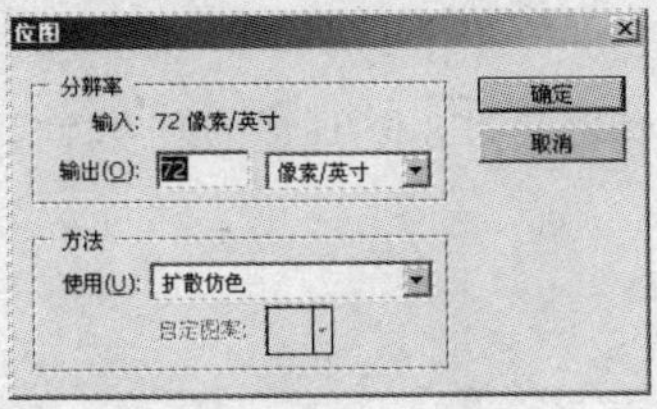

图 7.2.5 “位图”对话框

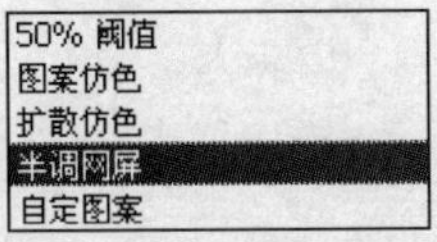

图 7.2.6 5 种减色方法

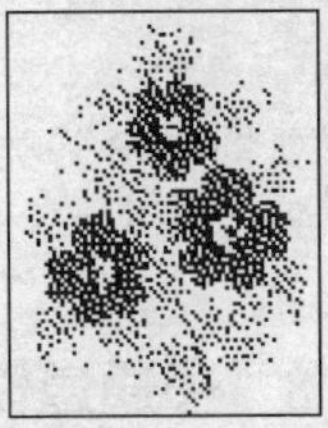

图 7.2.7 转换后的位图图像

7.2.3 灰度模式

灰度模式只存在灰度，共有 256 级灰度，灰度图像中的每个像素都有一个 0（黑色）～256（白色）之间的亮度值。灰度值也可以用黑色油墨覆盖的百分比来度量（5%等于白色，100%等于黑色）。把图像转换为灰度模式后，可除去图像中所有的颜色信息，转换后的像素色度（灰阶）表示原有像素的亮度。亮度是唯一能影响灰度图像的因素，当灰度值为 0（最小值）时，生成的颜色是黑色；当灰度值为 255（最大值）时，生成的颜色是白色。

7.2.4 RGB 模式

RGB 模式是 Photoshop 中最常用也是最常见的颜色模式，也被称为加色模式。RGB 模式由 R（红色）、G（绿色）、B（蓝色）3 种颜色混合成需要的颜色，三原色的取值范围均为 0～255。要将位图模式或双色调模式的图像转换为 RGB 模式，必须先将其转换灰度模式，然后再转换为 RGB 模式。

7.2.5 CMYK 模式

CMYK 模式是一种减色模式。它是彩色印刷时使用的一种颜色模式，由 Cyan（青）、Magenta（洋红）、Yellow（黄）和 Black（黑）4 种颜色组成。为了避免和 RGB 三基色中的 Blue（蓝色）发生混淆，其中的黑色用 K 来表示。在平面美术中，经常用到 CMYK 模式。

7.2.6 Lab 模式

Lab 模式属于多通道模式，共有 3 个通道，即 L，a 和 b。其中 L 表示明亮度分量，范围为 0～100；a 表示从绿色到红色的光谱变化；b 表示从蓝色到黄色的光谱变化，两者的范围都为－120～120。

Lab 模式所包含的颜色范围最广，而且包含所有 RGB 与 CMYK 中的颜色，CMYK 模式所包含的颜色最少。Lab 模式是作为其他颜色模式之间转换时使用的中间颜色模式，如从 RGB 模式转换 CMYK 模式时，系统会先将图像转换为 Lab 模式，然后再转换为 CMYK 模式。

7.2.7 双色调模式

双色调模式的建立弥补了灰度图像的不足。因为虽然灰度图像能拥有 256 种灰度级别，但是放到印刷机上，每滴油墨却只能产生 50 种左右的灰度效果。这意味着如果只用一种黑色油墨打印灰度图像，产生的效果将很差，因此，就可以将灰度模式的图像转换为双色调模式。双色调模式可以将尽量少的颜色表现出尽量多的颜色层次，这对于减少印刷成本是很重要的，每增加一种色调都需要增加更多的成本。

如果要将 RGB 等类型的彩色图像转换为双色调模式，只有转换为 8 位/通道的灰度模式的图像，才能进一步转换为双色调模式。

7.2.8 多通道模式

多通道模式没有固定的通道数，通常可以由其他模式转换而来，而不同的模式将会产生不同的颜色通道及通道数，如 CMYK 模式转换为多通道模式时，将产生青色、洋红、黄色与黑色 4 个通道。而 Lab 模式转换为多通道模式时，则会产生 Alpha 1，Alpha 2，Alpha 3 通道。

多通道模式下，每个通道仍为 8 位，即有 256 种灰度级别。因此在将其他模式转换为多通道模式前，应在 模式(M) 子菜单中选择颜色模式为 8 位/通道(A)。当在 RGB，CMYK 或 Lab 模式的图像中删除一个通道时，会自动将图像转换为多通道模式。

7.3 图像的颜色设置

Photoshop CS3 使用前景色绘画、填充和描边选区，使用背景色进行渐变填充和填充图像中被擦除的区域。

7.3.1 前景色与背景色

工具箱中提供了前景色与背景色两种颜色工具，如图 7.3.1 所示。在默认情况下，前景色为黑色，背景色为白色，如果查看的是 Alpha 通道，则默认的前景色为白色，背景色为黑色。

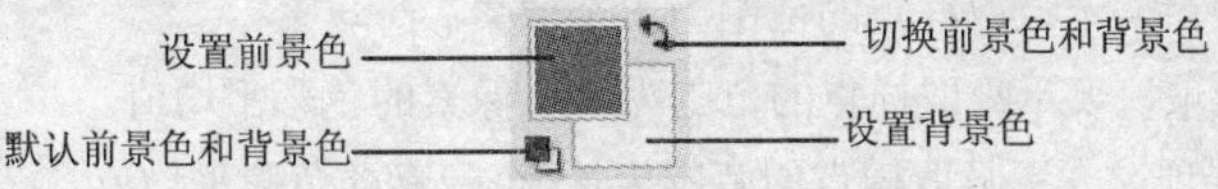

图 7.3.1 前景色与背景色的设置

前景色可用于显示和设置当前所选绘图工具所使用的颜色，背景色可显示和设置图像的底色。设置背景色后，并不会立刻改变图像的背景色，只有在使用了与背景色有关的工具时，才会按背景色的设定来执行。比如，使用橡皮擦工具擦除图像时，其擦除的区域将会以背景色填充。

若要更改前景色或背景色，可单击工具箱中的“设置前景色”或“设置背景色”按钮，弹出“拾色器”对话框，如图 7.3.2 所示。

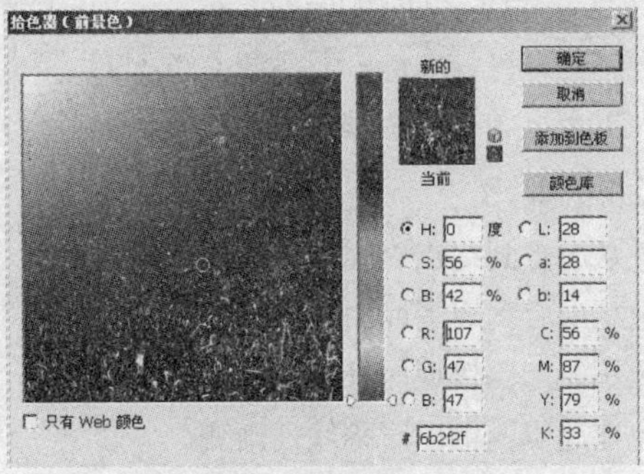

图 7.3.2 “拾色器”对话框

在此对话框中沿滑杆拖动三角形滑块或直接在颜色滑杆上单击所需的颜色区域，即可选择指定的颜色，也可在对话框右侧的 4 种颜色模式文本框中输入数值来设置前景色与背景色。例如，要在 RGB 模式下设置颜色，只需在 R，G，B 文本框中输入数值即可。

单击 确定 按钮，即可改变前景色或背景色。

7.3.2 吸管工具

使用吸管工具不仅能从图像中取样颜色，也可以制定新的前景色与背景色。单击工具箱中的“吸管工具”按钮，将光标移至图像中需要选取颜色的区域上单击，即可完成颜色的采样工作，如图 7.3.3 所示。

使用吸管工具时，也可设置其属性栏中的参数，其属性栏如图 7.3.4 所示。

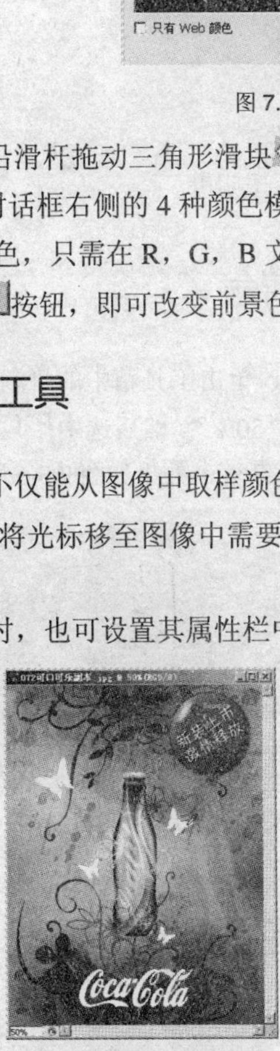

图 7.3.3 使用吸管工具选取颜色

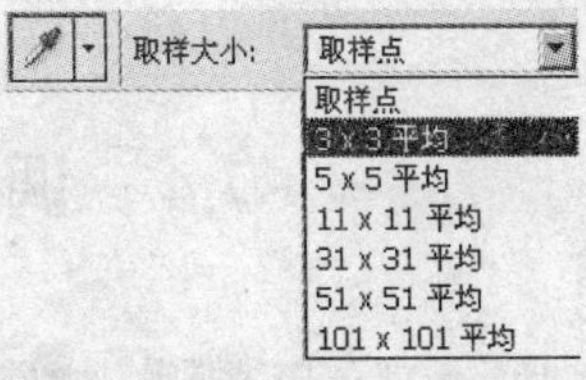

图 7.3.4 “吸管工具”属性栏

在 取样大小: 下拉列表中提供了选取颜色的方式。

选择取样点选项，表示吸取样点的范围为 1 个像素。

选择3×3 平均选项，表示吸取样点的范围为 9 个像素的色彩平均值。

选择5×5 平均选项，表示吸取样点的范围为 25 个像素的色彩平均值。

提示：在单击鼠标吸取颜色的同时按住“Alt”键，可将吸取的颜色设置为背景色。

7.3.3 渐变工具

利用渐变工具可以使图像产生逐渐过渡的颜色效果，还可以产生透明的渐变效果。单击工具箱中的“渐变工具”按钮，其属性栏如图 7.3.5 所示。

图 7.3.5 “渐变工具”属性栏

其属性栏中的各选项含义介绍如下：

线性渐变：用于使颜色从起点到终点以线性的形式逐渐改变。

径向渐变：用于使颜色从中心到周围以图像图案的形式渐变。

角度渐变：用于使颜色围绕起点以逆时针环绕的形式渐变。

对称渐变：用于使颜色在起点两侧以对称线性渐变。

菱形渐变：用于使颜色从起点向外以菱形图案渐变。

模式:：在该下拉列表中可以选择渐变色彩的混合模式。

不透明度:：在该文本框中输入数值，可以设置渐变的不透明度。

选中☑反向复选框，可反转渐变填充中的颜色顺序。

选中☑仿色复选框，可以用较小的带宽创建较平滑的混合。

选中☑透明区域复选框，可以设置渐变效果的透明度。

使用渐变工具的具体操作方法为：打开一个图像文件，单击工具箱中的“渐变工具”按钮，在其工具栏中选择菱形渐变；在不透明度:文本框中输入“50%”；然后选中☑仿色和☑透明区域复选框。设置好参数后，在图像中从右下角向中心拖曳鼠标填充渐变，效果如图 7.3.6 所示。

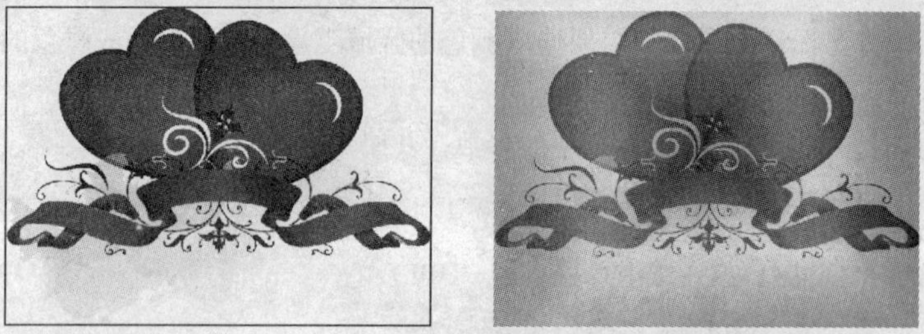

图 7.3.6 渐变填充效果

7.4 调整图像色彩

在调整图像色彩时，主要使用图像(I)→调整(A)子菜单中的各个命令，这些命令包括色阶、自动色阶、色调分离、阈值、曲线、去色和反相命令等。

7.4.1 色阶/自动色阶

色阶命令允许用户通过修改图像的暗调、中间调和高光的亮度水平来调整图像的色调范围和颜色平衡。选择图像(I)→调整(A)→色阶(L)...命令，弹出色阶对话框，如图 7.4.1 所示。

该对话框显示了选中的某个图层或单层的整幅图像的色彩分布情况。呈山峰状的图谱显示了像素在各个颜色处的分布，峰顶表示具有该颜色的像素数量最多。左侧表示暗调区域，右侧表示高光区域。

（1）通道(C)：用于选择调整色阶的通道。单击其右侧 RGB 下拉按钮，弹出下拉列表如图 7.4.2 所示，可从中选择一种选项来进行颜色通道的调整。

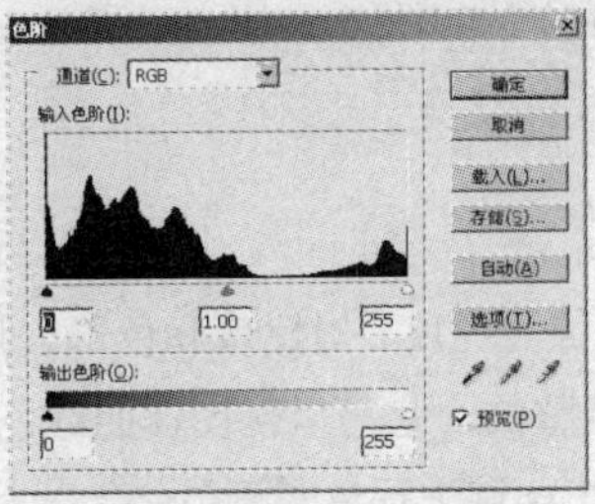

图 7.4.1 “色阶”对话框

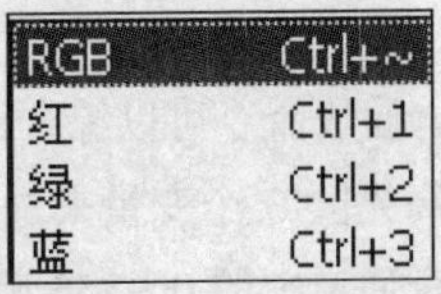

图 7.4.2 通道下拉列表

（2）输入色阶(I)：通过设置暗调、中间调和高光的色调值来调整图像的色调和对比度。输出色阶(O)：在对应的文本框中输入数值或拖动滑块来调整图像的色调范围，即可增高或降低图像的对比度。

（3）载入(L)...按钮：可以载入一个色阶文件作为对当前图像的调整。

（4）存储(S)...按钮：可以将当前设置的参数进行存储。

（5）自动(A)按钮：可以将“暗部”和“亮部”自动调整到最暗和最亮。

（6）选项(T)...按钮：单击该按钮即可弹出自动颜色校正选项对话框，如图 7.4.3 所示。在此对话框中可设置各种颜色校正选项。

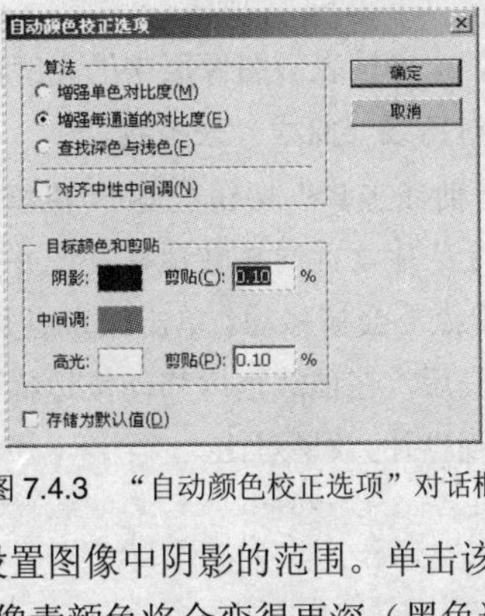

图 7.4.3 “自动颜色校正选项”对话框

“设置黑场”按钮：用来设置图像中阴影的范围。单击该按钮，再在图像中选取相应的点单击，单击后图像中比选取点更暗的像素颜色将会变得更深（黑色选取点除外）。

“设置灰点”按钮：用来设置图像中中间调的范围。单击该按钮，再在图像中选取相应的点单击，单击处颜色的亮度将成为图像的中间色调范围的平均亮度。

“设置白场”按钮：用来设置图像中高光的范围。单击该按钮，再在图像中选取相应的点单击，单击后图像中比选取点更亮的像素颜色将会变得更浅（白色选取点除外）。

当使用图像(I)→调整(A)→自动色阶(A)命令调整图像色调时，系统不弹出任何对话框，只是按照默认值来调整图像颜色的明暗度。一般情况下，这种调整只能针对该图像中的所有颜色来进行，而不能只针对某一种色调来调整。如图 7.4.4 所示为应用自动色阶命令前后的效果对比。

图 7.4.4 应用自动色阶命令前后的效果对比

7.4.2 曲线

与色阶命令相同，曲线命令可以综合地调整图像的亮度、对比度和色彩。但曲线命令不是通过定义暗调、中间调区和高光区 3 个变量来进行色调调整的，它可以对图像的红色（R）、绿色（G）、蓝色（B）以及 RGB 4 个通道中的 0～255 范围内的任意点进行色彩调节。

选择菜单栏中的 图像(I) → 调整(A) → 曲线(V)... 命令，弹出 曲线 对话框，如图 7.4.5 所示。

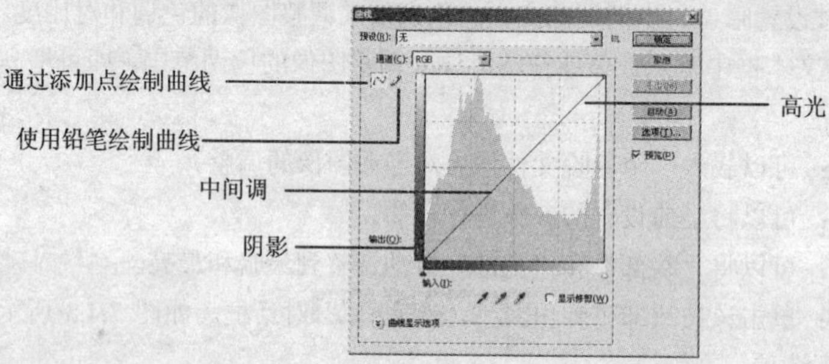

图 7.4.5 “曲线”对话框

曲线图有水平轴和垂直轴之分，水平轴表示图像原来的亮度值；垂直轴表示新的亮度值。水平轴和垂直轴之间的关系可以通过调节对角线（曲线）来控制。

调节曲线形状的按钮有两个：“曲线工具”按钮和“铅笔工具”按钮。选择曲线工具后，将鼠标移至曲线上，指针会变成“十”字，此时按住鼠标左键并拖动即可改变曲线形状，释放鼠标，该点将会被锁定，再移动曲线，锁定点不会被移动。单击锁定点并按住鼠标左键将其拖至曲线框范围外，即可删除锁定点。选择铅笔工具后，在曲线框内移动鼠标就可以绘制曲线，即改变曲线的形状。

如图 7.4.6 所示为应用曲线命令前后的效果对比。

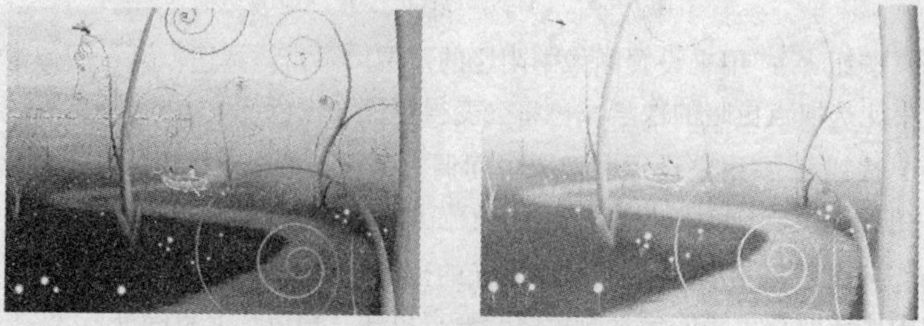

图 7.4.6 应用曲线命令前后的效果对比

7.4.3　色彩平衡

色彩平衡命令能粗略地进行图像的色彩校正，简单地调整图像暗调区、中间调区和高光区的各色彩成分，使混合色彩达到平衡效果。选择 图像(I) → 调整(A) → 色彩平衡(B)... 命令，弹出“色彩平衡”对话框，如图 7.4.7 所示。

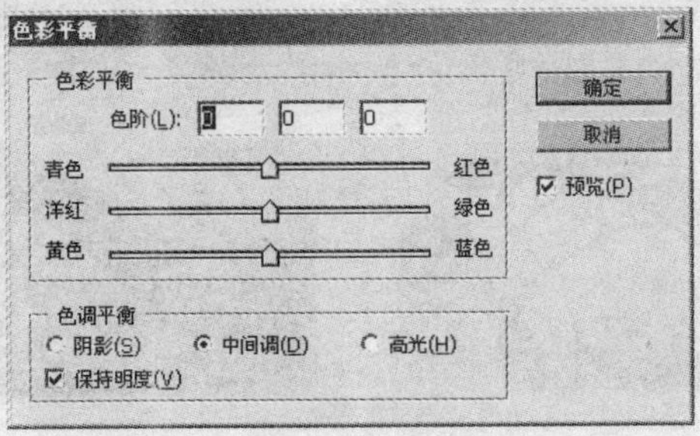

图 7.4.7　“色彩平衡”对话框

色阶(L)：用于设置红、绿和蓝三原色的色阶值，其后的 3 个文本框分别对应下方的 3 个滑块。用户可以通过在文本框中输入数值或拖动滑块来调整图像的颜色。

色调平衡：用于选择要重新进行更改的色调范围，包括 阴影(S)、中间调(D) 和 高光(H) 3 个单选按钮。选择其中需要调整的选项，然后通过拖动滑块或改变文本框中的数值来调整所选色调的颜色，使颜色更加平衡。

选中 保持明度(V) 复选框，可保持图像中的色调平衡。

如图 7.4.8 所示为应用色彩平衡命令前后的效果对比。

图 7.4.8　应用色彩平衡命令前后的效果对比

7.4.4　亮度/对比度和自动对比度

亮度/对比度命令是指通过调整图像的亮度和对比度来改变图像的色调。选择 图像(I) → 调整(A) → 亮度/对比度(C)... 命令，弹出“亮度/对比度”对话框，如图 7.4.9 所示。

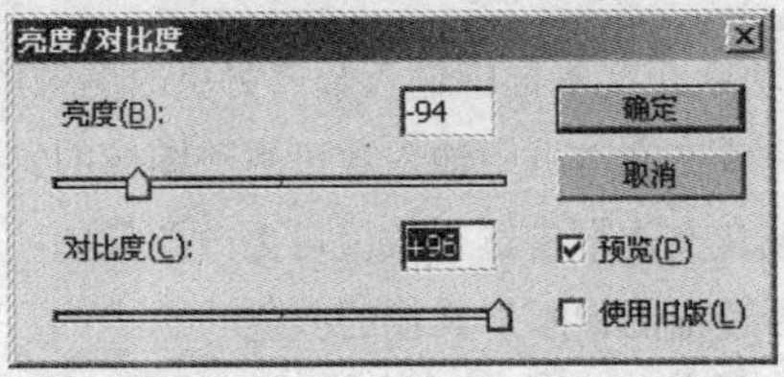

图 7.4.9　“亮度/对比度”对话框

亮度(B)：用于调整图像的亮度，向左移动滑块，图像越来越暗；向右移动滑块，图像越来越亮。也可在其右侧的文本框中输入数值进行调整，数值范围为－100～100。

对比度(C)：用于调整图像的对比度，向左移动滑块，图像对比度减弱；向右移动滑块，图像的对比度加强。也可在其右侧的文本框中输入数值进行调整，输入数值范围为－100～100。

如图 7.4.10 所示为利用亮度/对比度命令调整图像前后的效果对比。

图 7.4.10　应用亮度/对比度命令前后的效果对比

使用自动对比度命令可以自动地调整图像中颜色的总体对比度。选择菜单栏中的图像(I)→自动对比度(U)命令，或按“Alt+Shift+Ctrl+L”键就可以自动调整图像的对比度。它将图像中最亮和最暗的像素分别转换为白色和黑色，使得高光区显得更亮。

提示：自动对比度命令不能调整颜色单一的图像，也不能单独调节颜色通道，所以不会导致色偏；但也不能消除图像已经存在的色偏，所以不会添加或减少色偏。

7.4.5　色相/饱和度

利用色相/饱和度命令可调整图像内单个颜色的色相、饱和度和明度。选择图像(I)→调整(A)→色相/饱和度(H)...命令，弹出“色相/饱和度”对话框，如图 7.4.11 所示。

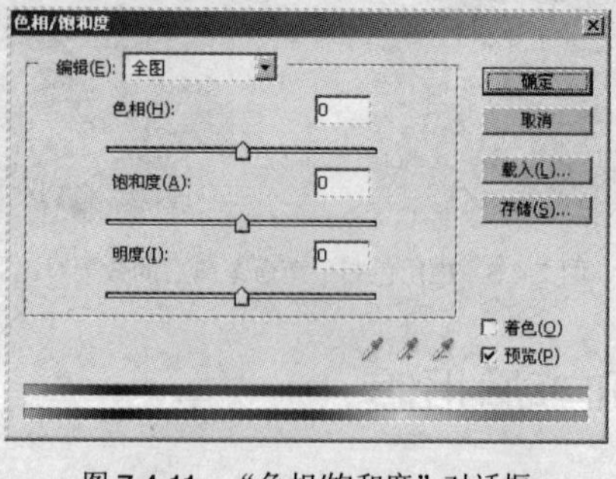

图 7.4.11　“色相/饱和度”对话框

编辑(E)：用于设定所要调整的颜色范围，可以对全图的颜色进行调整，也可以对个别颜色进行调整。

色相(H)：拖动其对应的滑块或在文本框中输入数值可更改图像的色相。

饱和度(A)：拖动其对应滑块或在文本框中输入数可更改图像的饱和度。

明度(I)：拖动其对应滑块或在文本框中输入数值可更改图像的明度。

选中☑着色(O)复选框，可给整幅图像添加其他的颜色。

如图 7.4.12 所示为对全图应用色相/饱和度命令前后的效果对比。

图 7.4.12 应用色相/饱和度命令前后的效果对比

7.4.6 替换颜色

替换颜色命令可将要替换的颜色创建为一个临时蒙版，并用其他的颜色替换原有颜色，同时还可以替换色彩的色相、饱和度和亮度。选择菜单栏中的 图像(I) → 调整(A) → 替换颜色(R)... 命令，弹出“替换颜色”对话框，如图 7.4.13 所示。

选区：该选项区用于设置图像中将被替换颜色的图像范围。先设置 颜色容差(F):，其数值越大，可被替换颜色的图像区域越大，然后使用对话框中的吸管工具在图像中选择需要替换的颜色。用吸管工具 连续取色表示增加选择区域，用吸管工具 连续取色表示减少选择区域。

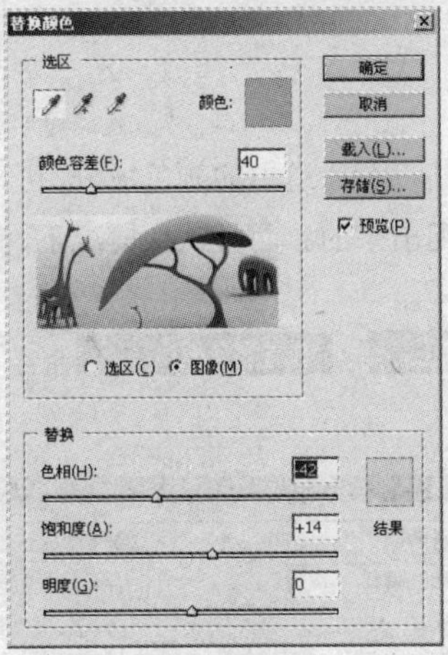

图 7.4.13 “替换颜色”对话框

替换：该选项区用于调整替换后图像颜色的色相、饱和度和明度。

如图 7.4.14 所示为应用替换颜色命令前后的效果对比。

图 7.4.14 应用替换颜色命令前后的效果对比

7.4.7 去色

利用去色命令可以将图像中的颜色信息去除，使彩色图像转化为灰度图像。在去色过程中，每个像素保持原有的亮度值。这个命令与在“色相/饱和度”对话框中将饱和度值调整为－100 时的效果相同。选择 图像(I) → 调整(A) → 去色(D) 命令，即可将彩色图像中的色彩除掉，转换为灰度图像，如图 7.4.15 所示为应用去色命令前后的效果对比。

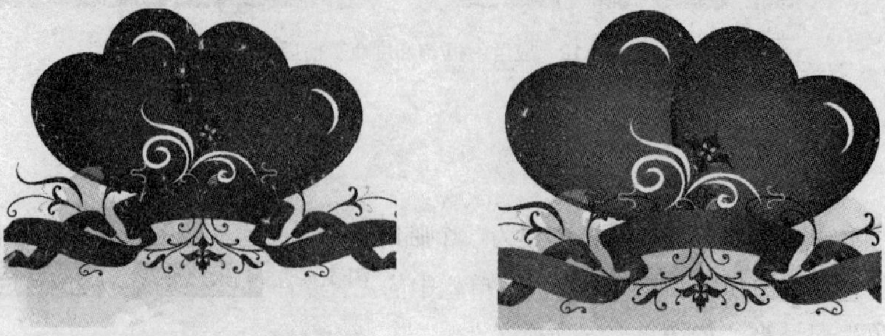

图 7.4.15 应用去色命令前后的效果对比

注意：如果图像有多个图层，则“去色”命令仅对选定的图层进行处理。

7.4.8 通道混合器

使用通道混合器命令可以调整某一个通道中的颜色成分，可以将每一个通道的颜色理解成是由青色、洋红、黄色、黑色 4 种颜色调配出来的。而且默认情况下，每一个通道中添加的颜色只有一种，即通道所对应的颜色。

选择菜单栏中的 图像(I) → 调整(A) → 通道混合器(X)... 命令，弹出 通道混和器 对话框，如图 7.4.16 所示。

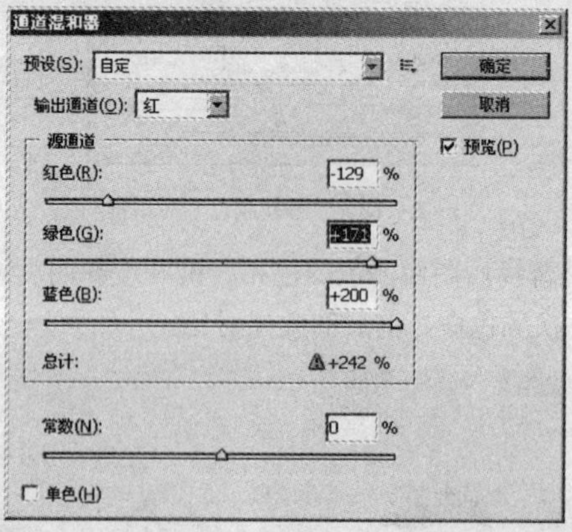

图 7.4.16 “通道混和器”对话框

在 输出通道(O): 下拉列表中可选择一个通道。当图像为 RGB 模式时，在此下拉列表中有 3 个通道，即红、绿、蓝；当所需要调整的图像为 CMYK 模式时，此下拉列表中有 4 个通道，即青色、洋红色、黄色、黑色。

在 源通道 选项区中可设置其中一个通道的参数，向左拖动滑块，可减少源通道在输出通道中所占的百分比，向右拖动滑块，效果则相反。

拖动常数(N):滑块，改变常量值，可在输出通道中加入一个透明的通道。当然，透明度可以通过滑块或数值调整，数值为负时为黑色通道，数值为正时为白色通道。

选中☑单色(H)复选框，则可对所有输出通道应用相同的设置，创建出灰阶的图像。

如图 7.4.17 所示为应用通道混合器命令前后的效果对比。

图 7.4.17 应用通道混合器命令前后的效果对比

7.4.9 匹配颜色

使用匹配颜色命令可以在多个图像、图层或色彩选区之间对颜色进行匹配，该命令仅在 RGB 模式下可用。选择菜单栏中的 图像(I) → 调整(A) → 匹配颜色(M)... 命令，弹出“匹配颜色”对话框，如图 7.4.18 所示。

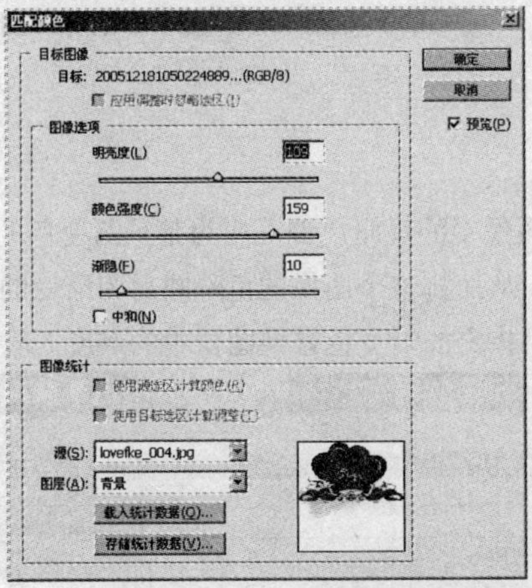

图 7.4.18 “匹配颜色”对话框

（1）目标图像：当前打开的工作图像。其中的☑应用调整时忽略选区(I)复选框指的是在调整图像时会忽略当前选区的存在，只对整个图像起作用。

（2）图像选项：调整被匹配图像的选项。

1）明亮度(L)：控制当前目标图像的明暗度。当数值为 100 时，目标图像将会与源图像拥有一样的亮度。当数值减小时图像会变暗；当数值增大时图像会变亮，其最大值为 200，最小值为 1。

2）颜色强度(C)：控制当前目标图像的饱和度，数值越大，饱和度越强，其最大值为 200，最小值为 1（灰度图像），默认值为 100。

3）渐隐(F)：控制当前目标图像的调整强度，数值越大调整的强度越弱。

4）☑ 中和(N)：选中此复选框，可消除图像中的色偏。

（3）图像统计：设置匹配与被匹配的选项。

1）☑ 使用源选区计算颜色(R)：如果在源图像中存在选区，选中此复选框，可使用源图像选区中的颜色计算调整；否则，会使用整个图像进行匹配。

2）☑ 使用目标选区计算调整(T)：如果在目标图像中存在选区，选中此复选框，可以对目标选区进行计算调整。

3）源(S)：在下拉菜单中可以选择用来与目标匹配的源图像。

4）图层(A)：用来选择匹配图像的图层。

5）载入统计数据(O)...：单击此按钮，可以打开"载入"对话框，找到已存在的调整文件。此时，无需在 Photoshop 中打开源图像文件，就可以对目标文件进行匹配。

6）存储统计数据(V)...：单击此按钮，可以将设置完成的当前文件进行保存。

如图 7.4.19 所示为应用匹配颜色命令前后的效果对比。

图 7.4.19　应用匹配颜色命令前后的效果对比

7.4.10　渐变映射

使用渐变映射命令可以将图像中的最暗色调对应为某一渐变色的最暗色调，将图像中的最亮色调对应为某一渐变色的最亮色调，从而将整个图像的色阶映射为渐变的所有色阶。调整图像时，系统会先将图像转换为灰度，然后再用指定的渐变色替换图像中的灰度，从而达到改变颜色的目的。选择菜单栏中的 图像(I) → 调整(A) → 渐变映射(G)... 命令，弹出渐变映射对话框，如图 7.4.20 所示。

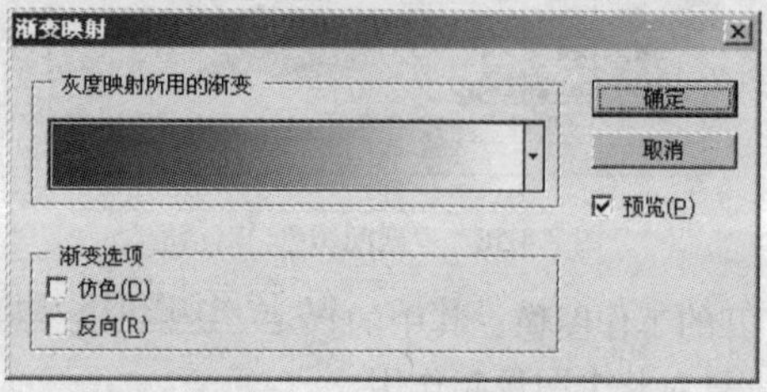

图 7.4.20　"渐变映射"对话框

灰度映射所用的渐变：单击渐变颜色条右侧的三角按钮，在打开的选项中可以选择系统预设的渐变类型作为映射的渐变色；也可单击渐变颜色条，弹出"渐变编辑器"对话框，在其中设置自己喜欢的渐变颜色。

选中 ☑ 仿色(D) 复选框，可以使图像产生抖动的效果。

选中 ☑ 反向(R) 复选框，可以使图像中各像素的颜色变成与其对应的补色。

如图 7.4.21 所示为应用渐变映射命令前后的效果对比。

图 7.4.21　应用渐变映射命令前后的效果对比

7.4.11　阴影/高光

阴影/高光命令适用于校正由强逆光而形成剪影的照片，或者校正由于太接近相机闪光灯而有些发白的焦点。选择菜单栏中的 图像(I) → 调整(A) → 阴影/高光(W)... 命令，弹出 阴影/高光 对话框，如图 7.4.22 所示。

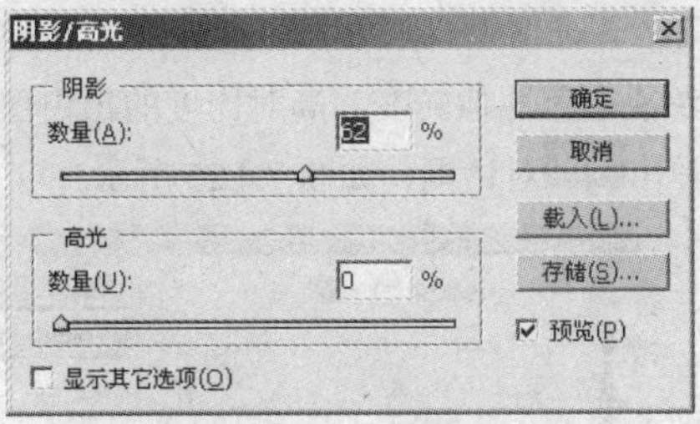

图 7.4.22　“阴影/高光”对话框

阴影：用来设置暗部在图像中所占的数量多少，数值越大，图像越亮。

高光：用来设置亮部在图像中所占的数量多少，数值越大，图像就越暗。

☑ 显示更多选项(O)：选中此复选框，可显示 阴影/高光 对话框的详细内容，在此对话框中可以进行更精确地调整。

如图 7.4.23 所示为应用阴影/高光命令前后的效果对比。

图 7.4.23　应用阴影/高光命令前后的效果对比

7.4.12　反相

利用反相命令可将图像中的颜色反相，例如黑色转换为白色、黄色转换为蓝色等。利用此命令可得到类似照片底片的效果，而且图像的颜色信息也不会丢失，再次使用该命令时即可还原图像，而不会发生任何改变。比如，图像原亮度值为 16 像素，使用反相命令后，亮度值为 256-16=240，即以 240 像素的亮度值显示图像。选择 图像(I) → 调整(A) → 反相(I) 命令，或按“Ctrl+I”键，即可将图像进行反相处理，如图 7.4.24 所示为应用反相命令前后的效果对比。

图 7.4.24　应用反相命令前后的效果对比

7.4.13　阈值

利用阈值命令可以将图像中所有亮度值比阈值小的像素都变成黑色，所有亮度值比它大的像素都变成白色，从而将一幅灰度图像或彩色图像转变为高对比度的黑白图像。选择菜单栏中的 图像(I) → 调整(A) → 阈值(T)... 命令，弹出 阈值 对话框，如图 7.4.25 所示。

图 7.4.25　“阈值”对话框

在 阈值色阶(T): 文本框中输入数值，可改变阈值色阶的大小，其范围为 1～255。

如图 7.4.26 所示为应用阈值命令前后的效果对比。

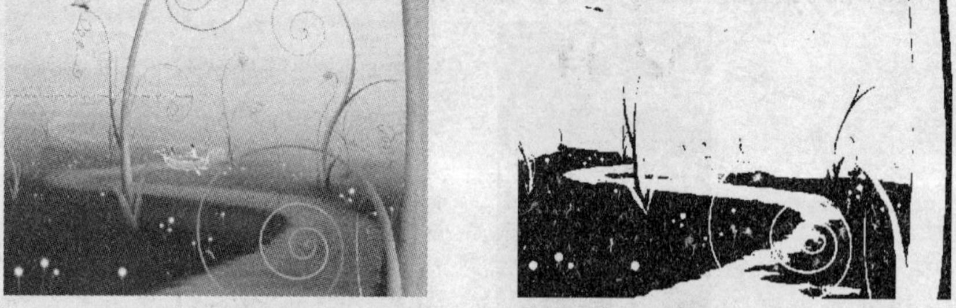

图 7.4.26　应用阈值命令前后的效果对比

7.4.14　色调均化

使用色调均化命令可以重新分布图像中像素的亮度值，使其更均匀地表现所有范围的亮度级别，将图像中最亮的像素转换为白色，图像中最暗的像素转换为黑色，而中间的值则均匀地分布在整个灰度中。选择图像(I)→调整(A)→色调均化(Q)命令，弹出色调均化对话框，如图 7.4.27 所示。

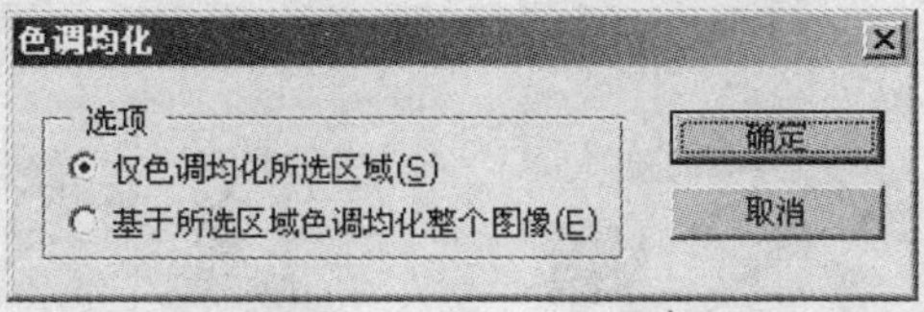

图 7.4.27　“色调均化”对话框

选中 仅色调均化所选区域(S) 单选按钮，只对选区内的图像进行色调均化调整。

选中 基于所选区域色调均化整个图像(E) 单选按钮，将以选区内图像的最亮和最暗像素为基准使整幅图像色调平均化。

如图 7.4.28 所示为应用色调均化命令前后的效果对比。

图 7.4.28　应用色调均化命令前后的效果对比

7.4.15　照片滤镜

照片滤镜命令可模仿相机的滤镜效果处理图像，在相机的镜头前面添加彩色滤镜，以便通过调整镜头传输的光的色彩平衡和色温使胶片产生曝光效果。选择图像(I)→调整(A)→照片滤镜(F)...命令，弹出“照片滤镜”对话框，如图 7.4.29 所示。

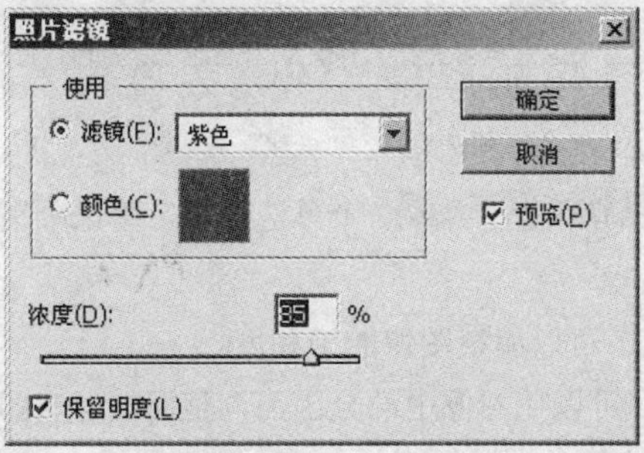

图 7.4.29　“照片滤镜”对话框

在使用选项区中有两个选项，选中 滤镜(F): 单选按钮，可在其后面的下拉列表中选择多种预设的滤镜效果；选中 颜色(C): 单选按钮，可自定义颜色滤镜。

在浓度(D):文本框中输入数值或拖动相应的滑块，可调整着色的强度。其取值范围为 1%～100%，数值越大，滤色效果越强。

选中 保留亮度(L) 复选框，可以保持图像亮度。

如图 7.4.30 所示为应用照片滤镜命令前后的效果对比。

图 7.4.30　应用照片滤镜命令前后的效果对比

7.4.16　变化

变化命令可以在调整图像或选区的色彩平衡、对比度和饱和度的同时，看到图像或选区调整前和调整后的缩略图，使调整更加简单、清楚。此命令对于不需要精确调整颜色的平均色调图像最为有用，但不适用于索引颜色图像或 16 位/通道的图像。

选择菜单栏中的 图像(I) → 调整(A) → 变化(N)... 命令，弹出 变化 对话框，如图 7.4.31 所示。

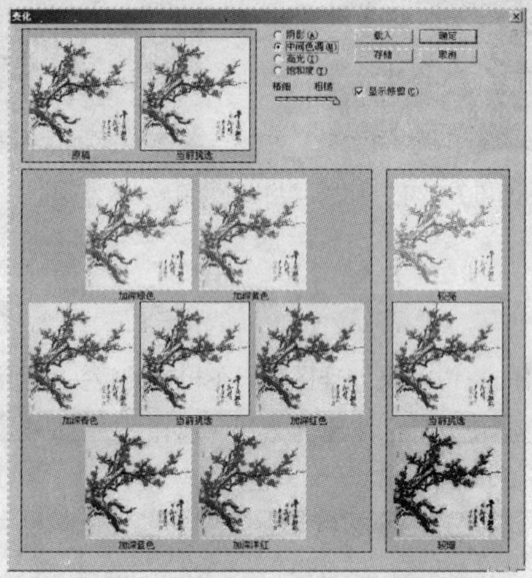

图 7.4.31　“变化”对话框

选中 ⊙ 阴影(A)、⊙ 中间色调(M) 和 ⊙ 高光(I) 3 个单选按钮，可以分别调整图像的暗调、中间调和高光的区域。

选中 ⊙ 饱和度(T) 单选按钮，可以调整图像的饱和度。

选中 ☑ 显示修剪(C) 复选框，可以使图像中部分因为调整而被忽略的区域以霓虹灯效果显示，及转化为白色或黑色。当调整的是中间色调区域时，修剪不会被显示。

7.4.17　黑白

使用黑白命令可以将图像调整为具有艺术感的黑白效果，也可以调整为不同单色的艺术效果。

选择菜单栏中的 图像(I) → 调整(A) → 黑白(K)... 命令，弹出 黑白 对话框，如图 7.4.32 所示。

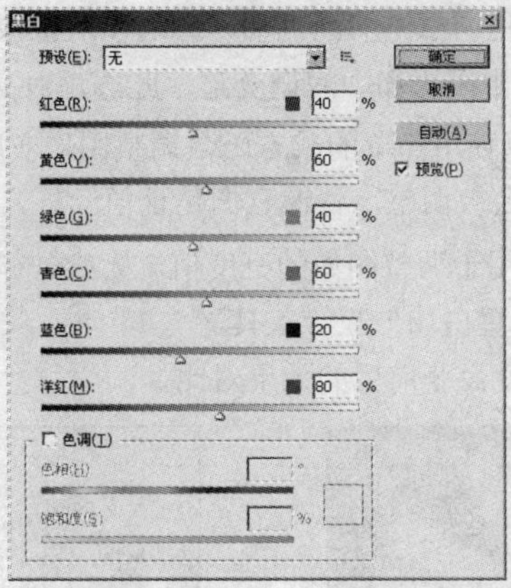

图 7.4.32　“黑白”对话框

该对话框中各选项的含义如下：

（1）颜色调整：包括对红色、黄色、绿色、青色、蓝色和洋红色的调整，可以在文本框中输入数值，也可以直接拖动控制滑块来调整颜色。

（2）☑ 色调(T)：选中该复选框，可以激活“色相”和“饱和度”来制作其他单色效果。

（3）自动(A)：单击该按钮，系统会自动通过计算对图像进行最佳状态的调整，对于初学者来说，利用该按钮可以方便地完成调整。

如图 7.4.33 所示为应用黑白命令前后的效果对比。

图 7.4.33　应用黑白命令前后的效果对比

7.4.18　曝光度

使用曝光度命令可以调整 HDR 图像的色调，也可以用于调整 8 位和 16 位图像，可以对曝光不足或曝光过度的图像进行调整。

选择菜单栏中的 图像(I) → 调整(A) → 曝光度(E)... 命令，弹出 曝光度 对话框，如图 7.4.34 所示。

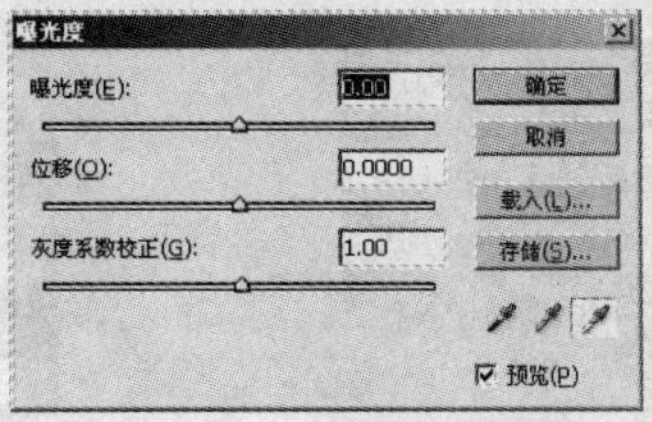

图 7.4.34　“曝光度”对话框

该对话框中的各选项含义如下：

（1）曝光度(E)：用来调整色调范围的高光端，此选项对极限阴影的影响很小。

（2）位移(O)：用来使图像中阴影和中间调变暗，此选项对高光的影响很小。

（3）灰度系数校正(G)：可以使用简单的乘方函数调整图像灰度系数。负值会被视为相应的正值（这些值仍然保持为负，但仍然会被调整，就像它们是正值一样）。

（4）：该组按钮可用于调整图像的亮度值。从左至右分别为“设置黑场”吸管工具、“设置灰场”吸管工具和“设置白场”吸管工具。

如图 7.4.35 所示为应用曝光度命令前后的效果对比。

图 7.4.35 应用曝光度命令前后的效果对比

7.5 课堂实训——制作秋景图

本节综合运用前面所学的知识调出秋天的景色，最终效果如图 7.5.1 所示。

图 7.5.1 最终效果图

操作步骤

（1）按“Ctrl+O”键，打开一个图像文件，如图 7.5.2 所示。

（2）选择菜单栏中的图像(I)→模式(M)→✔CMYK 颜色(C)命令，将文件转化为 CMYK 模式，其通道面板如图 7.5.3 所示。

图 7.5.2 打开图像文件

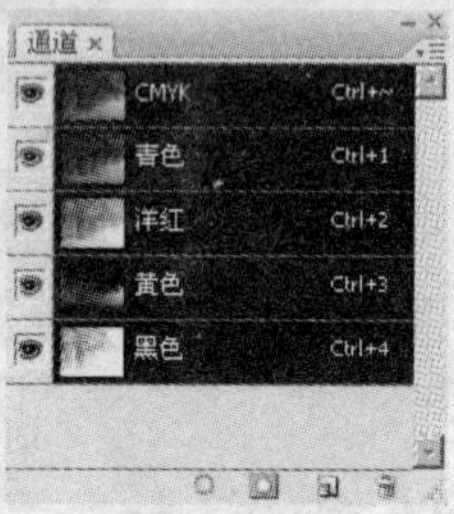

图 7.5.3 通道面板

（3）在通道面板中，选中“青色”通道。

（4）选择菜单栏中的 图像(I) → 应用图像(Y)... 命令，弹出“应用图像”对话框，设置其对话框参数如图 7.5.4 所示。

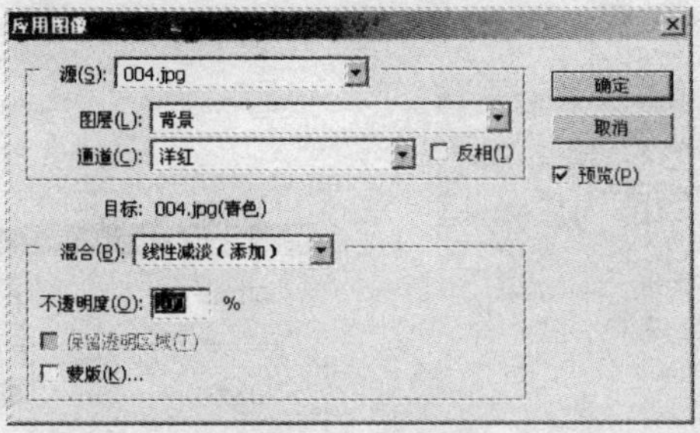

图 7.5.4 “应用图像”对话框

（5）设置完参数后，单击 确定 按钮，图像效果如图 7.5.5 所示。

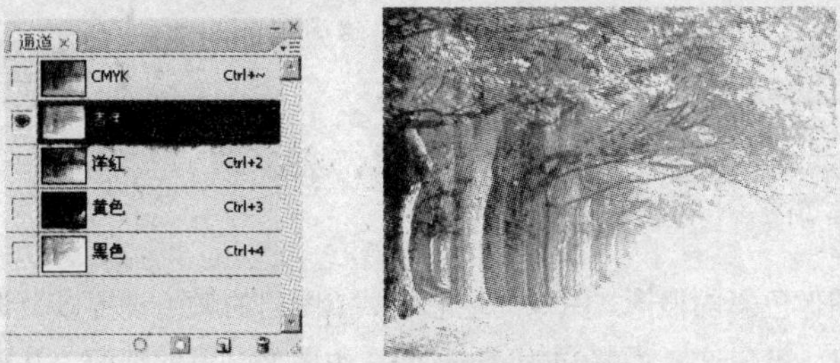

图 7.5.5 应用图像效果

（6）在通道面板中，选中“洋红”通道，通道面板及图像效果如图 7.5.6 所示。

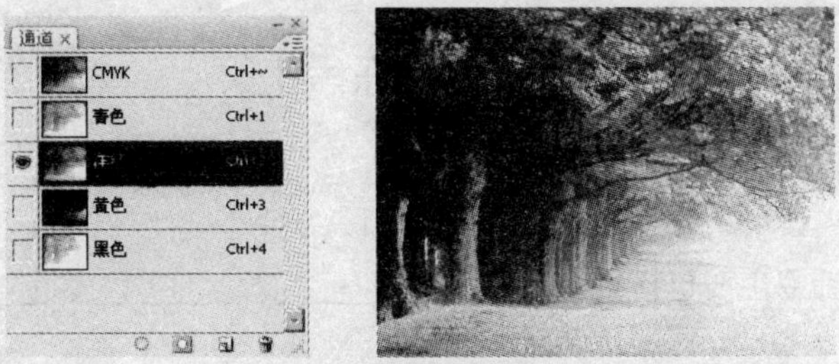

图 7.5.6 通道面板及图像效果

（7）选择菜单栏中的 图像(I) → 调整(A) → 色阶(L)... 命令，弹出“色阶”对话框，设置其对话框参数如图 7.5.7 所示。

（8）设置完参数后，单击 确定 按钮，图像效果如图 7.5.8 所示。

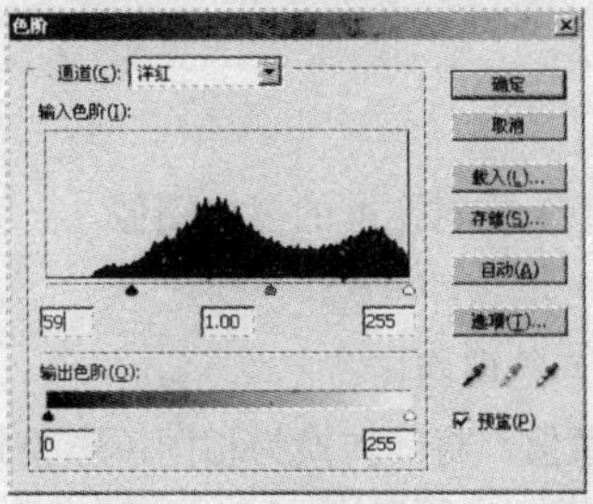

图 7.5.7 “色阶”对话框

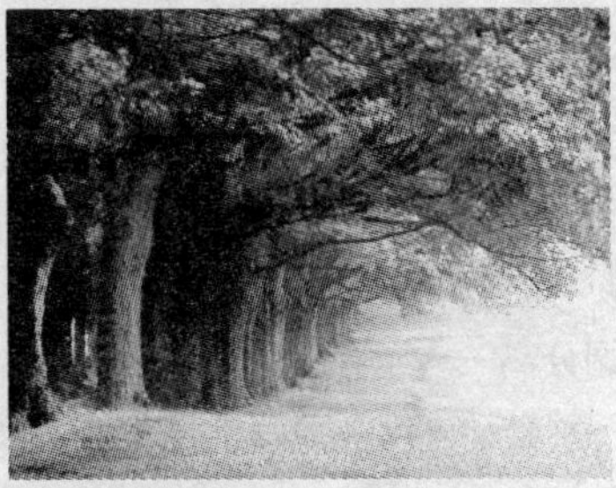

图 7.5.8 执行色阶命令后的效果

（9）在通道面板中选中“CMYK”通道，或直接按“Ctrl+～”键恢复到“CMYK”通道，效果如图 7.5.9 所示。

（10）选择菜单栏中的 图像(I) → 调整(A) → 亮度/对比度(C)... 命令，弹出“亮度/对比度”对话框，设置其对话框参数如图 7.5.10 所示。

图 7.5.9　调整通道效果

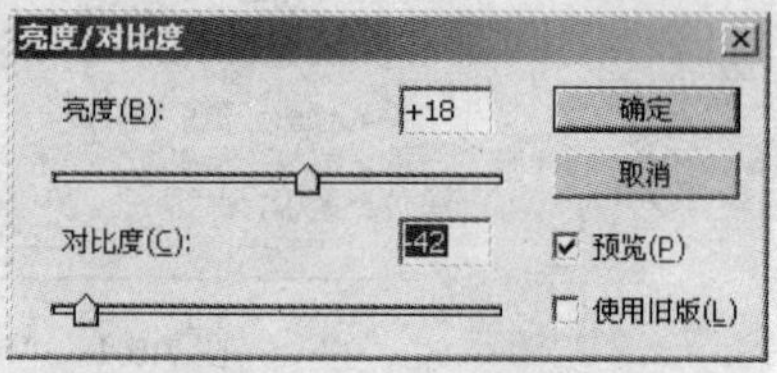

图 7.5.10　“亮度/对比度”对话框

（11）设置好参数后，单击 确定 按钮，最终效果如图 7.5.1 所示。

本章小结

本章主要介绍了图像色彩的概念、图像的色彩模式、图层的颜色设置以及调整图像色彩的方法及技巧。通过本章的学习，可使读者了解 Photoshop CS3 中图像颜色的调配，从而制作出色彩万千、魅力无穷的艺术作品。

操作练习

一、填空题

1．图像色彩调整命令主要包括________、________、________、________、________和________等。

2．________是指色彩的强弱，也可以说是色彩的彩度。

3. 在 Photoshop 中，提供了 8 种色彩模式，分别是________、________、________、________、________、Lab 模式、双色调模式和多通道模式。

4．CMYK 模式是一种减色模式，它由________、________、________和________四种色彩组成。

二、选择题

1．利用（　）命令可将一个灰度或彩色的图像转换为高对比度的黑白图像。

（A）色阶　　（B）阈值

（C）色调分离　　（D）色调均化

2．利用（　）命令可以去掉彩色图像中的所有颜色值，将其转换为相同色彩模式的灰度图像。

（A）反相　　（B）去色

（C）自动对比度　　（D）替换颜色

3．利用（　）命令可以对图像的颜色进行反相处理，以原图像的补色显示，常用于制作胶片效果。

（A）反相　　（B）去色

（C）替换颜色　　（D）阴影/高光

三、简答题

1．在 Photoshop CS3 中，常用的色彩模式有哪几种？

2．简述亮度、色调、饱和度以及对比度的概念。

四、上机操作题

练习使用色相/饱和度命令为一幅灰度图像添加颜色，效果如题图 7.1 所示。

原图

效果图

题图　7.1

第 8 章　文本的使用

文字在作品设计中是不可或缺的元素，它衬托作品使其主题突出，起到画龙点睛的作用。本章主要介绍文字的创建、属性设置以及文字的使用等。

知识要点

- 创建文本
- 编辑文本
- 创建文字选区
- 文本的转换
- 文本的扭曲效果

8.1　创建文本

文字是艺术作品中常用的元素之一，它不仅可以帮助大家快速了解作品所呈现的主题，还可以在整个作品中充当重要的修饰元素，增加作品的主题内容，烘托作品的气氛。

8.1.1　创建点文字

点文字是一个水平或垂直的文本行，它从图像中单击的位置开始，文字行的长度会随着输入文本长度的增加而增加，若要进行换行操作，可按“Enter”键。

用鼠标右键单击工具箱中的“横排文字工具”按钮，可弹出隐藏的文字工具组，如图 8.1.1 所示。

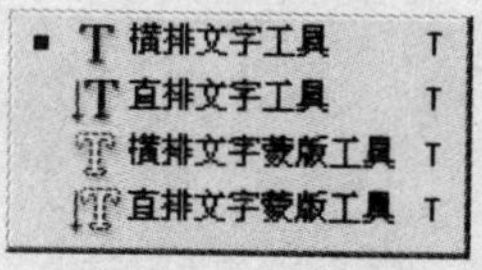

图 8.1.1　文字工具组

单击工具箱中的“横排文字工具”按钮，其属性栏如图 8.1.2 所示。

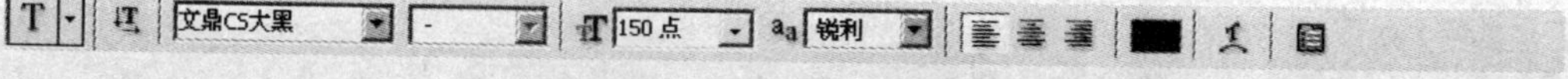

图 8.1.2　“横排文字工具”属性栏

在文鼎CS中黑下拉列表中可以选择文字的字体；在150 点下拉列表中可选择字体的大小，或直接输入数值来设置字体的大小；在锐利下拉列表中可选择消除锯齿的选项。

在属性栏中设置好所输文字的字体、字号以及颜色后，将鼠标移至图像中单击，以定位光标输入位置，此时图像中显示一个闪烁光标，即可输入文字内容，如图 8.1.3 所示。

技巧：输入文字后，在按住“Ctrl”键的同时拖动输入的文字可移动文字的位置。

文字内容输入完成后，在属性栏中单击“提交所有当前编辑”按钮，即可完成输入；如果单击属性栏中的“取消所有当前编辑”按钮，即可取消输入操作。此时，在图层面板中会自动生成一个新的文字图层，如图 8.1.4 所示。

图 8.1.3　输入文字

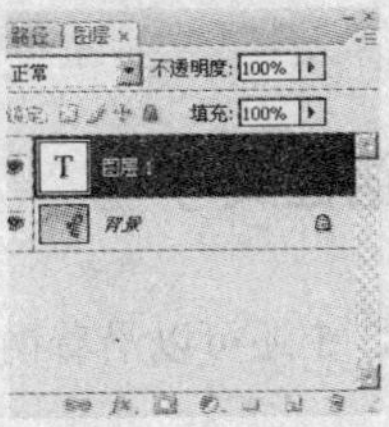

图 8.1.4　图层面板中的文字图层

提示：使用横排文字蒙版工具或直排文字蒙版工具在图像中单击时，不会自动创建文字图层，可为图像创建一层蒙版。在这种状态下输入文字后，再使用工具箱中的任何工具或单击属性栏中的“提交所有当前编辑”按钮，则输入的文字将自动转换为选区，就可以将转换后的选区像普通选区一样进行填充、移动、描边、添加阴影等操作。

8.1.2　创建段落文字

如果需要输入大量的文字内容，可以通过 Photoshop CS3 中提供的段落文本框进行。输入段落文字时，其文字会基于定界框的尺寸进行自动换行，也可以根据需要自由调整定界框的大小，还可以使用定界框旋转、缩放或斜切文字。

单击工具箱中的“横排文字工具”按钮或“直排文字工具”按钮，在图像窗口中单击并拖动鼠标形成一个段落文本框，当出现闪烁的光标时输入文字，即可得到段落文字，效果如图 8.1.5 所示。

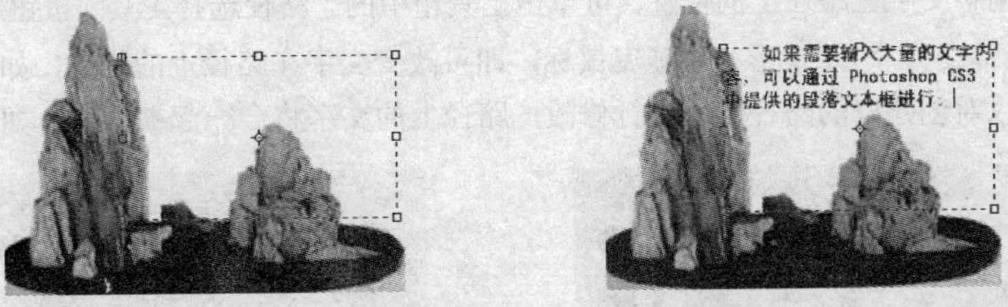

图 8.1.5　输入段落文字效果

与点文字相比，段落文字可设置更多种对齐方式，还可以通过调整段落文本框使文字倾斜排列或改变文字大小等。移动鼠标到段落文本框的控制点上，当光标变成形状时，拖动鼠标可以很方便地调整段落文本框的大小，效果如图 8.1.6 所示。当光标变成形状时，可以对段落文本框进行旋转，如图 8.1.7 所示。

图 8.1.6　调整段落文本框的大小

图 8.1.7　旋转段落文本框

技巧：将鼠标移至定界框内，在按住“Ctrl”键的同时使用鼠标拖动定界框，可移动该定界框。

8.1.3 创建路径文字

在 Photoshop CS3 中还可以沿着钢笔或形状工具创建的工作路径的边缘排列所输入的文字。

1. 在路径上输入文字

在路径上输入文字是指在创建路径的外侧输入文字，可以利用钢笔工具或形状工具在图像中创建工作路径，然后再输入文字，使创建的文字沿路径排列，具体操作步骤如下：

（1）单击工具箱中的“钢笔工具”按钮，在图像中创建需要的路径，如图 8.1.8 所示。

（2）单击工具箱中的“文字工具”按钮 T，将鼠标指针移动到路径的起始锚点处，单击插入光标，然后输入需要的文字，效果如图 8.1.9 所示。

图 8.1.8 创建的路径

图 8.1.9 输入路径文字

（3）若要调整文字在路径上的位置，可单击工具箱中的“路径选择工具”按钮，将鼠标指针指向文字，当指针变为或形状时拖曳鼠标，即可改变文字在路径上的位置，如图 8.1.10 所示。

（4）还可以对创建好的路径形状进行修改，路径上的文字将会一起被修改，如图 8.1.11 所示。

图 8.1.10 调整文字在路径上的位置

图 8.1.11 修改路径形状效果

（5）在路径面板空白处单击鼠标可以将路径隐藏。

2. 在路径内输入文字

在路径内输入文字是指在创建的封闭路径内输入文字，具体操作步骤如下：

（1）单击工具箱中的“钢笔工具”按钮，在页面中创建如图 8.1.12 所示的路径。

（2）单击工具箱中的“横排文字工具”按钮 T，将鼠标指针移动到椭圆路径内部，单击鼠标在如图 8.1.13 所示的状态下输入需要的文字，输入文字后的效果如图 8.1.14 所示。

图 8.1.12 创建的路径

图 8.1.13 设置起点

（3）输入文字后可看到，文字按照路径形状自行更改位置，将路径隐藏即可完成输入，效果如图 8.1.15 所示。

图 8.1.14 输入文字

图 8.1.15 隐藏路径

8.2 编 辑 文 本

在图像中创建文字后，用户可以根据需要对文字内容进行增加或删除，也可以通过相关工具移动其位置，还可以通过 Photoshop CS3 提供的字符面板和段落面板，调整文字的属性及段落的对齐方式等内容。

8.2.1 更改文字的格式

在创建文字的过程中或创建完成后，只要还没有将文字栅格化，就可以对文字的格式随时进行修改，如更改字体、字号、字距、对齐方式、颜色以及行距等。

在默认情况下，字符面板显示在 Photoshop CS3 窗口的右侧。如果在 Photoshop CS3 中没有显示出此面板，则可选择菜单栏中的 窗口(W) → 字符 命令，即可打开字符面板，如图 8.2.1 所示。

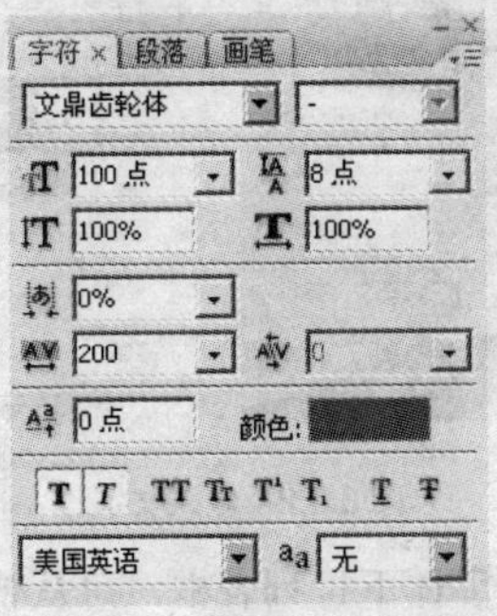

图 8.2.1 字符面板

字符面板中各选项含义如下：

（1）T：单击其右侧的下拉按钮，可在弹出的下拉列表中选择系统预设的文字大小，也可以在其文本框中输入数值，确定文字的大小。

（2）A：单击其右侧的下拉按钮，可在弹出的下拉列表中选择系统预设的行间距，也可以在其文本框中输入数值，确定文本行之间的间距。

（3）IT：可在其文本框中输入数值，设置字符的垂直缩放比例。

（4）T：可在其文本框中输入数值，设置字符的水平缩放比例。

（5）あ：单击其右侧的下拉按钮，可在弹出的下拉列表中选择系统预设的字符比例间距，也可以在其文本框中输入数值，确定被选中字符的间距比例。

（6）AV：单击其右侧的下拉按钮，可在弹出的下拉列表中选择系统预设的字距，也可以在其文本框中输入数值，确定被选中字符之间的字距。

（7）AV：单击其右侧的下拉按钮，可在弹出的下拉列表中选择系统预设的微调字距，也可以在其文本框中输入数值，确定字符的微调字距。

（8）Aª：可在其文本框中输入数值，设置文字上下偏移的程度。

（9）颜色：单击其右侧的色块，可在弹出的“拾色器”对话框中选择文字的颜色。

（10）T T TT Tr T¹ T₁ T Ŧ：该选项区用于设置字符的仿黑体、仿斜体等效果。

1）T：单击该按钮，可以将字符设置为黑体。

2）T：单击该按钮，可以将字符设置为斜体。

3）TT：单击该按钮，可以将英文字符中的小写字母设置为大写字母。

4）Tr：单击该按钮，可以将英文字符中的大写字母设置为小写字母。

5）T¹：单击该按钮，可以将字符设置为上标。

6）T₁：单击该按钮，可以将字符设置为下标。

7）T：单击该按钮，可以在字符下方添加下画线效果。

8）Ŧ：单击该按钮，可以在字符上添加删除线效果。

1．更改文字的字体与字号

设置字体与字号的具体操作步骤如下：

（1）使用工具箱中的文字工具在图像中输入文字，如图 8.2.2 所示。

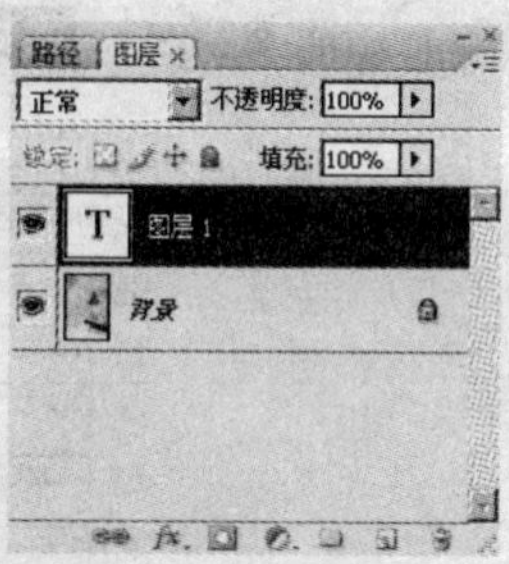

图 8.2.2　输入文字

（2）在字符面板左上角单击设置字体下拉列表框，可从弹出的下拉列表中选择需要的字体，所选择的文字字体将会随之改变，如图 8.2.3 所示。

（3）在字符面板中的 100 点 下拉列表中选择数值或直接输入数值，即可改变所选文字的大小，如图 8.2.4 所示。

图 8.2.3　改变字体

图 8.2.4　改变文字大小

2．更改文字的字符间距

调整字符间距的具体操作方法如下：

（1）选择要调整字符间距的文字，如图 8.2.5 所示。

（2）在字符面板中单击 0 下拉列表框，从弹出的下拉列表中选择字符间距的数值，也可直接输入所需的字符间距数值，即可改变所选字符间的距离，如图 8.2.6 所示。

图 8.2.5　选择要调整字符间距的文字

图 8.2.6　改变字符间距

3．更改字符的长宽比例

更改字符长宽比例的具体操作方法如下：

（1）输入文字后，选择需要调整水平或垂直比例的文字。

（2）在字符面板中的垂直缩放 100% 与水平缩放 100% 文本框中输入数值，即可更改所选文字的长宽比例，如图 8.2.7 所示。

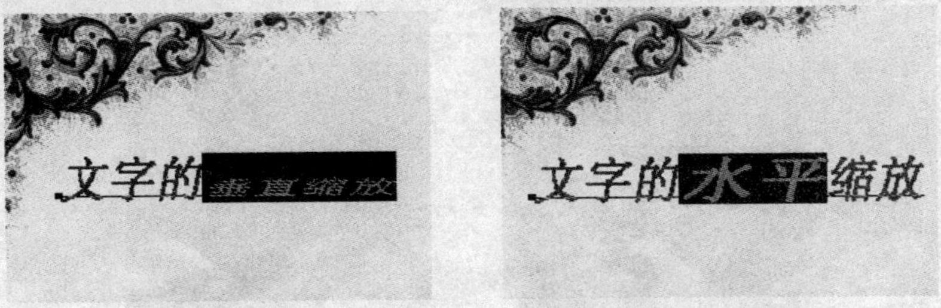

垂直缩小 40%　　水平放大 150%

图 8.2.7　改变字符长宽比例

4．更改英文字符的大小写

更改英文字符大小写的具体操作方法如下：

（1）选择要改变大小写的英文字符。

（2）在字符面板中单击“全部大写字母”按钮TT或“小型大写字母”按钮Tr，即可更改所选字符的大小写，如图 8.2.8 所示。

输入的字符　　改为全部大写字母　　改为小型大写字母

图 8.2.8　更改英文字符大小写

5．更改文字的颜色

在 Photoshop CS3 中输入文字前或输入文字后，都可对文字的颜色进行设置。设置字符颜色具体的操作方法如下：

（1）选择要改变颜色的文字。

（2）在字符面板中单击颜色:右侧的颜色块，可弹出选择文本颜色:对话框，从中选择所需的颜色后，单击确定按钮，即可将文字颜色更改为所选的颜色，如图 8.2.9 所示。

图 8.2.9　改变文字颜色前后的效果对比

6．更改文字的行间距

行距是两行文字之间的基线距离。Photoshop CS3 中的默认行距为自动，在字符面板中单击(自动)下拉列表框，从弹出的下拉列表中选择需要的行距数值，也可直接输入行距数值来改变所选文字行与行之间的距离，如图 8.2.10 所示。

图 8.2.10　改变行距前后的效果对比

8.2.2　更改段落的格式

段落文字是在输入文字时，末尾带有回车符的任何范围的文字。对于点文字，一行就是一个单独的段落；而对于段落文字，一段中有多行。如果要设置段落文字的格式，可通过段落面板中的选项设置来应用于整个段落。

在默认情况下，段落面板与字符面板在一起，可以通过选择菜单栏中的 窗口(W)→段落 命令，或者直接在“文字工具”属性栏中单击按钮，也可打开段落面板，如图 8.2.11 所示。

1．段落的对齐格式

在段落面板或“文字工具”属性栏中，段落的对齐选项有以下几种：

（1）“左对齐文本”按钮：使点文字或段落文字左端对齐，右端参差不齐，如图 8.2.12 所示。

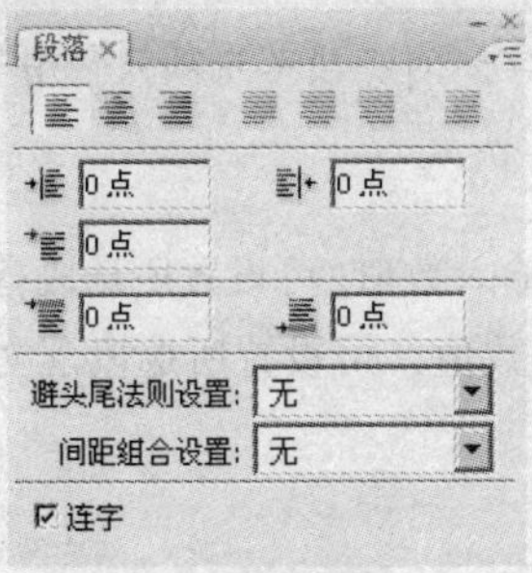

图 8.2.11　段落面板

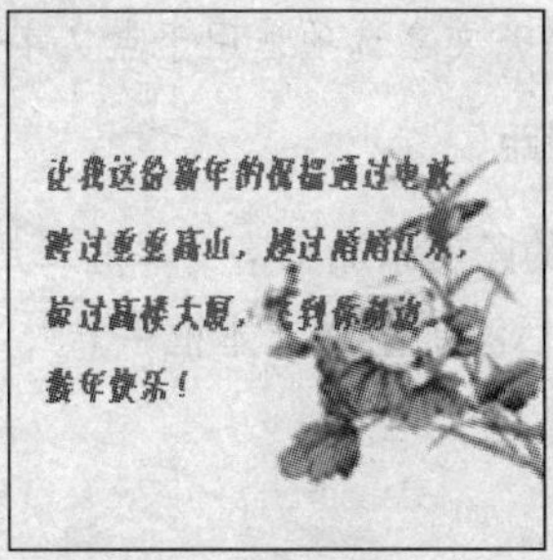

图 8.2.12　左对齐文字

（2）“居中文本”按钮：使点文字或段落文字居中对齐，两端参差不齐，如图 8.2.13 所示。

（3）“右对齐文本”按钮：使点文字或段落文字右端对齐，左端参差不齐，如图 8.2.14 所示。

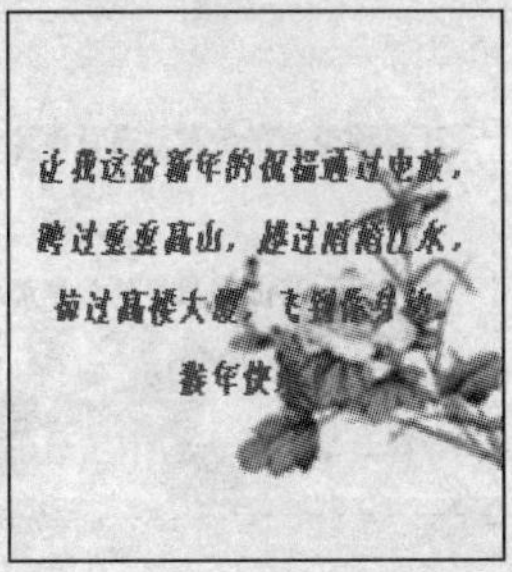

图 8.2.13　居中对齐文字

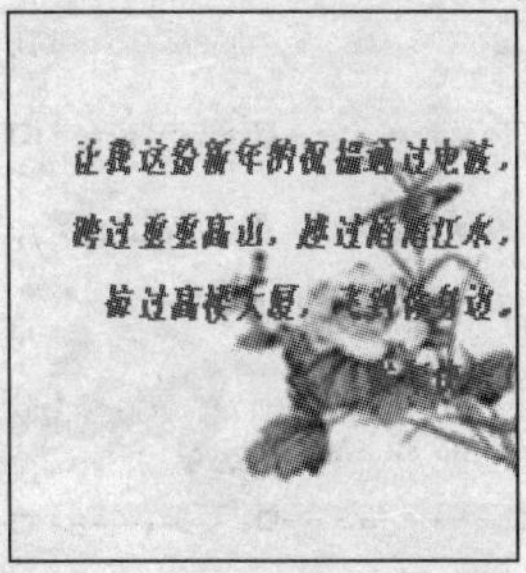

图 8.2.14　右对齐文字

（4）“最后一行左对齐”按钮：可将段落文字最后一行左对齐，如图 8.2.15 所示。

（5）“最后一行居中对齐”按钮：可将段落文字最后一行居中对齐，如图 8.2.16 所示。

图 8.2.15　左对齐段落文字

图 8.2.16　居中对齐段落文字

（6）“最后一行右对齐”按钮：可将段落文字最后一行右对齐，如图 8.2.17 所示。

（7）“全部对齐”按钮：可将段落文字最后一行强行全部对齐，如图 8.2.18 所示。

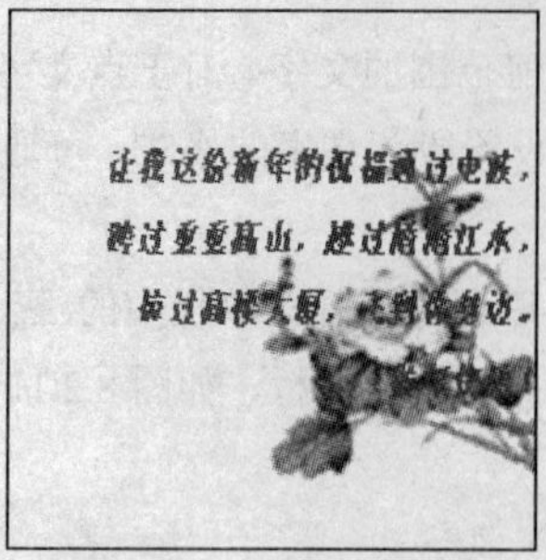

图 8.2.17　右对齐段落文字

图 8.2.18　全部对齐段落文字

提示：对齐文字选项适用于点文字与段落文字；对齐段落选项只适用于段落文字。

2．更改段落间距

在段落面板中的段前添加空格文本框 0点 中输入数值，可设置所选段落文字与前一段文字之间的距离；在段后添加空格文本框 0点 中输入数值，可设置所选段落文字与后一段文字之间的距离。

3．段落缩进

在段落面板或“文字工具”属性栏中，段落的缩进方式有以下几种：

在段落面板中的左缩进文本框 0点 中输入数值，可设置段落文字在定界框中左边的缩进量，如图 8.2.19 所示。

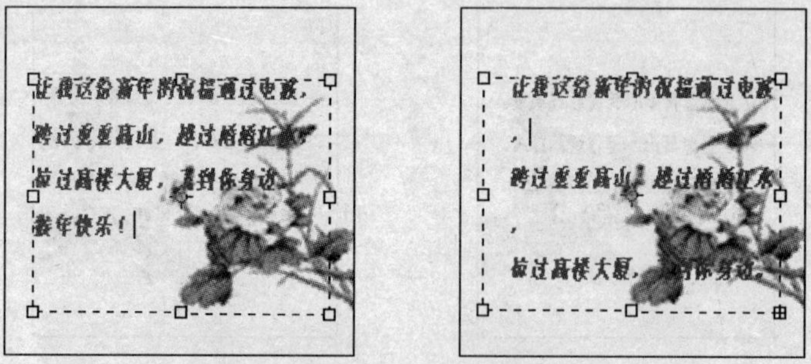

图 8.2.19　设置段落文字的左缩进

在右缩进文本框 0点 中输入数值，可设置段落文字在定界框中右边的缩进量，如图 8.2.20 所示。

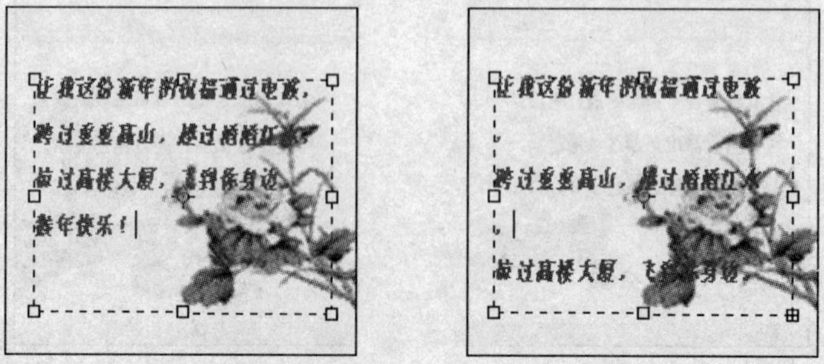

图 8.2.20　设置段落文字的右缩进

在首行缩进文本框 0点 中输入数值，可设置段落文字在定界框中的首行缩进量，如图 8.2.21 所示。

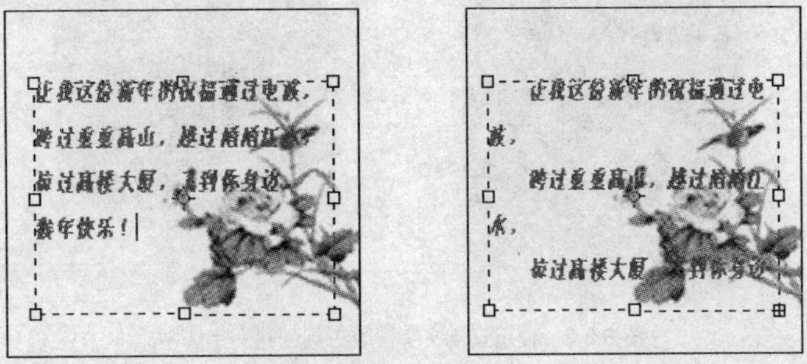

图 8.2.21　设置段落文字的首行缩进

8.3　创建文字选区

在 Photoshop CS3 中，可以用来创建文字选区的工具有“横排文字蒙版工具”按钮和“直排文字蒙版工具”按钮，且创建选区的过程是在蒙版中进行。

8.3.1　横排文字蒙版工具

利用横排文字蒙版工具可以在图像中任意图层的水平方向上创建文字选区，该工具的使用方法与“横排文字工具”按钮相同，单击工具箱中的“横排文字蒙版工具”按钮，在图像中单击并输入文字，Photoshop 会按文字形状创建选区，创建完成后单击工具栏的“提交所有当前编辑”按钮✓或在工具箱中选择其他工具即可，如图 8.3.1 所示。文字选区出现在当前图层中，而不会新建一个文字图层，并可以像普通选区一样进行移动、复制、填充、描边或添加阴影等操作。

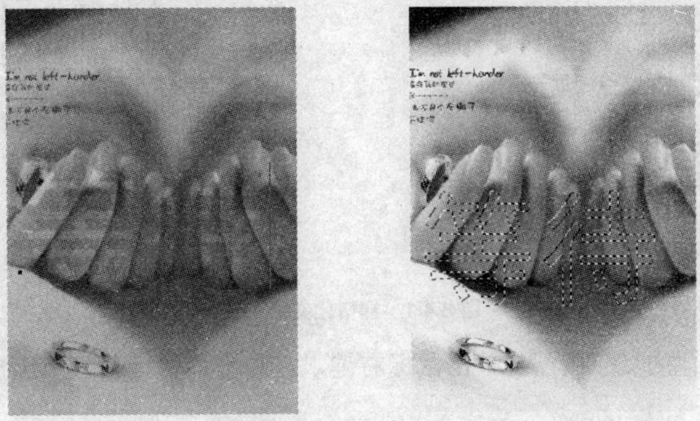

图 8.3.1　使用横排文字蒙版工具创建文字选区

8.3.2　直排文字蒙版工具

直排文字蒙版工具的使用方法与横排文字蒙版工具基本相同，可以在任何图层的垂直方向上创建文字选区。在添加时，系统也不会创建新的文字图层，如图 8.3.2 所示。

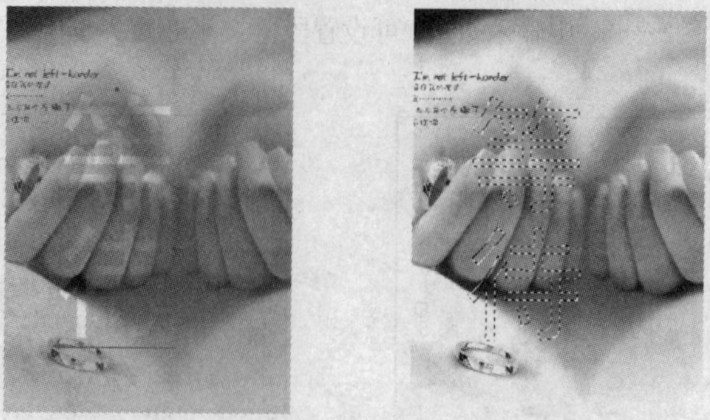

图 8.3.2　使用直排文字蒙版工具创建文字选区

8.4　文本的转换

在图像中创建文字内容以后，就会自动建立一个新的文字图层，用户可以将创建的文字图层转换为普通图层、形状图层或路径等。

8.4.1　转换文字图层为普通图层

在图像中创建文字以后，有些效果不能直接应用于文字图层，因此，在使用前首先要将文字图层进行栅格化，即将文字图层转换为普通图层，然后再对它进行各种特殊效果处理。转换文字图层为普通图层主要有以下两种方法。

（1）选择需要栅格化的文字图层，然后选择 图层(L) → 栅格化(Z) → 文字(T) 命令，即可将文字图层转化为普通图层，如图 8.4.1 所示。

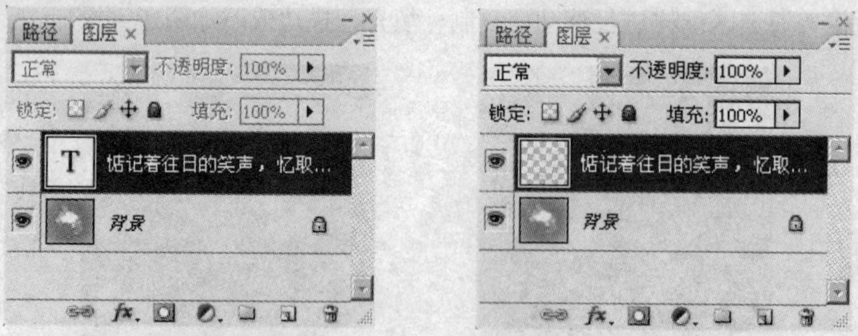

图 8.4.1　栅格化文字图层

（2）在需要栅格化的文字图层上单击鼠标右键，在弹出的快捷菜单中选择 栅格化图层 命令即可栅格化文字图层。

8.4.2　转换文字为路径

将文字转换为工作路径就是在图像中的文字边缘处加上与文字形状相同的路径，这样就可利用编辑路径工具对文字进行各种编辑操作，而不会影响文字图层。将文字转换为工作路径的具体操作方法如下：

（1）在图像中输入文字，如图 8.4.2 所示。选择 图层(L) → 文字(T) → 创建工作路径(C) 命令，即可将输入的文字转换为工作路径。

（2）单击工具箱中的“路径选择工具”按钮，选择转换后的文字路径并拖动鼠标即可将其移动，效果如图 8.4.3 所示。

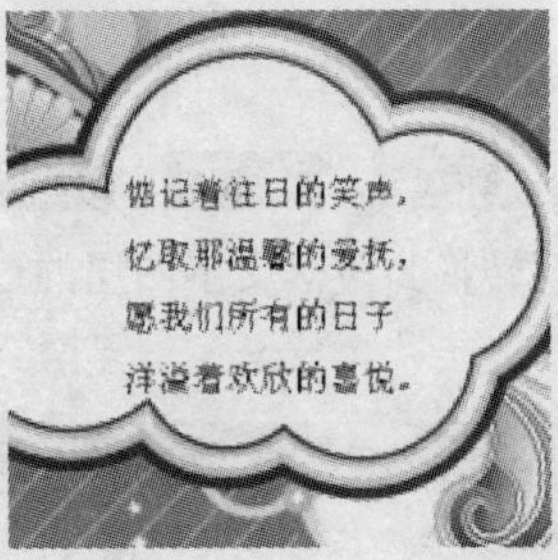

图 8.4.2 输入文字效果

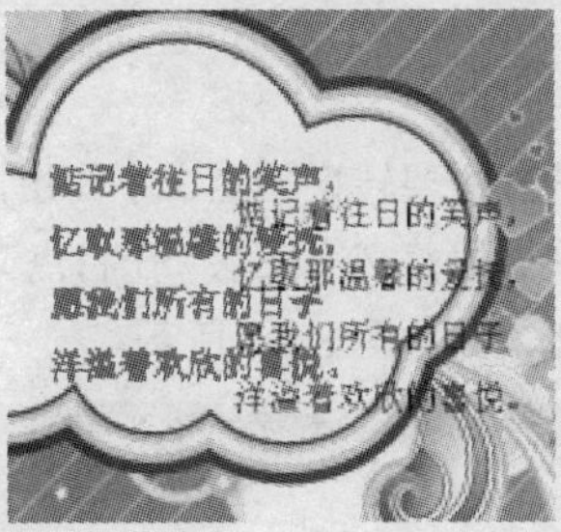

图 8.4.3 转换文字为工作路径

提示：将文字转换为路径时，Photoshop 只根据文字的外形自动创建路径，并没有改变文字所在图层的类型，因此转换文字的操作对于文字和该文字所在图层本身没有任何影响。

8.4.3 转换文字为形状

将文字转换为形状后，可以对其进行形状图层的一些操作，还可以对其设置各种特殊的样式。具体的操作方法如下：

（1）在图像中输入文字，选择 图层(L) → 文字(T) → 转换为形状(A) 命令，即可将文字图层转换为形状图层，如图 8.4.4 所示。

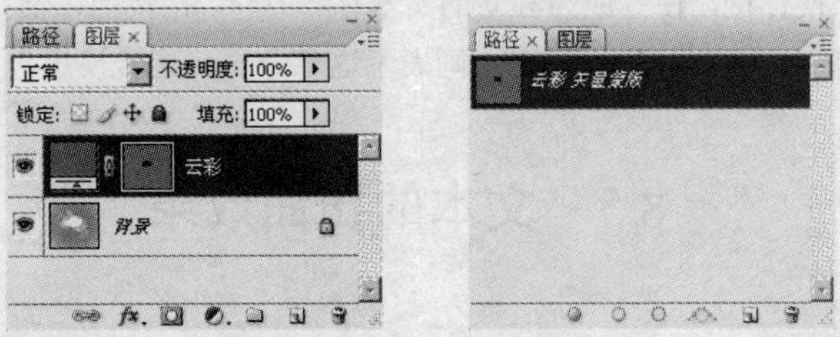

图 8.4.4 将文字转换为形状

（2）在图层面板中按住“Ctrl”键，单击文字图层的矢量蒙版，载入文字图层的选区，如图 8.4.5 所示。

（3）在图层面板中单击“创建新图层”按钮，创建一个新图层“图层 1”。

（4）单击“渐变填充”按钮，在文字图层中拖曳鼠标进行填充，效果如图 8.4.6 所示。

图 8.4.5 载入选区

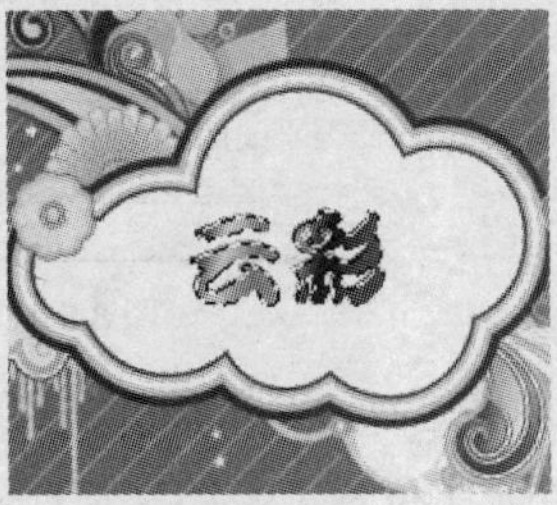

图 8.4.6 填充选区

8.4.4 点文字与段落文字之间的转换

在图像中创建文字图层后，用户可以根据需要将其在段落文字与点文字之间进行相互转换。

1．将点文字转换为段落文字

在图层面板中选择需要转换的点文字图层，再选择图层(L)→文字(T)→转换为段落文本(P)命令，即可将点文字图层转换为段落文字图层。在将点文字图层转换为段落文字图层的过程中，输入的每一行文字将会成为一个段落，如图 8.4.7 所示。

输入的点文字

转换后的段落文字

图 8.4.7　转换文字效果

2．将段落文字转换为点文字

在图层面板中选择需要转换的段落文字图层，再选择图层(L)→文字(T)→转换为点文本(P)命令，即可将段落文字图层转换为点文字图层。在将段落文字图层转换为点文字图层的过程中，系统将在每行文字的末尾添加一个换行符，使其成为独立的文本行。另外，在转换之前，如果段落文字图层中的某些文字超出文本框范围，没有被显示出来，则表示这部分文字在转换过程中已被删除。

8.5 文本的扭曲效果

在"文字工具"属性栏中单击"创建文字变形"按钮，可以对文字进行扭曲。也可以选择图层(L)→文字(T)→文字变形(W)...命令，弹出"变形文字"对话框，如图 8.5.1 所示。

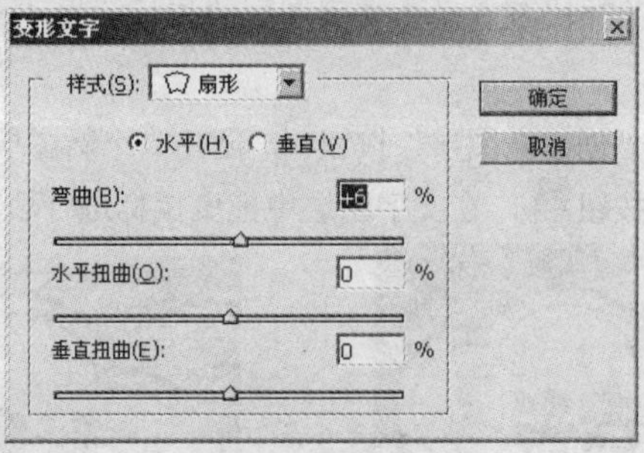

图 8.5.1　"变形文字"对话框

在样式(S):下拉列表中有多种变形样式可供用户进行选择。水平(H)和垂直(V)单选按钮，用于设置变形是应用在水平位置上，还是垂直位置上。弯曲(B):、水平扭曲(O):和垂直扭曲(E):用于设置变形的幅度。如图 8.5.2 所示为几种典型的文字变形效果。

原图

下弧

花冠

旗帜

图 8.5.2　几种不同的变形文字效果

8.6　课堂实训——制作特效字

本节主要利用所学的知识制作特效字，最终效果如图 8.6.1 所示。

图 8.6.1　最终效果图

操作步骤

（1）选择菜单栏中的 文件(F) → 新建(N)... 命令，在弹出的 新建 对话框中，设置 宽度(W): 为 400 像素， 高度(H): 为 200 像素， 分辨率(R): 为 300 像素/英寸， 模式(M): 为 RGB 颜色 ， 背景内容(C): 为白色，单击 确定 按钮，新建图像文件。

（2）设置前景色为蓝色，单击工具箱中的"横排文字工具"按钮 T ，在新建的图像中输入文字，会自动生成文字图层，然后在属性栏中设置文字的字体及字号，如图 8.6.2 所示。

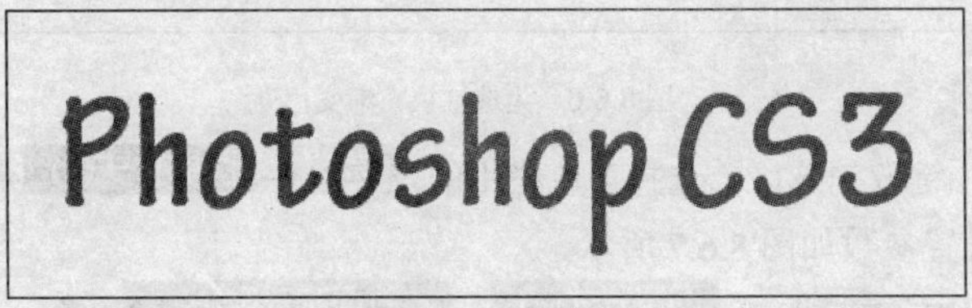

图 8.6.2　输入文字

（3）复制文字图层得到文字副本图层，在文字副本图层上单击鼠标右键，在弹出的快捷菜单中

选择 栅格化图层 命令，将文字副本图层转换为普通图层。确认文字副本图层为当前图层，单击工具箱中的“涂抹工具”按钮，在文字边缘处按住鼠标并拖动向外涂抹，将文字边缘涂抹成尖刺形状，如图 8.6.3 所示。

图 8.6.3　使用涂抹工具后的文字效果

（4）在按住“Ctrl”键的同时单击文字副本图层，载入其选区，如图 8.6.4 所示。

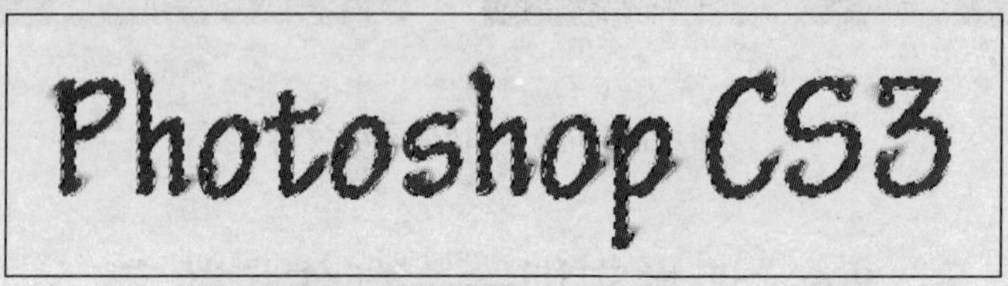

图 8.6.4　载入文字副本图层的选区

（5）选择菜单栏中的 选择(S) → 修改(M) → 收缩(C)... 命令，在弹出的 收缩选区 对话框中设置 收缩量(C): 为 2 像素，单击 确定 按钮，可将选区向内收缩 2 像素，如图 8.6.5 所示。

图 8.6.5　收缩选区

（6）选择工具箱中的“渐变工具”按钮，在属性栏中单击可编辑渐变框，在弹出的 渐变编辑器 对话框中选择预设的透明彩虹渐变，在选区中从左向右拖动鼠标填充渐变，效果如图 8.6.6 所示。

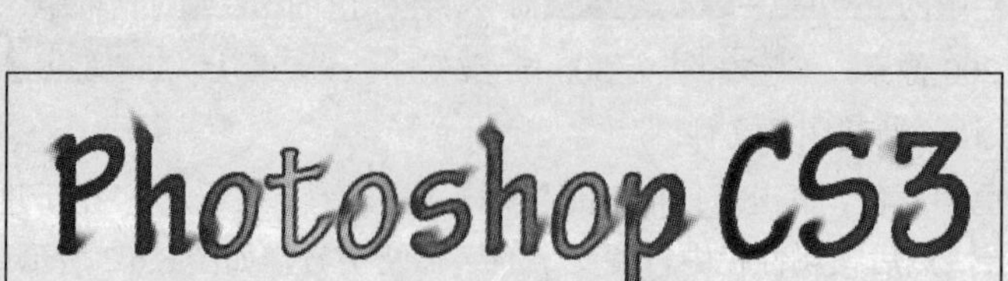

图 8.6.6　为选区填充渐变色

（7）按“Ctrl+D”键取消选区，选择菜单栏中的 图层(L) → 图层样式(Y) → 投影(D)... 命令，弹出 图层样式 对话框，设置参数如图 8.6.7 所示。

（8）选择菜单栏中的 图层(L) → 图层样式(Y) → ✔ 斜面和浮雕(B)... 命令，在弹出的 图层样式 对话框中设置参数如图 8.6.8 所示。

（9）单击 确定 按钮，最终效果如图 8.6.1 所示。

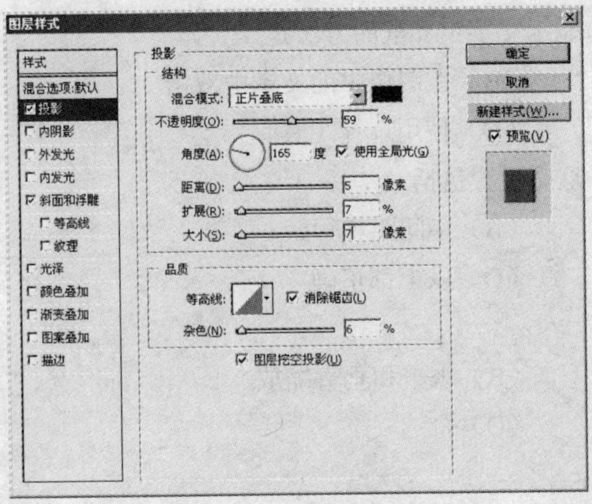

图 8.6.7　投影选项

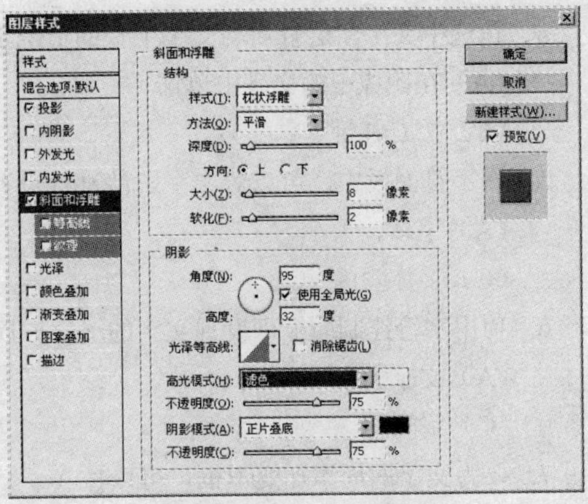

图 8.6.8　斜面和浮雕选项

本 章 小 结

本章主要介绍了文本的创建、编辑、转换、扭曲以及创建文字选区等知识，通过本章的学习，可使读者熟练运用文字控制面板设置文本的属性，并能使用文字蒙版工具创建描边文字和图案文字。

操 作 练 习

一、填空题

1. 文字工具包括____________、____________、____________和____________4 种。

2. 在 Photoshop CS3 中，用户可以通过__________和__________来精确地控制文字的属性。

3. 栅格化文字图层，就是将文字图层转换为____________。

4. 当输入____________时，每行文字都是独立的，行的长度随着编辑增加或缩短，但不换行；输入____________时，文字基于定界框的尺寸换行。

5. 将段落文字转换为文字时，所有溢出定界框的字符____________，且每个文字行的末尾都会____________。

二、选择题

1. 在字符面板中单击（　）按钮，可将文字加粗。

（A）　　（B）

（C）　　（D）

2. 利用（　）可以在图像中直接创建选区文字。

（A）横排文字工具　　（B）横排文字蒙版工具

（C）直排文字工具　　（D）直排文字蒙版工具

3. 在提交对文字图层更改时，以下选项中（　）是错误的。

（A）单击工具选项中的按钮　　（B）按 Enter 键

（C）按 Ctrl+Enter 键　　（D）选择工具箱中哪个的任意工具

4. 在选中文字图层且启动文字工具的情况下，显示文字定界框的方法是（ ）。

（A）在图像中的文本中单击　　（B）在图像中的文本中双击

（C）按 Ctrl 键　　（D）使用选择工具

5. 在字符面板中，可以对文字属性进行设置，这些设置包括（ ）。

（A）字体、大小　　（B）字间距和行距

（C）字体颜色　　（D）以上都正确

6. 使用字符控制面板可设置文字的（ ）属性。

（A）文字大小　　（B）水平和垂直缩放

（C）字间距　　（D）全选

7. 要为文字四周添加变形框，可以按（ ）键。

（A）Ctrl+Alt+T　　（B）Ctrl+T

（C）Alt+T　　（D）Shift+T

8. 在字符面板中可以单击（ ）按钮，为文字添加下画线。

（A）　　（B）

（C）　　（D）

9. 在段落面板中将整个段落文字左对齐，可以使用（ ）按钮。

（A）　　（B）

（C）　　（D）

10. 在段落面板中使用（ ）按钮，可在段落文字前加空格。

（A）　　（B）

（C）　　（D）

三、简答题

1. 如何将文字图层转换为普通图层？
2. 如何更改文字的字符间距和行间距？
3. 在 Photoshop CS3 中，点文字与段落文字之间是如何进行转换的？

四、上机操作题

1. 在图像中输入点文字，为其制作如题图 8.1 所示的效果。
2. 在图像中输入点文字，利用路径工具和画笔工具为其制作如题图 8.2 所示的效果。

题图 8.1

题图 8.2

第 9 章　滤镜的使用

滤镜是 Photoshop CS3 中的特色工具之一，充分而适度地利用好滤镜不仅可以改善图像效果、掩盖缺陷，还可以在原有图像的基础上产生许多特殊的效果。

知识要点

- 滤镜简介
- 各种基本滤镜组
- 智能滤镜
- 插件滤镜

9.1 滤 镜 简 介

滤镜来源于摄影中的滤光镜，利用滤光镜的功能可以修饰图像并能产生特殊效果。在 Photoshop CS3 中，通过滤镜的功能，可以为图像添加各种各样的特殊效果。

9.1.1 滤镜的概念

滤镜是在摄影过程中使用的一种光学处理镜头，为了使图像产生特殊的效果，使用这种光学镜头过滤掉部分光线中的元素，从而改善图像的显示效果。在 Photoshop CS3 中提供了近百种滤镜，这些滤镜按照不同的处理效果可分为 13 类，同时，还包括了一些新增的和特殊的处理效果，如图案生成器、消失点、抽出和液化等滤镜，如图 9.1.1 所示。

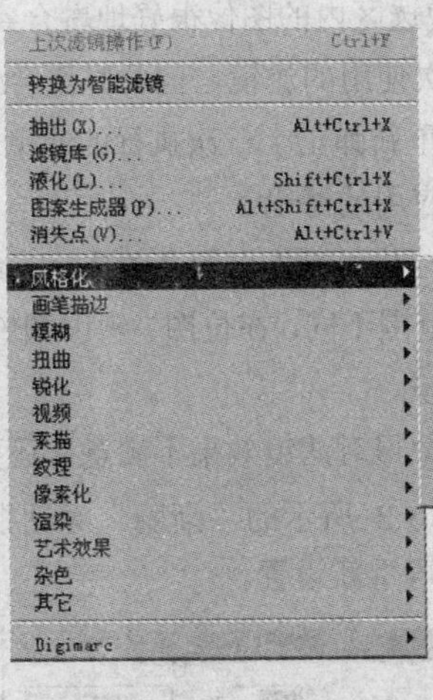

图 9.1.1　滤镜菜单

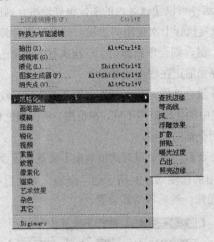

滤镜可以应用于图像的选择区域，也可以应用于整个图层。Photoshop CS3 中的滤镜从功能上分为两类，矫正性滤镜和破坏性滤镜。矫正性滤镜包括模糊、锐化、视频、杂色以及其他滤镜，它们对

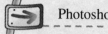

图像处理的效果很微妙，可调整对比度、色彩等宏观效果；其他滤镜都属于破坏性滤镜，破坏性滤镜对图像的改变比较明显，主要用于构造特殊的艺术图像效果。

滤镜菜单中的第一组是最近一次使用的滤镜命令，用户可以选择该项或按“Ctrl+F”键重复使用该滤镜效果。

9.1.2 使用滤镜的方法

在 Photoshop 中提供了近百种滤镜，这些滤镜各有其特点，但使用方法基本相似。在使用滤镜时，一般都可以按照以下步骤进行。

（1）选择需要使用滤镜处理的某个图层、某区域或某个通道。

（2）在 滤镜(T) 菜单中（见图 9.1.1），选择需要使用的滤镜命令，弹出相应的设置对话框。

（3）在弹出的对话框中设置相关的参数，一般有两种方法：一种是使用滑块，此方法很方便，也更容易随时预览效果；另一种是直接输入数值，这样可以设置得较精确。

（4）预览图像效果。大多数滤镜对话框中都设置了预览图像效果的功能。

（5）当调整好各个参数后，单击 确定 按钮就可以执行此滤镜命令。如果对调整的效果不满意，可单击 取消 按钮取消操作。

9.1.3 使用滤镜的技巧

滤镜的种类很多，产生的效果也不一样，但是在使用上都有共同的基本方法和技巧，掌握该技巧将在滤镜的使用中获得事半功倍的效果。

（1）滤镜的效果只对单一的图层起作用，对蒙版、Alpha 通道也可制作滤镜效果。

（2）运用滤镜后，通过“Ctrl+Z”键切换，以观察使用滤镜前后的图像效果对比，能更清楚地观察滤镜的作用。

（3）在对某一选择区域使用滤镜时，可对该部分图像创建选区，一般应先对选择区域执行羽化命令，然后再执行滤镜命令，这样可以使选区内的图像很好地融合到图像中。

（4）按“Ctrl+F”键可重复执行上次使用的滤镜，但此时不会弹出滤镜对话框，即不能调整滤镜参数；如果按“Ctrl+Alt+F”键，则会重新弹出上一次执行的滤镜的对话框，此时即可调整滤镜的参数；按“Esc”键，可以放弃当前正在应用的滤镜。

（5）可以将多个滤镜命令组合使用，从而制作出漂亮的文字、纹理或图像效果。

（6）滤镜在不同色彩模式中的使用范围不同，在位图、索引颜色和 16 位的色彩模式下不能使用滤镜，在 RGB 模式下可以使用全部的滤镜。

（7）当执行完一个滤镜命令后，若觉得对滤镜效果不满意，还要进行一些简单的调整，可以选择 编辑(E) → 渐隐 命令，在弹出的如图 9.1.2 所示的“渐隐”对话框中进行适当的调整。还可以按“Ctrl+Z”键撤销上步滤镜的操作，然后再重新设置。

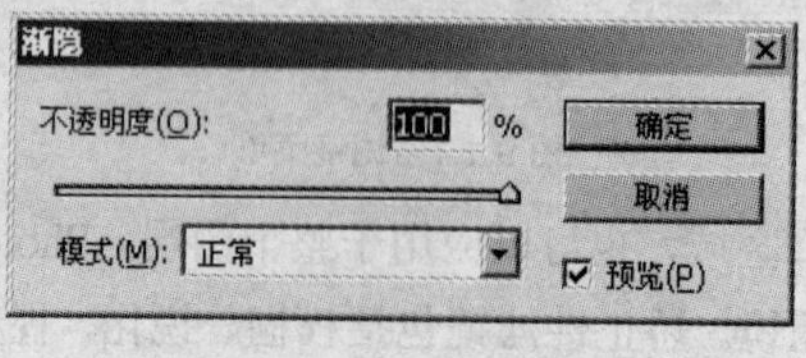

图 9.1.2 “渐隐”对话框

9.2　模糊滤镜组

模糊滤镜组可以不同程度地降低图像的对比度来柔化图像。当强调图像中的主题或图像的边缘过渡太突然时，需要对图像进行一定的处理，使次要的部分变得模糊，或者使边缘的过渡变得柔和。该滤镜组包括表面模糊、动感模糊、方框模糊、高斯模糊、径向模糊、镜头模糊等 11 种滤镜。

9.2.1　动感模糊

动感模糊滤镜可在指定的方向上对像素进行线性的移动，使其产生一种运动模糊的效果。在“动感模糊”对话框中，“角度”用于设置动感模糊的方向，“距离”用于控制模糊的强度。如图 9.2.1 所示为应用动感模糊滤镜前后的效果对比。

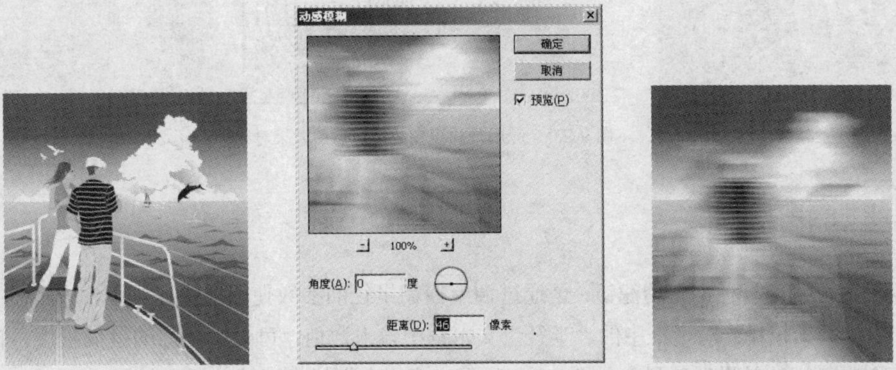

图 9.2.1　应用动感模糊滤镜前后的效果对比

9.2.2　表面模糊

表面模糊滤镜是 Photoshop CS3 新增的滤镜，可以在保留图像边缘的情况下对图像内部进行模糊处理，从而去除一些杂色。在“表面滤镜”对话框中，“半径”用于设置在进行模糊时所搜索的像素范围。“阈值”用于设置模糊处理时所针对的像素，该值越大，对边缘的模糊功能越弱，图像越模糊；该值越小，越可以保留住尖锐的边缘，而对内部填充区域的杂色进行去除。如图 9.2.2 所示为应用表面模糊滤镜前后的效果对比。

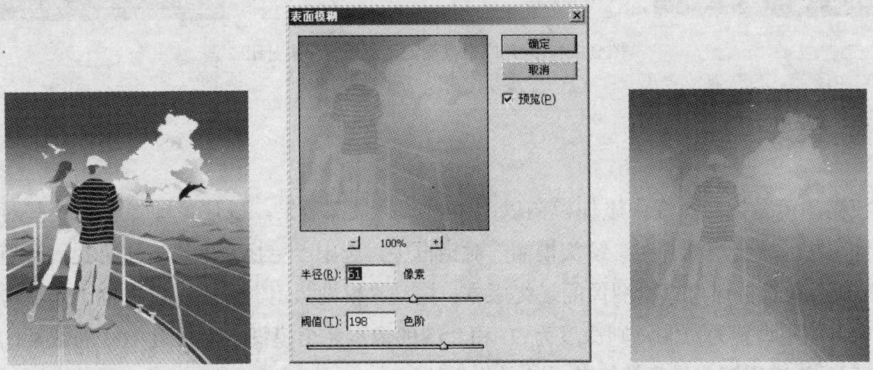

图 9.2.2　使用表面模糊滤镜前后的效果对比

9.2.3 径向模糊

径向模糊滤镜可对图像进行旋转模糊，也可将图像从中心向外缩放模糊。在“径向模糊”对话框中，“数量”可用于设置径向模糊的强度，数值越大，模糊效果越明显；“模糊方法”选项区有旋转和缩放两种方法供用户选择；“品质”用于控制生成模糊效果的质量。如图 9.2.3 所示为应用径向模糊滤镜前后的效果对比。

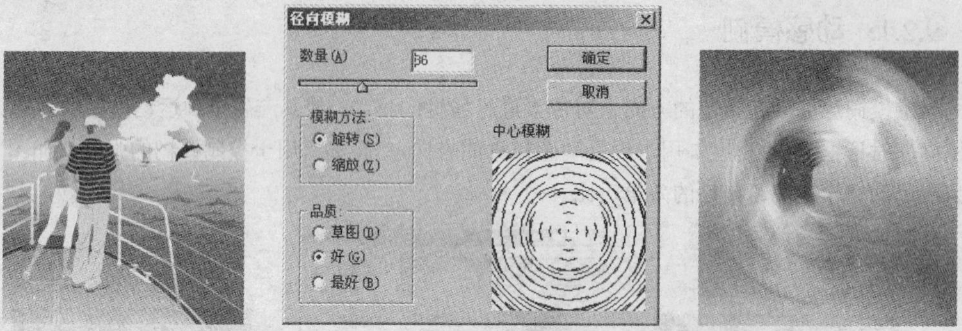

图 9.2.3　应用径向模糊滤镜前后的效果对比

9.2.4 高斯模糊

高斯模糊滤镜是一种常用的滤镜，是通过调整模糊半径的参数使图像快速模糊，从而产生一种朦胧效果。在“高斯模糊”对话框中的“半径”文本框中输入数值，可设置图像的模糊程度，输入的数值越大，图像模糊的效果越明显。如图 9.2.4 所示为应用高斯模糊滤镜前后的效果对比。

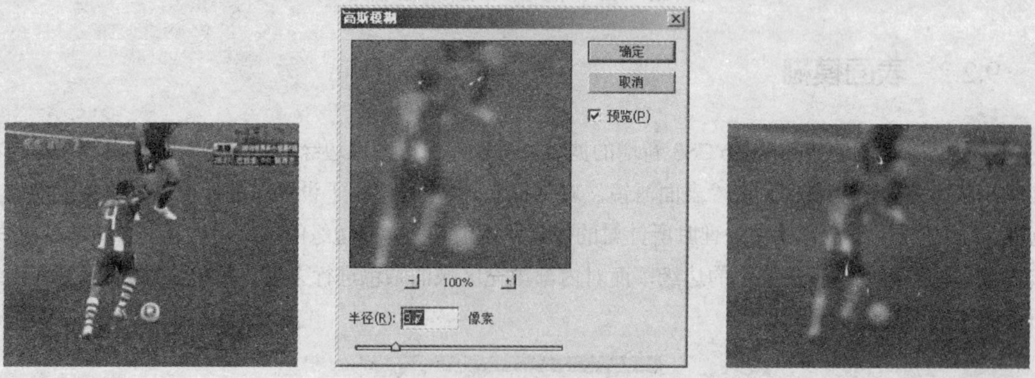

图 9.2.4　应用高斯模糊滤镜前后的效果对比

9.2.5 镜头模糊

镜头模糊滤镜是指向图像中添加模糊以产生更窄的景深效果，以便使图像中的一些对象在焦点内，而使另一些区域变模糊。在“镜头模糊”对话框中，选中“更换”单选按钮可提高预览速度；选中“更加准确”单选按钮可查看图像的最终版本；拖动“模糊焦距”滑块以设置位于焦点内的像素的深度。例如将焦距设置为 100，则深度为 1 和 255 的像素完全模糊，而接近 100 的像素比较清晰。如图 9.2.5 所示为应用镜头模糊滤镜前后的效果对比。

图 9.2.5　应用镜头模糊滤镜前后的效果对比

9.3　素描滤镜组

素描滤镜组中的许多滤镜可以产生出徒手速写或绘制图像的效果，也常用于获得三维效果。该滤镜组中的大多数滤镜都需要前景色与背景色的配合来产生不同的效果。该滤镜组包括半调图案、便条纸、粉笔和炭笔、铬黄、绘图笔、基底凸现、水彩画纸、撕边、塑料效果、炭笔、炭精笔、图章、网状和影印 14 种滤镜。

9.3.1　炭精笔

炭精笔滤镜可以模拟蜡笔的效果。使用该滤镜可以在图像上模拟纯黑色和纯白色的炭精笔纹理。炭精笔滤镜在图像中将色调较暗的区域填充前景色，较亮的区域填充背景色。如图 9.3.1 所示为应用炭精笔滤镜前后的效果对比。

图 9.3.1　应用炭精笔滤镜前后的效果对比

9.3.2　半调图案

半调图案滤镜是模拟半调网纹的效果，同时将图像转换为由前景色和背景色两种颜色组成的图案。在“半调图案”对话框中，用户可以自行设置网格的类型、网格大小，以及前景色和背景色之间的对比度。在“图案类型”下拉列表中可选择产生的图案类型，包括圆形、网点和直线 3 种类型。如图 9.3.2 所示的应用半调图案滤镜前后的效果对比。

图 9.3.2　应用半调图案滤镜前后的效果对比

9.3.3　影印

影印滤镜可用前景色与背景色来模拟影印图像的效果，图像中的较暗区域显示为背景色，较亮区域显示为前景色。用户可以在“影印”对话框中设置图像效果的细节程度和前景色的强度。如图 9.3.3 所示应用影印滤镜前后的效果对比。

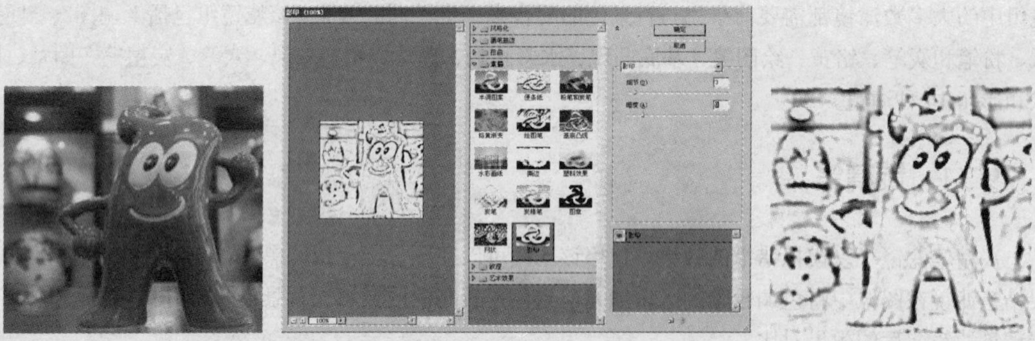

图 9.3.3　应用影印滤镜前后的效果对比

9.3.4　铬黄

铬黄滤镜可以模拟发光的液体金属，使图像产生金属质感的效果。在“铬黄渐变”对话框中的“细节”文本框中输入数值，可设置原图像细节保留的程度；在“平滑度”文本框中输入数值，可设置铬黄效果纹理的光滑程度。如图 9.3.4 所示的应用铬黄滤镜前后的效果对比。

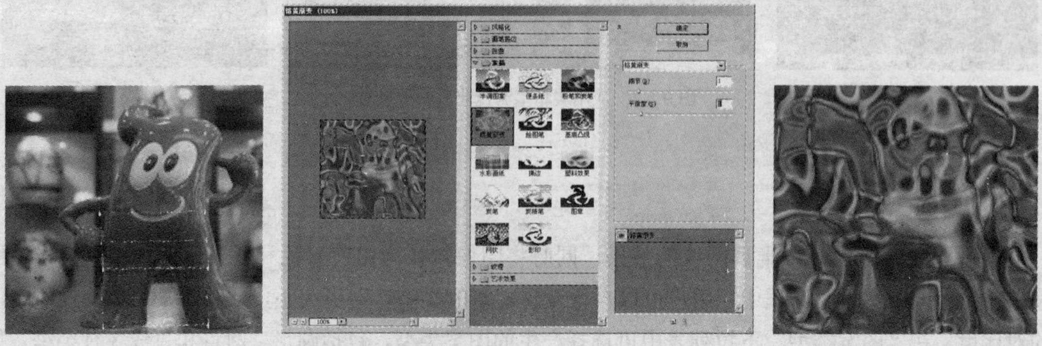

图 9.3.4　应用铬黄滤镜前后的效果对比

9.3.5　水彩画纸

水彩画纸滤镜可以使图像产生类似在潮湿的纸上绘图而产生画面浸湿的效果。在“水彩画纸”对话框中的“纤维长度”文本框中输入数值，可设置扩散的程度与画笔的长度；在“亮度”文本框中输入数值，可设置图像的亮度；在“对比度”文本框中输入数值，可设置图像的对比度。如图 9.3.5 所示的应用水彩画纸滤镜前后的效果对比。

图 9.3.5　应用水彩画纸滤镜前后的效果对比

9.3.6　撕边

利用撕边滤镜可以将图像撕成碎纸片状，使图像产生粗糙的边缘，并以前景色与背景色渲染图像。在“撕边”对话框中的“图像平衡”文本框中输入数值，可设置前景色与背景色之间的平衡比例；在“平滑度”文本框中输入数值，可设置撕破边缘的平滑程度；在“对比度”文本框中输入数值，可设置图像的对比度。如图 9.3.6 所示的应用撕边滤镜前后的效果对比。

图 9.3.6　应用撕边滤镜前后的效果对比

9.3.7　绘图笔

绘图笔滤镜可使图像产生使用精细的、具有一定方向的油墨线条重绘的效果。在“绘图笔”对话框的“描边长度”文本框中输入数值，可设置笔画长度；在“明/暗平衡”文本框中输入数值，可设置图像效果的明暗平衡度；在“描边方向”下拉列表中，可选择笔画描绘的方向。如图 9.3.7 所示的应用绘图笔滤镜前后的效果对比。

图 9.3.7　应用绘图笔滤镜前后的效果对比

9.4　风格化滤镜组

风格化滤镜组通常可以用来创建印象派作品的艺术效果。该滤镜组中包括了 9 种不同风格的滤镜，分别为查找边缘、等高线、风、浮雕效果、扩散、拼贴、曝光过度、凸出和照亮边缘。

9.4.1　拼贴

拼贴滤镜可将图像分成像是由瓷砖方块组成的，并使每个方块上都有部分图像。在“拼贴”对话框中，用户可设置图块的拼贴数目和侧移距离等属性。如图 9.4.1 所示为应用拼贴滤镜前后的效果对比。

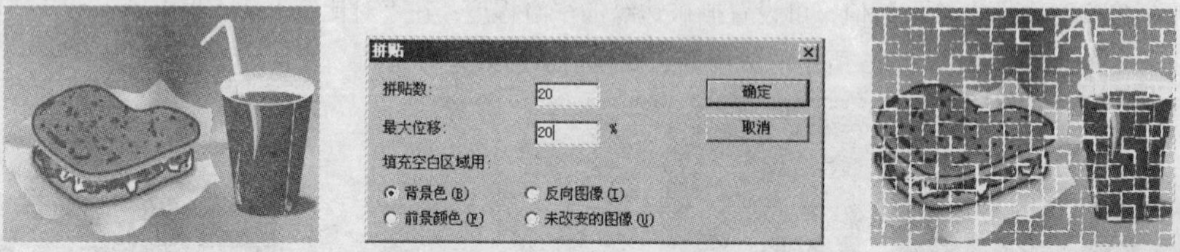

图 9.4.1　使用拼贴滤镜前后的效果对比

9.4.2　凸出

凸出滤镜可将图像转变为凸出的三维锥体或立方体，使其产生 3D 纹理效果。在“凸出”对话框中的“类型”选项区中可选择一种凸出的类型；在“大小”文本框中可设置块状和金字塔状体的底面大小；在“深度”文本框中可设置图像从屏幕凸起的深度。如图 9.4.2 所示为应用凸出滤镜前后的效果对比。

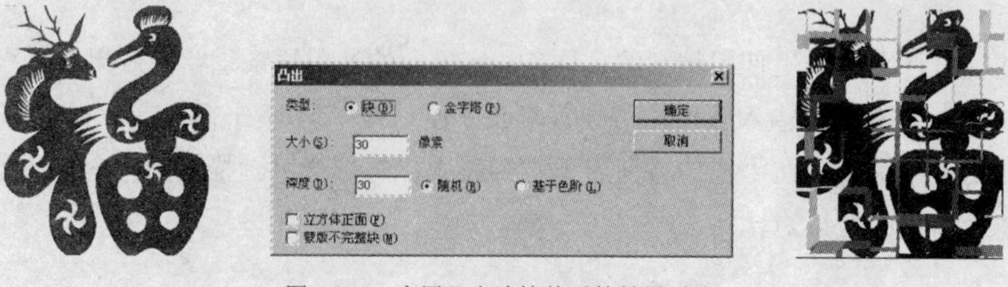

图 9.4.2　应用凸出滤镜前后的效果对比

9.4.3　照亮边缘

照亮边缘滤镜可以查找图像中的轮廓，并对其进行加亮。在“照亮边缘”对话框中的“边缘宽度”文本框中输入数值，可设置描绘边缘线条的宽度；在“边缘亮度”文本框中输入数值，可设置描绘边缘线条的亮度；在“平滑度”文本框中输入数值，可设置描绘边缘线条的平滑程度。如图 9.4.3 所示为应用照亮边缘滤镜前后的效果对比。

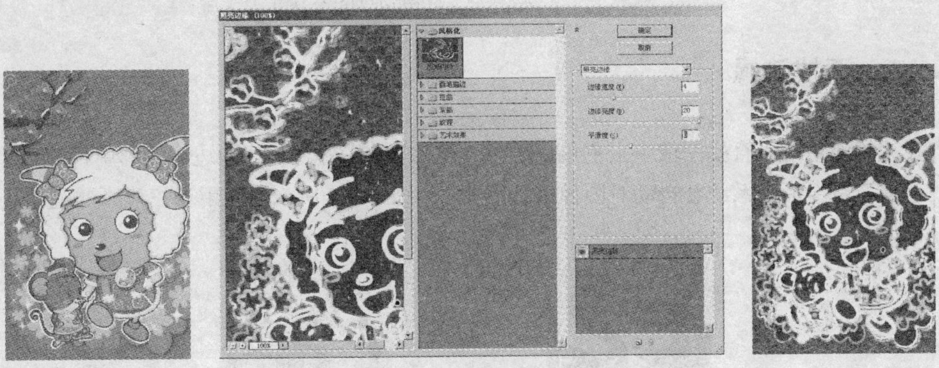

图 9.4.3　应用照亮边缘滤镜前后的效果对比

9.4.4　风

风滤镜通过在线条中增加一些水平的细线，从而模拟风吹的效果。用户可以在“风”对话框中设置风的类型和风的方向。如图 9.4.4 所示为应用风滤镜前后的效果对比。

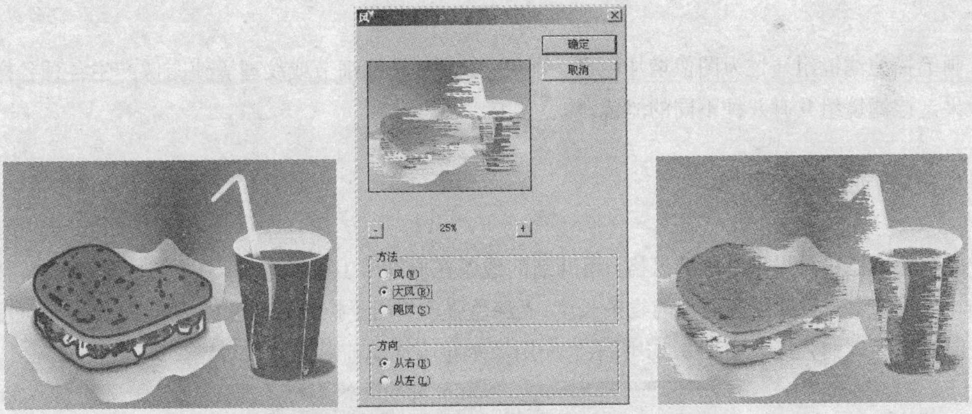

图 9.4.4　应用风滤镜前后的效果对比

9.4.5　浮雕效果

浮雕滤镜用于模拟凹凸不平的浮雕效果，它是将图像中的颜色转换为灰色，并用原来的颜色勾画图像边缘，使图像凹陷或凸出，产生类似浮雕的效果。用户可以在“浮雕效果”对话框中设置浮雕的凹凸程度、光线射到浮雕上的方向以及浮雕的颜色。如图 9.4.5 所示为应用浮雕效果滤镜前后的效果对比。

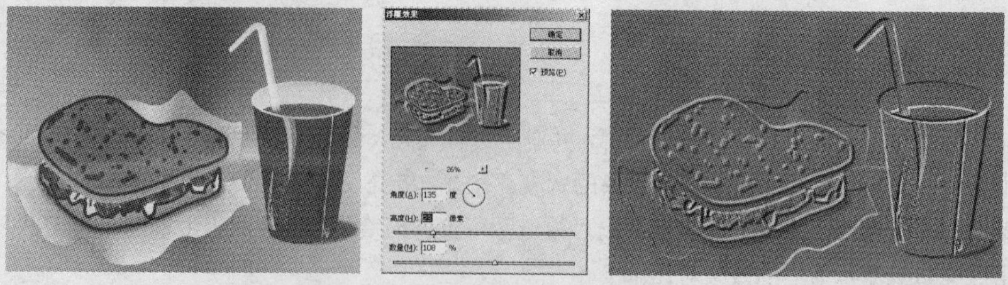

图 9.4.5　应用浮雕效果滤镜前后的效果对比

9.4.6　查找边缘

查找边缘滤镜可以查找图像中主色色块颜色变化的区域，并将查找的边缘轮廓用铅笔描边。选择“查找边缘”命令后，系统会自动对图像进行调整。如图 9.4.6 所示为应用查找边缘滤镜前后的效果对比。

图 9.4.6　应用查找边缘滤镜前后的效果对比

9.5　画笔描边滤镜组

画笔描边滤镜组通过为图像增加色斑、颗粒、杂色、边缘细节或纹理等使图像产生各种各样的绘画效果，该滤镜组共有 8 种不同的滤镜。

9.5.1　墨水轮廓

墨水轮廓滤镜是以钢笔画的风格，用纤细的线条在原细节上重绘图像。在“墨水轮廓”对话框中，“描边长度”用于设置图像处理的线条长度；“深色强度”用于控制暗调区域的强度；“光照强度”用于控制光亮区域的强度。如图 9.5.1 所示为应用墨水轮廓滤镜前后的效果对比。

图 9.5.1　应用墨水轮廓滤镜前后的效果对比

9.5.2　成角的线条

成角的线条滤镜可以用对角线条描绘图像，使其产生倾斜效果，在图像较暗区域和较亮区域使用两种相反方向的线条绘制。在“成角的线条”对话框中，“方向平衡”用于控制线条的倾斜方向；“描边长度”用于控制线条的长度，输入的数值越大，图像中描绘的线条越长；“锐化程度”用于控制线条的清晰程度。如图 9.5.2 所示为应用成角的线条滤镜前后的效果对比。

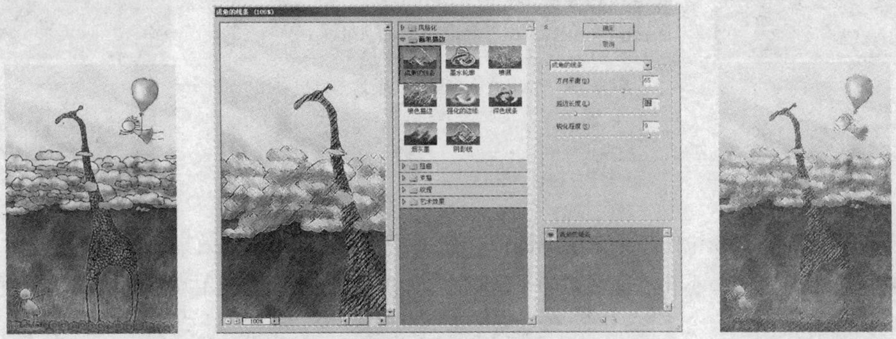

图 9.5.2　应用成角的线条滤镜前后的效果对比

9.5.3　强化的边缘

强化的边缘滤镜可强化图像中不同颜色的边缘，减少图像中的细节，使图像的边缘与色彩的边界显示更突出。在“强化的边缘”对话框中，“边缘宽度”用于设置边缘的宽度；“边缘亮度”用于设置边缘的亮度，该值设置较高时，所处理的图像效果和粉笔画类似；“平滑度”用于设置边缘的平滑程度。如图 9.5.3 所示为应用强化的边缘滤镜前后的效果对比。

图 9.5.3　应用强化的边缘滤镜前后的效果对比

9.5.4　喷色描边

喷色描边滤镜是使用带有一定角度的喷色线条的主导色彩来重新描绘图像，使图像表面产生描绘的水彩画效果。在“喷色描边”对话框的“描边长度”文本框中输入数值，可以设置笔触的长度，取值范围为 0～20；在“喷色半径”文本框中输入数值，可以设置喷射的范围大小，取值范围为 0～25；在“描边方向”下拉列表中可以选择笔画的方向。如图 9.5.4 所示为应用喷色描边滤镜前后的效果对比。

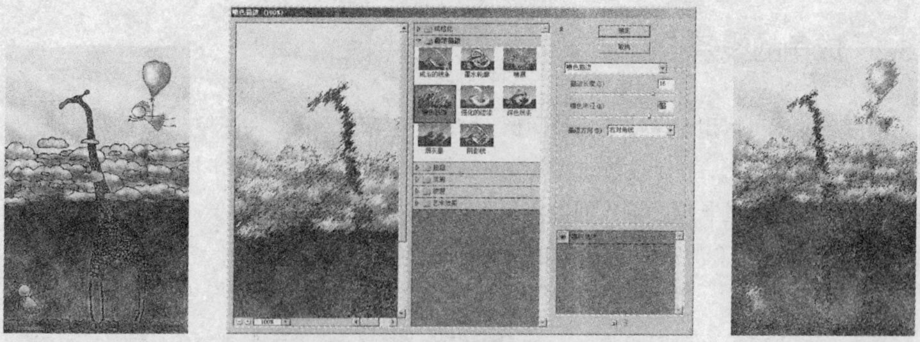

图 9.5.4 应用喷色描边滤镜前后的效果对比

9.5.5 喷溅

喷溅滤镜用于模拟喷枪的效果来绘制图像，使图像产生水珠喷溅的效果。在“喷溅”对话框中，可设置喷枪喷射范围的大小和喷射颗粒的平滑程度。如图 9.5.5 所示为应用喷溅滤镜前后的效果对比。

图 9.5.5 应用喷溅滤镜前后的效果对比

9.5.6 烟灰墨

烟灰墨滤镜通过计算图像像素的色值分布，使图像产生类似于用含有黑色墨水的湿画笔在宣纸上进行绘制的效果。在“烟灰墨”对话框的“描边宽度”文本框中可设置笔触的宽度；在“描边压力”文本框中可设置笔触的强度；在“对比度”文本框中可设置原图像的亮部与暗部之间的对比度。如图 9.5.6 所示为应用烟灰墨滤镜前后的效果对比。

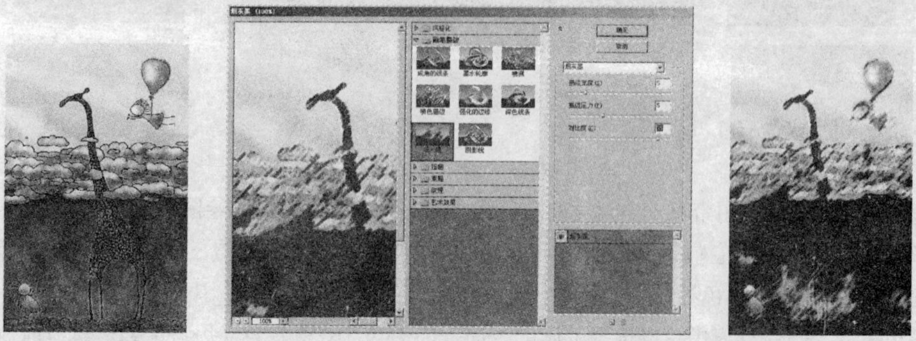

图 9.5.6 应用烟灰墨滤镜前后的效果对比

9.6　艺术效果滤镜组

艺术效果滤镜组中共包含 15 种不同的滤镜，使用这些滤镜，可模仿不同风格的艺术绘画效果。

9.6.1　干画笔

干画笔滤镜是通过减少图像的颜色来简化图像的细节，使图像显示的效果介于油画和色彩画之间。在“干画笔”对话框中，“画笔大小”用于设置所使用的画笔的大小；“画笔细节”用于设置画笔的细节；“纹理”用于设置颜色过渡区域纹理的清晰程度。如图 9.6.1 所示为应用干画笔滤镜前后的效果对比。

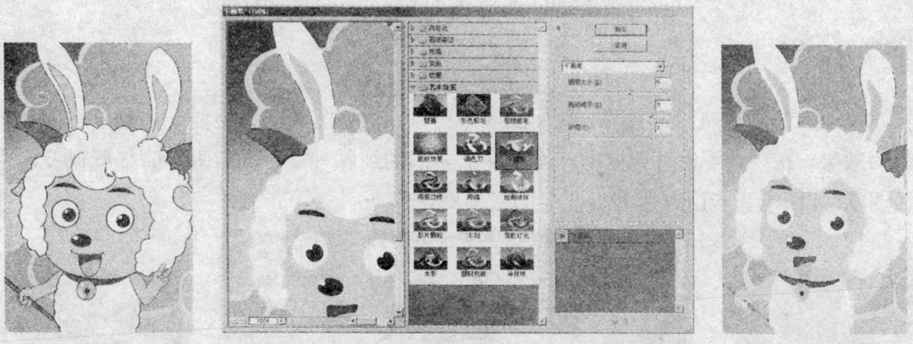

图 9.6.1　应用干画笔滤镜前后的效果对比

9.6.2　壁画

壁画滤镜是将相近的颜色用单一的颜色代替并加上粗糙的边缘，使图像看起来像是早期的壁画一样。其属性与前面介绍的“干画笔”的属性相同。如图 9.6.2 所示为应用壁画滤镜前后的效果对比。

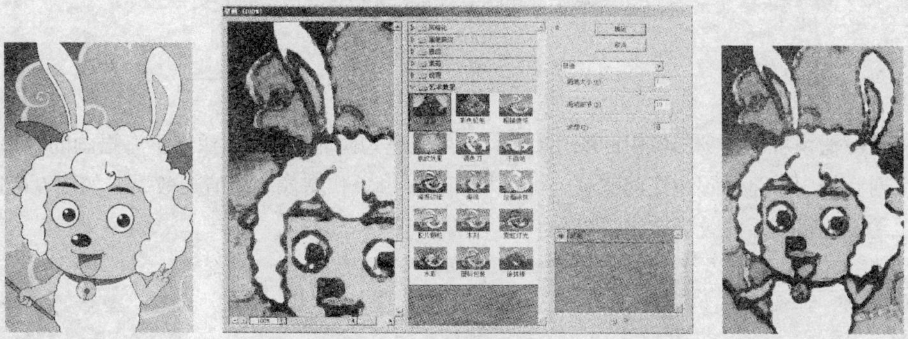

图 9.6.2　应用壁画滤镜前后的效果对比

9.6.3　塑料包装

塑料包装滤镜可以使图像看上去像涂上一层光亮的塑料，以产生一种表面质感很强的塑料包装效果，使图像具有立体感。在“塑料包装”对话框中，“高光强度”用于设置体现塑料包装的高亮反光区域亮度；“细节”用于设置塑料边缘的细节；“平滑度”用于设置塑料包装边缘的平滑程度。如图

9.6.3 所示为应用塑料包装滤镜前后的效果对比。

图 9.6.3 应用塑料包装滤镜前后的效果对比

9.6.4 水彩

水彩滤镜以水彩的风格绘制图像，简化图像中的细节，使图像产生类似于用蘸了水和颜色的中号画笔绘制的效果。在“水彩”对话框中，可设置水彩笔的细腻程度、水彩阴影的强度以及水彩的材质纹理。如图 9.6.4 所示为应用水彩滤镜前后的效果对比。

图 9.6.4 应用水彩滤镜前后的效果对比

9.6.5 海报边缘

海报边缘滤镜可以减少图像中的颜色数量，并用黑色勾画轮廓，使图像产生海报画的效果。在“海报边缘”对话框中，可设置边缘的宽度、可见程度以及颜色在图像上的渲染效果。如图 9.6.5 所示为应用海报边缘滤镜前后的效果对比。

图 9.6.5 应用海报边缘滤镜前后的效果对比

9.6.6 粗糙蜡笔

粗糙蜡笔滤镜可以将图像处理成类似用粗糙蜡笔画出来的效果。在“粗糙蜡笔”对话框的“描边长度”文本框中输入数值设置线条纹理的长度；在“描边细节”文本框中输入数值设置笔触的细腻程度；在“纹理”下拉列表中选择纹理的类型；在“光照”下拉列表中选择光线的照射方向；在“缩放”文本框中输入数值设置纹理的缩放比例；在“凸现”文本框中输入数值设置纹理的深度；选中“反相”复选框，可将产生的纹理反向处理。如图 9.6.6 所示为应用粗糙蜡笔滤镜前后的效果对比。

图 9.6.6 应用粗糙蜡笔滤镜前后的效果对比

9.6.7 底纹效果

底纹效果滤镜根据纹理的类型和色值来描绘图像，使图像产生一种纹理喷绘的效果。在“底纹效果”对话框的“画笔大小”文本框中可设置画笔的尺寸；在“纹理覆盖”文本框中可设置纹理覆盖的面积；在“纹理”下拉列表中可选择纹理类型；在“光照”下拉列表中可选择光线照射的方向；在“缩放”文本框中可设置纹理的缩放比例；在“凸现”文本框中可设置浮雕效果的凸现程度；选中“反相”复选框，可将产生的纹理反向处理。如图 9.6.7 所示为应用底纹效果滤镜前后的效果对比。

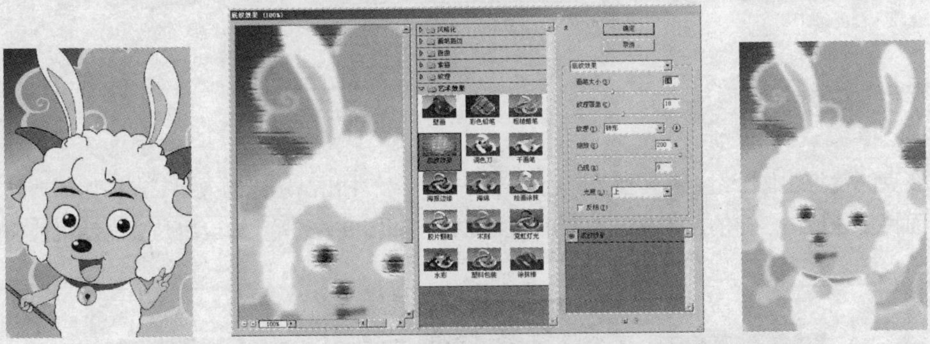

图 9.6.7 应用底纹效果滤镜前后的效果对比

9.7 像素化滤镜组

像素化滤镜组主要是通过将相似颜色值的像素转化成单元格而使图像分块或平面化。该滤镜组包括彩块化、彩色半调、点状化、晶格化、马赛克、碎片和铜版雕刻等 7 种滤镜。

9.7.1 彩色半调

彩色半调滤镜模拟在图像的每个通道上增加一层半色调的网格屏，从而模仿出半色调色点的效果。对于每个通道，此滤镜将图像划分为矩形，并用圆形替换每个矩形，图像产生铜版画的效果。如图 9.7.1 所示为应用彩色半调滤镜前后的效果对比。

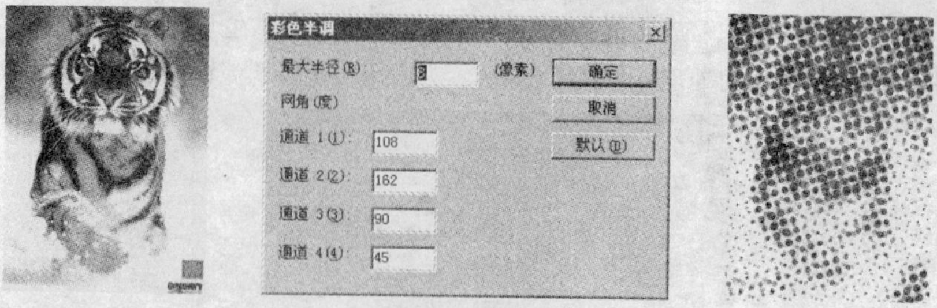

图 9.7.1　应用彩色半调滤镜前后的效果对比

9.7.2 晶格化

晶格化滤镜可以在图像的表面产生结晶颗粒，使相近的像素集结形成一个多边形网格。在“晶格化”对话框中，通过“单元格大小”来控制网格大小，取值范围为 3～300。如图 9.7.2 所示为应用晶格化滤镜前后的效果对比。

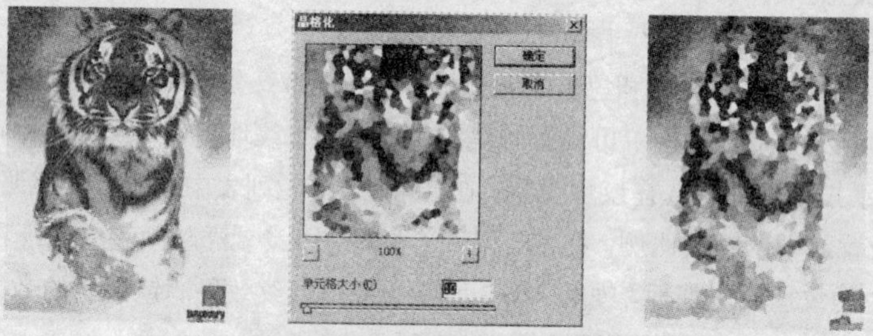

图 9.7.2　应用晶格化滤镜前后的效果对比

9.7.3 马赛克

马赛克滤镜将图像分组，并转换为颜色单一的方块，产生出马赛克的效果。在图像需要处理得模糊不清而特意体现出一定的艺术感时常常用到此滤镜。如图 9.7.3 所示为应用马赛克滤镜前后的效果对比。

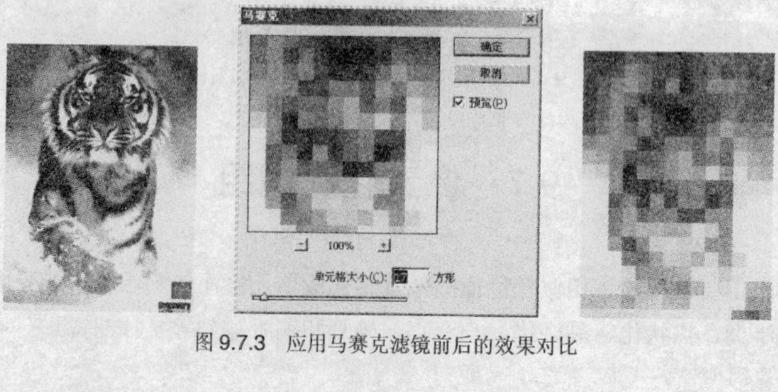

图 9.7.3　应用马赛克滤镜前后的效果对比

9.7.4 点状化

点状化滤镜将图像中的颜色分解为随机分布的颜色块，如同点状化绘画一样，并使用背景色作为网点之间的画布区域。在“点状化”对话框的“单元格大小”文本框中输入数值，可设置产生网点的大小。如图 9.7.4 所示为应用点状化滤镜前后的效果对比。

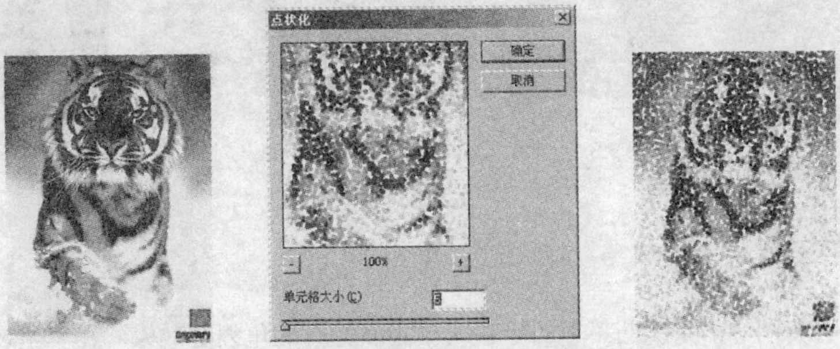

图 9.7.4 应用点状化滤镜前后的效果对比

9.7.5 铜版雕刻

铜版雕刻滤镜命令是利用点和线条重新组成图像，使图像产生不同的镂刻版画效果。在“铜版雕刻”对话框的“类型”下拉列表中可选择铜版雕刻的画笔类型，共包括 10 种选项。如图 9.7.5 所示为应用铜版雕刻滤镜前后的效果对比。

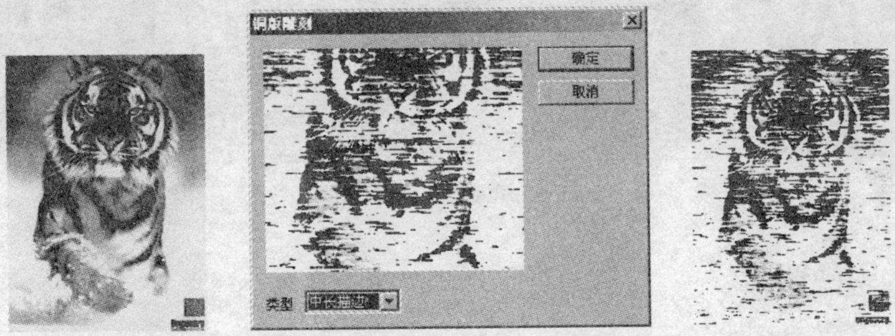

图 9.7.5 应用铜版雕刻滤镜前后的效果对比

9.8 纹理滤镜组

纹理滤镜组可为图像添加各种纹理，产生深度感和材质感。该滤镜组包括龟裂缝、颗粒、马赛克拼贴、拼缀图、染色玻璃和纹理化 6 种滤镜。

9.8.1 马赛克拼贴

马赛克拼贴滤镜通过将图像分割为不同形状的小块，并加深在这些小块交界处的颜色，使之产生缝隙的效果。在“马赛克拼贴”对话框中，用户可设置马赛克的尺寸、缝隙宽度以及缝隙亮度。如图 9.8.1 所示为应用马赛克拼贴滤镜前后的效果对比。

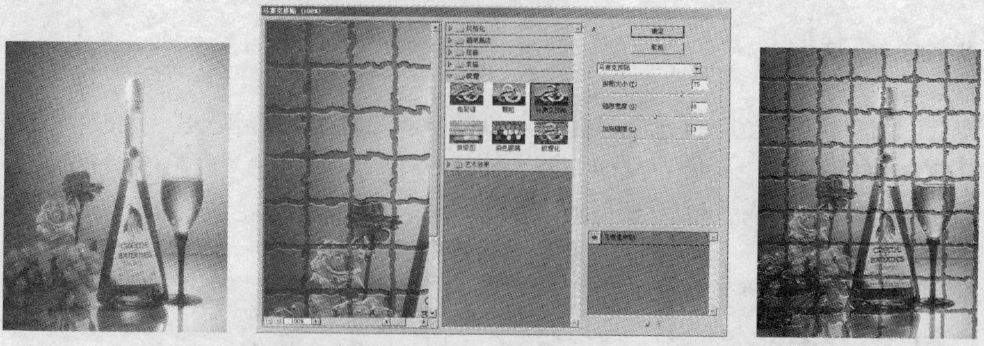

图 9.8.1　应用马赛克拼贴滤镜前后的效果对比

9.8.2　龟裂缝

龟裂缝滤镜可使图像产生凹凸不平的浮雕或石制品特有的龟裂缝效果。在“龟裂缝”对话框中，通过“裂缝间距”可调整裂痕纹理的间距；“裂缝深度”可调整裂痕的深度；“裂缝亮度”可调节裂痕的亮度。如图 9.8.2 所示为应用龟裂缝滤镜前后的效果对比。

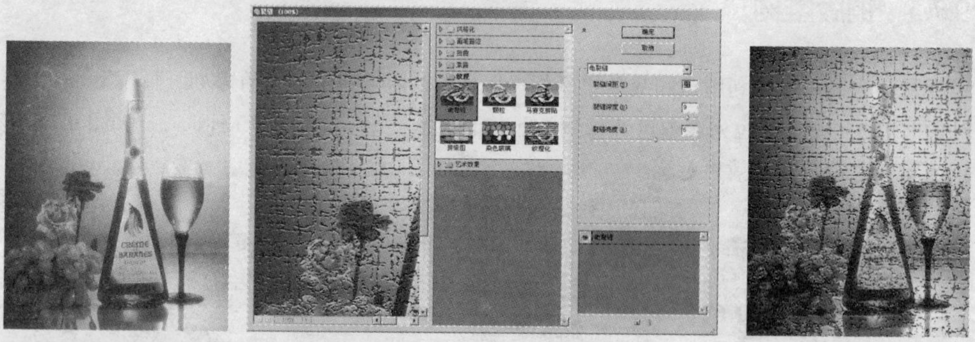

图 9.8.2　应用龟裂缝滤镜前后的效果对比

9.8.3　染色玻璃

染色玻璃滤镜可以使图像产生不规则分离的彩色玻璃格子，每一格的颜色由该格的平均颜色来确定。在“染色玻璃”对话框中，可设置产生的玻璃格大小、边框的宽度以及灯光照射的强度。如图 9.8.3 所示为应用染色玻璃滤镜前后的效果对比。

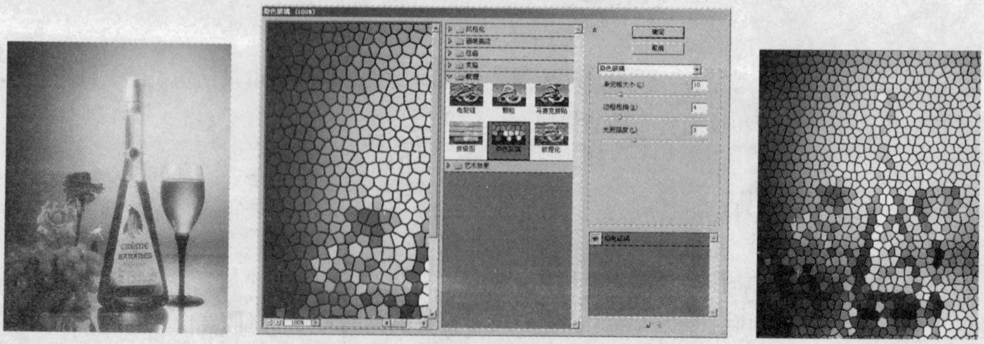

图 9.8.3　应用染色玻璃滤镜前后的效果对比

9.9　扭曲滤镜组

扭曲滤镜组是一组非常重要的滤镜，此类滤镜可对图像进行扭曲和变形操作。

9.9.1　玻璃

玻璃滤镜产生的效果就是使图像看上去像是隔着一层玻璃。玻璃滤镜很常用，在户外广告和杂志上常常可看到使用玻璃滤镜所创造的效果。在其对话框右侧的设置区域中，可以指定玻璃滤镜的扭曲度、平滑度和纹理样式。如图 9.9.1 所示为应用玻璃滤镜前后的效果对比。

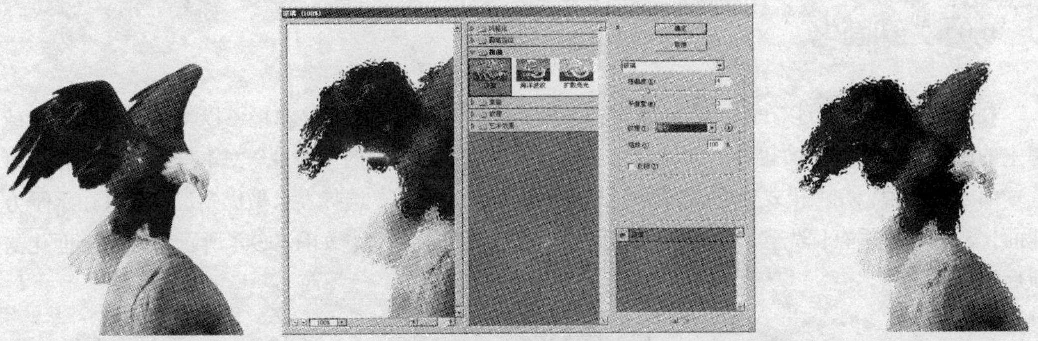

图 9.9.1　应用玻璃滤镜前后的效果对比

9.9.2　波纹

波纹滤镜可在所选的区域中产生起伏的图案，就像水池中的波纹。在“波纹”对话框中，通过调整“数量”和“大小”两个参数来指定不同的波纹效果。如图 9.9.2 所示为应用波纹滤镜前后的效果对比。

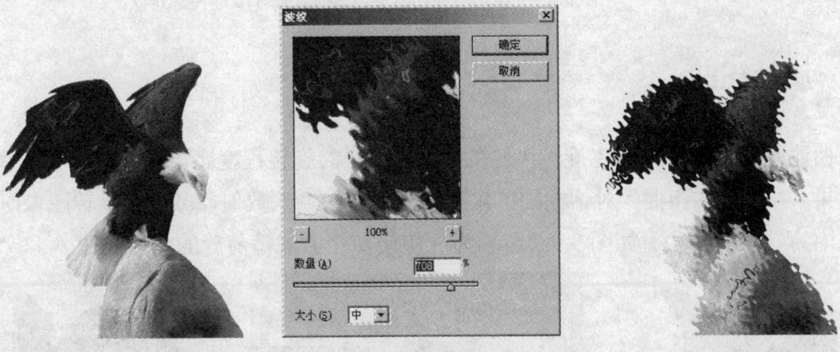

图 9.9.2　应用波纹滤镜前后的效果对比

9.9.3　扩散亮光

扩散亮光滤镜可以使图像产生光热弥漫的效果，一般用来表现强烈的光线和烟雾效果。在“扩散亮光”对话框的“粗粒”文本框中可设置杂点颗粒数量；在“发光量”文本框中可设置光的散射强度；在“清除数量”文本框中可设置杂点的清晰度。如图 9.9.3 所示为应用扩散亮光滤镜前后的效果对比。

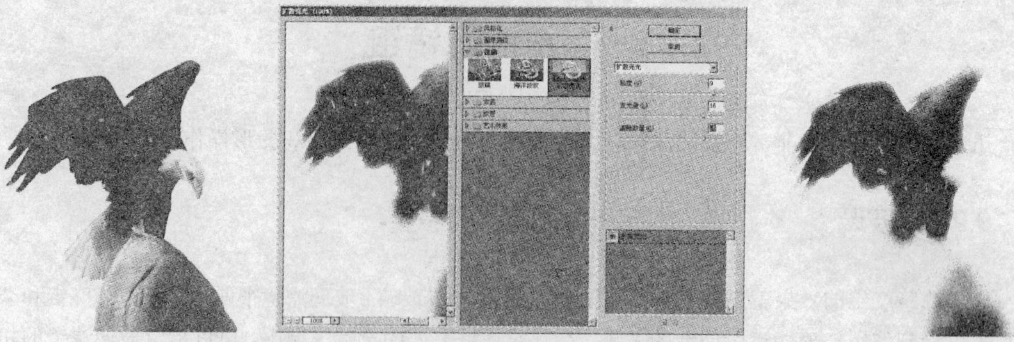

图 9.9.3　应用扩散亮光滤镜前后的效果对比

9.9.4　球面化

利用球面化滤镜可以在水平方向或垂直方向上球面化图像。球面化滤镜可以使选区中的图像或图层中的图像产生一种球面扭曲的立体效果。在“球面化”对话框的“数量”文本框中输入数值，可设置球面化的数值；在“模式”下拉列表中可选择球面化的模式；选择“水平优先”选项只在水平方向球面化，选择“垂直优先”选项时只在垂直方向进行球面化处理。如图 9.9.4 所示为应用球面化滤镜前后的效果对比。

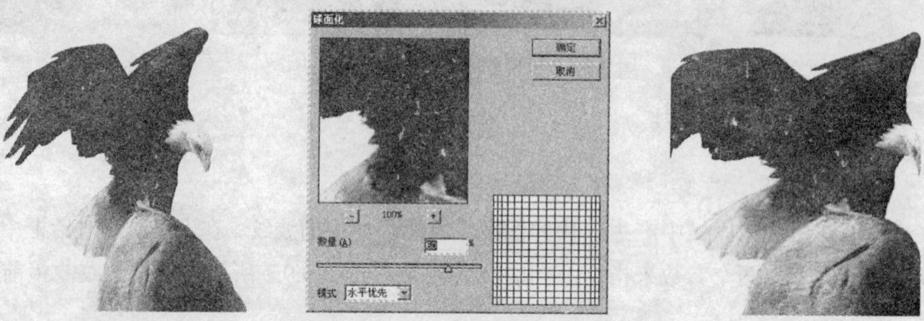

图 9.9.4　应用球面化滤镜前后的效果对比

9.9.5　旋转扭曲

旋转扭曲滤镜可以使图像产生旋转风轮的效果，中心的旋转程度比边缘的旋转程度大，一般用于制作漩涡效果。在“旋转扭曲”对话框的“角度”文本框中输入数值，可设置旋转图像时的角度，输入数值的范围为−900～900。如图 9.9.5 所示为应用旋转扭曲滤镜前后的效果对比。

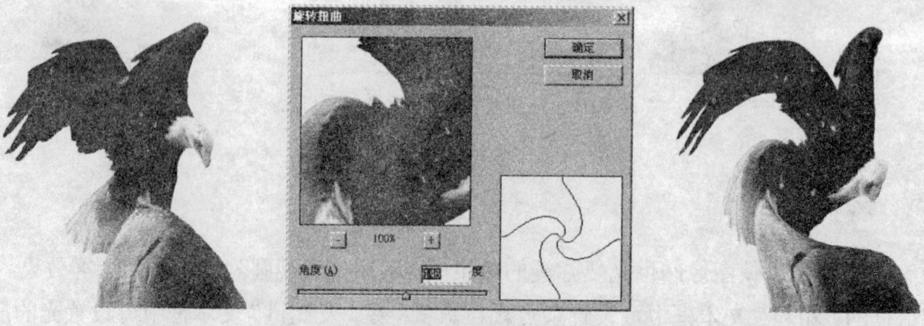

图 9.9.5　应用旋转扭曲滤镜前后的效果对比

9.9.6　切变

切变滤镜可以使图像沿着指定的曲线形状扭曲。在“切变”对话框的“未定义区域”选项区中选中“折回”单选按钮，可使图像中弯曲出去的图像在相反方向的位置显示；选中“重复边缘像素”单选按钮，则弯曲出去的图像不会在相反方向的位置显示。在对话框左上角的曲线框中可以通过调整曲线上的任意点来调整扭曲的形状。如图 9.9.6 所示为应用切变滤镜前后的效果对比。

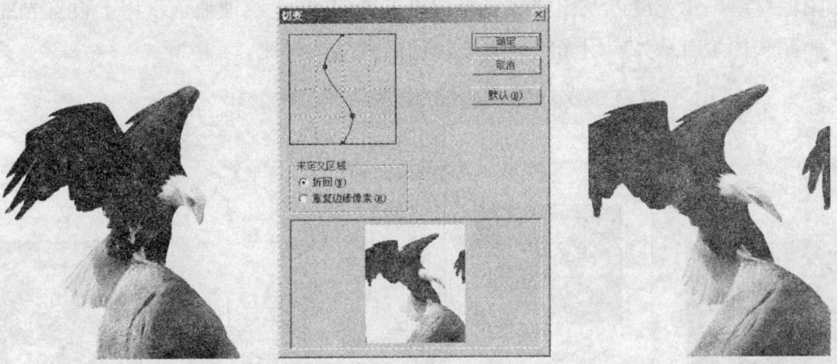

图 9.9.6　应用切变滤镜前后的效果对比

9.9.7　水波

水波滤镜可以产生池塘波纹和旋转的效果。使用该滤镜可以使图像具有波纹效果，就像水中泛起的涟漪。在“水波”对话框中，“数量”用于控制波纹的数量，数值为正时图像中的波纹向外凸出，数值为负时图像中的波纹向内凹进；“样式”可设置水波形成的方式，其中包括围绕中心、从中心向外与水池波纹。如图 9.9.7 所示为应用水波滤镜前后的效果对比。

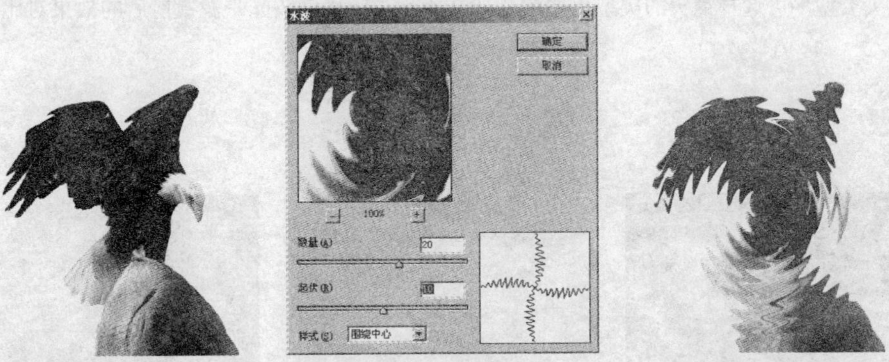

图 9.9.7　应用水波滤镜前后的效果对比

9.10　渲染滤镜组

渲染滤镜组可以对图像产生照明、云彩以及特殊的纹理效果。在需要对一幅图像的整体进行处理时，常常用到该滤镜组。

9.10.1 光照效果

光照效果滤镜可以产生出许多美妙的光照纹理效果。从“光照效果”对话框中可以看出，光照效果是一个比较复杂的滤镜。其对话框中的“样式”用于创建、选择或删除光源样式；“光照类型”用于设置光照的效果类型，并可以对光照的强度、颜色和焦点进行设置，其灯光类型包括平行光、全光源、点光；“属性”用于设置光线照射到图像上时图像显示出来的效果。用户可以在其中控制图像的反光程度、图像材质、曝光度以及图像环境光混合的效果等；“纹理通道”用于设置光照效果辅带的纹理图案。如图 9.10.1 所示为应用光照效果滤镜前后的效果对比。

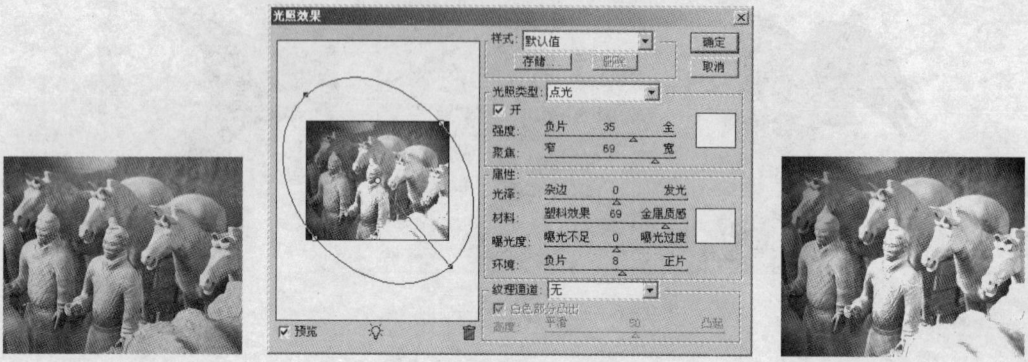

图 9.10.1 应用光照效果滤镜前后的效果对比

9.10.2 镜头光晕

镜头光晕滤镜可给图像添加类似摄像机对着光源拍摄时的镜头炫光效果，可自动调节镜头炫光位置。在“镜头光晕”对话框中，通过“亮度”可设置炫光的亮度大小；“光晕中心”可设置炫光的位置；“镜头类型”可选择镜头的类型。如图 9.10.2 所示为应用镜头光晕滤镜前后的效果对比。

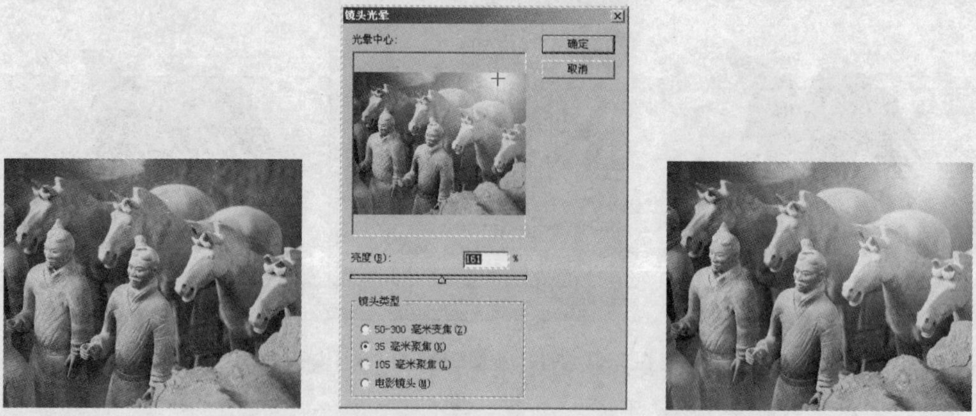

图 9.10.2 应用镜头光晕滤镜前后效果对比

9.10.3 云彩

云彩滤镜在进行图像处理时，根据预先在绘图工具栏中设置的前景色和背景色，并使用随机像素方式，将图像转换成柔和的云彩效果。如图 9.10.3 所示为应用云彩滤镜前后的效果对比。

图 9.10.3　应用云彩滤镜前后的效果对比

9.11　锐化滤镜组

锐化滤镜组主要通过增加相邻像素之间的对比度来减弱和消除图像的模糊程度，使图像变得更加清晰，从而达到锐化的效果。该滤镜组包括 USM 锐化、进一步锐化、锐化、锐化边缘和智能锐化 5 种滤镜。

9.11.1　USM 锐化

使用 USM 锐化滤镜可以在图像边缘的两侧分别制作一条明线或暗线，以调整其边缘细节的对比度，最终使图像的边缘轮廓锐化。在“USM 锐化”对话框的“数量”文本框中输入数值，可设置锐化的程度；在“半径”文本框中输入数值，可设置边缘像素周围影响锐化的像素数；在“阈值”文本框中输入数值，可设置锐化的相邻像素之间的最低差值。如图 9.11.1 所示为应用 USM 锐化滤镜前后的效果对比。

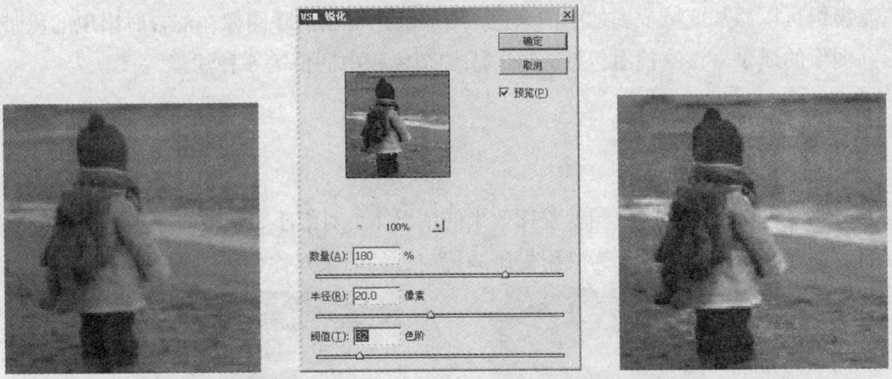

图 9.11.1　应用 USM 锐化滤镜前后的效果对比

9.11.2　锐化

锐化滤镜可以提高相邻像素之间的对比度，使图像更加清晰。使用该命令时无参数设置对话框。系统将自动对图像进行调整。如图 9.11.2 所示为应用锐化滤镜前后的效果对比。

图 9.11.2　应用锐化滤镜前后的效果对比

9.11.3　进一步锐化

进一步锐化滤镜可以产生强烈的锐化效果，用于提高图像的对比度和清晰度。该滤镜处理的图像效果比 USM 锐化滤镜更强烈。如图 9.11.3 所示为应用进一步锐化滤镜前后的效果对比。

图 9.11.3　应用进一步锐化滤镜前后的效果对比

9.12　杂色滤镜组

杂色滤镜组可以添加或减少图像中的杂色。添加杂色可以消除图像在混合时出现的色带，减少杂色可以提高图像的质量。该滤镜组包括去斑、添加杂色和中间值等 5 种滤镜。

9.12.1　去斑

使用去斑滤镜可以在不影响原图像整体效果的情况下，对细小、轻微的杂点进行柔化，从而达到去除杂点的效果。如图 9.12.1 所示为应用去斑滤镜前后的效果对比。

图 9.12.1　应用去斑滤镜前后的效果对比

9.12.2　添加杂色

添加杂色滤镜将随机像素应用于图像，模拟在高速胶片上拍照的效果，从而为图像添加一些细小的颗粒状像素。该滤镜可用于减少羽化图像或渐变填充中的条纹，或使经过重大修饰的图像区域看起来更真实。如图 9.12.2 所示为应用添加杂色滤镜前后的效果对比。

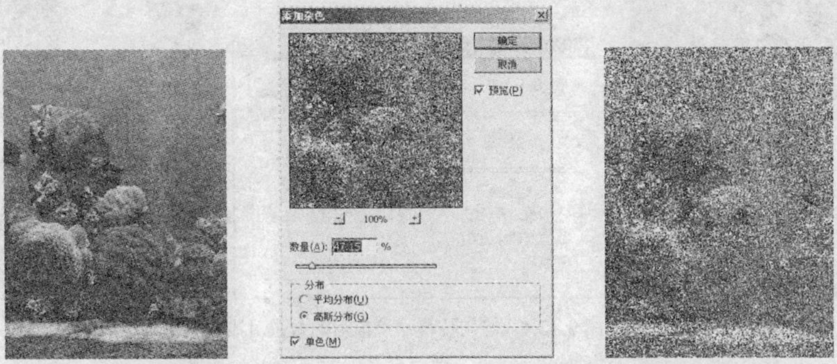

图 9.12.2　应用添加杂色滤镜前后的效果对比

9.12.3　中间值

利用中间值滤镜可以减少所选择部分像素亮度混合时产生的杂点。在“中间值”对话框的“半径”文本框中输入数值，可设置该滤镜对每个像素进行亮度分析的距离范围，数值范围为 1～16。如图 9.12.3 所示为应用中间值滤镜前后的效果对比。

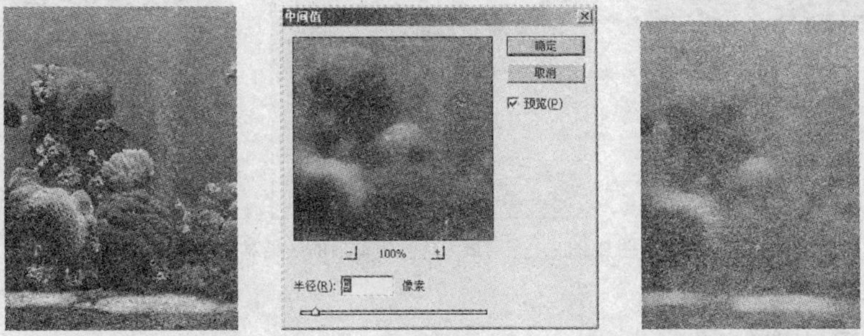

图 9.12.3　应用中间值滤镜前后的效果对比

9.13　其他滤镜组

Photoshop CS3 中还包含了一些不适合与其他滤镜放在一起分组的滤镜，其他滤镜组包括高反差保留、位移、最大值、最小值以及自定滤镜。

9.13.1　位移

位移滤镜可以将图像水平或垂直移动一定的距离，移动留下的空白区域可用图像的折回部分或图像边缘像素填充。在“位移”对话框的“水平”文本框中输入数值，可设置图像在水平方向上向左或向右的偏移量；在“垂直”文本框中输入数值，可设置图像在垂直方向上向上或向下的偏移量。在“未定义区域”选项区中，选中“设置为背景”单选按钮，可将图像移动后留下的空白区域以透明色填充；选中“重复边缘像素”单选按钮，可将图像移动后留下的空白区域用图像边缘的像素填充；选中“折回”单选按钮，可将图像移动后的区域用图像折回部分填充。如图 9.13.1 所示为应用位移滤镜前后的效果对比。

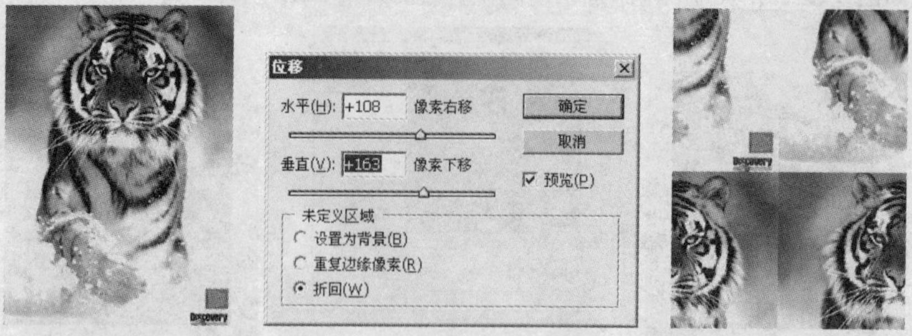

图 9.13.1 应用位移滤镜前后的效果对比

9.13.2 最大值

最大值滤镜可以强化图像中的亮色调并减弱暗色调。如图 9.13.2 所示为用最大值滤镜前后的效果对比。

图 9.13.2 应用最大值滤镜前后的效果对比

9.13.3 最小值

最小值滤镜主要用来减弱图像的亮度色调。在“最小值”对话框的“半径”文本框中输入数值，可设置图像暗部区域的范围。如图 9.13.3 所示为应用最小值滤镜前后的效果对比。

图 9.13.3 应用最小值滤镜前后的效果对比

9.13.4　高反差保留

高反差保留滤镜可以将图像中色调平缓的部分删除，保留色彩变化最大的部分，使图像的阴影消失而亮点凸出。在“高反差保留”对话框的“半径”文本框中输入数值，可设置像素周围的距离，数值范围为 0.1～250。如图 9.13.4 所示为应用高反差保留滤镜前后的效果对比。

图 9.13.4　应用高反差保留滤镜前后的效果对比

9.14　智 能 滤 镜

在 Photoshop CS3 中，智能滤镜可以在不破坏图像本身像素的条件下为图层添加滤镜效果，从而使原有的图像产生许多特殊炫目的效果。

9.14.1　创建智能滤镜

图层面板中的普通图层应用滤镜后，原来的图像将会被取代；图层面板中的智能对象可以直接将滤镜添加到图像中，但是不破坏图像本身的像素。

选择菜单栏中的 图层(L) → 智能对象 → 转换为智能对象(S) 命令，即可将普通图层或背景图层变成智能对象。或选择菜单栏中的 滤镜(T) → 转换为智能滤镜 命令，此时会弹出如图 9.14.1 所示的提示对话框，单击 确定 按钮，即可将当前图层转换为智能对象图层，再执行相应的滤镜命令，就会在图层面板中看到该滤镜显示在智能滤镜的下方，如图 9.14.2 所示。

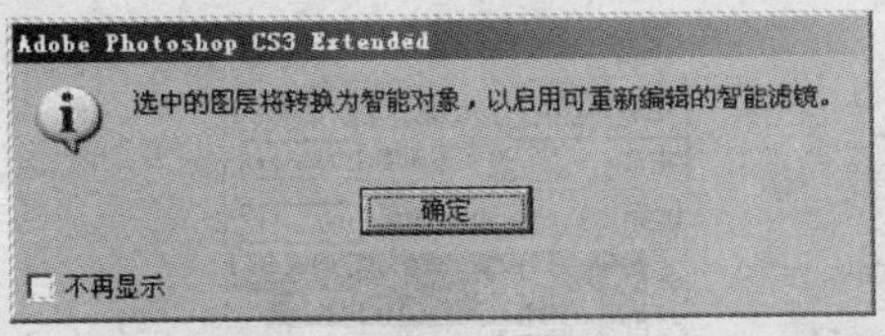

图 9.14.1　“智能滤镜”提示对话框

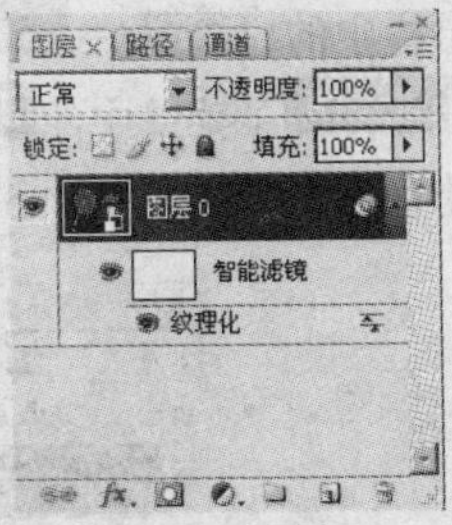

图 9.14.2　图层面板中的“智能滤镜”

9.14.2　编辑智能滤镜混合选项

在应用的滤镜效果名称上单击鼠标右键，在弹出的菜单中选择 编辑智能滤镜混合选项... 选项，或在

图层面板中的 按钮上双击鼠标，即可弹出混合选项对话框，在该对话框中可以设置该滤镜在图层中的模式(M):和不透明度(O):，如图 9.14.3 所示。

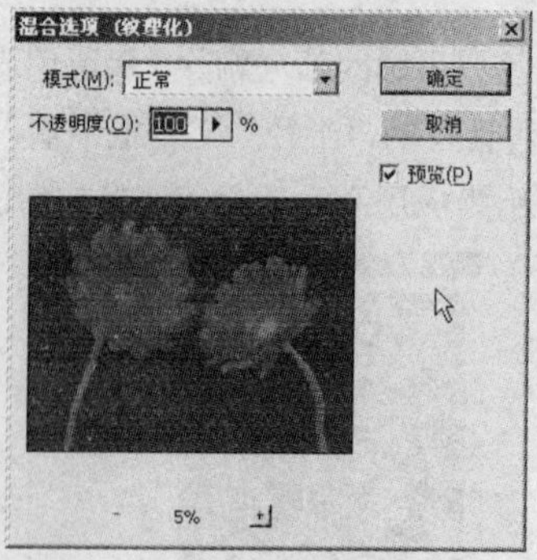

图 9.14.3 “混合选项”对话框

9.14.3 停用/启用智能滤镜

在图层面板中应用智能滤镜后，选择菜单栏中的图层(L)→智能滤镜→停用智能滤镜命令，即可将当前使用的智能效果隐藏，还原图像的原来品质，此时智能滤镜子菜单中的停用智能滤镜命令变成启用智能滤镜命令，执行此命令即可启用智能滤镜，如图 9.14.4 所示。

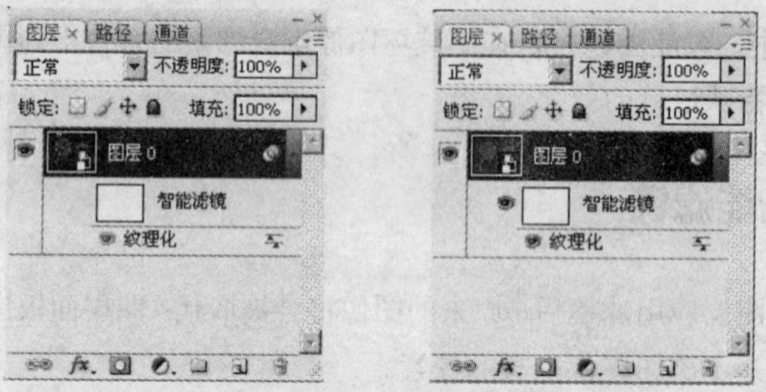

图 9.14.4 停用/启用智能滤镜

9.14.4 删除/添加智能滤镜蒙版

选择菜单栏中的图层(L)→智能滤镜→删除滤镜蒙版命令，即可将智能滤镜中的蒙版从图层面板中删除，此时智能滤镜子菜单中的删除滤镜蒙版命令将变成添加滤镜蒙版命令，执行此命令即可将蒙版添加到智能滤镜后面，如图 9.14.5 所示。

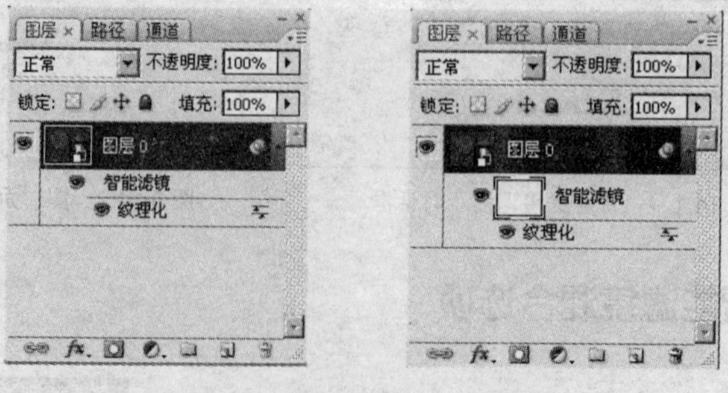

图 9.14.5 删除/添加智能滤镜蒙版

技巧：右键单击图层面板中智能滤镜名称，在弹出的菜单中选择删除滤镜蒙版或添加滤镜蒙版命令进行删除与添加。

9.14.5　停用/启用智能滤镜蒙版

选择菜单栏中的图层(L)→智能滤镜→停用滤镜蒙版(B)命令，即可将智能滤镜中的蒙版停用，此时会在蒙版上出现一个红叉，此时智能滤镜子菜单中的停用滤镜蒙版(B)命令将变成启用滤镜蒙版(B)命令，执行此命令即可将蒙版重新启用，如图 9.14.6 所示。

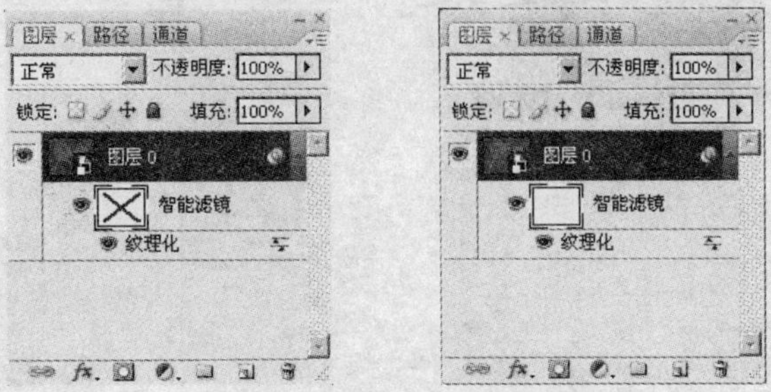

图 9.14.6　停用/启用智能滤镜蒙版

9.14.6　清除智能滤镜

选择菜单栏中的图层(L)→智能滤镜→清除智能滤镜命令，即可将应用的智能滤镜从图层面板中清除，如图 9.14.7 所示。

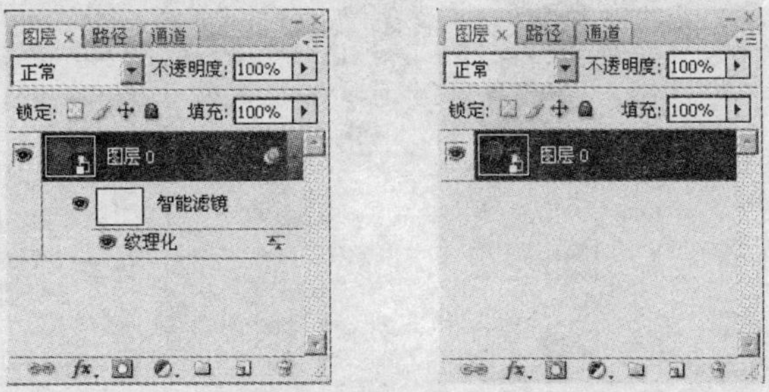

图 9.14.7　清除智能滤镜

9.15　插件滤镜

滤镜菜单中的抽出命令、液化命令、图案生成器命令和消失点命令都属于插件滤镜，通过这些插件滤镜，可以实现各种各样的特殊效果。

9.15.1　抽出

抽出滤镜提供了一个选取对象的捷径，可以轻松地从背景图像中提取出前景对象。其工作原理是：

先用工具将图像边缘高亮显示，然后将内部区域保护起来，通过预览就可以看到抽出的图像效果。下面通过一个实例来讲解该滤镜的使用方法。

（1）打开一个图像文件，选择菜单栏中的滤镜(T)→抽出(X)...命令，弹出如图 9.15.1 所示的“抽出”对话框。

（2）单击“边缘高光器工具”按钮，并在工具选项选项区中的画笔大小:文本框中设置画笔的大小为“10”，高光在图像中沿人物的边缘进行描绘，如图 9.15.2 所示。

图 9.15.1 “抽出”对话框

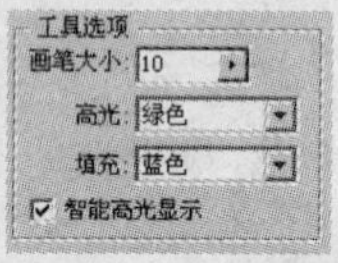

图 9.15.2 设置工具选项

（3）使用边缘高光器工具在要提取的对象边缘勾画出对象的轮廓，勾画出的边缘会显示为“绿色”，如图 9.15.3 所示。

图 9.15.3 描绘人物的边缘轮廓

提示：绘制轮廓时可以使用缩放工具和抓手工具来协助描绘更精确的线条，在绘制的过程中如有错误的部分，可以使用橡皮擦工具擦除。

（4）在绘制好封闭的边界后，单击对话框中的“填充工具”按钮，在所选择的区域内单击，将选择区域的图像填充为蓝色的蒙版，这个蓝色区域是图像受保护的部分，如图 9.15.4 所示。

（5）单击预览按钮，即可预览到抽出的图像，如果对预览不满意，可以使用橡皮擦工具、清除工具或边缘修饰工具进行修改。

（6）直至预览满意后，单击确定按钮，即可得到抽出的人物图像，效果如图 9.15.5 所示。

图 9.15.4　预览抽出的效果

图 9.15.5　抽出的效果

9.15.2　消失点

使用消失点滤镜可以在图像中指定平面进行绘画、仿制、拷贝、粘贴、变换等编辑操作。所有编辑操作都将采用所处理平面的透视，因此，使用消失点来修饰、添加或移去图像中的内容，效果将更加逼真。

选择菜单栏中的滤镜(T)→消失点(V)...命令，弹出“消失点”对话框，如图 9.15.6 所示。

图 9.15.6　“消失点”对话框

该对话框中各选项的含义如下：

（1）“创建平面工具”按钮：可以在预览编辑区的图像中单击并创建平面的 4 个节点，节点之间会自动连接成透视平面，在透视平面边缘上按住“Ctrl”键拖动时，就会产生另一个与之配套的透视平面。

（2）“编辑平面工具”按钮：可以对创建的透视平面进行选择、编辑、移动和调整大小，存在两个平面时，按住“Alt”键拖动控制点可以改变两个平面的角度。

（3）“选框工具”按钮：在平面内拖动即可在平面内创建选区；按住“Alt”键拖动选区可以将选区内的图像复制到其他位置，复制的图像会自动生成透视效果；按住“Ctrl”键拖动选区可以将选区停留的图像复制到创建的选区内。

（4）“图章工具”按钮：与软件工具箱中的“仿制图章工具”用法相同，只是多了修复透视区域效果的功能，按住“Alt”键在平面内取样，松开键盘，移动鼠标到需要仿制的位置按下鼠标并拖动即可复制，复制的图像会自动调整所在位置的透视效果。

（5）“画笔工具”按钮：使用画笔工具可以在图像内绘制选定颜色的图像，在创建的平面内绘制的图像会自动调整透视效果。

（6）“变换工具”按钮：使用变换工具可以对选区复制的图像进行调整变换，还可以将复制的其他图像拖动到多维平面内，并可以对其进行移动和变换。

（7）“吸管工具”按钮：在图像中采集颜色，选取的颜色可作为画笔的颜色。

（8）“测量工具”按钮：点按两点可测量距离，编辑距离可设置测量的比例。

（9）“缩放工具”按钮：用来缩放预览区的视图，在预览区内单击可将图像放大，按住“Alt”键单击鼠标可将图像按比例缩小。

（10）“抓手工具”按钮：单击并拖动鼠标可在预览窗口中查看局部图像。

如图 9.15.7 所示为应用消失点滤镜前后的效果对比。

图 9.15.7　使用消失点滤镜前后的效果对比

9.15.3　液化

液化滤镜可用于推、拉、旋转、反射、折叠和膨胀图像的任意区域，是修饰图像和创建艺术效果的有力工具。选择菜单栏中的滤镜(T)→液化(L)...命令，弹出“液化”对话框，如图 9.15.8 所示。

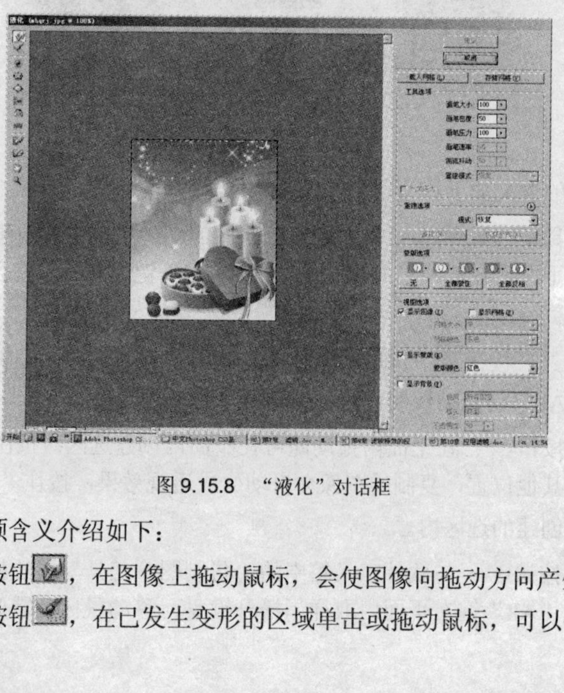

图 9.15.8　“液化”对话框

该对话框中的各选项含义介绍如下：

单击“向前变形”按钮，在图像上拖动鼠标，会使图像向拖动方向产生弯曲变形效果。

单击“重建工具”按钮，在已发生变形的区域单击或拖动鼠标，可以使已变形图像恢复为原始状态。

单击“顺时针旋转扭曲工具”按钮，在图像上按住鼠标时，可以使图像中的像素顺时针旋转；按住“Alt”键，在图像上按住鼠标时，可以使图像中的像素逆时针旋转。

单击“褶皱工具”按钮，在图像上单击或拖动鼠标时，会使图像中的像素向画笔区域的中心移动，使图像产生收缩效果。

单击“膨胀工具”按钮，在图像上单击或拖动鼠标时，会使图像中的像素从画笔区域的中心向画笔边缘移动，使图像产生膨胀效果，该工具产生的效果正好与“褶皱工具”产生的效果相反。

单击“左推工具”按钮，在图像上拖动鼠标时，图像中的像素会以相对于拖动方向左垂直的方向在画笔区域内移动，使其产生挤压效果；按住“Alt”键拖动鼠标时，图像中的像素会以相对于拖动方向右垂直的方向在画笔区域内移动，使其产生挤压效果。

单击“镜像工具”按钮，在图像上拖动鼠标时，图像中的像素会以相对于拖动方向右垂直的方向上产生镜像效果；按住“Alt”键拖动鼠标时，图像中的像素会以相对于拖动方向左垂直的方向上产生镜像效果。

单击“湍流工具”按钮，在图像上拖动鼠标时，图像中的像素会平滑地混和在一起，可以十分轻松地在图像上产生与火焰、波浪或烟雾相似的效果。

单击“冻结蒙版工具”按钮，将图像中不需要变形的区域涂抹进行冻结，使涂抹的区域不受其他区域变形的影响；使用“向前变形”工具在图像上拖动鼠标，经过冻结的区域图像不会被变形。

单击“解冻蒙版工具”按钮，在图像中冻结的区域涂抹，可解除图像中的冻结区域。

单击“抓手工具”按钮，当图像放大到超出预览框时，使用抓手工具可以移动图像进行查看。

单击“缩放工具”按钮，可以将预览区的图像放大，按住“Alt”键单击鼠标可将图像按比例缩小。

液化变形的工作原理很简单，编辑前必须对画笔大小及压力值进行设置，然后区分图像的处理区域，该动作在此被称为“冻结”。液化命令对冻结区域的图像不产生效果，保持原来的样子，而经过“解冻”处理的区域会受到液化命令的变形处理，产生不同的变化效果，如图 9.15.9 所示。

图 9.15.9　使用液化滤镜效果

9.15.4　图案生成器

图案生成器滤镜可以通过简单地选取图像区域，创建现实或抽象的图案。下面举例说明使用图案生成器生成图案的方法。

（1）打开一个图像文件，选择菜单栏中的 滤镜(T) → 图案生成器(P)... 命令，弹出“图案生成器”对话框，在该对话框中使用矩形工具在图像中选取一个范围作为取样的样本，如图 9.15.10 所示。

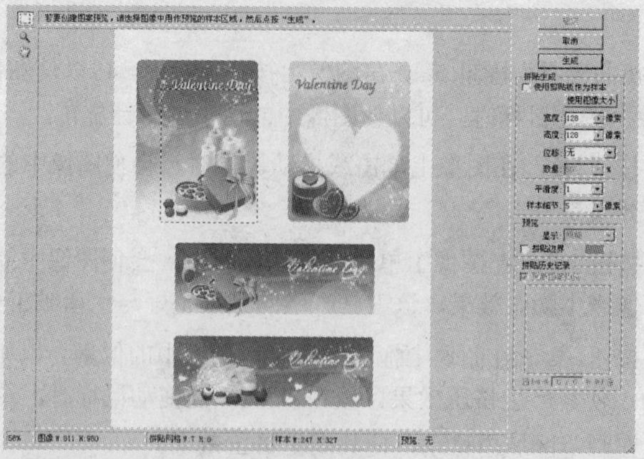

图 9.15.10 “图案生成器”对话框

（2）在拼贴生成选项组中的宽度:与高度:文本框中输入适当的数值，可设置拼贴大小。

（3）单击生成按钮，即可在预览窗口中生成一个图案拼贴，如图 9.15.11 所示。

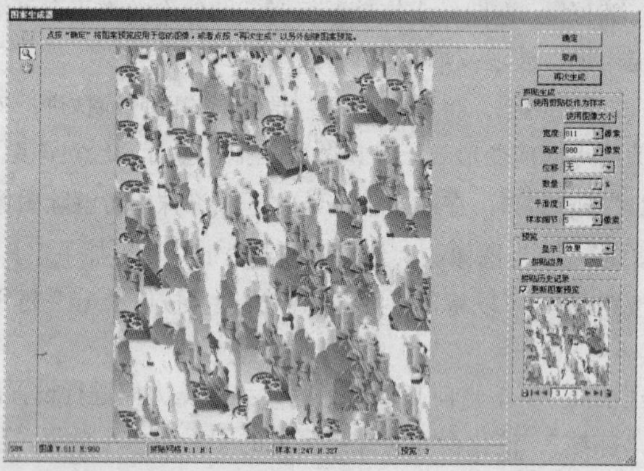

图 9.15.11 生成图案拼贴

9.16 课堂实训——制作纹理效果

本节主要利用所学的知识制作纹理效果，最终效果如图 9.16.1 所示。

图 9.16.1 最终效果图

操作步骤

（1）按"Ctrl+N"键，弹出"新建"对话框，参数设置如图 9.16.2 所示。设置完成后，单击 确定 按钮，新建一个图像文件。

（2）设置前景色为黑色，然后按"Alt+Delete"键进行填充，效果如图 9.16.3 所示。

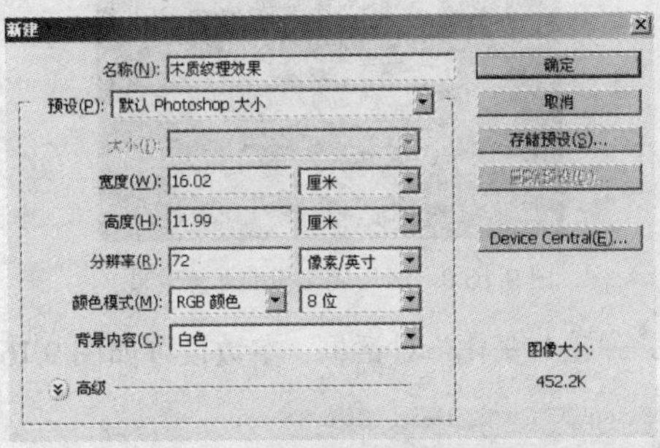

图 9.16.2　"新建"对话框

图 9.16.3　填充效果

（3）选择 滤镜(T) → 杂色 → 添加杂色... 命令，弹出"添加杂色"对话框，参数设置如图 9.16.4 所示。

（4）设置完成后，单击 确定 按钮，效果如图 9.16.5 所示。

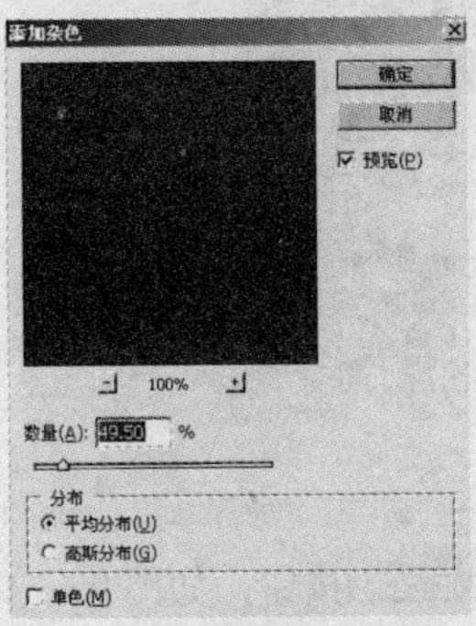

图 9.16.4　"添加杂色"对话框

图 9.16.5　应用添加杂色滤镜效果

（5）选择 滤镜(T) → 模糊 → 动感模糊... 命令，弹出"动感模糊"对话框，参数设置如图 9.16.6 所示。

（6）设置完成后，单击 确定 按钮，效果如图 9.16.7 所示。

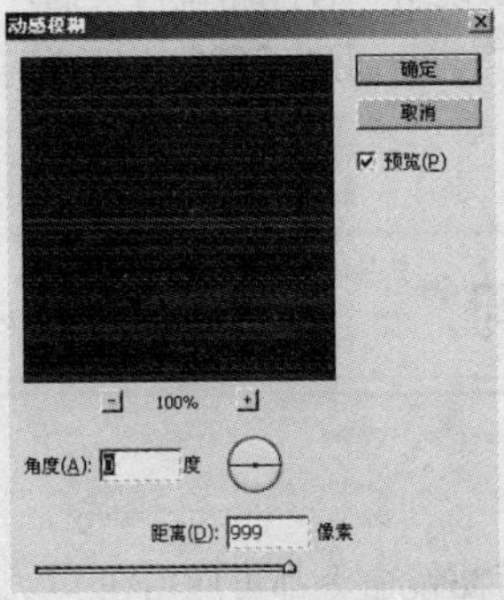

图 9.16.6　"动感模糊"对话框

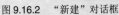

图 9.16.7　应用动感模糊滤镜效果

（7）选择 滤镜(T) → 扭曲 → 旋转扭曲... 命令，弹出"旋转扭曲"对话框，参数设置如图 9.16.8 所示。

（8）设置完成后，单击 确定 按钮，效果如图 9.16.9 所示。

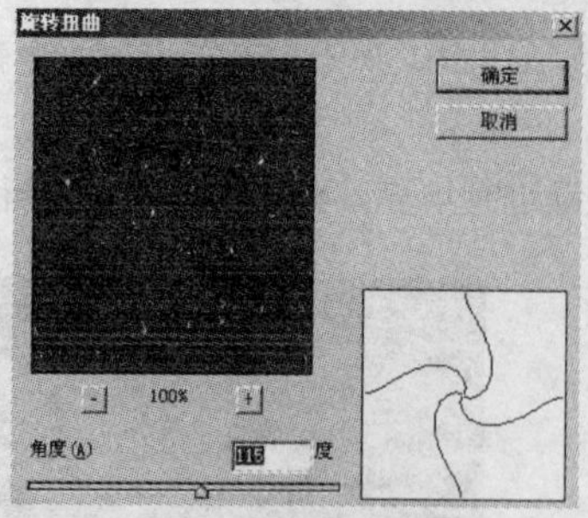

图 9.16.8 “旋转扭曲”对话框

图 9.16.9 应用旋转扭曲滤镜效果

（9）选择 滤镜(T) → 调整(A) → 变化(N)... 命令，弹出“变化”对话框，参数设置如图 9.16.10 所示。

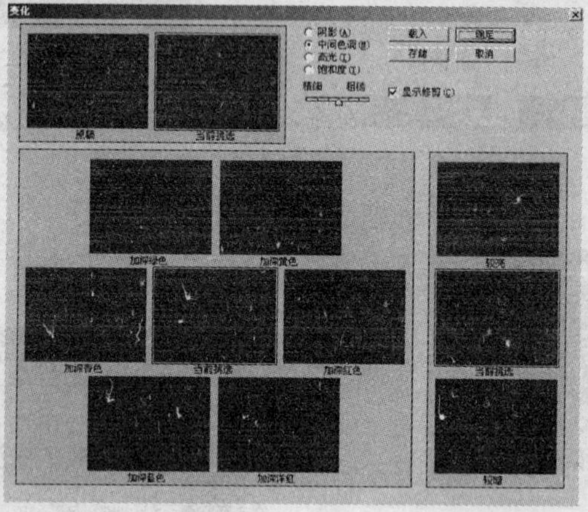

图 9.16.10 “变化”对话框

（10）将图像调整为需要的木纹材质的颜色，单击 确定 按钮，如图 9.16.1 所示。

本章小结

本章主要讲解了 Photoshop CS3 中滤镜的概念、基本滤镜组、智能滤镜以及插件滤镜等知识，通过本章的学习，可使读者了解和掌握滤镜的使用方法与技巧，并通过反复的实践学习，合理地搭配应用各种滤镜，创作出精美的图像。

操作练习

一、填空题

1. 大部分滤镜命令只能用于__________的图像，所有滤镜命令都可应用在__________。
2. 滤镜不能应用于__________与__________的图像中。
3. 使用__________滤镜可以对图像进行各种扭曲和变形处理。
4. 在__________、__________和__________模式下的图像不能使用滤镜。

5. ＿＿＿＿＿滤镜将随机像素应用于图像，模拟在高速胶片上拍照的效果，从而为图像添加一些细小的颗粒状像素。

二、选择题

1. 按（　）键可重复执行上次使用的滤镜。

（A）Ctrl+F　　（B）Ctrl+D

（C）Ctrl+C　　（D）Ctrl+Alt+F

2.（　）滤镜通过将图像分割为不同形状的小块，并加深在这些小块交界处的颜色，使之产生缝隙的效果。

（A）马赛克拼贴　　（B）彩色半调

（C）点状化　　（D）晶格化

3.（　）滤镜用于为美术或商业项目制作绘画效果或艺术效果。

（A）素描　　（B）画笔描边

（C）艺术效果　　（D）风格化

4.（　）滤镜可以在图像的表面产生结晶颗粒，使相近的像素集结形成一个多边形网格。

（A）晶格化　　（B）点状化

（C）彩色半调　　（D）马赛克拼贴

5. 对图像进行膨胀、旋转、放射以及收缩等操作，可使用（　）滤镜。

（A）抽出　　（B）液化

（C）扭曲　　（D）旋转扭曲

6.（　）命令的功能与背景橡皮擦工具类似，可以将图像的背景删除，只保留需要的图像。

（A）液化　　（B）抽出

（C）消失点　　（D）以上都不能

三、简答题

1. 简述滤镜的基本使用技巧与方法。
2. 简述使用抽出命令将图像与背景分离的过程。
3. 在“液化”滤镜对图像的处理过程中，有哪些处理方式？

四、上机操作题

1. 打开一个图像文件，分别使用本章所学的知识，对图像进行滤镜处理，并比较各种滤镜的效果。

2. 利用本章所学的滤镜知识，制作出底纹效果。

3. 打开一个电脑显示屏图像文件和一个人物图像文件，使用本章所学的“消失点”滤镜，将人物图像紧贴在显示屏上。

第 10 章　动作、动画与自动化处理

动作、动画与自动化处理是 Photoshop CS3 中用于提高工作效率的重要功能，本章将讲解动作与动画的使用，以及自动化处理工具的使用方法与技巧，以提高读者处理图像的工作效率。

知识要点

- 动作的使用
- 动画的使用
- 自动化处理

10.1　动作的使用

在 Photoshop CS3 中，动作是非常重要的一个功能，它可以详细记录处理图像的全过程。也就是说，将 Photoshop 的一系列命令组合为一个独立的动作，并且可以在其他的图像中使用，这对于需要进行相同处理的图像是非常方便、快速的。动作的主要特点有：

（1）可以将一系列命令组合为单个动作，从而使任务执行自动化。这个动作可以在以后的应用中反复使用。

（2）可以创建一个动作，使该动作所应用的一系列滤镜效果（或组合命令）能够快速处理同类图像，实现同种特效。此外，由于动作可被编组为序列，因此可以很好地组织它们。

（3）可以同时处理批量的图片，也可以在一个文件或一批文件中使用相同的动作。

（4）使用动作面板可记录、播放、编辑和删除动作，还可以存储、载入和替换动作序列。

为了更直观地体现动作功能，现执行一个动作，具体操作方法如下：

（1）打开一个如图 10.1.1（a）所示的图像文件。

（2）在动作面板中选择木质画框 - 50 像素动作，然后单击动作面板底部的“播放选定的动作”按钮，即可在图像上执行所选的动作，效果如图 10.1.1（b）所示。

（a）　　　　　　　　　　（b）

图 10.1.1　应用动作的效果

动作可以是系统提供的，也可以根据自己的需要来创建，创建动作实际上就是将一系列的操作记录到动作中，以便在执行该动作时重复这些操作。

10.1.1　动作面板

动作的大多数操作都可以通过动作面板来完成。在 Photoshop CS3 中将多个动作组合为一个序列，并以文件的形式将其存储，序列也就是一个动作库，因此可以从序列中找到需要的动作。

使用动作面板可以记录、播放、编辑和删除动作，也可以存储、载入和替换动作命令。要显示该面板，可选择菜单栏中的 窗口(W)→动作 命令，或按“F9”键即可，如图 10.1.2 所示。

图 10.1.2　动作面板

1．动作序列

动作序列也称为动作库，Photoshop CS3 提供了多种动作序列，如默认动作、图像效果、纹理等，每一个动作序列中都包含多个动作。

在动作面板中每一个动作库都被包含在文件夹中，单击该图标左侧的三角形图标，可使其变为图标，即可展开该动作库，如图 10.1.3 所示。

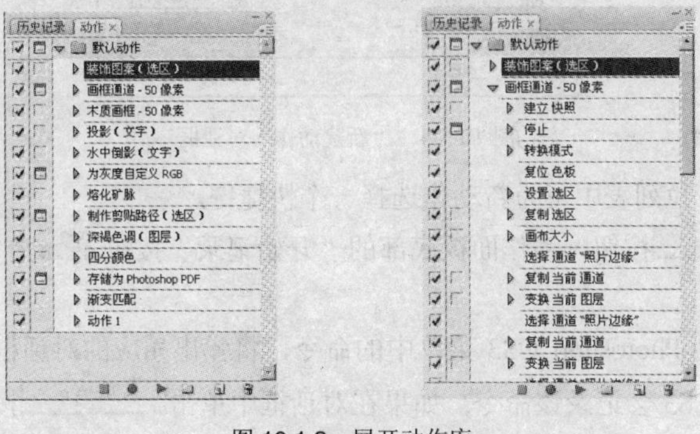

图 10.1.3　展开动作库

2．动作名称

每一个动作序列或动作都有一个名称，以便于用户识别。

3．切换项目开关

如果项目框显示为空白，则表示该动作不能被播放；如果显示为红色的“√”标记，则表示该动作中有部分动作不能正常播放；如果显示为黑色的“√”标记，则表示该动作中的所有动作都能正常播放。

4．功能按钮

在动作面板中提供了一些功能按钮，其含义如下：

“开始记录”按钮：单击此按钮，可以开始录制一个新的动作，在录制的过程中，该按钮将显示为红色。

“播放选定动作”按钮：单击此按钮，可以播放当前选定的动作。

“停止”按钮：单击此按钮，可以停止正在播放的动作，或在录制新动作时暂停动作的录制。

“创建新组”按钮：单击此按钮，可以新建一个动作序列。

“创建新动作”按钮：单击此按钮，可以新建一个动作。

“删除动作”按钮：单击此按钮，可以删除当前选定的动作或动作序列。

5. 动作面板菜单

单击动作面板右上角的按钮，可弹出面板菜单，从中可选择动作库的名称、动作的状态以及对动作的编辑等。

10.1.2 记录动作

除了可以使用系统提供的动作外，用户还可以根据自己的需要，将重复执行的一系列操作创建为动作，便于以后可以重复使用。创建并记录一个新动作的具体操作方法如下：

（1）打开一个图像文件，在动作面板底部单击“创建新动作”按钮，或在面板菜单中选择新建动作...命令，弹出“新建动作”对话框，如图 10.1.4 所示。

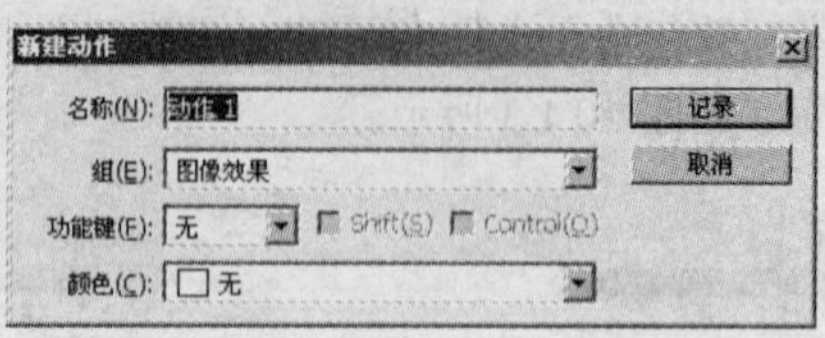

图 10.1.4 “新建动作”对话框

（2）在功能键(F):下拉列表中可为新动作选择一个快捷键。

（3）单击记录按钮，动作面板底部的“开始记录”按钮变为红色，此时可以开始执行要记录的命令。

（4）如果执行的是 Photoshop CS3 菜单中的命令，将弹出相应的对话框，设置相关参数后，确认操作，则 Photoshop CS3 会记录该命令；如果在对话框中单击取消按钮，则忽略该命令。

（5）记录完所有的命令后，单击动作面板底部的“停止”按钮，可停止记录，最后保存记录的动作以备使用。

10.1.3 编辑动作

在 Photoshop CS3 中，无论是系统提供的动作，还是用户自定义的动作，都可以进行编辑与修改。编辑动作的操作包括复制、移动、删除以及更改内容等。

1. 更改动作中的内容

在动作面板中，可重新添加或删除一个动作中的命令，还可以将命令移到不同的动作中。更改动作中内容的方法有插入、再次记录和在不同动作之间拖动等方式。

插入新的命令：选择要插入命令的动作名称，在动作面板底部单击“开始记录”按钮，执行要添加的命令，单击“停止”按钮停止记录。

为命令赋予新参数值：在动作面板菜单中选择再次记录...命令，可以为动作中带对话框的命令赋予新参数值。执行该命令时，Photoshop CS3 会执行选定的动作，并在执行到带对话框的命令时暂停，以便输入新参数值。具体的操作方法如下：

（1）选择需要更改的动作，在动作面板菜单中选择再次记录...命令。

（2）弹出新建快照对话框，在其中设置相关参数，单击确定按钮，Photoshop CS3 便会记录新值。

2. 更改命令参数

对于已录制完成的动作，可以通过改变命令参数，以改变应用动作后的效果。

在动作面板中双击需要更改参数的命令，在弹出的该命令的对话框中输入新的数值，单击“确定”按钮即可更改该命令的参数。

3. 动作的复制与删除

通过复制动作，可以快速创建相似的一类动作，也可以用在修改动作前作备份。复制动作及其命令的方法有以下 3 种：

（1）将动作或命令拖至动作面板底部的“创建新动作”按钮上，即可复制该动作。

（2）在按住“Alt”键的同时，将要复制的命令或动作拖至动作面板中的新位置。

（3）选择要复制的动作或命令，在动作面板菜单中选择复制命令即可复制。

要删除一个动作或其中的命令，可在动作面板中选择要删除的动作或命令，然后单击面板底部的“删除动作”按钮即可。

4. 重定义动作中的命令执行顺序

在动作面板中拖动命令至一个新的位置，可以改变动作中的命令顺序，如图 10.1.5 所示，从而改变由此动作所得到的效果。

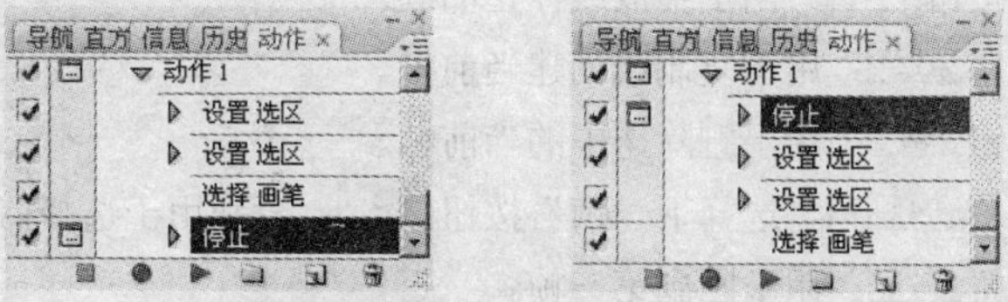

图 10.1.5　改变命令的执行顺序

10.1.4　管理动作

使用动作面板可以方便地对动作进行管理，主要包括选择动作、序列管理以及载入动作等操作。

1. 选择动作

在动作面板中进行复制或删除动作之前，都需要先选择动作或命令。要选择单个动作或命令，其方法很简单，只须单击该动作或命令即可；如果要选择多个动作或命令，则可按以下的方法来完成。

（1）单击某个动作，然后按住“Shift”键并单击另一个动作，此时两个动作之间的所有动作均被选择。

（2）按住“Ctrl”键并依次单击多个动作或命令，可选择多个不连续的动作或命令。

提示：要选择多个动作，则必须确认要选择的多个动作位于同一个序列之中。

2．序列管理

创建了新序列或对现有序列中的动作进行修改后，可在动作面板菜单中选择 存储动作... 命令，对其进行保存。

3．载入动作

默认情况下，动作面板中只有一个缺省的动作序列，如果要将其他动作序列载入面板中，可选择面板菜单中的 载入动作... 命令，或者直接单击面板菜单底部的动作序列名称。

10.2　动画的使用

动画是在一段时间内显示的系列图像或帧。每一帧较前一帧都有轻微的变化，当连续、快速地显示这些帧时就会产生运动的错觉。使用动画面板可以创建、查看和设置动画帧中元素的位置和外形。在面板中可以更改帧的缩略图——使用较小的缩略图可以减少面板所需要的空间，并在给定的面板宽度上显示更多的帧。

选择 窗口(W)→ 动画 命令，弹出动画面板，如图 10.2.1 所示。

图 10.2.1　动画面板

动画面板的中间部分是动画帧的预览区域。该面板中各按钮的含义如下：

“播放停止动画”按钮：用于播放或停止动画。

“复制当前帧”按钮：用于复制或创建当前帧。

“删除选中帧”按钮：用于删除选中的当前帧。

“选择前一帧”按钮和“选择下一帧”按钮：分别用于选择前一帧和下一帧。

“选择第一帧”按钮：用于回到第一帧。

“过渡”按钮：用于添加过渡帧。

单击动画面板右侧的按钮，将弹出动画面板菜单，在此菜单中可创建帧、删除帧、设置动画等，如图 10.2.2 所示。

图 10.2.2　动画面板菜单

10.2.1　创建动画

结合使用图层面板和动画面板制作动画，具体操作步骤如下：

（1）打开两个图片文件，将一个文件拖到另一个文件中，使两张图片分别位于两个图层，如图 10.2.3 所示。单击图层 1 的眼睛图标，隐藏图层 1，如图 10.2.4 所示。

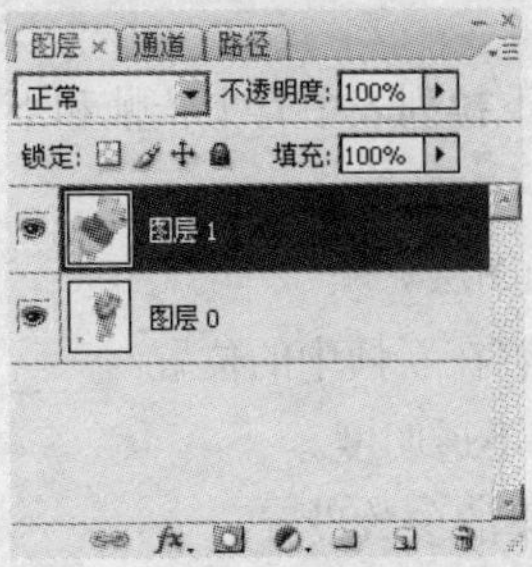

图 10.2.3　图层面板

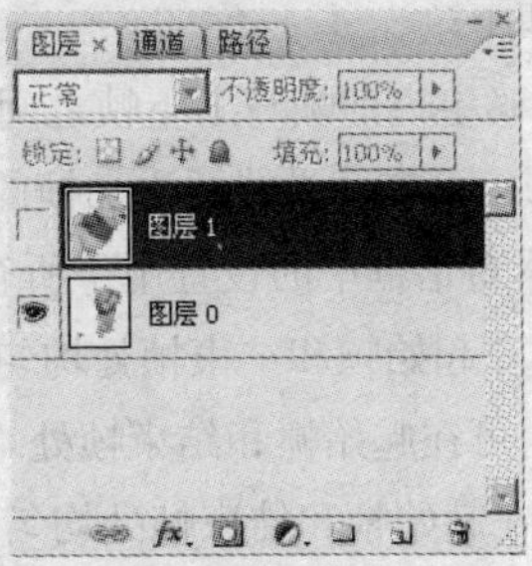

图 10.2.4　隐藏图层 1

（2）在动画面板中单击按钮新建帧，然后单击图层 1 左侧的方格，将图层 1 的图像显示出来，在动画面板中单击“播放”按钮，便可预览动画效果，如图 10.2.5 所示。

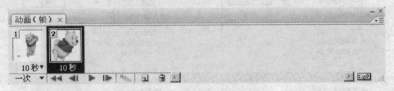

图 10.2.5　预览动画

10.2.2　拷贝和粘贴帧

“拷贝帧”和“粘贴帧”选项位于动画面板的快捷菜单中。拷贝帧就是复制图层的所有内容，包括位置和其他属性；粘贴帧就是将复制的图层设置应用到目标帧。选择“粘贴”命令后，会打开“粘贴帧”对话框，如图 10.2.6 所示。

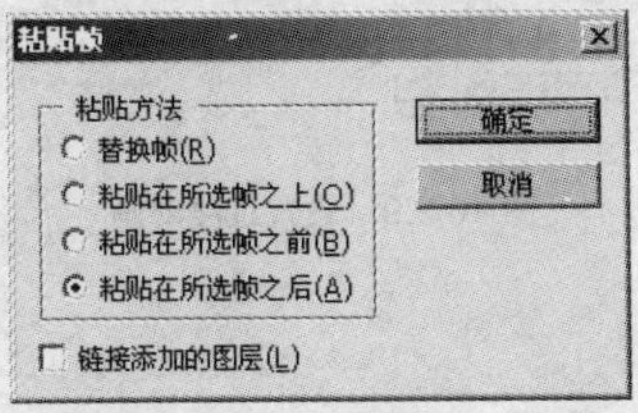

图 10.2.6　“粘贴帧”对话框

该对话框中各选项含义如下：

替换帧(R)：可用复制的帧替换所选的帧。如果是将一些帧粘贴在同一图像，则不会增加新图层；如果是在各个图像之间粘贴帧，则产生新图层。

粘贴在所选帧之上(O)：将粘贴的帧的内容作为新图层添加到图像中。

粘贴在所选帧之前(B)：在目标帧之前增加拷贝的帧。

粘贴在所选帧之后(A)：在目标帧之后添加拷贝的帧。

10.2.3 过渡帧

过渡帧是在两个已有帧之间自动添加或修改的一系列帧，它可以均匀地变化新帧之间的图层属性（位置、透明度或效果参数），以创建一系列连续的变化效果。必须在两个图层之间才可以创建过渡帧。在动画面板上单击“动画帧过渡”按钮，打开“过渡”对话框，如图 10.2.7 所示。该对话框中各选项含义如下：

过渡方式(T)：确定当前帧与上下帧之间的动画，在其下拉列表中有上一帧和下一帧等选项。

要添加的帧数(E)：可在此设置要添加帧的数量。

图层：确定本对话框中的设置用于所有图层还是所选图层。

☑位置(P)：可在起始帧和结束帧处均匀的改变图层内容在新帧中的位置。

☑不透明度(O)：可在起始帧和结束帧处均匀的改变新帧不透明度。

☑效果(E)：可在起始帧和结束帧处均匀的改变图层效果的参数设置。

在动画面板中已经创建了两个动画帧，将第一帧选中，单击“动画帧过渡”按钮，打开如图 10.2.8 所示的“过渡”对话框，在其中进行过渡帧的设置。

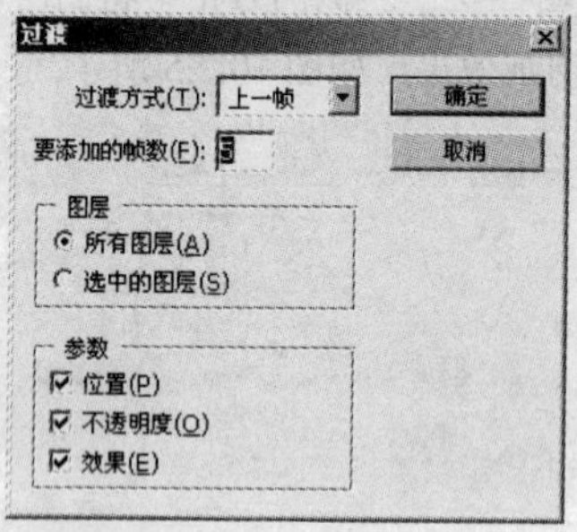

图 10.2.7 “过渡”对话框

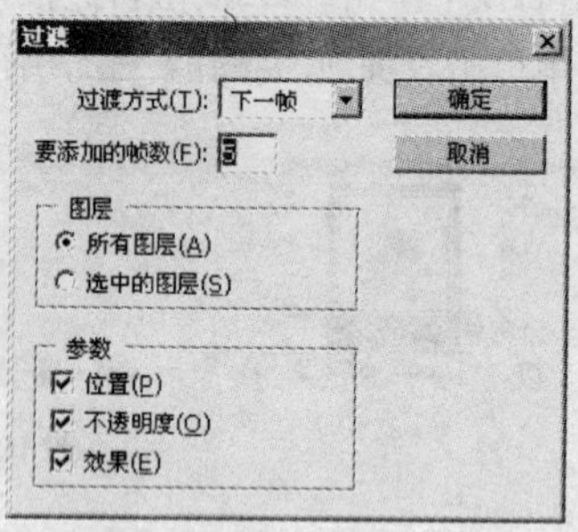

图 10.2.8 “过渡”对话框

单击 确定 按钮，在动画面板中添加了 5 个帧，产生了图像渐变动画，如图 10.2.9 所示。

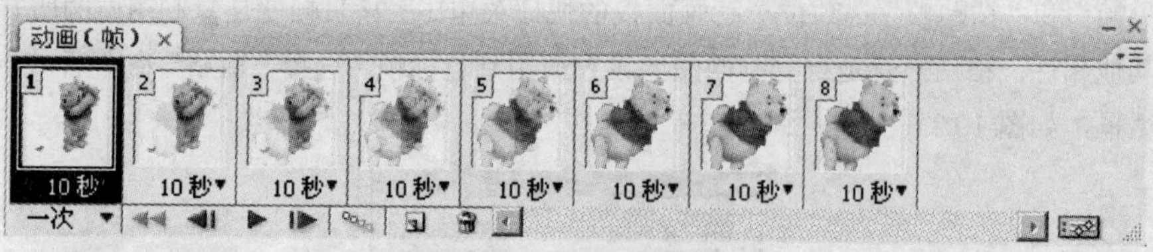

图 10.2.9 设置过渡动画

10.2.4 制定循环

在动画面板左下角选择一个循环方式，以指定动画序列在播放时重复的次数。

单击动画面板的左下角按钮 永远 ▼，在弹出的下拉菜单中选择需要的循环方式，如图 10.2.10 所示，下拉菜单中供选择的循环方式包括“一次”“永远”和“其他”。

一次：只播放一次就停止。

永远：表示动画可以一直执行下去。

其它...：可打开“设置循环次数”对话框，进行播放次数的设置，如图 10.2.11 所示。

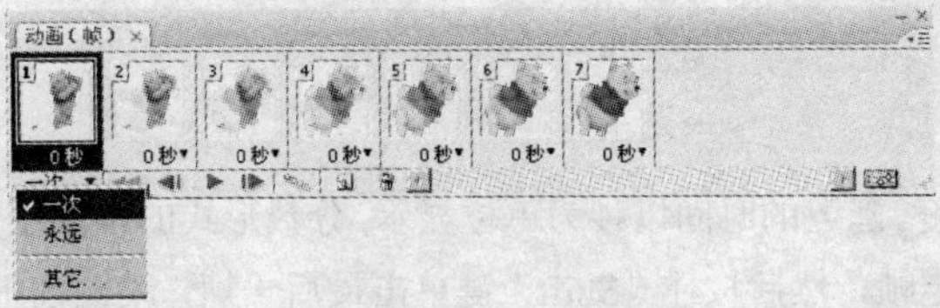

图 10.2.10 选择循环方式

图 10.2.11 “设置循环次数”对话框

10.2.5 重新排列和删除帧

在动画面板中可以反转连续帧的顺序，更改帧的位置，也可以删除所选的帧或整个动画。

1. 反转连续帧的顺序

单击动画面板右上方的小三角按钮 ▾≡，在弹出的快捷菜单中选择 反向帧 命令即可，如图 10.2.12 所示。

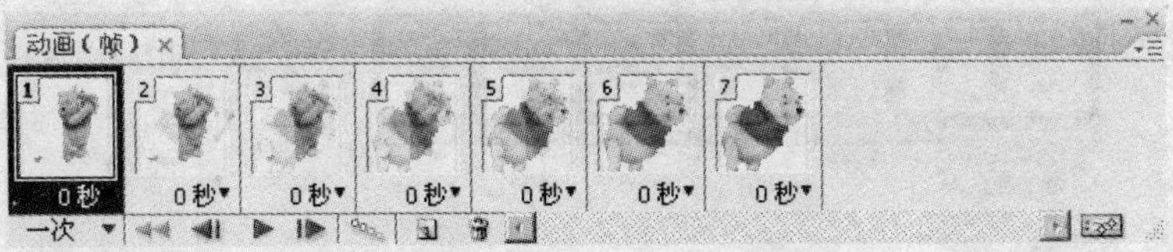

反向前

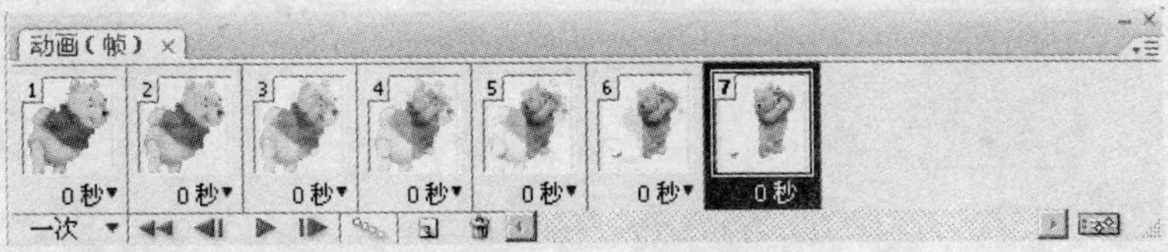

反向后

图 10.2.12 反转连续帧

2. 改变帧的位置

拖动要移动的帧到所需要的位置，释放鼠标即可将所选的帧移动到目标位置。

3. 删除帧

单击动画面板底部的“删除选定帧”按钮，在弹出的菜单中选择 删除单帧 命令，弹出如图 10.2.13 所示的询问对话框，单击 是(Y) 按钮，即可将选择的帧删除。

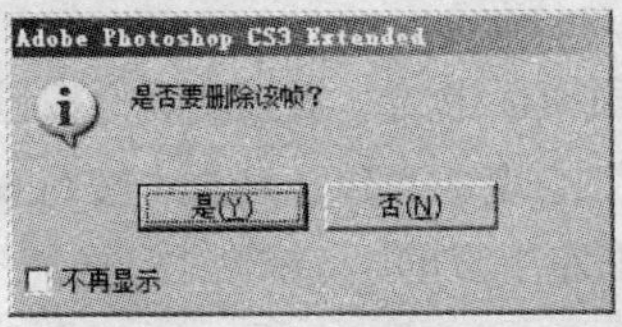

图 10.2.13 询问对话框

如要删除多个帧，可按住“Ctrl”键单击要删除的帧，然后单击按钮。

要删除连续位置的多个动画帧，可选择首帧，按住“Shift”键再选择最末一帧，然后单击按钮即可。

10.2.6 设置帧延迟时间

设置延迟时间可以控制动画运行的速度。延迟的时间以秒为单位显示，分数形式的秒以小数显示。

设置延迟时间的方法是：先选择要设定帧，然后按住“Shift”键单击最后一帧，动画面板中需要修改延迟时间的帧都被选中，如图 10.2.14 所示。

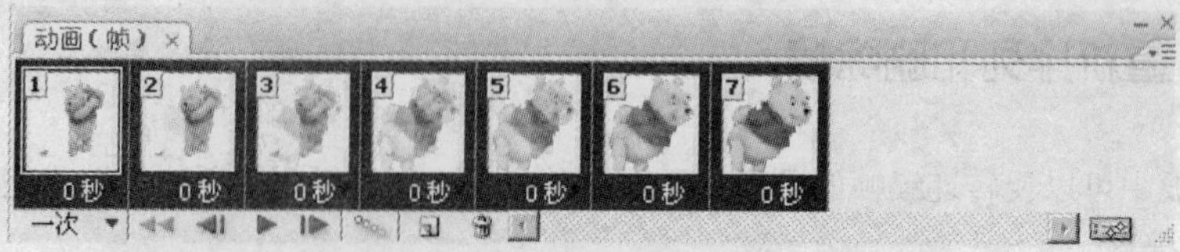

图 10.2.14 选择连续的帧

在动画面板中，单击帧下面的时间，将弹出其快捷菜单，如图 10.2.15 所示。

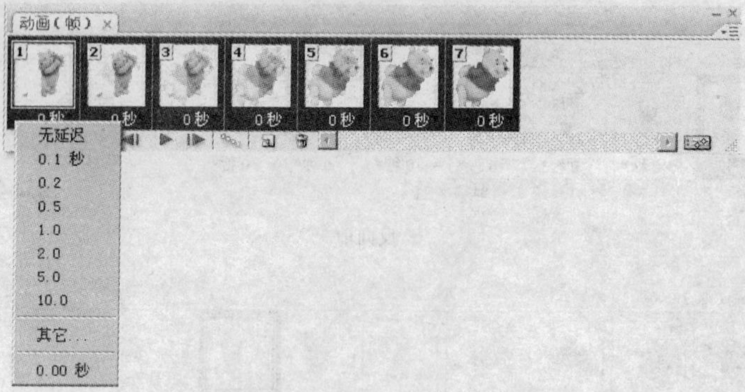

图 10.2.15 帧延迟时间菜单

在其中选择需要的时间，则所选中的帧延迟时间都更改为所要求的时间，如图 10.2.16 所示。

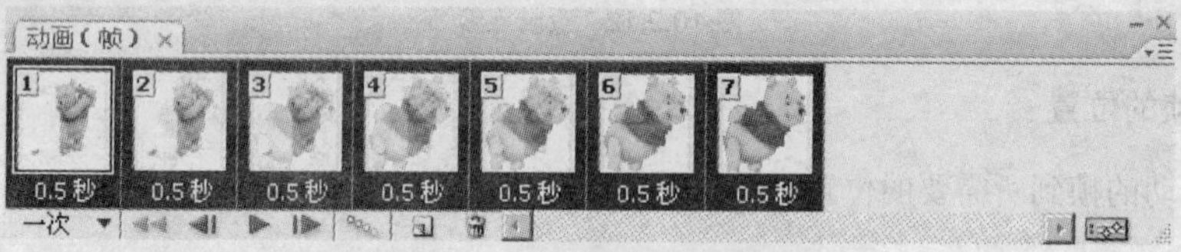

图 10.2.16 设置帧的延迟时间

10.2.7 预览动画

动画过渡设置完成后，单击动画面板中的“播放动画”按钮，可在文档窗口观看创建的动画效果。此时“播放动画”按钮会变成“停止动画”按钮，单击“停止动画”按钮，可以停止正在播放的动画。在对话框左下方的“选择循环选项”中可以选择播放的次数。

10.2.8 优化并存储动画

选择文件(F)→存储为 Web 和设备所用格式(D)...命令，打开存储为 Web 和设备所用格式(D)...对话框，在该对话框中可对图像进行优化设定，如图 10.2.17 所示。在该对话框中有 4 个不同的优化设置。

图 10.2.17 “存储为 Web 所用格式”对话框

原稿：原稿图像没有优化设置。

优化：图像执行当前的优化设置。

双联：观看两个不同优化版本的图像效果。

四联：观看 4 个不同优化版本的图像效果。

选择双联或四联视图时，Photoshop CS3 会根据图像的宽度和高度比例决定图像在视图中的排列方法，如 4 个图像或以垂直、水平或以 2×2 的布局排列。可以在“优化设置”中改变原有的优化设置。

优化设置图像的方法是：在双联或四联视图中选择一个视图，显示灰色方框表示选中，如图 10.2.18 所示。在“存储为 Web 所用格式”对话框中单击按钮，从弹出的菜单中选择重组视图命令可以对图像进行优化。Photoshop 基于选中的版本，产生较小的图像优化版本。

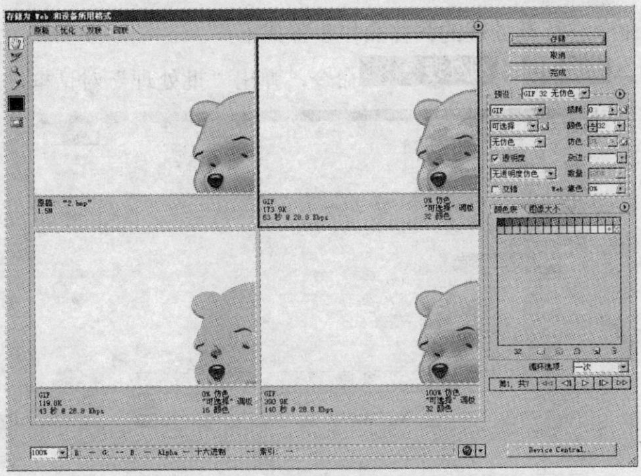

图 10.2.18 选择视图

可以将优化后的版本恢复到原始版本，方法是：在双联或四联视图中重新选择图像的一个优化版本，从预设:下拉菜单中选择原稿命令，如图 10.2.19 所示。

在“存储为 Web 所用格式”对话框中优化图像后，再在“预设”栏中选择“GIF”格式，然后单击存储按钮，即可将动画保存下来，在看图软件中可以浏览此动画。

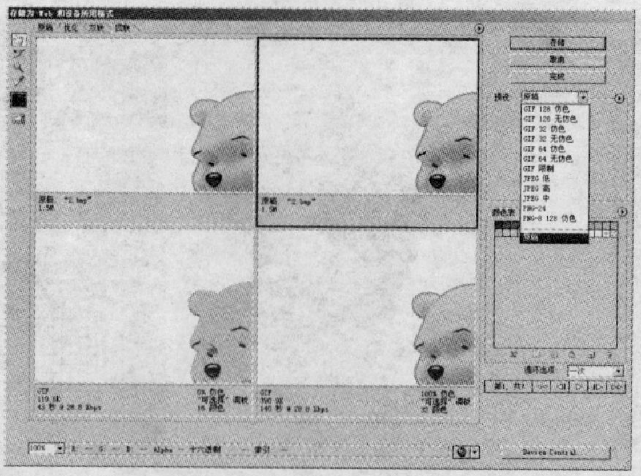

图 10.2.19　将优化版本恢复到原始版本

10.3　自动化处理

Photoshop CS3 软件提供的自动化命令可以十分轻松地完成大量的图像处理，从而减少工作时间，自动化工具被集成在文件(F)→自动(U)菜单中。

10.3.1　批处理

“批处理”命令非常实用，它根据设定可以对多个图像文件执行同一动作，实现操作的自动化，从而将一些繁琐的重复性的动作交给系统自动完成。这样既减少了工作量，也提高了工作效率。文件(F)→自动(U)→批处理(B)...是自动执行任务中最常用的一个命令，此命令能够对指定文件夹中的所有文件执行指定的动作。

应用“批处理”命令进行批处理的具体操作步骤如下：

（1）选择文件(F)→自动(U)→批处理(B)...命令，弹出“批处理”对话框，如图 10.3.1 所示。

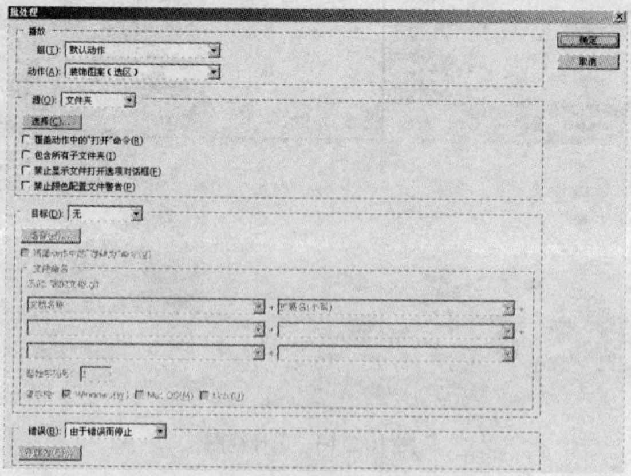

图 10.3.1　“批处理”对话框

（2）从“播放”选项区中的“组”和“动作”下拉列表中选择需要应用“组”和“动作”。

（3）从“源”选项下拉列表中选择要应用批处理的文件。

1）文件夹。此选项为默认选项，可以将批处理的运行范围指定为文件夹，选择此选项后必须单击“选取”按钮，在弹出“浏览文件夹”对话框中选择要执行批处理的文件夹。

2）导入。此选项用于对来自数码相机或扫描仪的图像输入和应用动作。

3）打开的文件。此选项用于对所有已打开的文件应用动作。

4）Bridge。此选项用于对显示与“文件浏览器”中的文件应用动作。

（4）选中 ☑ 覆盖动作中的“打开”命令(R) 复选框，动作中的“打开”命令将引用批处理的文件而不是动作中指定的文件名，选中此复选框将弹出“批处理”提示框，如图 10.3.2 所示。

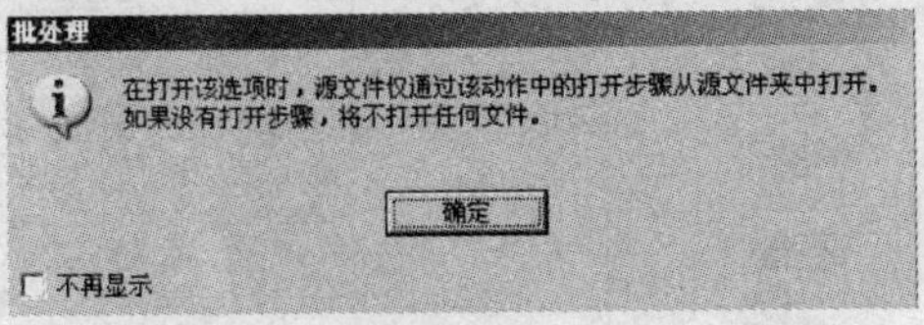

图 10.3.2　提示对话框

（5）选中 ☑ 包含所有子文件夹(I) 复选框，可以使动作能够同时处理指定文件夹中所有子文件夹包含的可用文件。

（6）选中 ☑ 禁止颜色配置文件警告(P) 复选框，将关闭颜色方案信息的显示。

（7）从“目标”下拉列表中选择批处理后文件放置的位置。

（8）选中 ☑ 覆盖动作中的“存储为”命令(V) 复选框，动作中的“存储为”命令将引用批处理的文件，而不是动作中指定的文件名和位置。

（9）如果在“目标”下拉列表中选择“文件夹”选项，则可以指定文件命名规范并选择处理文件兼容性选项。

（10）从“错误”下拉列表中选择处理错误的选项。

1）由于错误而停止。选择此选项，在动作执行过程中如果遇到错误将中止批处理，建议不选择此选项。

2）将错误记录到文件。选择此选项，并单击下面的“存储为”按钮，在弹出的“存储”对话框中输入文件名，可以将批处理运行过程中所遇到的每个错误记录并保存在一个文本文件中。

（11）设置完所有选项后单击“确定”按钮，则 Photoshop 开始自动执行指定的动作。

10.3.2　条件模式更改

应用“条件模式更改”命令，可以将当前选取的图像颜色模式转换成自定颜色模式。选择菜单栏中的 文件(F) → 自动(U) → 条件模式更改... 命令，弹出“条件模式更改”对话框，如图 10.3.3 所示。

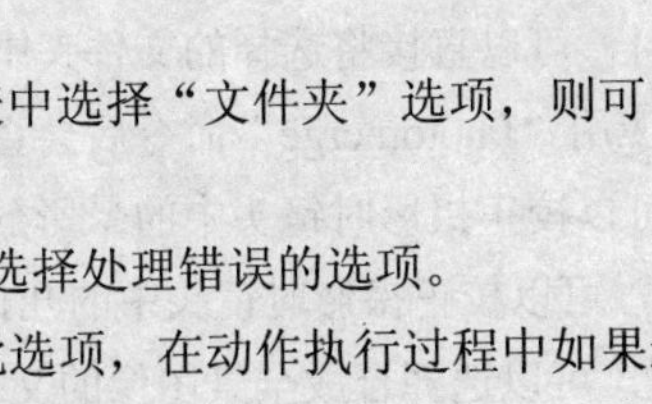

图 10.3.3　“条件模式更改”对话框

该对话框中的各选项功能介绍如下：

源模式：用来设置将要转换的颜色模式。

目标模式：转换后的颜色模式。

10.3.3 Photomerge

应用“Photomerge”命令可以将局部图像自动合成为全景照片，该功能与“自动对齐图层”命令相同。选择菜单栏中的 文件(F) → 自动(U) → Photomerge... 命令，将弹出“Photomerge”对话框，如图 10.3.4 所示。

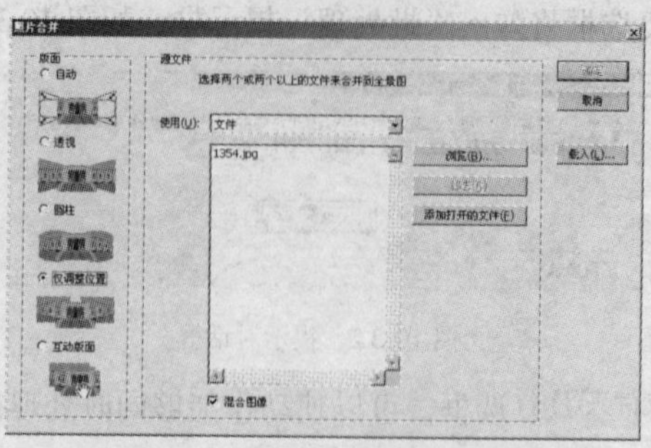

图 10.3.4 “Photomerge”对话框

该对话框中的各选项功能介绍如下：

版面：用来设置转换为前景图片时的模式。

源文件：在下拉菜单中可以选择文件和文件夹。选择文件时，可以直接将选择的两个以上的文件制作合并图像；选择文件夹时，可以直接将选择的文件夹中的文件制作成合并图像。

☑ 混合图像：选中此复选框，应用“Photomerge”命令后会直接套用混合图像蒙版。

☑ 晕影去除：选中此复选框，可以校正摄影时镜头中的晕影效果。

☑ 几何扭曲校正：选中此复选框，可以校正摄影时镜头中的几何扭曲效果。

浏览(B)...：单击此按钮，可以选择合成全景图像的文件或文件夹。

移去(R)：单击此按钮，可以删除列表中选择的文件。

添加打开的文件(F)：单击该按钮，可以将软件中打开的文件直接添加到列表中。

10.3.4 裁剪并修齐照片

“裁剪并修齐照片”命令可以将一次扫描的多幅图像分离出来，是一个非常实用且操作简单的自动化命令。打开需要处理的图像，选择菜单栏中的 文件(F) → 自动(U) → 裁剪并修齐照片 命令，即可自动对图像进行操作。

打开 4 幅图像，把各图像放在一个图层上，如图 10.3.5 所示，利用“裁剪并修齐照片”命令将各个图像分割为单独的文件，如图 10.3.6 所示。

图 10.3.5 裁剪前的文件

图 10.3.6 裁剪后生成单独的文件

10.3.5　限制图像

使用“限制图像”命令，可以将当前图像在不改变分辨率的情况下改变高度与宽度。选择菜单栏中的 文件(F) → 自动(U) → 限制图像... 命令，将弹出“限制图像”对话框，如图 10.3.7 所示。

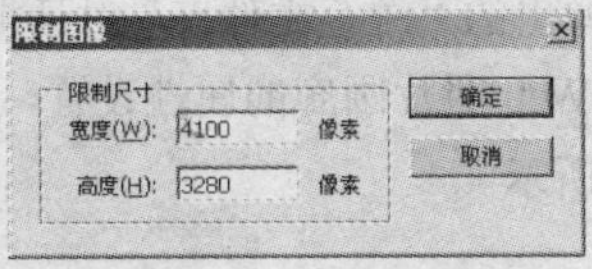

图 10.3.7　“限制图像”对话框

10.3.6　Web 照片画廊

使用 文件(F) → 自动(U) → Web 照片画廊... 命令，可以从一组图像中生成一个用于展示图像的小型网站，其中包括一个用于浏览缩览图的主页和若干个包含完整图片的分页面，每一页面都包含有相互间的跳转链接。对于非专业人士而言，这是一个非常简单而又实用的网站生成命令。

下面以一个实例讲解利用“Web 照片画廊”命令创建 Web 照片画廊的操作步骤。

（1）在“资源管理器”中将要创建为 Web 照片画廊的图像复制到某一个文件夹中，在此将示例用的图像复制到了“Web 照片画廊”文件夹中，如图 10.3.8 所示。

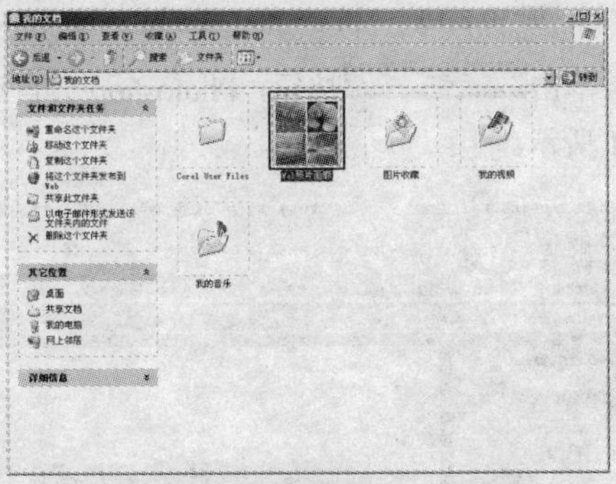

图 10.3.8　创建“Web 照片画廊”图库

（2）选择 文件(F) → 自动(U) → Web 照片画廊... 命令，将弹出“Web 照片画廊”对话框，如图 10.3.9 所示。

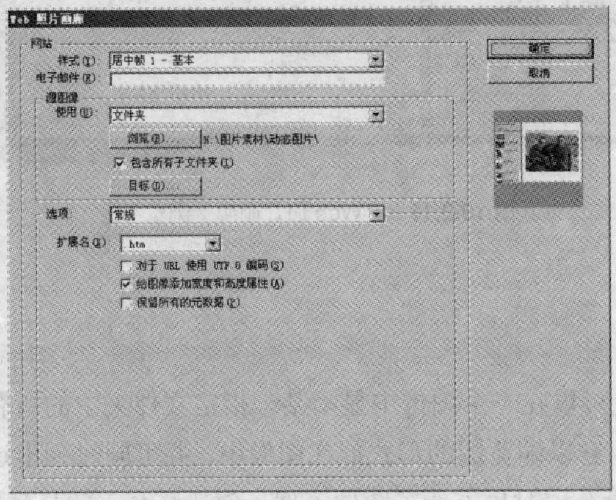

图 10.3.9　“Web 照片画廊”对话框

（3）在“样式”下拉列表中选择 Photoshop 预设的画廊样式。

（4）单击 浏览(B)... 按钮，在弹出的“浏览文件夹”对话框中选择如图 10.3.8 所示的文件夹，单击 确定 按钮。

（5）选中 ☑ 包含所有子文件夹(I) 复选框，以使 Web 照片画廊中包含所选文件夹的子文件夹中的图像。

（6）单击 目标(D)... 按钮，在弹出的“浏览文件夹”对话框中选择一个用于保存网站的文件夹。

（7）在“选项”选项区中选择 Web 照片画廊的属性设置，其中比较重要的是“横幅”与“缩览图”选项，其选项界面如图 10.3.10 所示。

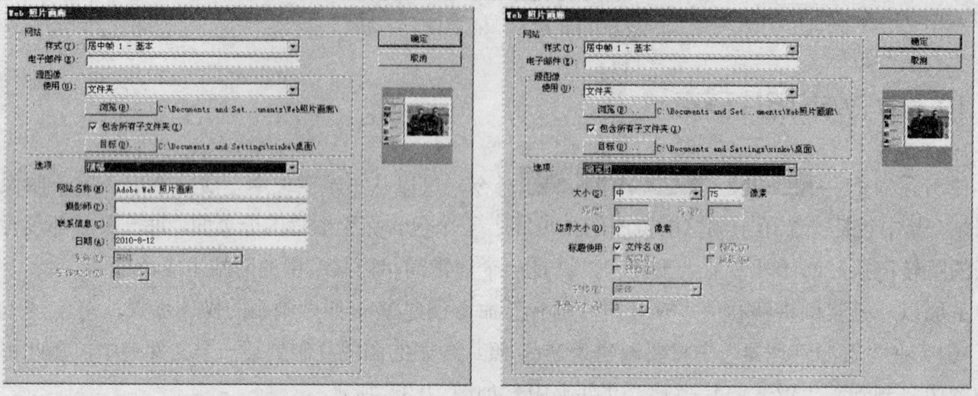

图 10.3.10 “横幅”和“缩览图”设置

（8）设置完所有参数后，单击 确定 按钮，Photoshop 会自动生成并打开“Web 照片画廊”的“主页”文件，如图 10.3.11 所示。

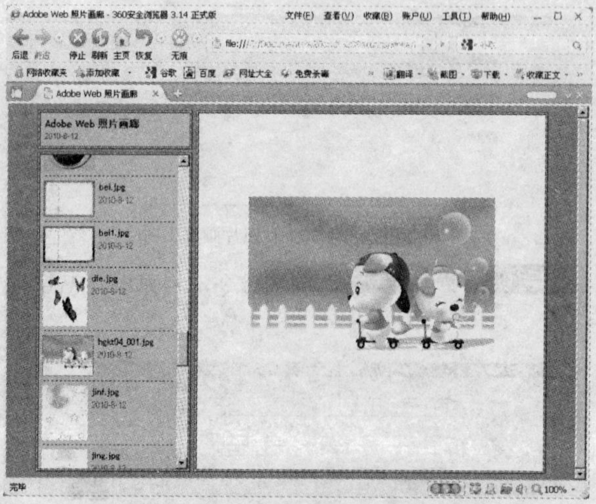

图 10.3.11 “Web 照片画廊”浏览文件

10.3.7 联系表

使用“联系表 II”命令可以在一个图像中显示某一指定文件夹中的所有图像的缩览图，以便于预览图像或将图像编为目录。它以缩览图的形式放在图像中，并可同时列出这些图像的文件名称。这样可以大大节省排版的工作量，同时也方便了图像管理。创建联系表的具体操作步骤如下：

（1）单击 文件(F) → 自动(U) → 联系表 II... 命令，将会弹出“联系表Ⅱ”对话框，如图 10.3.12 所示。

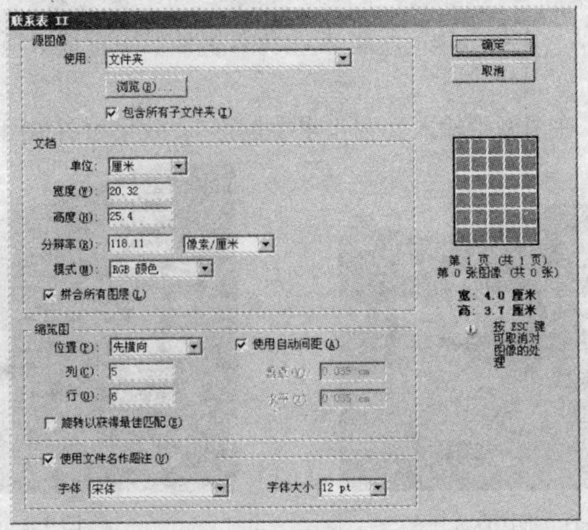

图 10.3.12　“联系表Ⅱ”对话框

（2）在“源图像”选项组中设定图像来源的文件夹，单击 浏览(B)... 按钮，在弹出的“浏览文件夹”对话框中选择要创建成联系表的文件夹。

（3）选中 ☑ 包含所有子文件夹(I) 复选框，将包含所有子文件夹内的图像。

（4）在“文档”选项区可以设置联系表的尺寸、分辨率和颜色模式等。

（5）选中 ☑ 拼合所有图层(L) 复选框，使所有图像和文本都位于一个图层并创建联系表。如果取消选中此复选框，联系表的每个图像将位于一个单独的图层上，每个题注文字位于一个单独的文本图层上。

（6）在“缩览图”选项区设置联系表的排列版面。

（7）选中 ☑ 使用文件名作题注(U) 复选框，将用图像原来的文件名标注缩览图，并可以设置题注的“字体”和“字体大小”。

（8）设置完选项后，单击 确定 按钮，Photoshop 会自动创建一个联系表。

10.4　课堂实训——制作文字效果

本节综合运用所学的动作制作文字效果，最终效果如图 10.4.1 所示。

图 10.4.1　最终效果图

操作步骤

（1）按“Ctrl+O”键，打开一个如图 10.4.2 所示的图像文件。

（2）单击工具箱中的“文本工具”按钮 T，在其属性栏中设置字体为“长城新艺体”、字号为“36”、颜色为“红色”。

（3）设置好参数后，在图像中输入文本“水中倒影”，效果如图 10.4.3 所示。

图 10.4.2　打开的图像文件

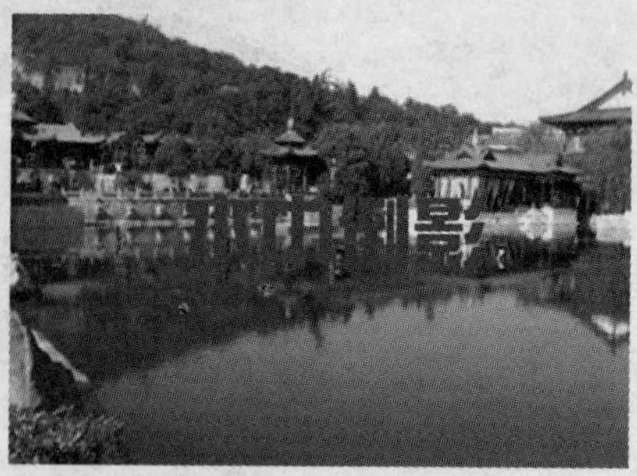

图 10.4.3　输入文字

（4）单击图层面板底部的“添加图层样式”按钮 fx，弹出“图层样式”对话框，设置其对话框参数如图 10.4.4 所示。

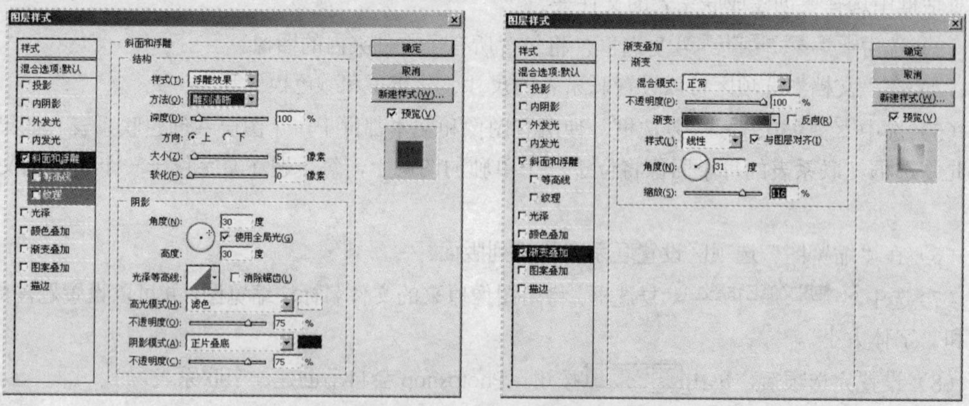

图 10.4.4　设置“斜面和浮雕”与“渐变叠加”选项

（5）设置好参数后，单击 确定 按钮，效果如图 10.4.5 所示。

（6）在动作面板菜单中选择 文字效果 选项，然后在纹理动作库中选择 水中倒影（文字） 动作，在动作面板底部单击“播放选定的动作”按钮 ▶，即可得到如图 10.4.6 所示效果。

图 10.4.5　添加图层样式效果

图 10.4.6　应用动作效果

（7）使用移动工具将倒影文字向下移动一定的距离，最终效果如图 10.4.1 所示。

本章小结

本章主要介绍了动作、动画的使用以及自动化处理工具。通过本章的学习，可使读者学会使用动作与动画制作出简单的动画效果，并能使用自动化工具处理图像，以提高图像编辑的效率。

操作练习

一、填空题

1．__________是对同一个文件夹中的所有文件进行成批次的动作处理。

2．__________是 Photoshop 中非常重要的一个功能，它可以详细记录处理图像的全过程。

3．动画是在一段时间内显示的系列__________或__________。

4．Photoshop CS3 软件提供的__________命令可以十分轻松地完成大量的图像处理过程，从而减少工作时间。

二、选择题

1．按快捷键（　）可以调出动作面板。

（A）F7　　（B）F8

（C）F9　　（D）F10

2．在动作面板中，如果对话框切换开关呈（　）状态，表明该动作中只有部分动作是选择的，有部分并没有选择。

（A）黑色对话框　　（B）没有任何图标

（C）红色对话框图标　　（D）带有符号的图标

3．在动画面板中，单击按钮，可创建（　）。

（A）过渡帧　　（B）动画

（C）删除当前帧　　（D）淡化图像

4．用 Photoshop 制作动画时最多可以使动画循环（　）次。

（A）不能循环　　（B）一次

（C）三次　　（D）永远

5．下列选项中，不属于自动化任务操作的是（　）。

（A）批处理操作　　（B）创建联系表

（C）条件模式转换　　（D）图像大小调整

三、简答题

1．简述如何在 Photoshop CS3 中管理动作。

2．简述优化和存储动画的方法。

四、上机操作题

1．根据本章所学的知识，制作一个简单的动画效果。

2．练习使用自动化处理工具对 6 张照片进行裁剪并修齐操作。

第 11 章　综 合 案 例

为了更好地了解并掌握 Photoshop CS3 的应用，本章准备了一些具有代表性的综合案例。所举案例由浅入深地贯穿本书的知识点，通过生动、精美和具有代表性的案例，使读者能够深入了解 Photoshop CS3 的相关功能和具体应用。

知识要点

- 室内效果图后期处理
- 名片设计
- 灯箱广告设计
- 食品包装设计

案例 1　室内效果图后期处理

案例内容

本例主要利用所学的知识对室内效果图进行后期处理，最终效果如图 11.1.1 所示。

图 11.1.1　最终效果图

设计思路

在制作过程中，将用到橡皮擦工具、减淡工具、钢笔工具、快速选择工具、移动工具、画笔工具、曲线命令、变换功能以及图层样式命令等。

操作步骤

（1）按“Ctrl+O”键，打开一个客厅图像文件，如图 11.1.2 所示。

（2）按“Ctrl+M”键，弹出“曲线”对话框，设置其对话框参数如图 11.1.3 所示。

图 11.1.2　打开的图像

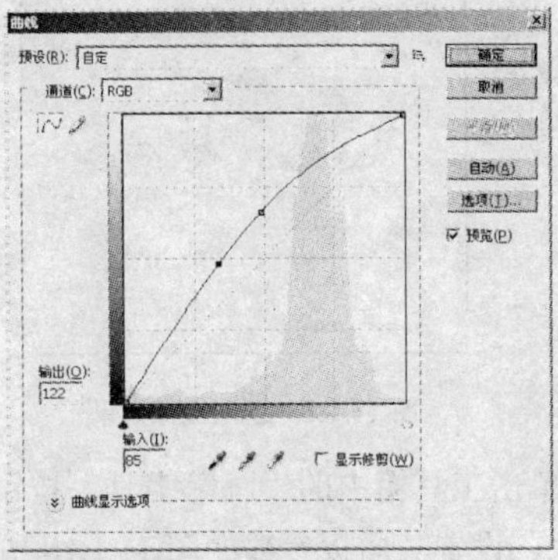

图 11.1.3　“曲线”对话框

（3）设置完成后，单击 确定 按钮，效果如图 11.1.4 所示。

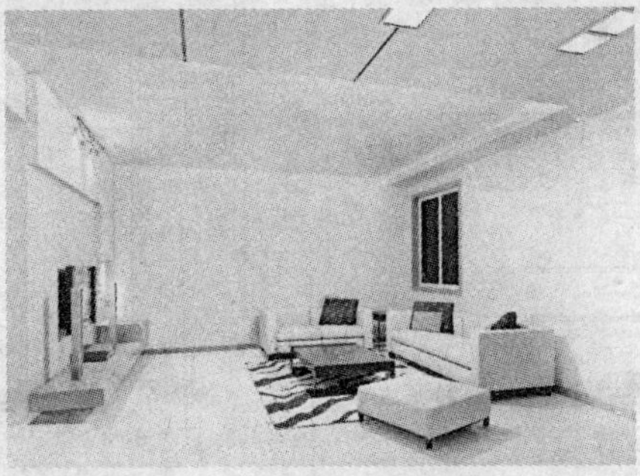

图 11.1.4　调整图像颜色效果

（4）单击工具箱中的“减淡工具”按钮，设置其属性栏参数如图 11.1.5 所示。

图 11.1.5　“减淡工具”属性栏

（5）设置好参数后，在图像的边缘和中心位置分别进行适当的减淡处理，绘制出光效，效果如图 11.1.6 所示。

（6）按“Ctrl+O”键，打开一个吊灯图像文件，如图 11.1.7 所示。

图 11.1.6　减淡处理后的效果

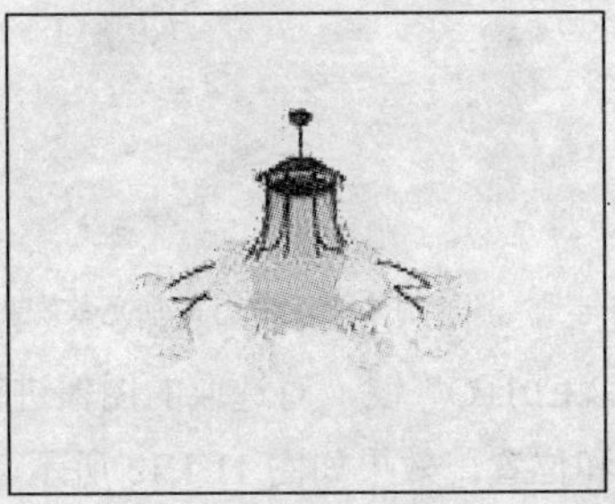

图 11.1.7　打开的图像

（7）单击工具箱中的“钢笔工具”按钮，抠出图像中的吊灯部分，效果如图 11.1.8 所示。

（8）单击工具箱中的“移动工具”按钮，将打开的吊灯图像拖曳到客厅图像中，并调整其大小及位置，效果如图 11.1.9 所示。

图 11.1.8　选取图像效果

图 11.1.9　调整图像的大小及位置

（9）单击工具箱中的“画笔工具”按钮，在其属性栏中单击“切换画笔面板”按钮，弹出画笔面板，设置其面板参数如图 11.1.10 所示。

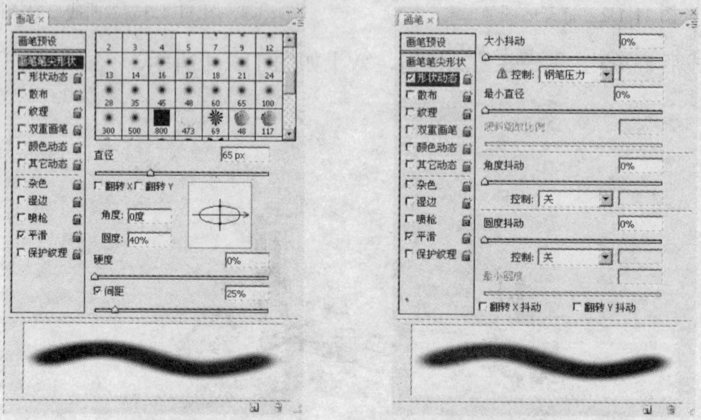

图 11.1.10　设置画笔的形状和大小

（10）设置好参数后，在房子顶棚的吊灯处单击为其添加光晕，效果如图 11.1.11 所示。

（11）打开一幅花瓶图像，单击工具箱中的“快速选择工具”按钮，选取图像中的白色区域，然后按“Ctrl+Shift+I”键反选选区，效果如图 11.1.12 所示。

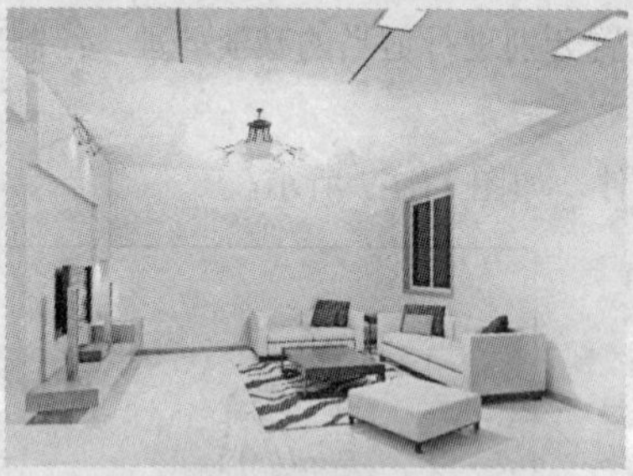

图 11.1.11　为吊灯添加光晕效果

图 11.1.12　选取图像效果

（12）按“Ctrl+C”键，对选取的图像进行复制，然后按“Ctrl+V”键将其粘贴到客厅图像中，并调整其大小和位置，效果如图 11.1.13 所示。

（13）打开一幅椅子图像，重复步骤（11）和（12）的操作，将其移动到卧室图像中，效果如图 11.1.14 所示。

（14）选择 图像(I) → 调整(A) → 亮度/对比度(C)... 命令，弹出“亮度/对比度”对话框，设置其对话框参数如图 11.1.15 所示。

（15）设置完成后，单击 确定 按钮，效果如图 11.1.16 所示。

图 11.1.13　调整图像的大小及位置

图 11.1.14　复制并调整椅子图像效果

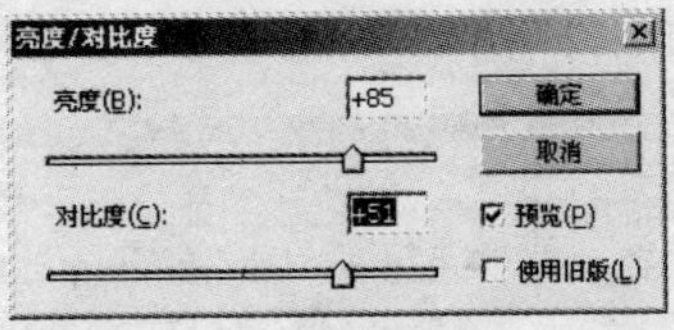

图 11.1.15　“亮度/对比度”对话框

图 11.1.16　调整图像亮度/对比度效果

（16）按“Ctrl+O”键，打开一幅装饰品图像，重复步骤（11）和（12）的操作，将其移动到客厅图像中，效果如图 11.1.17 所示。

（17）单击工具箱中“橡皮擦工具”按钮，设置其面板参数如图 11.1.18 所示。

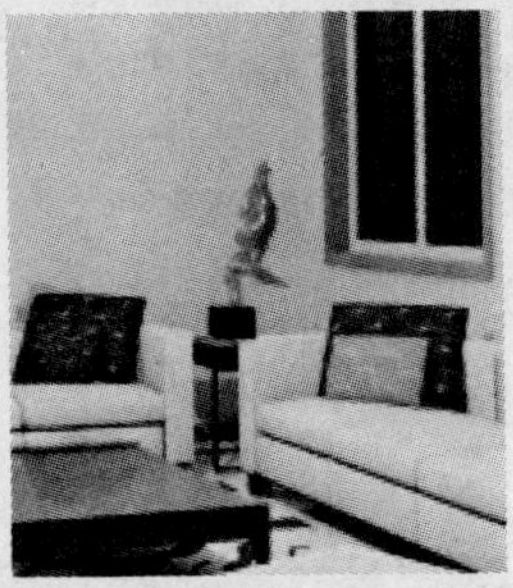

图 11.1.17　复制并调整装饰品图像效果

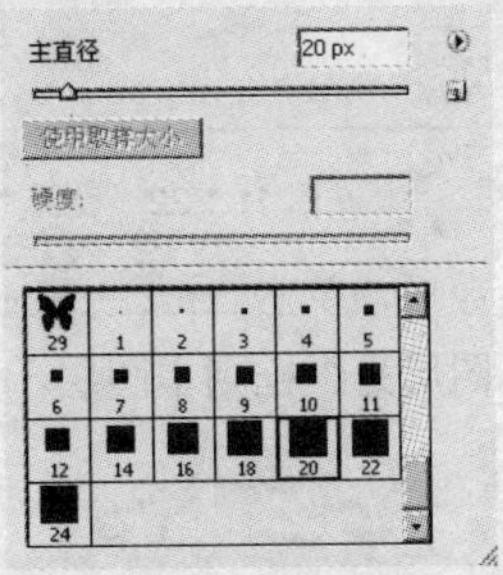

图 11.1.18　设置橡皮擦大小及形状

（18）设置好参数后，在卧室图像中拖曳鼠标，擦除图像中多余的部分，效果如图 11.1.19 所示。

（19）打开一幅盆景图像，重复步骤（11）和（12）的操作，将其移动到客厅图像中，效果如图 11.1.20 所示。

图 11.1.19　擦除图像效果

图 11.1.20　复制并调整盆景图像效果

（20）按“Ctrl+O”键，打开一幅画框图像，重复步骤（7 和（8）的操作，将其移动到如图 11.1.21 所示的位置。

图 11.1.21　复制并调整画框图像效果

（21）选择 图层(L) → 图层样式(Y) → 投影(D)... 命令，弹出“图层样式”对话框，分别在其对话框中设置“投影”选项和“光泽”选项的参数，如图 11.1.22 所示。

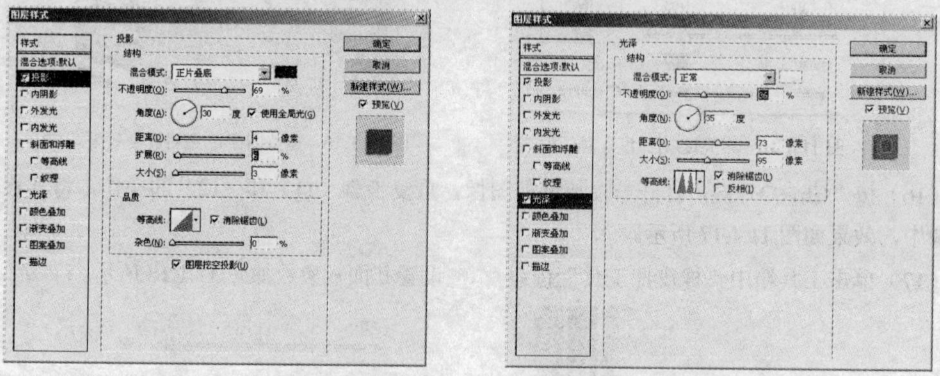

图 11.1.22　设置“投影”选项和“光泽”选项的参数

（22）设置好参数后，单击 确定 按钮，效果如图 11.1.23 所示。

（23）复制画框图层为画框副本图层，使用移动工具将其移至如图 11.1.24 所示的位置。

图 11.1.23　为图像添加图层样式效果

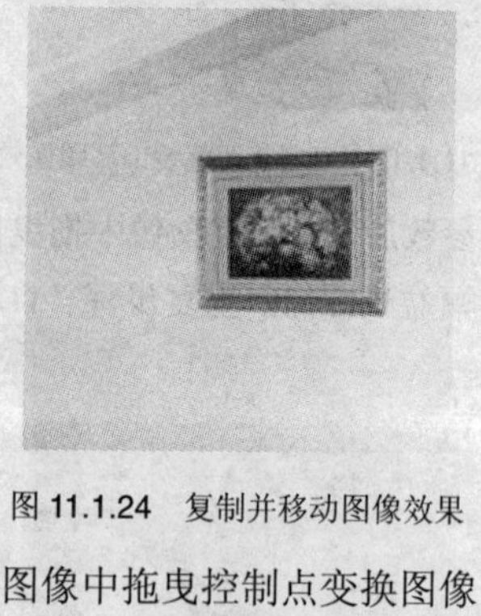

图 11.1.24　复制并移动图像效果

（24）选择 编辑(E) → 变换 → 透视(P) 命令，在图像中拖曳控制点变换图像，效果如图 11.1.25 所示。

（25）打开一幅盆景图像，单击工具箱中的“快速选择工具”按钮，选取图像中的内容，如图 11.1.26 所示。

（26）单击工具箱中的“移动工具”按钮，将选取的盆景图像拖曳到卧室图像中，按“Ctrl+T”键调整其大小及位置，效果如图 11.1.27 所示。

图 11.1.25 变换图像效果

图 11.1.26 选取图像效果

（27）按"Ctrl+O"键，打开一幅小猫图像，如图 11.1.28 所示。

图 11.1.27 复制并调整盆景图像

图 11.1.28 打开的图像

（28）单击工具箱中"橡皮擦工具"按钮，擦除图像中多余的部分，然后重复步骤（25）的操作，选取图像中的内容，效果如图 11.1.29 所示。

（29）使用移动工具将其拖曳到客厅图像中，并调整其大小及位置，效果如图 11.1.30 所示。

图 11.1.29 擦除并选取小猫图像

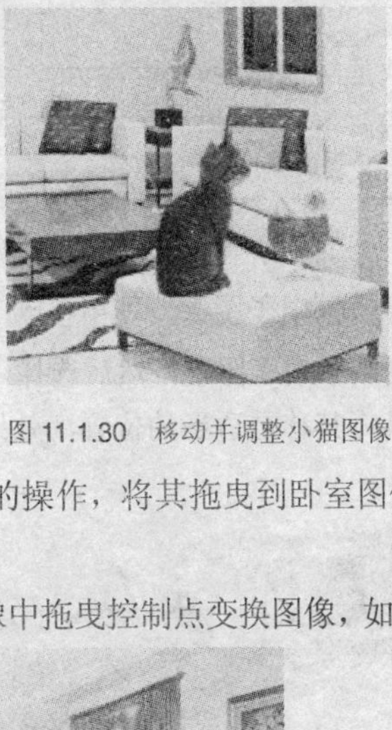

图 11.1.30 移动并调整小猫图像

（30）打开一幅窗帘图像，重复步骤（28）和（29）的操作，将其拖曳到卧室图像中，效果如图 11.1.31 所示。

（31）选择 编辑(E) → 变换 → 斜切(K) 命令，在图像中拖曳控制点变换图像，如图 11.1.32 所示。

图 11.1.31 擦除并移动窗帘图像

图 11.1.32 变换图像效果

（32）单击工具箱中“橡皮擦工具”按钮，在图像中进行擦除，将窗帘底部的沙发部分显示出来，效果如图 11.1.33 所示。

（33）打开一幅底部带有褶皱的窗帘，然后选取窗帘底部的褶皱部分，使用移动工具将其拖曳到客厅图像中，按“Ctrl+T”键调整其大小及位置，效果如图 11.1.34 所示。

图 11.1.33　擦除并移动窗帘图像

图 11.1.34　复制并调整图像效果

（34）按“Ctrl+M”键，弹出“曲线”对话框，设置其对话框参数如图 11.1.35 所示。

（35）设置完成后，单击 确定 按钮，效果如图 11.1.36 所示。

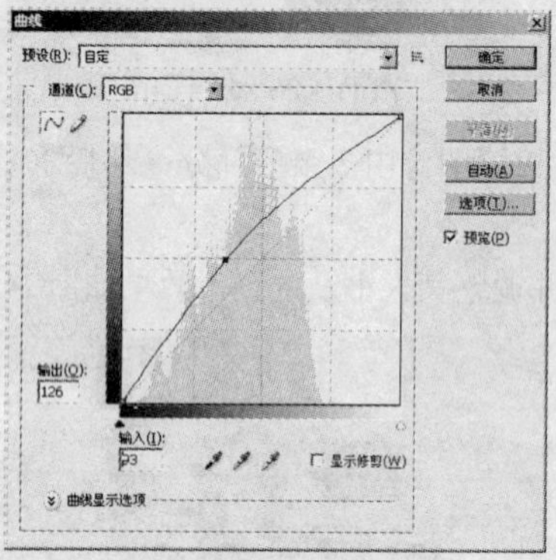

图 11.1.35　“曲线”对话框

图 11.1.36　调整图像颜色效果

（36）打开一幅扇子图像，使用移动工具将其移至如图 11.1.37 所示的位置。

（37）复制一个扇子图层，然后选择 编辑(E) → 变换 → 水平翻转(H) 命令，对其进行水平翻转，再使用移动工具将其移至适当的位置，效果如图 11.1.38 所示。

图 11.1.37　复制并移动扇子图像

图 11.1.38　扇子水平翻转效果

（38）打开一幅笔记本电脑图像，使用移动工具将其拖曳到客厅图像中，重复步骤（24）的操作，对其进行透视变形，效果如图 11.1.39 所示。

（39）按“Ctrl+O”键，打开一幅树叶图像，使用移动工具将其拖曳客厅图像中，效果如图 11.1.40 所示。

图 11.1.39　复制并变换笔记本电脑图像效果

图 11.1.40　复制并调整树叶图像

（40）选择 图像(I) → 调整(A) → 阴影/高光(W)... 命令，弹出“阴影/高光”对话框，设置其对话框参数如图 11.1.41 所示。

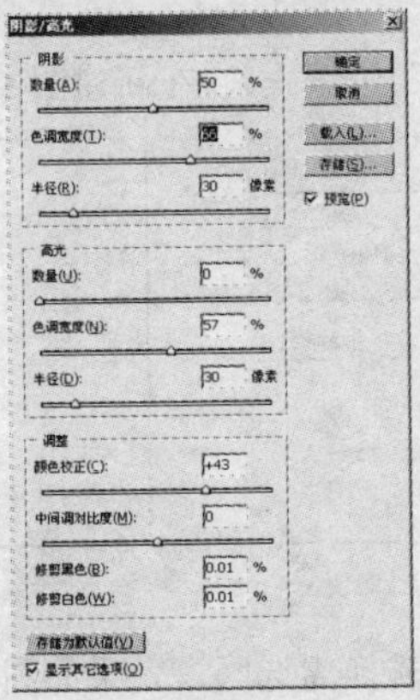

图 11.1.41　“阴影/高光”对话框

（41）设置好参数后，单击 确定 按钮，最终效果如图 11.1.1 所示。

案例 2　名 片 设 计

案例内容

本例主要利用所学的知识设计名片，最终效果如图 11.2.1 所示。

图 11.2.1　最终效果图

设计思路

在制作过程中，将用到钢笔工具、文本工具、直线工具、渐变工具、盖印图层以及羽化命令等。

操作步骤

（1）按“Ctrl+N”键，弹出“新建”对话框，设置其对话框参数如图 11.2.2 所示。设置完成后，单击 确定 按钮，即可新建一个图像文件。

（2）新建图层 1，单击工具箱中的“矩形选框工具”按钮，在新建图像中绘制一个 9.0cm×5.5cm 的矩形选区，并将其填充为白色。

（3）单击工具箱中的“钢笔工具”按钮，在新建图像中绘制一个如图 11.2.3 所示的路径。

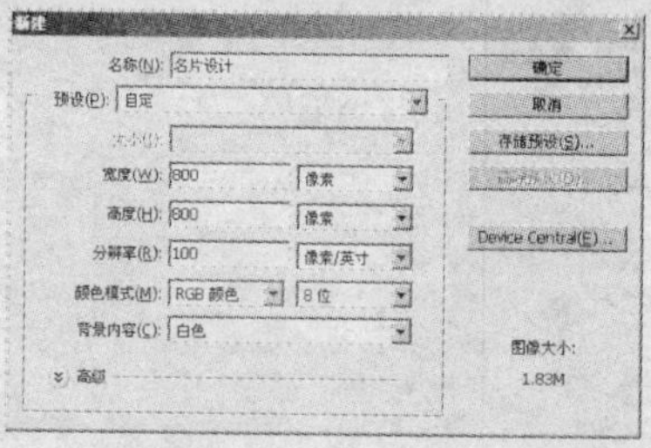

图 11.2.2 “新建”对话框

图 11.2.3 绘制路径

（4）按“Ctrl+Enter”键，将路径转换为选区，效果如图 11.2.4 所示。

（5）单击工具箱中的“渐变工具”按钮，在其属性栏中双击下拉列表，弹出“渐变编辑器”对话框，设置其对话框参数如图 11.2.5 所示。

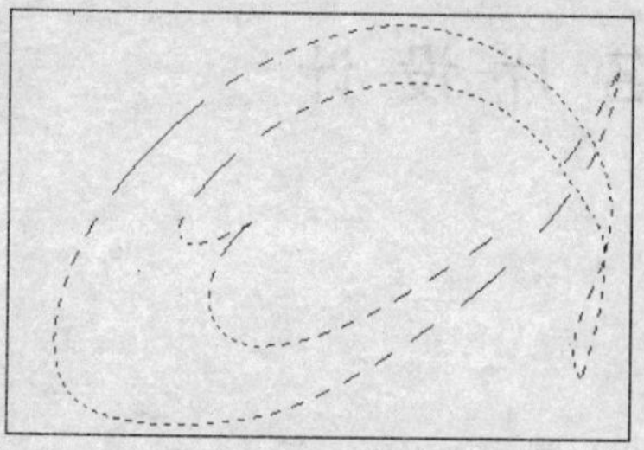

图 11.2.4 将路径转换为选区

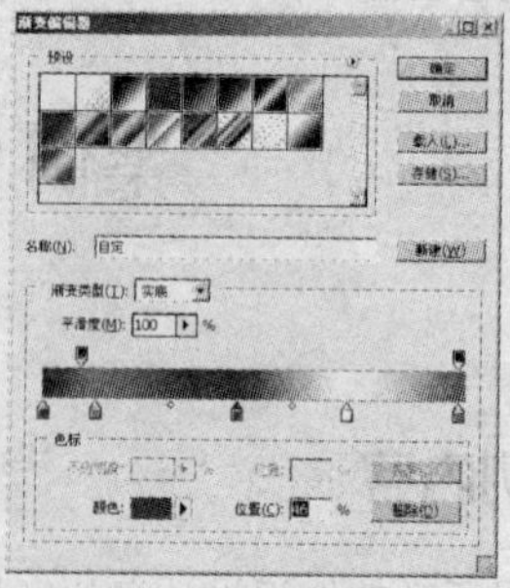

图 11.2.5 “渐变编辑器”对话框

（6）设置好参数后，单击 确定 按钮，在新建图像中从左上角向右下角拖曳鼠标填充渐变，按“Ctrl+D”键取消选区，效果如图 11.2.6 所示。

图 11.2.6 渐变填充效果

（7）单击工具箱中的“文本工具”按钮 T，设置其属性栏参数如图 11.2.7 所示。

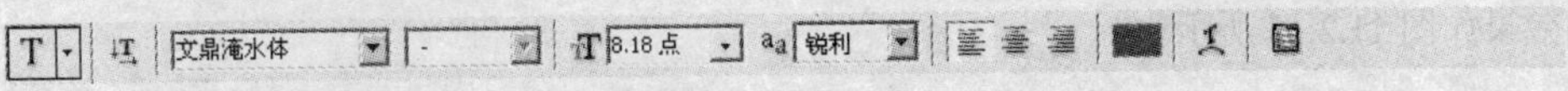

图 11.2.7　“文本工具”属性栏

（8）设置好参数后，在新建图像中输入文本“国香茶叶”，效果如图 11.2.8 所示。

（9）在按住“Shift”键的同时选中图层 1 和文本图层，然后单击图层面板中的“链接图层”按钮，即可链接两个图层，如图 11.2.9 所示。

图 11.2.8　输入文本

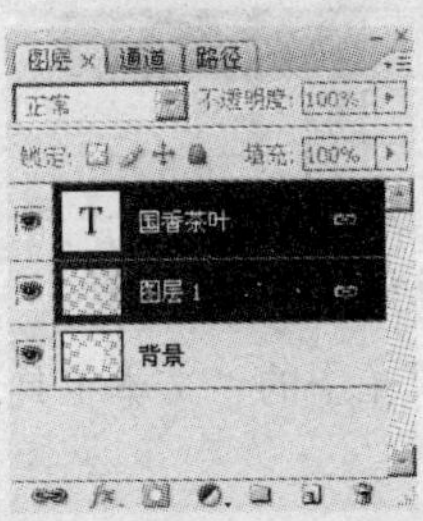

图 11.2.9　链接图层

（10）单击工具箱中的“移动工具”按钮，将其置于如图 11.2.10 所示的位置。

（11）复制图层 1 为图层 1 副本，按“Ctrl+T”键，调整其大小及位置。

（12）将图层 1 副本作为当前可编辑图层，按住“Ctrl”键的同时单击图层面板中的图层 1 副本缩览图，将其载入选区。

（13）选择 选择(S) → 修改(M) → 羽化(F)... 命令，弹出“羽化选区”对话框，设置其对话框参数如图 11.2.11 所示。设置好参数后，单击 确定 按钮。

图 11.2.10　调整图像大小及位置

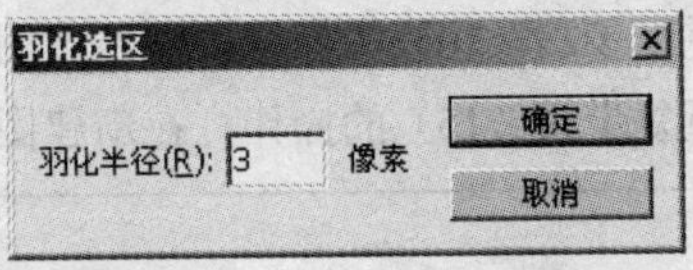

图 11.2.11　“羽化选区”对话框

（14）重复步骤（5）和（6）的操作，对其进行渐变填充，设置其对话框参数如图 11.2.12 所示，填充效果如图 11.2.13 所示。

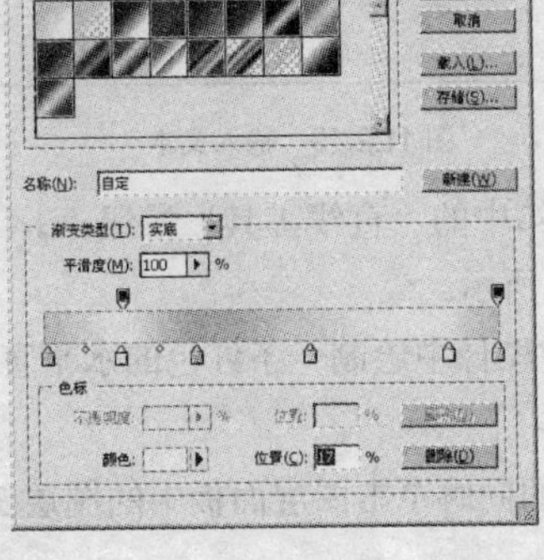

图 11.2.12　“渐变编辑器”对话框

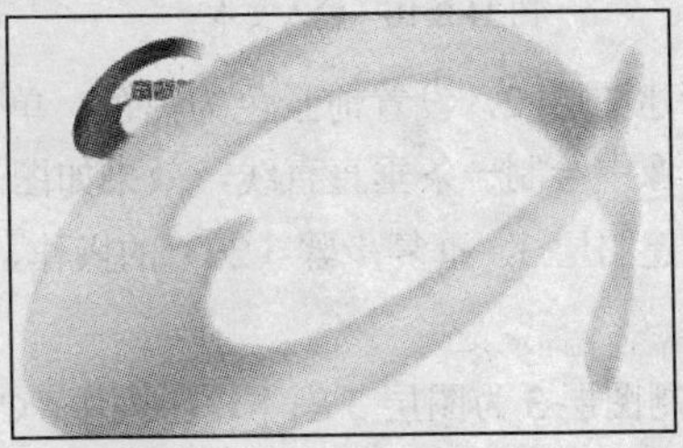

图 11.2.13　填充选区

（15）在图层面板中将图层 1 副本拖曳到图层 1 下方，并设置图层面板参数如图 11.2.14 所示，得到的效果如图 11.2.15 所示。

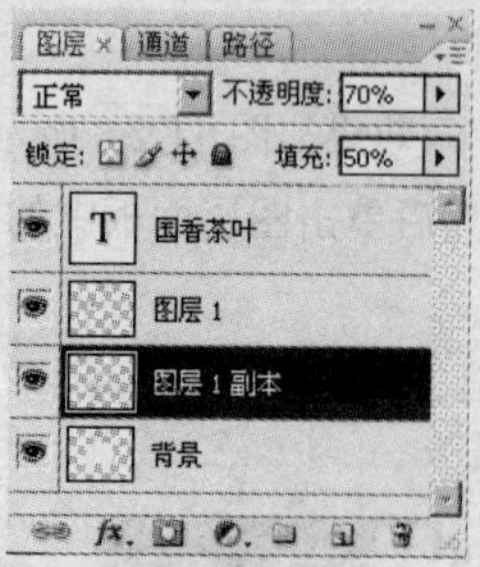

图 11.2.14　图层面板

图 11.2.15　调整图层效果

（16）单击工具箱中的“文本工具”按钮 T，在其属性栏中分别设置字体与字号，输入的效果如图 11.2.16 所示。

（17）重复步骤（16）的操作，在新建图像中输入文本“志”，并使用移动工具将其移至如图 11.2.17 所示的位置。

图 11.2.16　输入文本

图 11.2.17　输入并调整文本位置

（18）重复步骤（16）的操作，在新建图像中输入文本“颖”，效果如图 11.2.18 所示。

（19）重复步骤（16）的操作，在新建图像中输入文本“销售总监”，效果如图 11.2.19 所示。

图 11.2.18　输入文本

图 11.2.19　输入文本

（20）新建图层 2，设置前景色为黑色，单击工具箱中的“直线工具”按钮，按住“Shift”键，在新建图像中绘制一条垂直直线，效果如图 11.2.20 所示。

（21）新建图层 3，重复步骤（20）的操作，在新建图像中绘制一条红色的水平直线，效果如图 11.2.21 所示。

（22）复制图层 3 为图层 3 副本，在按住“Ctrl”键的同时单击图层面板中的图层 3 副本缩览图，将其载入选区。

图 11.2.20 绘制垂直直线

图 11.2.21 绘制水平直线

（23）设置前景色为灰色，按“Alt+Delete”键，对其进行填充，并调整其大小及位置，效果如图 11.2.22 所示。

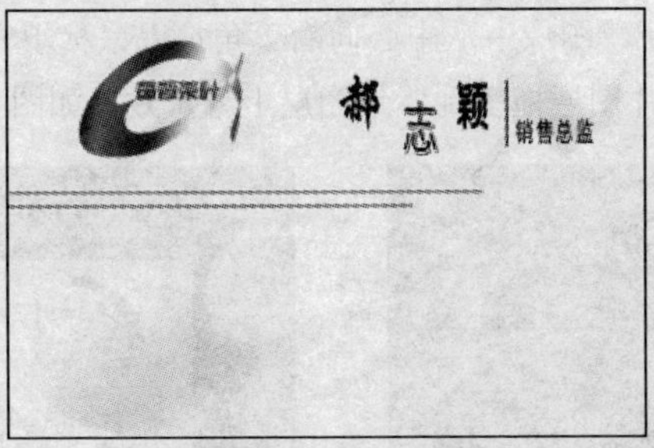

图 11.2.22 填充并调整图像

（24）单击工具箱中的“文本工具”按钮 T，设置其属性栏参数如图 11.2.23 所示。

图 11.2.23 “文本工具”属性栏

（25）设置好参数后，在新建图像中输入公司名称，效果如图 11.2.24 所示。

（26）再使用文本工具在新建图像中输入其他文本信息，效果如图 11.2.25 所示。

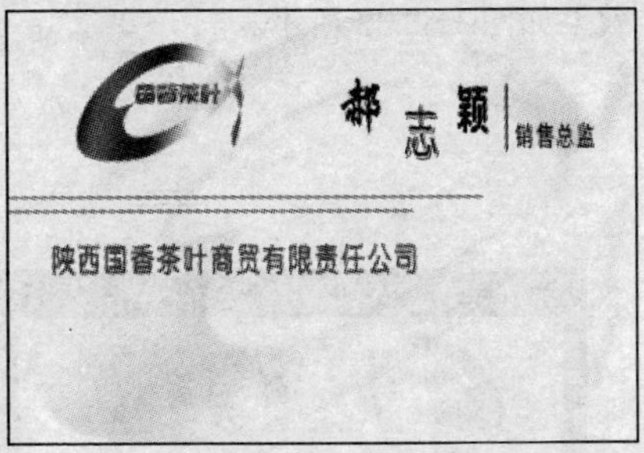

图 11.2.24 输入公司名称

图 11.2.25 输入其他信息

（27）按“Ctrl+O”键，打开一个图像文件，使用移动工具将其拖曳到新建图像中，并调整其大小及位置，效果如图 11.2.26 所示。

（28）重复步骤（27）的操作，在新建图像中拖曳一幅花瓣图像，并设置其图层模式为“正片叠底”，效果如图 11.2.27 所示。

（29）按“Alt+Shift+Ctrl+E”键，盖印图层，将其图层重命名为名片。

（30）新建一个图层，将其重命名为背景，单击工具箱中的“渐变工具”按钮，设置其属性栏参数如图 11.2.28 所示。

图 11.2.26 复制并调整图像

图 11.2.27 复制并调整花瓣图像

图 11.2.28 “渐变工具”属性栏

（31）设置好参数后，在新建图像中从中心向右下角拖曳鼠标填充渐变，效果如图 11.2.29 所示。

（32）在图层面板中将名片图层拖曳到背景图层上方，效果如图 11.2.30 所示。

图 11.2.29 渐变填充效果

图 11.2.30 调整图层顺序效果

（33）将名片图层作为当前可编辑图层，在图层面板中双击其缩览图，弹出“图层样式”对话框，设置其对话框参数如图 11.2.31 所示。

（34）设置好参数后，单击 确定 按钮，效果如图 11.2.32 所示。

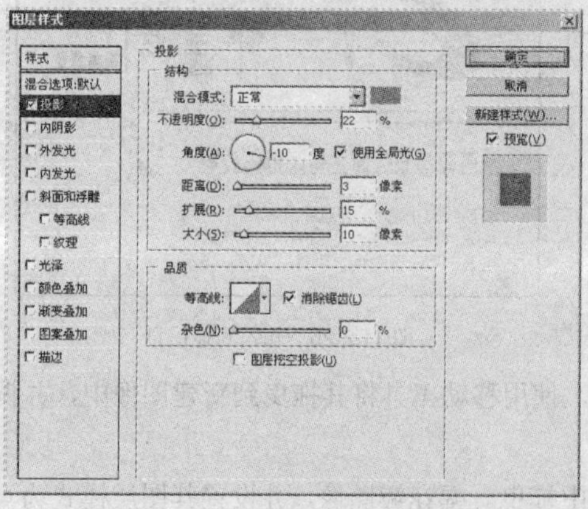

图 11.2.31 “图层样式”对话框

图 11.2.32 添加投影效果

（35）按“Ctrl+T”键，对名片图层进行变换操作，效果如图 11.2.33 所示。

（36）复制名片图层为名片副本图层，重复步骤（35）的操作，对其进行变换旋转，效果如图 11.2.34 所示。

图 11.2.33 变换图层效果

图 11.2.34 复制并变换图层

（37）重复步骤（36）的操作，复制并变换图层，效果如图 11.2.35 所示。

图 11.2.35 复制并变换图层

（38）再复制一个名片图层，然后将其移动到图像的右上角，最终效果如图 11.2.1 所示。

案例 3 灯箱广告设计

案例内容

本例主要利用所学的知识设计灯箱广告，最终效果如图 11.3.1 所示。

图 11.3.1 最终效果图

设计思路

在制作过程中，将用到椭圆选框工具、渐变工具、钢笔工具、画笔工具、文本工具、图层蒙版、变换功能以及图层样式命令等。

操作步骤

（1）选择 文件(F) → 新建(N)... 命令，弹出“新建”对话框，设置其参数如图 11.3.2 所示。设置完成后，单击 确定 按钮，即可新建一个图像文件。

（2）单击工具箱中的“渐变工具”按钮，设置属性渐变为“线性渐变”，模式为“正常”，不透明度为“100%”，双击按钮，弹出“渐变编辑器”对话框，设置其对话框参数如图 11.3.3 所示。

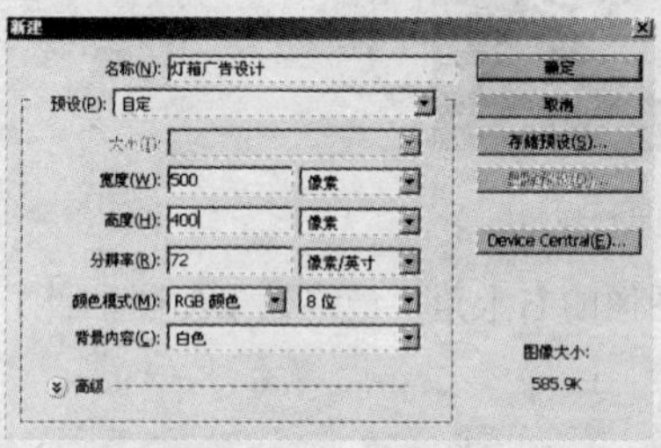

图 11.3.2 “新建”对话框

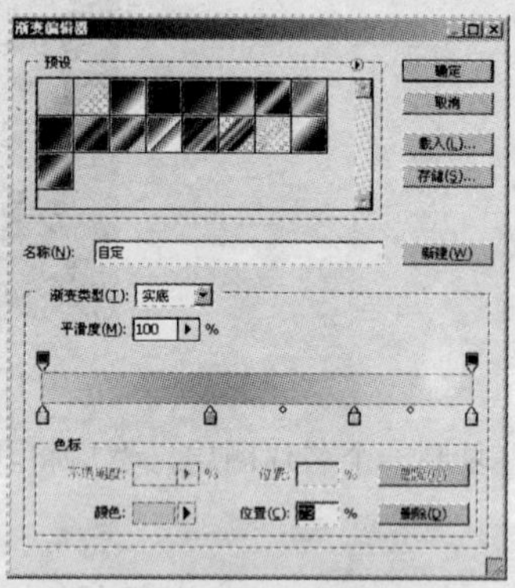

图 11.3.3 “渐变编辑器”对话框

（3）设置好参数后，在新建图像中从上向下拖曳鼠标填充渐变，效果如图 11.3.4 所示。

（4）新建图层 2，单击工具箱中的“钢笔工具”按钮，在新建图像中绘制一个如图 11.3.5 所示的路径。

图 11.3.4 渐变填充效果

图 11.3.5 绘制路径

（5）按“Ctrl+Enter”键，将路径转换为选区，将路径填充为蓝色，效果如图 11.3.6 所示。

（6）复制图层 2 为图层 2 副本，并将图层 2 副本置于图层 2 的下方，在按住“Ctrl”键的同时单击图层面板中的图层 2 副本缩览图，将其载入选区。

（7）设置前景色为淡蓝色，按“Alt+Delete”键填充选区，然后按“Ctrl+D”键取消选区，并使用移动工具将其向下移动一定的距离，效果如图 11.3.7 所示。

图 11.3.6　填充路径

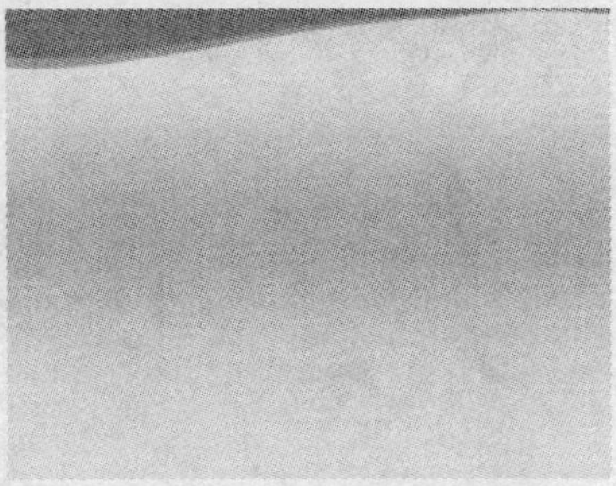

图 11.3.7　填充并移动路径

（8）重复步骤（6）和（7）的操作，复制两个图层 2 副本，并更该其颜色和位置，效果如图 11.3.8 所示。

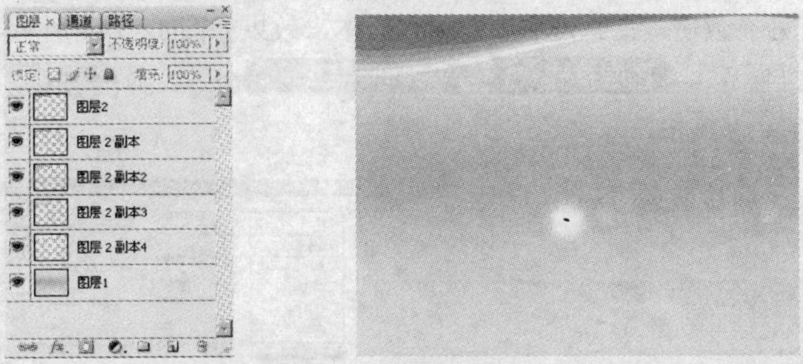

图 11.3.8　复制并调整路径效果

（9）按“Ctrl+O”键，打开一个如图 11.3.9 所示的图像文件，并使用移动工具将其拖曳到新建图像中，将其重命名为背景。

（10）在图层面板中将背景层置于图层 1 的下方，单击“添加图层蒙版”按钮，为图层 1 添加一个图层蒙版。

（11）设置前景色为黑色，单击工具箱中的“画笔工具”按钮，在新建图像中拖曳鼠标擦除图层 1 中的部分图像，将背景层中的化妆品图像显示出来，效果如图 11.3.10 所示。

图 11.3.9　导入的图像

图 11.3.10　擦除图像效果

（12）打开一个图像文件，使用移动工具将其拖曳到新建图像中，自动生成图层 3。

（13）按“Ctrl+T”键，调整图像的大小及位置，效果如图 11.3.11 所示。

（14）复制图层 3 为图层 3 副本，将图层 3 副本图层置于图层 3 下方。选择 编辑(E) → 变换 → 垂直翻转(V) 命令，对其进行垂直翻转，并在图层面板中设置其不透明度为“20%”，使用移动工具将其向下移动一定的距离，效果如图 11.3.12 所示。

（15）单击工具箱中的“文本工具”按钮 T，设置其属性栏参数如图 11.3.13 所示。

图 11.3.11　复制并调整图像

图 11.3.12　翻转并更改其不透明度

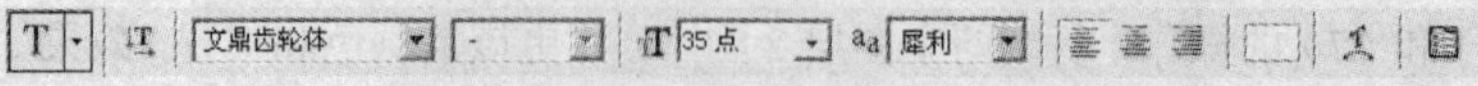

图 11.3.13　“文本工具”属性栏

（16）设置好参数后，在新建图像中输入文本，效果如图 11.3.14 所示。

（17）选择 图层(L) → 图层样式(Y) → 斜面和浮雕(B)... 命令，弹出“图层样式”对话框，设置其对话框参数如图 11.3.15 所示。

图 11.3.14　输入文本

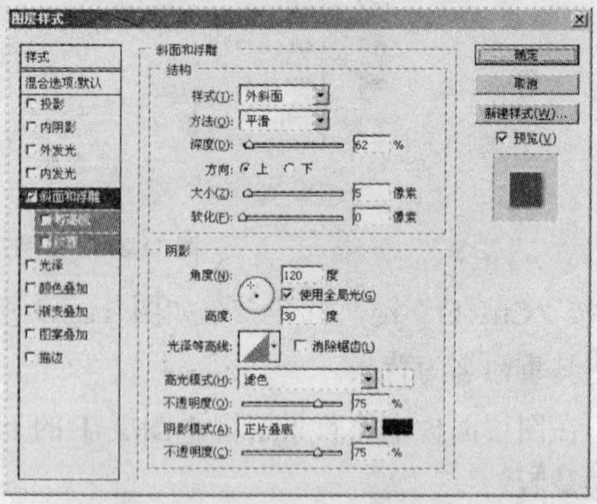

图 11.3.15　“斜面和浮雕”选项设置

（18）选中“图层样式”对话框左侧的“渐变叠加”选项，设置其对话框参数如图 11.3.16 所示。

（19）选中“图层样式”对话框左侧的“描边”选项，设置其对话框参数如图 11.3.17 所示。

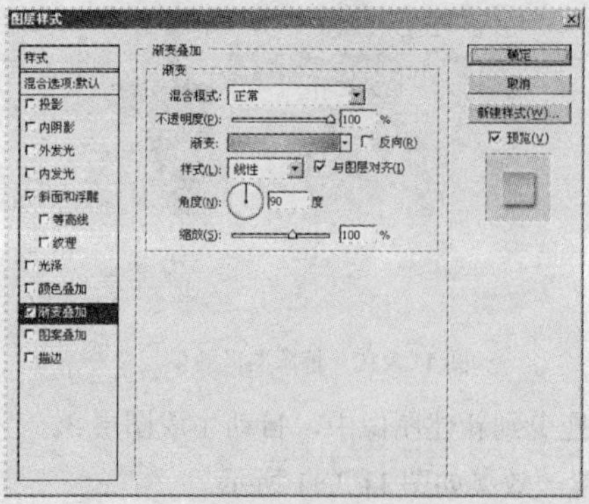

图 11.3.16　“渐变叠加”选项设置

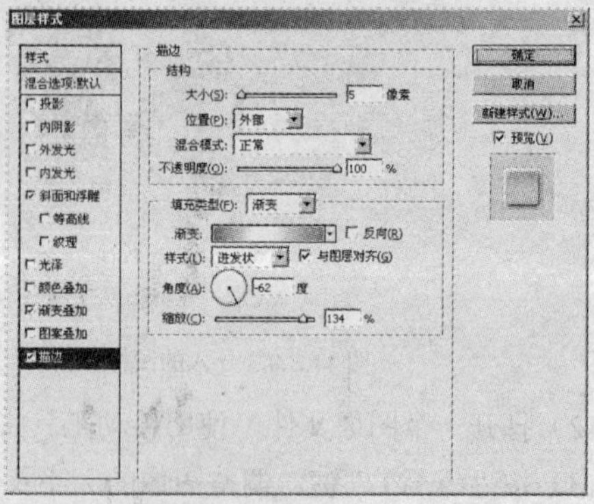

图 11.3.17　“描边”选项设置

（20）设置好参数后，单击 确定 按钮，效果如图 11.3.18 所示。

（21）打开一个橙子图像文件，使用移动工具将其拖曳到新建图像中，自动生成图层 4。

（22）按“Ctrl+T”键，调整图像的大小及位置，效果如图 11.3.19 所示。

图 11.3.18 添加图层样式效果

图 11.3.19 复制并调整橙子图像

（23）单击工具箱中的“文本工具”按钮，设置其属性栏参数如图 11.3.20 所示。

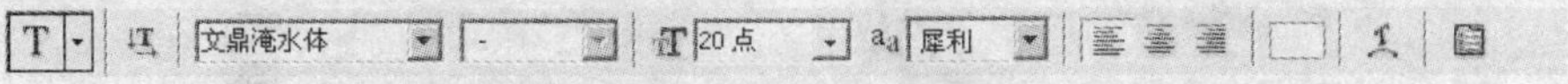

图 11.3.20 “文本工具”属性栏

（24）设置好参数后，在新建图像中输入文本，效果如图 11.3.21 所示。

（25）在“文本工具”属性栏中单击“创建文字变形”按钮，弹出“变形文字”对话框，设置其对话框参数如图 11.3.22 所示。设置好参数后，单击 确定 按钮，效果如图 11.3.23 所示。

图 11.3.21 输入文本

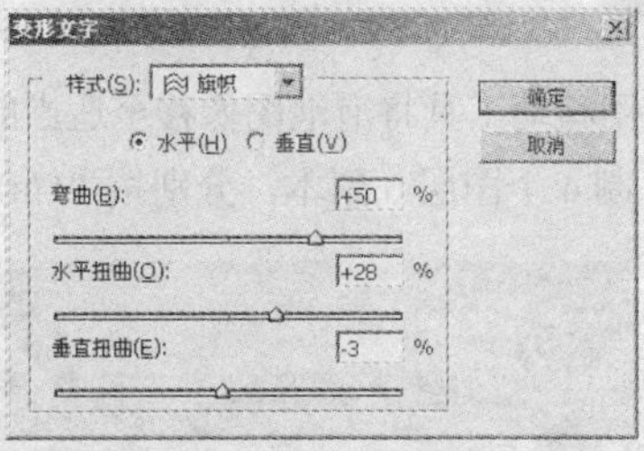

图 11.3.22 “变形文字”对话框

（26）打开一个叶子图像文件，使用移动工具将其拖曳到新建图像中，自动生成图层 5。

（27）按“Ctrl+T”键，调整图像的大小及位置，效果如图 11.3.24 所示。

图 11.3.23 变形文本效果

图 11.3.24 复制并调整叶子图像

（28）新建图层 6，设置前景色为白色，单击工具箱中的“椭圆选框工具”按钮，在图像中绘制一个圆形选区，按“Alt+Delete”键填充选区，效果如图 11.3.25 所示。

（29）按“Ctrl+Alt+D”键，弹出“羽化选区”对话框，设置其对话框参数如图 11.3.26 所示。设置好参数后，单击 确定 按钮。

（30）选择 选择(S) → 变换选区(T) 命令，按住“Alt”键，调整选区的大小，然后按“Delete”键进行删除，效果如图 11.3.27 所示。

图 11.3.25　绘制并填充圆形选区

图 11.3.26　“羽化选区”对话框

（31）单击工具箱中的“画笔工具”按钮，在新建图像中为绘制的泡泡图像添加亮光效果，如图 11.3.28 所示。

图 11.3.27　变换并删除选区

图 11.3.28　添加亮光效果

（32）使用移动工具将泡泡图像移至适当的位置，并调整图像的大小及位置，如图 11.3.29 所示。

（33）复制 4 个图层 6 副本，分别按“Ctrl+T”键，调整其大小及位置，效果如图 11.3.30 所示。

图 11.3.29　移动并调整泡泡图像

图 11.3.30　复制并调整泡泡图像

（34）按“Alt+Shift+Ctrl+E”键，盖印图层，自动生成图层 7，按“Ctrl+A”键，选中图像的内容，然后对其进行复制。

（35）按“Ctrl+O”键，打开一个灯箱图像文件，如图 11.3.31 所示。

图 11.3.31　打开的灯箱图像

（36）选择[滤镜(T)]→[消失点(V)...]命令，弹出“消失点”对话框，设置其对话框参数如图 11.3.32 所示。设置好参数后，单击[确定]按钮，效果如图 11.3.33 所示。

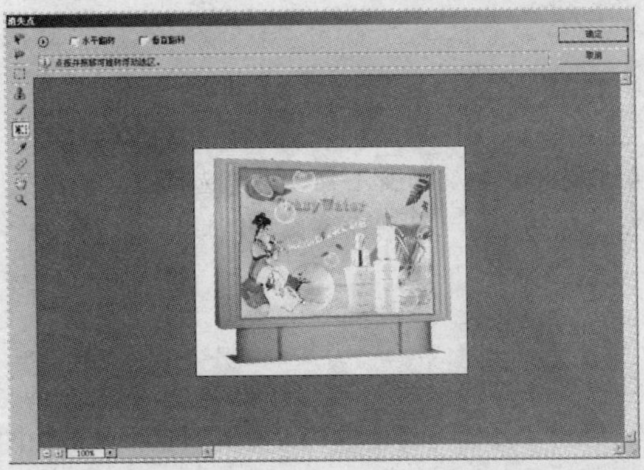

图 11.3.32 “消失点”对话框

（37）选择 滤镜(T) → 渲染 → 镜头光晕... 命令，弹出“镜头光晕”对话框，设置其对话框参数如图 11.3.34 所示。

图 11.3.33 应用消失点滤镜效果

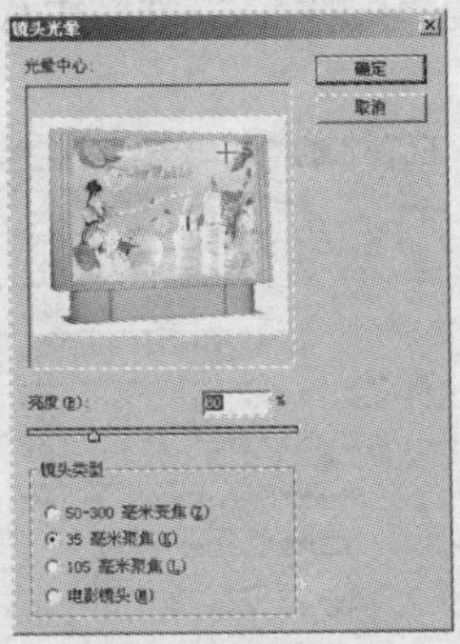

图 11.3.34 “镜头光晕”对话框

（38）设置好参数后，单击 确定 按钮，最终效果如图 11.3.1 所示。

案例 4 食品包装设计

案例内容

本例主要利用所学的知识设计食品包装，最终效果如图 11.4.1 所示。

图 11.4.1 最终效果图

设计思路

在制作过程中，将用矩形选框工具、渐变工具、快速选择工具、自定形状工具、直线工具、裁剪工具、图层蒙版、切变滤镜、描边命令、曲线命令以及图层样式命令等。

操作步骤

（1）按“Ctrl+N”键，弹出“新建”对话框，设置其对话框参数如图 11.4.2 所示。设置好参数后，单击 确定 按钮，新建一个图像文件。

（2）新建图层 1，单击工具箱中的“矩形选框工具”按钮，在新建图像中绘制一个矩形选区。

（3）设置前景色为红色，背景色为深红色，单击工具箱中的“渐变工具”按钮，在属性栏中设置渐变方式为“线性”，在选区中从上向下拖曳鼠标填充渐变，效果如图 11.4.3 所示。

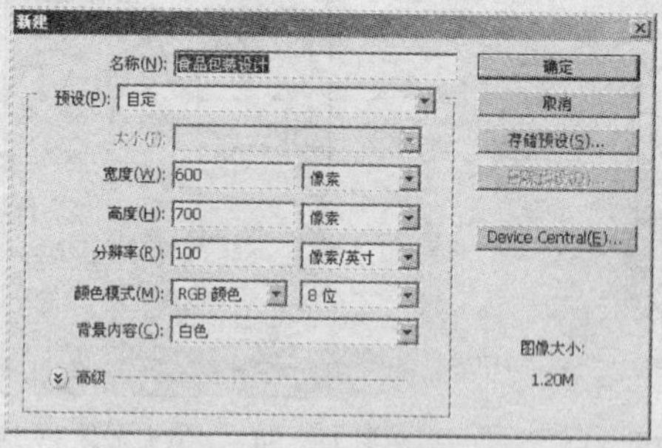

图 11.4.2 “新建”对话框

图 11.4.3 填充渐变

（4）按“Ctrl+D”键取消选区，单击工具箱中的“直线工具”按钮，设置其属性栏参数如图如图 11.4.4 所示。

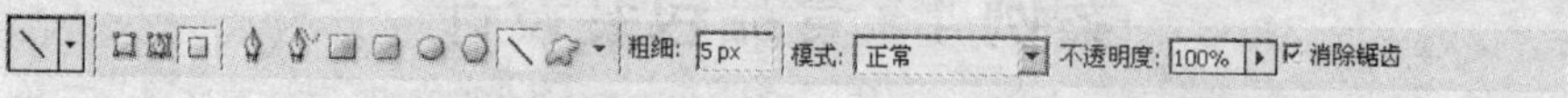

图 11.4.4 “直线工具”属性栏

（5）新建图层 2，设置前景色为棕色，按住“Shift”键，在新建图像中绘制一条直线，效果如图 11.4.5 所示。

（6）复制图层 2 为图层 2 副本，使用移动工具将复制的图像移至新建图像的下方，效果如图 11.4.6 所示。

图 11.4.5 绘制直线

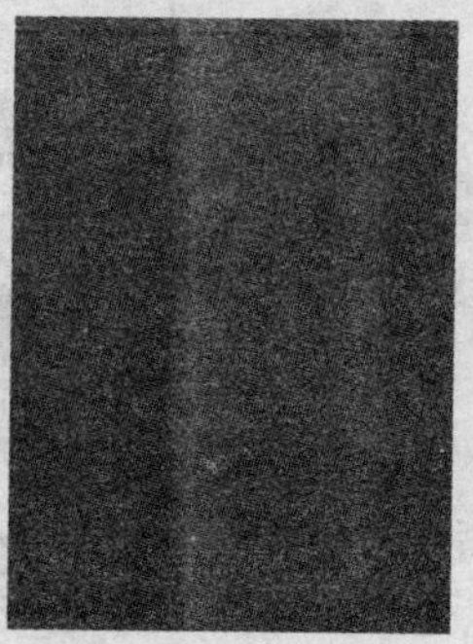

图 11.4.6 复制并移动图像

（7）新建图层 3，在“直线工具”属性栏中设置直线的粗细为“3”，重复步骤（5）和（6）的操作，在新建图像中绘制两条直线，效果如图 11.4.7 所示。

（8）按“Ctrl+O”键，打开一幅奖章图像，使用移动工具将其拖曳到新建图像中，并调整图像的大小及位置，效果如图 11.4.8 所示。

图 11.4.7　绘制直线

图 11.4.8　复制并调整奖章图像

（9）打开一个凤凰图像文件，单击工具箱中的“快速选择工具”按钮，选取图像中的灰色区域，然后按“Ctrl+Shift+I”键反选选区，使用移动工具将其拖曳到新建图像中，并调整其大小和位置，效果如图 11.4.9 所示。

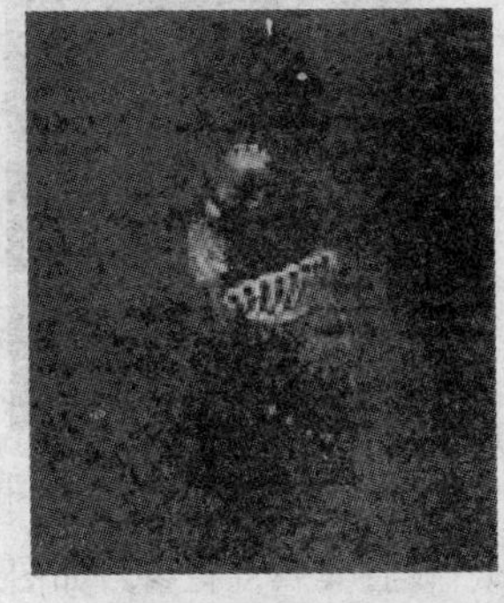

图 11.4.9　打开的图像

图 11.4.10　复制并调整凤凰图像

（10）重复步骤（9）的操作，复制一幅蝴蝶结图像，并调整其大小及位置，效果如图 11.4.11 所示。

（11）单击工具箱中的“文本工具”按钮 T，设置好字体与字号后，在新建图像中输入文本“凤凰牌”，效果如图 11.4.12 所示。

图 11.4.11　复制并调整蝴蝶结图像

图 11.4.12　输入文本

（12）重复步骤（11）的操作，在新建图像中输入文本“喜糖”，效果如图 11.4.13 所示。

（13）单击工具箱中的“裁剪工具”按钮，裁剪一幅如图 11.4.14 所示的图像内容，使用移动工具将其拖曳到新建图像中，并调整其图层顺序。

图 11.4.13　输入文本

图 11.4.14　裁剪并复制图像效果

（14）按“Ctrl+O”键，打开一个玫瑰图像文件，如图 11.4.15 所示。

（15）使用移动工具将玫瑰图像拖曳到新建图像中，调整其大小及位置，并在图层面板中设置其不透明度为“80%”，效果如图 11.4.16 所示。

图 11.4.15　打开的图像文件

图 11.4.16　复制并调整玫瑰图像

（16）单击工具箱中的“自定形状工具”按钮，设置其属性栏参数如图 11.4.17 所示。

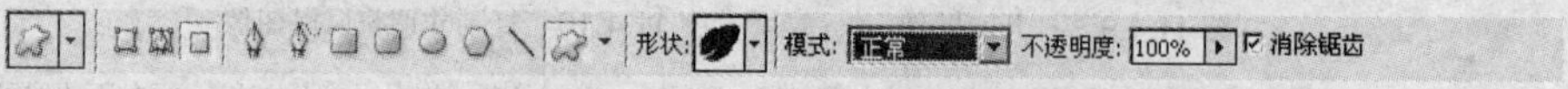

图 11.4.17　“自定形状工具”属性栏

（17）新建图层 7，在新建图像中拖曳鼠标绘制一个如图 11.4.18 所示的形状。

（18）在按住“Ctrl”键的同时单击图层面板中的图层 7 缩览图，将其载入选区，然后单击工具箱中的“渐变工具”按钮，将其填充为绿色到黄色的线性渐变，效果如图 11.4.19 所示。

图 11.4.18　绘制的形状

图 11.4.19　渐变填充效果

（19）选择 编辑(E) → 变换 → 变形(W) 命令，在图像中调节控制点变换图像，效果如图 11.4.20 所示。

（20）按“Ctrl+T”键，旋转并调整图像的大小及位置，效果如图 11.4.21 所示。

图 11.4.20 变换图像效果

图 11.4.21 旋转并调整图像

（21）按“Ctrl+O”键，打开一个戒指图像文件，使用移动工具将其拖曳到新建图像中，并调整图像的大小及位置，效果如图 11.4.22 所示。

（22）选择 图像(I) → 调整(A) → 亮度/对比度(C)... 命令，弹出“亮度/对比度”对话框，设置其对话框参数如图 11.4.23 所示。设置好参数后，单击 确定 按钮，效果如图 11.4.24 所示。

图 11.4.22 复制并调整戒指图像

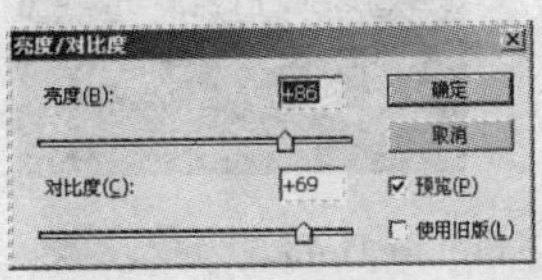

图 11.4.23 “亮度/对比度”对话框

（23）打开一个酒杯图像文件，使用移动工具将其移至新建图像中，并调整图像的大小及位置，效果如图 11.4.25 所示。

图 11.4.24 调整图像亮度/对比度效果

图 11.4.25 复制并调整酒杯图像

（24）按“Ctrl+M”键，弹出“曲线”对话框，设置其对话框参数如图 11.4.26 所示。设置好参数后，单击 确定 按钮，效果如图 11.4.27 所示。

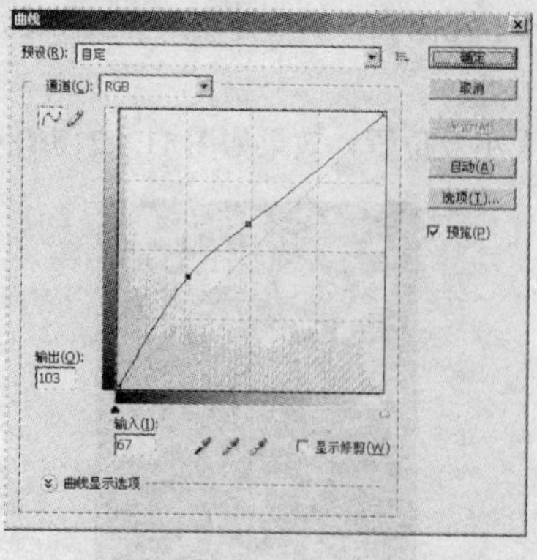

图 11.4.26 “曲线”对话框

图 11.4.27 调整曲线效果

（25）单击工具箱中的“文本工具”按钮 T，设置好字体与字号后，在新建图像中输入文本“净含量：500g”，效果如图 11.4.28 所示。

（26）按“Alt+Shift+Ctrl+E”键，盖印图层，在图层面板中隐藏除盖印图层外的所有图层，如图 11.4.29 所示。

图 11.4.28 输入文本

图 11.4.29 图层面板

（27）在按住“Ctrl”键的同时单击图层面板中的盖印图层的缩览图，将其载入选区，按“Ctrl+C”键，对其进行复制。

（28）新建一个图像文件，按“Ctrl+V”键，将其粘贴到新建图像中，自动生成为图层 1。

（29）选择 滤镜(T) → 扭曲 → 切变... 命令，弹出“切变”对话框，设置其对话框参数如图 11.4.30 所示。设置好参数后，单击 确定 按钮，应用切变滤镜后的效果如图 11.4.31 所示。

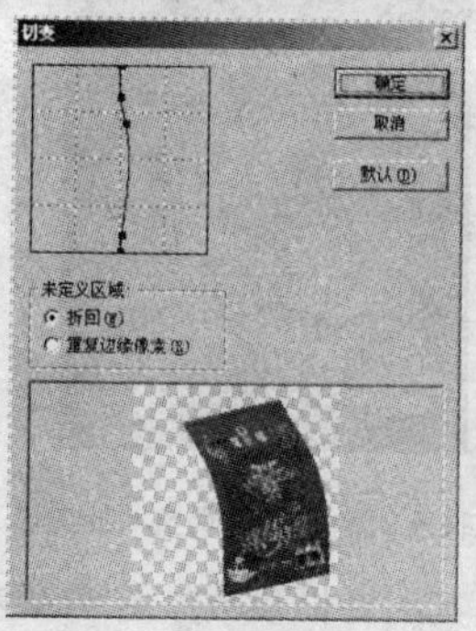

图 11.4.30 “切变”对话框

图 11.4.31 应用切变滤镜效果

（30）新建图层 2，单击工具箱中的“矩形选框工具”按钮，在新建图像中绘制一个矩形选区，并将其填充为红色到深红色的渐变，按“Ctrl+D”键取消选区，效果如图 11.4.32 所示。

（31）单击工具箱中的“文本工具”按钮，设置好字体与字号后，在新建图像中输入文本，效果如图 11.4.33 所示。

图 11.4.32 绘制并填充选区

图 11.4.33 输入文本

（32）选择 图层(L) → 图层样式(Y) → 渐变叠加(G)... 命令，弹出“图层样式”对话框，设置其对话框参数如图 11.4.34 所示。设置好参数后，单击 确定 按钮，效果如图 11.4.35 所示。

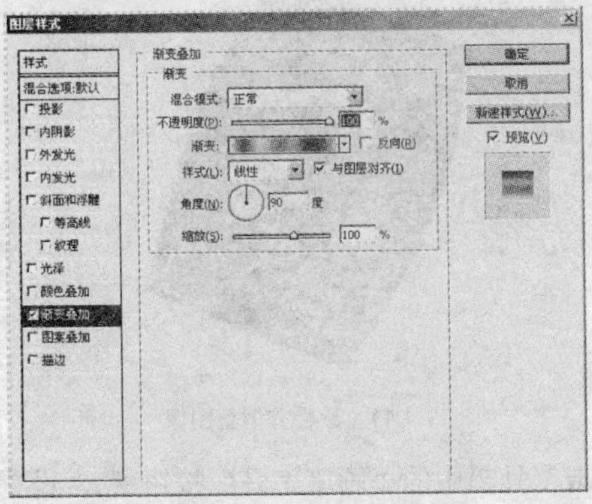

图 11.4.34 “图层样式”对话框

图 11.4.35 为文本添加图层样式效果

（33）单击工具箱中的“矩形选框工具”按钮，在新建图像中绘制一个如图 11.4.36 所示的矩形选区。

（34）新建图层 3，单击工具箱中的“钢笔工具”按钮，在新建图像中绘制一个如图 11.4.37 所示的路径。

图 11.4.36 绘制矩形选区

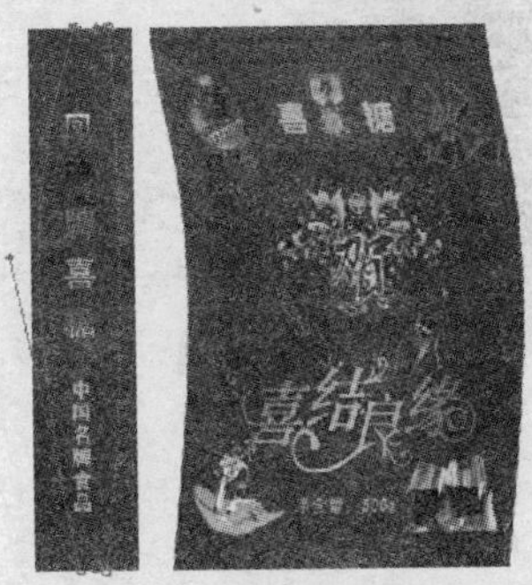

图 11.4.37 绘制路径

（35）在路径面板底部单击“将路径作为选区载入”按钮，可将路径转换为选区，按“Ctrl+Shift+I”键反选选区，然后按“Delete”键删除选区内的图像，效果如图 11.4.38 所示。

（36）将盖印图层作为当前可编辑图层，选择 编辑(E)→描边(S)... 命令，弹出“描边”对话框，设置其对话框参数如图 11.4.39 所示。设置好参数后，单击 确定 按钮。

图 11.4.38　删除选区内的图像

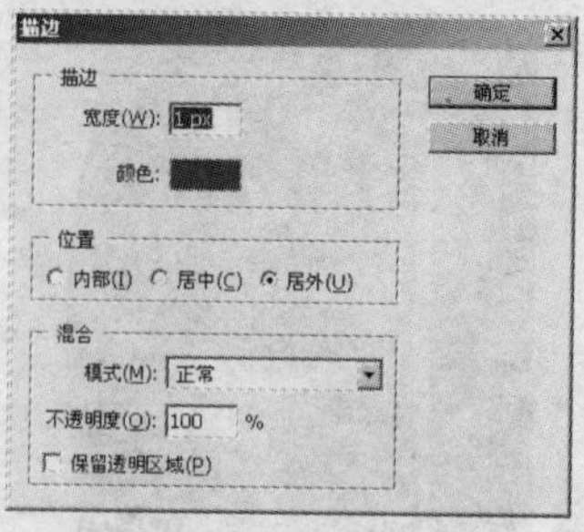

图 11.4.39　“描边”对话框

（37）单击工具箱中的“移动工具”按钮，将图层 3 中的图像拖曳到如图 11.4.40 所示的位置。

（38）按“Ctrl+T”键，旋转并调整图像的大小及位置，效果如图 11.4.41 所示。

图 11.4.40　移动图像位置

图 11.4.41　旋转并调整图像

（39）新建图层 4，设置前景色为黑色，单击工具箱中的“画笔工具”按钮，设置画笔大小为“1”，在新建图像中拖曳鼠标绘制一条直线，效果如图 11.4.42 所示。

（40）选择 图层(L)→图层样式(Y)→投影(D)... 命令，弹出“图层样式”对话框，设置其对话框参数如图 11.4.43 所示。设置好参数后，单击 确定 按钮，效果如图 11.4.44 所示。

图 11.4.42　绘制直线

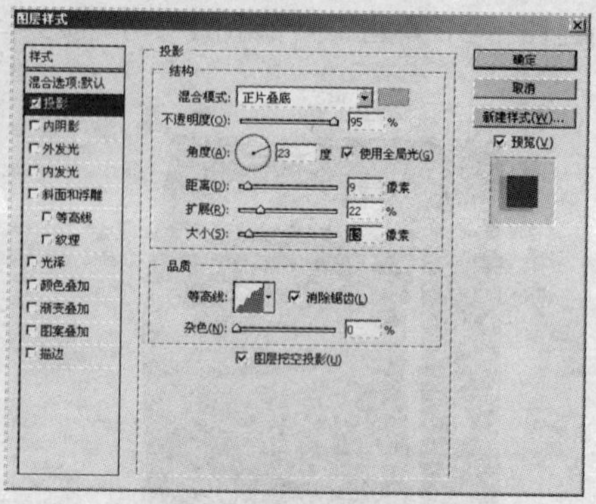

图 11.4.43　“图层样式”对话框

（41）在背景图层上新建图层 5，使用多边形套索工具在图像中创建一个选区，按“Ctrl+Alt+D”键弹出“羽化选区”对话框，设置羽化半径为“11”，单击 确定 按钮，羽化后的效果如图 11.4.45 所示。

图 11.4.44　添加投影效果

图 11.4.45　创建并羽化选区

（42）设置前景色为黑色，按“Alt+Delete”键填充羽化后的选区，并在图层面板中设置其不透明度为“35%”，按“Ctrl+D”键取消选区，效果如图 11.4.46 所示。

（43）合并除背景层外的所有图层为图层 1，按“Ctrl+O”键，打开一个图像文件，如图 11.4.47 所示。

图 11.4.46　羽化选区效果

图 11.4.47　打开的图像

（44）使用移动工具将其拖曳到图层 1 的下方，单击“添加图层蒙版”按钮，为图层 1 添加一个图层蒙版，然后设置前景色为黑色，单击工具箱中的“画笔工具”按钮，在新建图像中拖曳鼠标擦除图层 1 中的部分图像，将女孩手部图像显示出来，效果如图 11.4.48 所示。

图 11.4.48　擦除图像效果

（45）复制两个图层 1 副本，分别对其进行变换操作，并调整其大小及位置，最终效果如图 11.4.1 所示。

第12章　案例实训

本章通过案例实训培养读者的实际操作能力，达到巩固并检验前面所学知识的目的。

知识要点

- 制作羽化效果
- 制作打孔字
- 绘制奶糕
- 设计标志
- 制作水晶相框
- 制作撕纸效果
- 制作羽毛效果
- 制作邮票
- 制作砂纸效果

实训1　制作羽化效果

1. 实训内容

在处理图像的过程中主要用到椭圆选框工具、画笔工具、羽化选区命令以及描边命令等，最终效果如图12.1.1所示。

图12.1.1　效果图

2. 实训目的

掌握绘制椭圆选区的方法并制作图像的羽化效果，学会如何对图像进行基本的操作。

3. 操作步骤

（1）新建一个图像文件，将其背景填充为粉红色，效果如图12.1.2所示。

（2）按“Ctrl+O”键，打开一个图像文件，如图12.1.3所示。

图 12.1.2　填充背景

图 12.1.3　打开的图像文件

（3）单击工具箱中的“移动工具”按钮，将其拖动到新建图像中，自动生成图层 1，按“Ctrl+T”键执行自由变换命令，调整其大小及位置。

（4）单击工具箱中的“椭圆选框工具”按钮，在图像中绘制一个椭圆选区，如图 12.1.4 所示。

（5）选择菜单栏中的 选择(S) → 修改(M) → 羽化(F)... 命令，弹出“羽化选区”对话框，设置其参数如图 12.1.5 所示。设置好参数后，单击 确定 按钮，效果如图 12.1.6 所示。

图 12.1.4　绘制选区

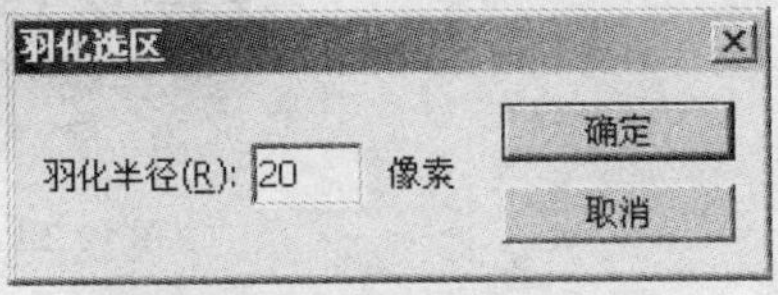

图 12.1.5　“羽化选区”对话框

（6）按“Ctrl+Shift+I”键反选选区，按“Delete”键删除选区图像。

（7）打开一个乐器图像文件，重复步骤（3）的操作，将其拖曳到新建图像中，如图 12.1.7 所示。

图 12.1.6　羽化效果

图 12.1.7　复制并调整图像

（8）重复步骤（4）和（5）的操作，对乐器图像进行羽化处理，然后选择菜单栏中的 编辑(E) → 描边(S)... 命令，弹出“描边”对话框，设置其对话框参数如图 12.1.8 所示。

（9）设置好参数后，单击 确定 按钮，效果如图 12.1.9 所示。

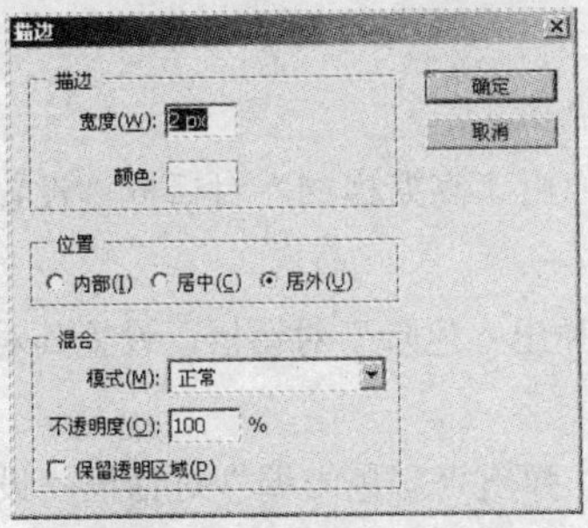

图 12.1.8　“描边”对话框

图 12.1.9　描边效果

（10）单击工具箱中的“画笔工具”按钮，在图像中拖曳鼠标绘制蝴蝶图像，最终效果如图 12.1.1 所示。

实训 2 制作打孔字

1. 实训内容

在制作过程中主要用到文本工具、滤镜命令、色阶命令以及魔棒工具等，最终效果如图 12.2.1 所示。

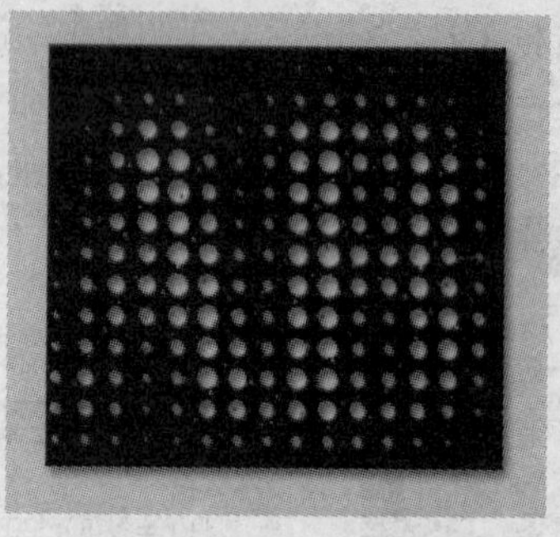

图 12.2.1 最终效果图

2. 实训目的

掌握打孔字的制作方法，学会创建文本，掌握魔棒工具、色阶命令的使用方法与技巧。

3. 操作步骤

（1）选择 文件(F) → 新建(N)... 命令，弹出“新建”对话框，设置其对话框参数如图 12.2.2 所示。

（2）选择工具箱中的“横排文字工具”按钮 T，在新建图像中输入文字，如图 12.2.3 所示。

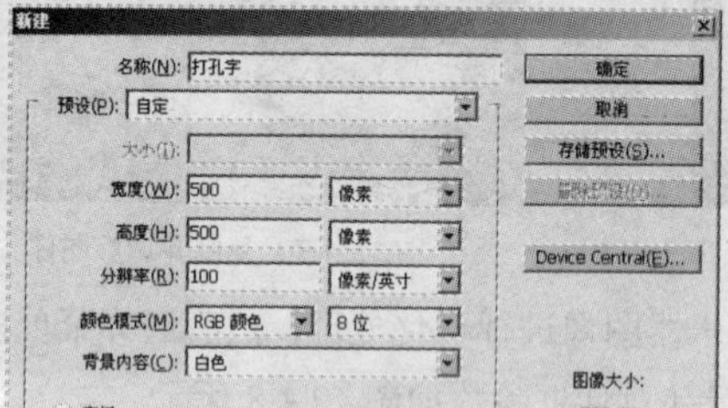

图 12.2.2 “新建”对话框

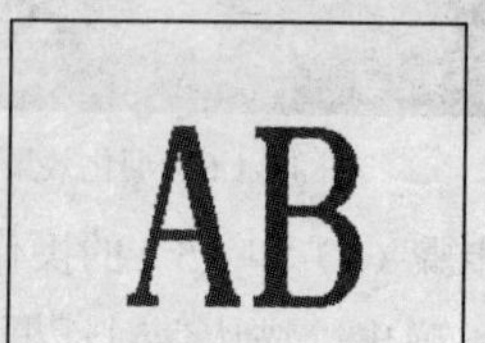

图 12.2.3 输入文字

（3）按“Ctrl+E”键，将背景层和文字图层进行合并。

（4）选择 滤镜(T) → 模糊 → 高斯模糊... 命令，弹出“高斯模糊”对话框，设置其对话框参数如图 12.2.4 所示。

（5）选择 图像(I) → 调整(A) → 色阶(L)... 命令，弹出“色阶”对话框，设置其对话框参数如图 12.2.5 所示。

（6）选择 滤镜(T) → 像素化 → 彩色半调... 命令，弹出“彩色半调”对话框，设置其对话框参数如图 12.2.6 所示。

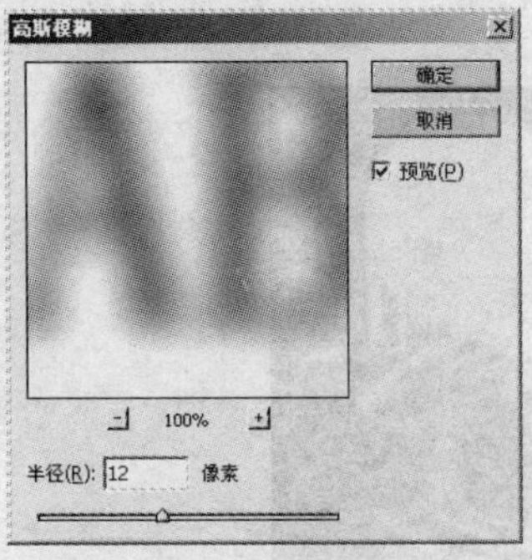

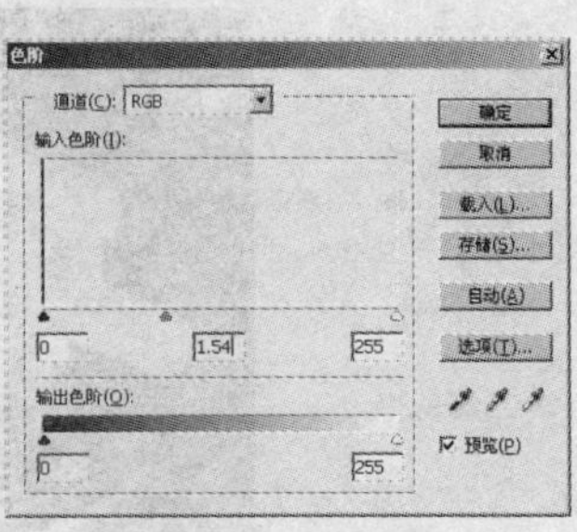

图 12.2.4　“高斯模糊”对话框　　　　图 12.2.5　“色阶”对话框

（7）设置完成后，单击 确定 按钮，效果如图 12.2.7 所示。

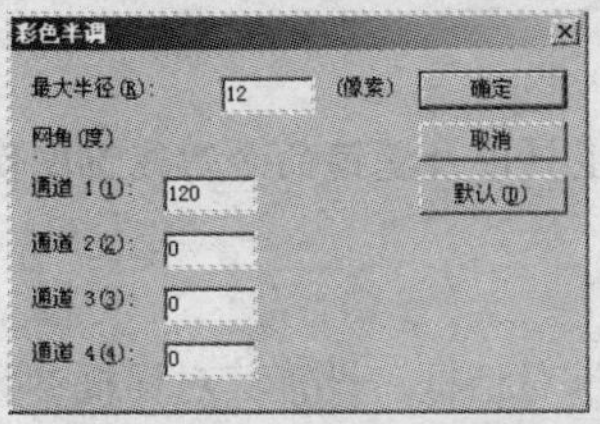

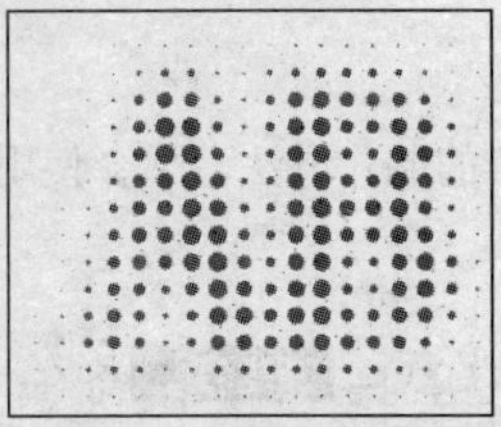

图 12.2.6　“彩色半调”对话框　　　　图 12.2.7　应用设置后图像效果

（8）单击工具箱中的“魔棒工具”按钮，选择图像文件中的白色区域，新建图层 1，设置前景色为黑色，按“Alt+Delete”键进行填充。

（9）用矩形选框工具选取文字部分，然后反选选区，再按“Delete”键删除，并将背景图层填充为红色。

（10）选择 图像(I) → 调整(A) → 色相/饱和度(H)... 命令，弹出“色相/饱和度”对话框，设置其对话框参数如图 12.2.8 所示。

（11）双击图层 1，弹出“图层样式”对话框，设置其对话框参数如图 12.2.9 所示。

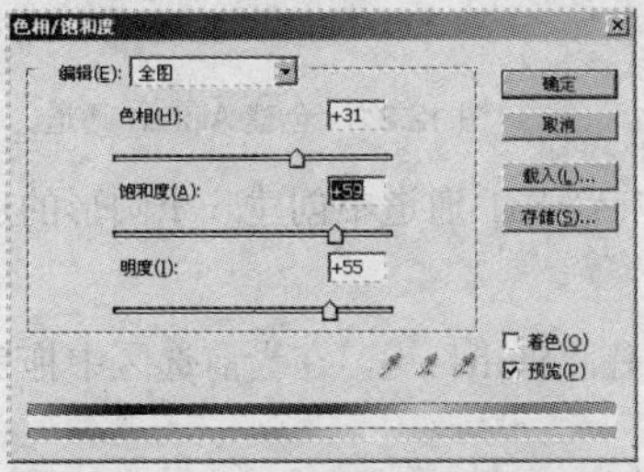

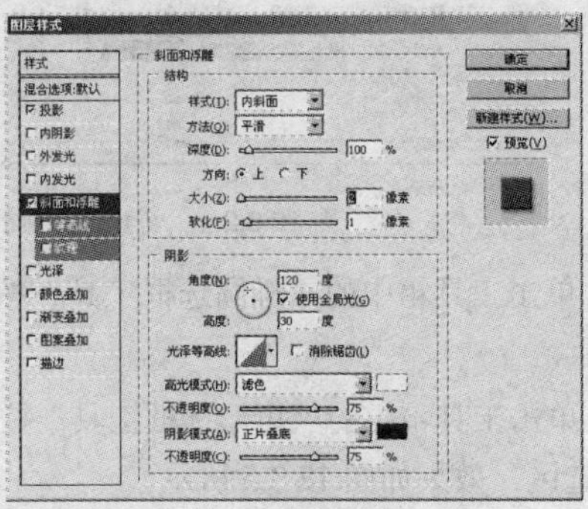

图 12.2.8　“色相/饱和度”对话框　　　　图 12.2.9　“图层样式”对话框

（12）设置完成后，单击 确定 按钮，最终效果如图 12.2.1 所示。

实训 3　绘 制 奶 糕

1. 实训内容

在绘制奶糕的制作过程中主要用到通道、椭圆选框工具、矩形选框工具、滤镜命令、载入选区命令以及图层样式命令等，最终效果如图 12.3.1 所示。

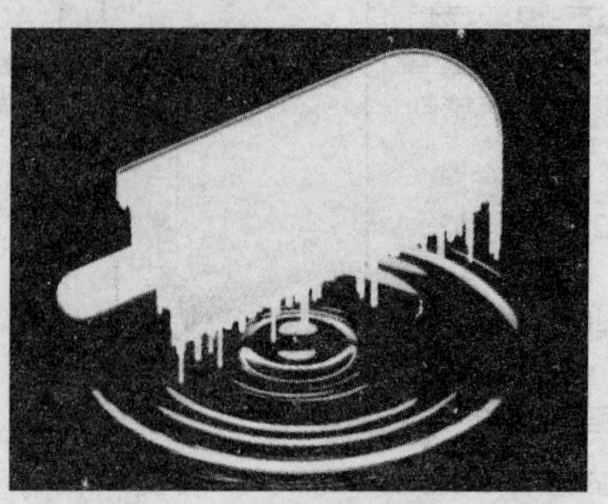

图 12.3.1 最终效果图

2. 实训目的

掌握绘制奶糕的制作方法，学会使用通道、选框工具以及滤镜命令等修饰图像。

3. 操作步骤

（1）选择 文件(F) → 新建(N)... 命令，弹出“新建”对话框，设置其对话框参数如图 12.3.2 所示。设置完成后，单击 确定 按钮，新建一个图像文件。

（2）选择 窗口(W) → 通道 命令，打开 通道 面板，新建一个名为 Alpha1 的通道，如图 12.3.3 所示。

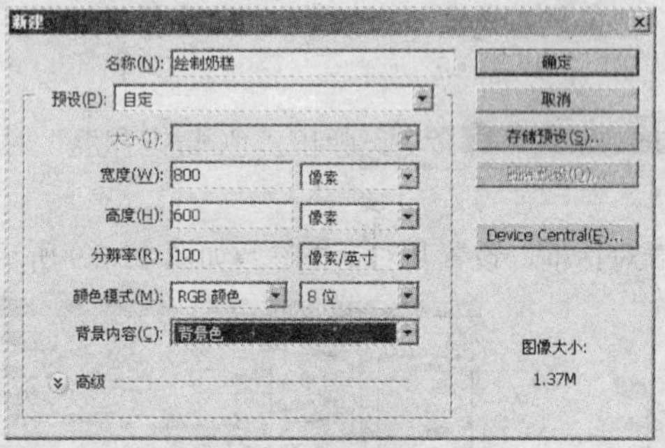

图 12.3.2 “新建”对话框

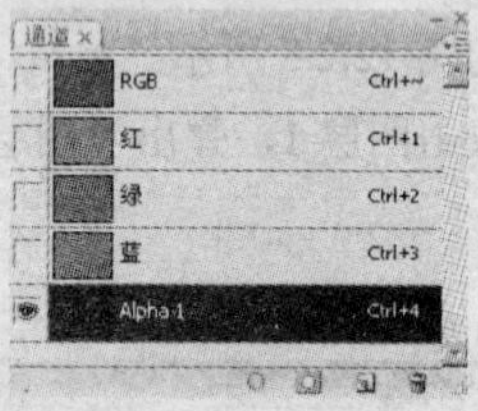

图 12.3.3 创建 Alpha1 通道

（3）单击工具箱中的“椭圆选框工具”按钮，在 Alpha1 通道中创建一个圆形的选区，如图 12.3.4 所示。

（4）单击工具箱中的“矩形选框工具”按钮，按住“Shift”键，在当前选区中拖曳鼠标绘制一个矩形选区，效果如图 12.3.5 所示。

图 12.3.4 绘制圆形选区

图 12.3.5 绘制矩形选区

（5）选择菜单栏中的 选择(S) → 变换选区(T) → 90 度(顺时针)(9) 命令，对绘制的选区进行变换，效果如图 12.3.6 所示。

（6）设置前景色为白色，按“Alt+Delete”键，将选区填充为白色，效果如图 12.3.7 所示。

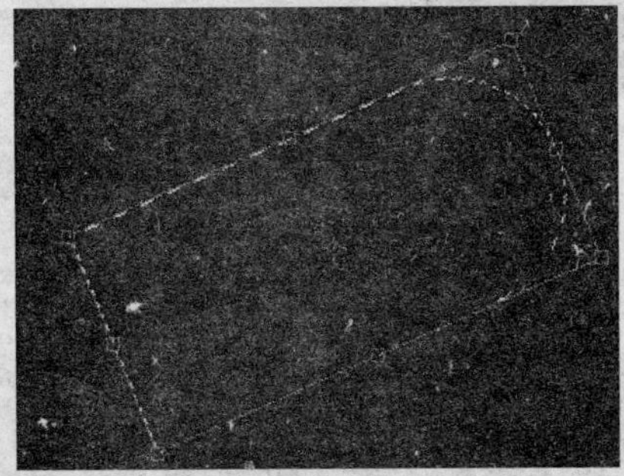

图 12.3.6　变换选区

图 12.3.7　填充选区

（7）选择菜单栏中的 图像(I) → 旋转画布(E) → 90 度(顺时针)(9) 命令，将画布进行旋转，效果如图 12.3.8 所示。

（8）选择菜单栏中的 滤镜(T) → 风格化 → 风... 命令，弹出“风”对话框，设置其对话框参数如图 12.3.9 所示。设置完参数后，单击 确定 按钮，效果如图 12.3.10 所示。

图 12.3.8　旋转画布

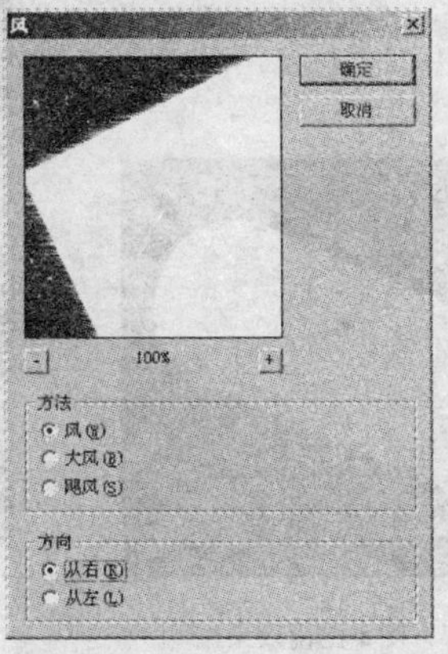

图 12.3.9　“风”对话框

（9）按“Ctrl+F”键 3 次，对“风”滤镜的效果进行强化，效果如图 12.3.11 所示。

图 12.3.10　风滤镜效果

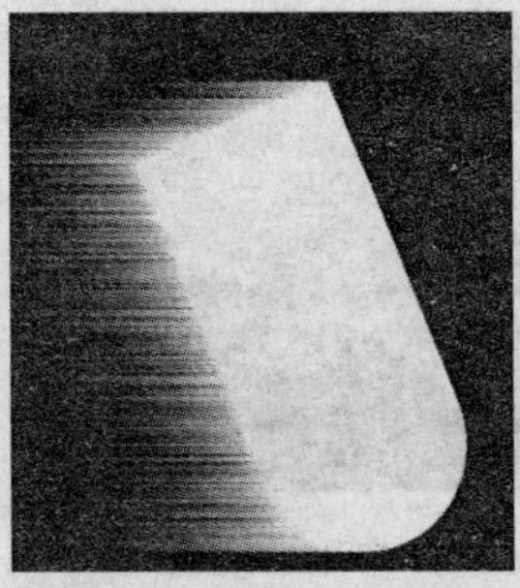

图 12.3.11　重复使用风滤镜效果

（10）选择菜单栏中的 图像(I) → 旋转画布(E) → 90 度(逆时针)(0) 命令，将图像恢复到原来位置，如图 12.3.12 所示。

（11）选择菜单栏中的 滤镜(T) → 素描 → 图章... 命令，弹出“图章”对话框，设置其对话框参数如图 12.3.13 所示。设置完参数后，单击 确定 按钮，效果如图 12.3.14 所示。

图 12.3.12　旋转画布效果

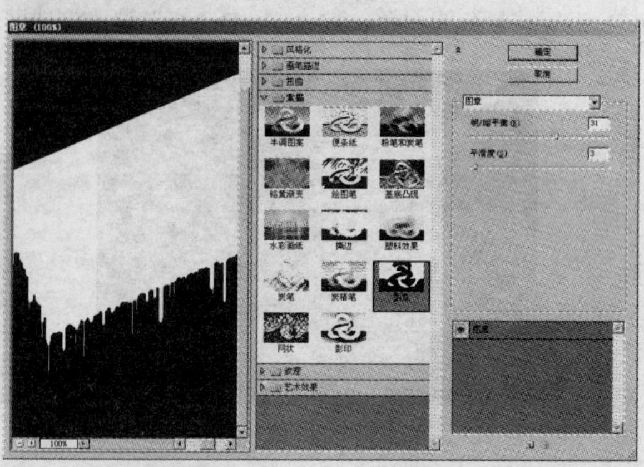

图 12.3.13　“图章”对话框

（12）选择菜单栏中的 滤镜(T) → 素描 → 塑料效果... 命令，弹出“塑料效果”对话框，设置其对话框参数如图 12.3.15 所示。设置完参数后，单击 确定 按钮，效果如图 12.3.16 所示。

图 12.3.14　图章滤镜效果

图 12.3.15　“塑料效果”对话框

（13）选择菜单栏中的 选择(S) → 载入选区(O)... 命令，弹出“载入选区”对话框，设置其对话框参数如图 12.3.17 所示。设置完参数后，单击 确定 按钮，效果如图 12.3.18 所示。

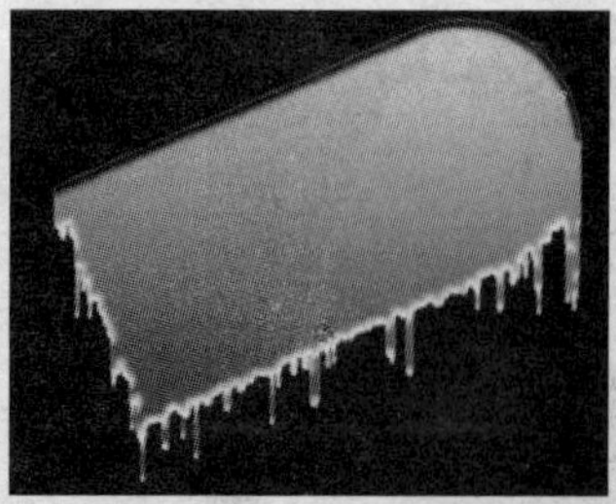

图 12.3.16　用于塑料效果滤镜

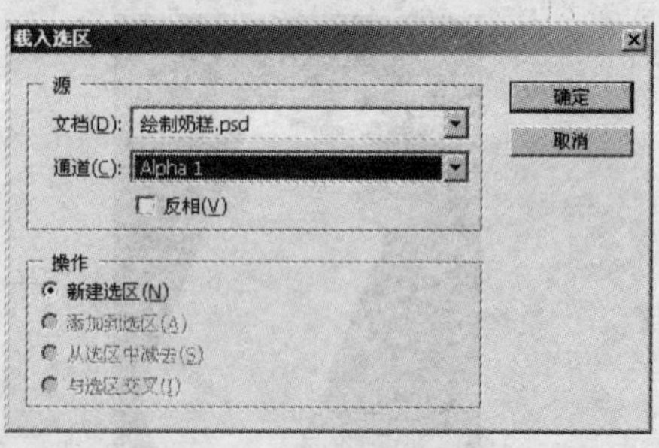

图 12.3.17　“载入选区”对话框

（14）设置前景色为奶油色，按“Alt+Delete”键，将选区填充为奶油色，效果如图 12.3.19 所示。

（15）重复步骤（3）和（4）的操作，绘制如图 12.3.20 所示的选区。

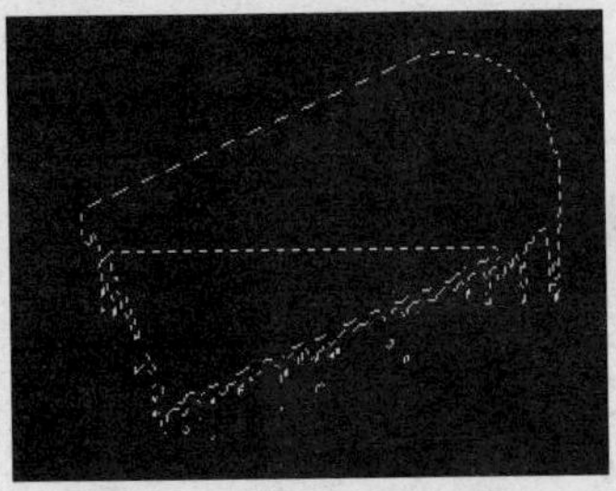

图 12.3.18 载入选区效果

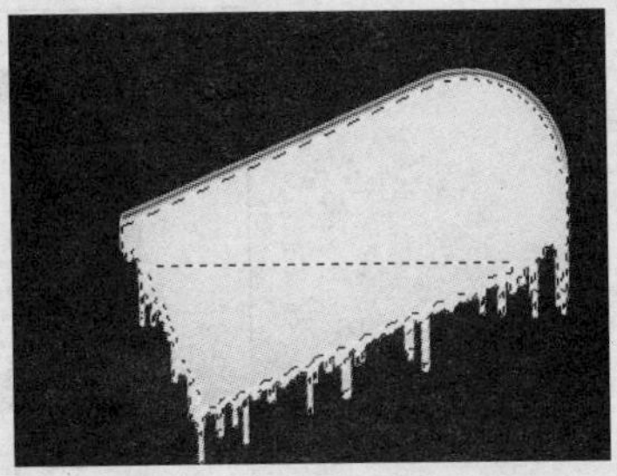

图 12.3.19 填充选区

（16）新建图层 2，设置前景色为白色，对选区进行填充，再按“Ctrl+T”键，对选区进行自由变换，效果如图 12.3.21 所示。

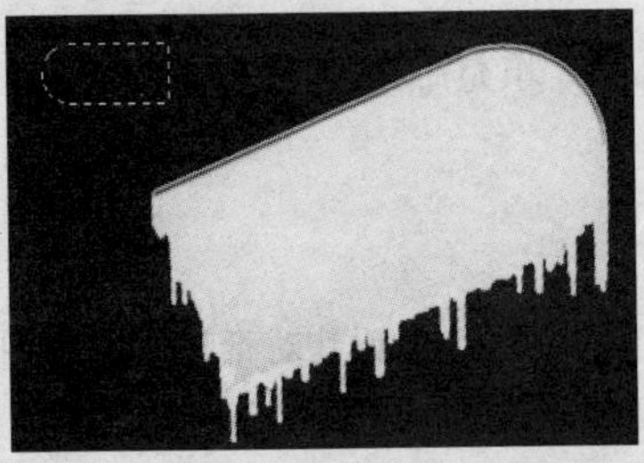

图 12.3.20 绘制选区

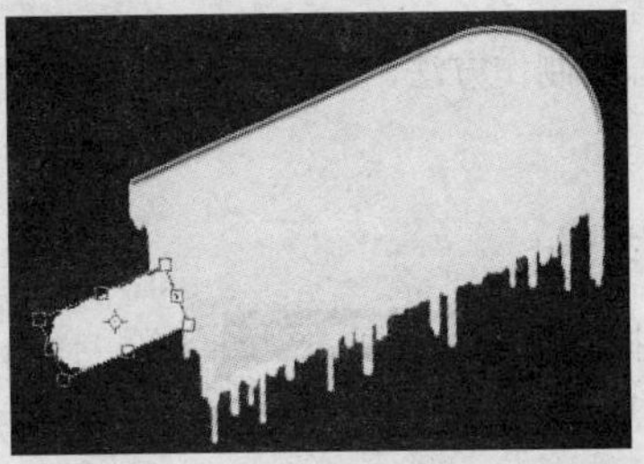

图 12.3.21 填充并变换选区

（17）将图层 2 作为当前可编辑图层，选择菜单栏中的 图层(L) → 图层样式(Y) → 斜面和浮雕(B)... 命令，弹出“斜面和浮雕”对话框，设置其对话框参数如图 12.3.22 所示。设置完参数后，单击 确定 按钮，效果如图 12.3.23 所示。

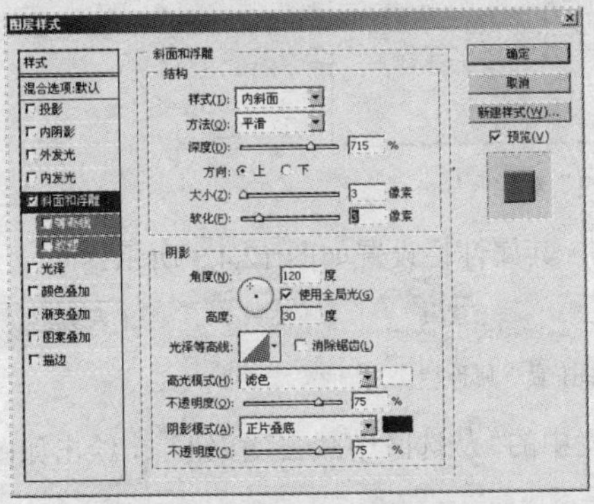

图 12.3.22 “斜面和浮雕”对话框

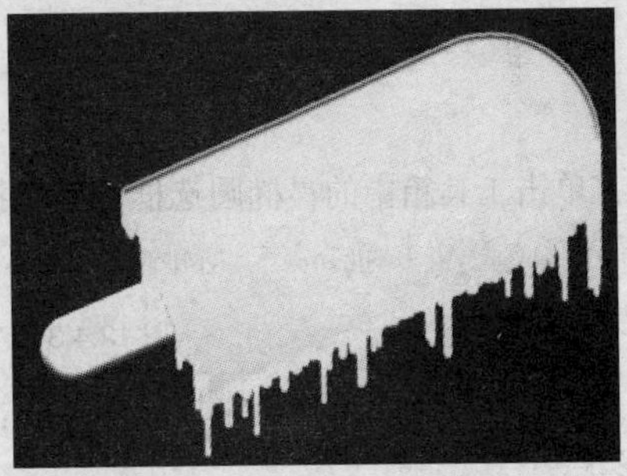

图 12.3.23 应用斜面和浮雕效果

（18）按“Ctrl+O”键，打开一个图像文件，使用移动工具将其拖曳到新建文件中，最终效果如图 12.3.1 所示。

实训 4 设 计 标 志

1．实训内容

在制作过程中主要用到椭圆选框工具、矩形选框工具、文本工具、移动工具、变形工具等，最终效果如图 12.4.1 所示。

图 12.4.1　最终效果图

2．实训目的

掌握标志的制作方法，学会文本工具、椭圆选框工具、填充命令以及自由变换工具的使用方法和技巧。

3．操作步骤

（1）选择 文件(F) → 新建(N)... 命令，弹出“新建”对话框，设置其对话框参数如图 12.4.2 所示，设置完成后，单击 确定 按钮，即可新建一个图像文件。

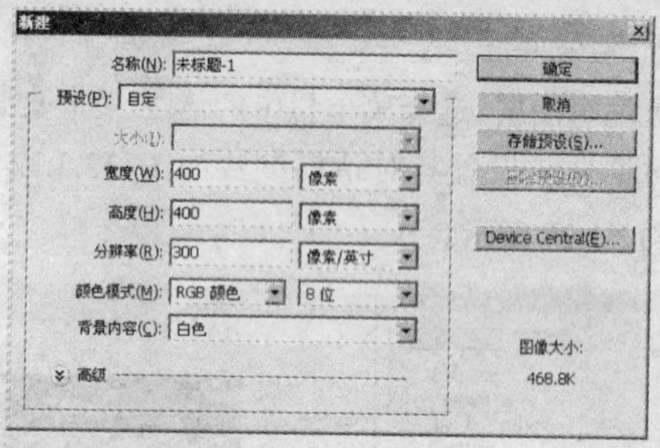

图 12.4.2　“新建”对话框

（2）单击工具箱中的“椭圆选框工具”按钮，其属性栏设置如图 12.4.3 所示。

图 12.4.3　“椭圆选框工具”属性栏

（3）设置完成后，绘制一个圆形，然后单击属性栏中的“从选区中减去”按钮，绘出如图 12.4.4 所示的形状。

（4）新建图层 1，将前景色设置为大红色，选择 编辑(E) → 填充(L)... 命令，填充效果如图 12.4.5 所示。

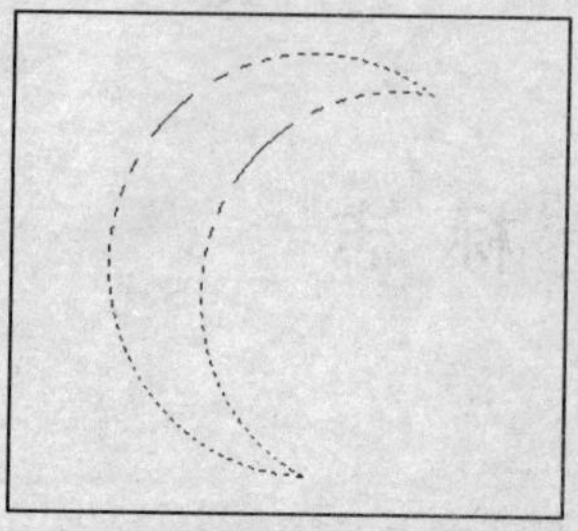

图 12.4.4　从选区中减去后的形状

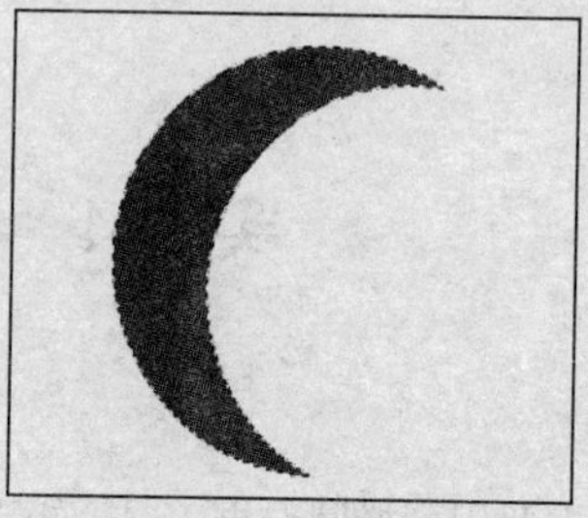

图 12.4.5　填充后的效果图

（5）按“Ctrl+D”键取消选区，选择 编辑(E)→自由变换(F) 命令，其属性栏设置如图 12.4.6 所示，扭曲变换后的图像效果如图 12.4.7 所示。

图 12.4.6　“自由变换工具”属性栏

（6）按“Enter”键结束变换操作，并调整其大小，效果如图 12.4.8 所示。

图 12.4.7　扭曲变换效果

图 12.4.8　最终扭曲的效果

（7）单击工具箱中的“矩形选框工具”按钮，其属性栏设置如图 12.4.9 所示。

图 12.4.9　“矩形选框工具”属性栏

（8）新建图层 2，绘制如图 12.4.10 所示的矩形选框，选择 编辑(E)→填充(L)... 命令，填充矩形选框为红色，按“Ctrl+D”键取消选区，效果如图 12.4.11 所示。

图 12.4.10　绘制矩形选框效果

图 12.4.11　填充效果

（9）重复步骤（7）和步骤（8），依次绘制如图 12.4.12 所示的图形并填充。

（10）按“Ctrl+O”键，打开一幅素材，如图 12.4.13 所示。

（11）单击工具箱中的“移动工具”按钮，将素材图中的人拖动到新建图像中，自动生成“图层 3”，按“Ctrl+T”键执行自由变换命令，并调整其大小及位置，效果如图 12.4.14 所示。

图 12.4.12　绘制图形并填充

图 12.4.13　素材图

图 12.4.14　调整图像效果

（12）单击“文字工具”按钮 T，其属性栏设置如图 12.4.15 所示。

图 12.4.15　“文字工具”属性栏

（13）设置完成后，在图像中输入文字“天润美业”，效果如图 12.4.16 所示。

图 12.4.16　输入文字

（14）单击“文字工具”属性栏中的“创建文字变形”按钮，弹出“变形文字”对话框，设置其对话框参数如图 12.4.17 所示。

（15）设置完成后，单击 确定 按钮，效果如图 12.4.18 所示。

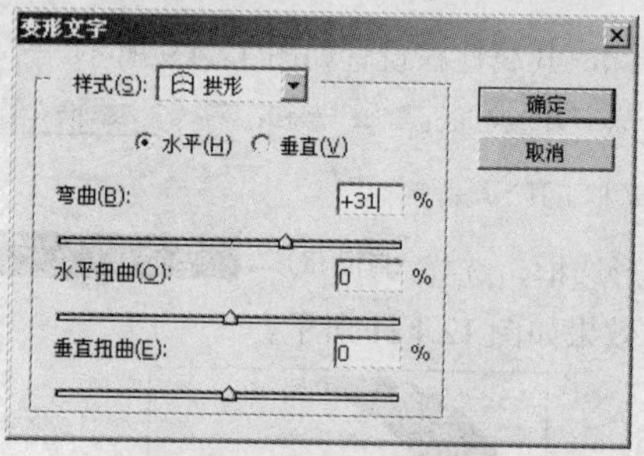

图 12.4.17　“变形文字”对话框

图 12.4.18　变形文字效果

（16）调整文字的位置，选中除背景图层外的所有图层，然后单击图层面板下的“链接图层”按钮，最终效果如图 12.4.1 所示。

实训 5　制作水晶相框

1. 实训内容

在制作过程中主要用到通道、图层蒙版、画笔工具、钢笔工具等，最终效果如图 12.5.1 所示。

图 12.5.1　最终效果图

2. 实训目的

掌握水晶相框的制作方法，学会画笔工具、钢笔工具以及图层蒙版的使用方法与技巧。

3．操作步骤

（1）按“Ctrl+O”键，打开一幅图像，如图 12.5.2 所示。

（2）打开通道面板，复制“绿”通道为“绿副本”通道，选择 图像(I) → 调整(A) → 色阶(L)... 命令，弹出“色阶”对话框，设置其对话框参数如图 12.5.3 所示。

图 12.5.2 打开的图像文件

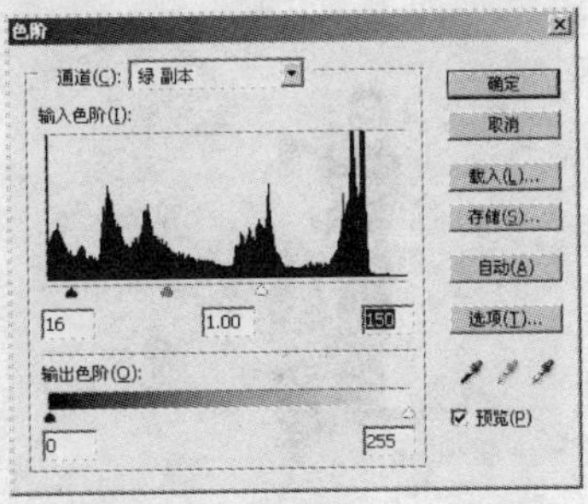

图 12.5.3 “色阶”对话框

（3）设置完成后，单击 确定 按钮，效果如图 12.5.4 所示。

（4）按住“Ctrl”键并单击“绿副本”通道，将其载入选区。

（5）在图层面板底部单击“添加图层蒙版”按钮，为图层 0 添加一个图层蒙板，如图 12.5.5 所示。

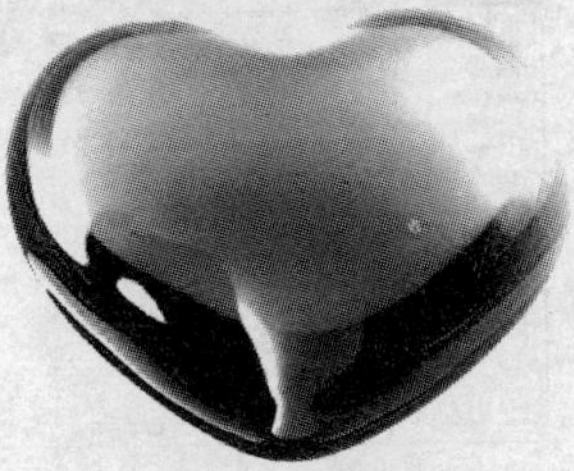

图 12.5.4 调整图像颜色效果

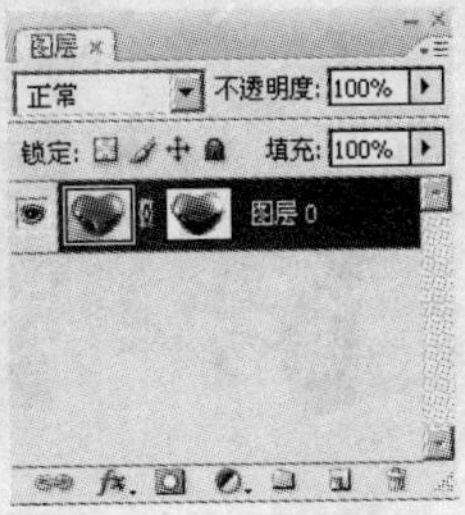

图 12.5.5 添加图层蒙版

（6）按“Ctrl+O”键，打开一幅人物图像，使用移动工具将其移动到新建图像中，自动生成图层 1。

（7）按“Ctrl+T”键执行自由变换命令，调整图像的位置及大小，效果如图 12.5.6 所示。

（8）重复步骤（5）的操作，为图层 1 添加一个蒙版，单击工具箱中的“画笔工具”按钮，擦除图像中的背景，并将其移至如图 12.5.7 所示的位置。

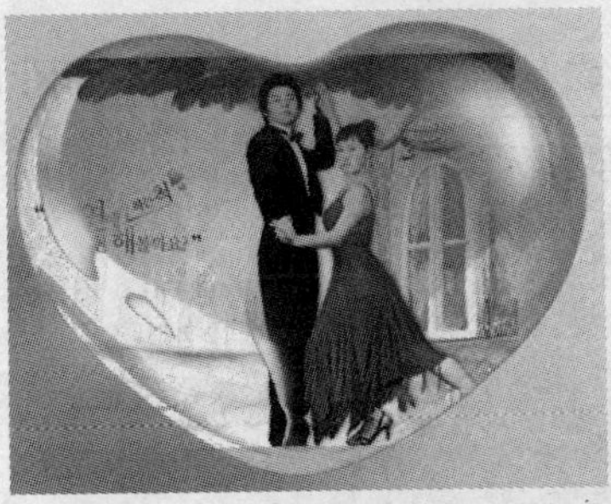

图 12.5.6 复制并调整图像

图 12.5.7 擦除图像中的背景

（9）再打开两个图像文件，重复步骤（6）～（8）的操作，得到的效果如图 12.5.8 所示。

（10）按“Ctrl+Shift+Alt+E”键，盖印可见图层，自动生成图层 4。

（11）将图层 4 作为当前可编辑图层，单击工具箱中的“钢笔工具”按钮，在图像中环绕心形创建一个路径。

（12）按“Ctrl+Enter”键，将其转换为选区，再将其反选，按“Delete”键删除选区内图像，效果如图 12.5.9 所示。

图 12.5.8　复制并调整图像

图 12.5.9　删除选区内图像

（13）再导入一个图像文件，使用移动工具将其移至新建图像中，效果如图 12.5.10 所示。

（14）在图层面板中双击图层 4，弹出“图层样式”对话框，为其添加投影和外发光效果，设置其对话框参数如图 12.5.11 所示。

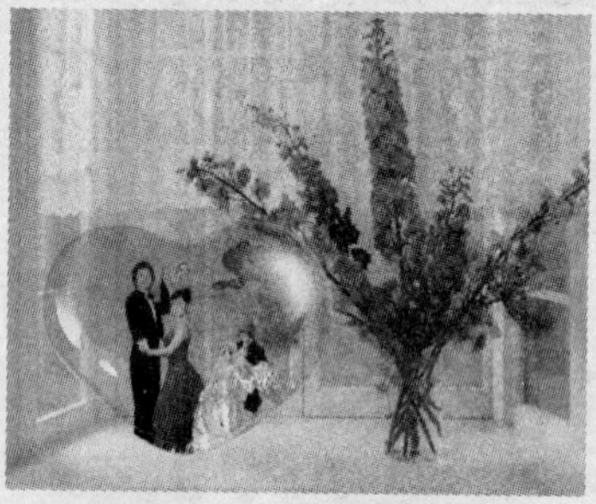

图 12.5.10　导入一个图像文件

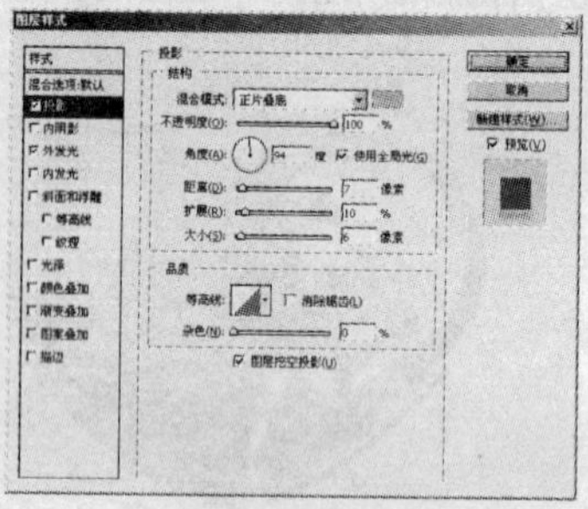

图 12.5.11　“图层样式”对话框

（15）设置好参数后，单击 确定 按钮，最终效果如图 12.5.1 所示。

实训 6　制作撕纸效果

1．实训内容

在制作过程中主要用到套索工具、描边命令以及载入选区命令等，最终效果如图 12.6.1 所示。

图 12.6.1　最终效果图

2. 实训目的

掌握撕纸效果的制作方法，学会套索工具和图层样式命令的使用方法与技巧。

3. 操作步骤

（1）新建一个图像文件，设置背景为白色，再打开一幅图像，使用移动工具将其移至新建的图像文件中，自动生成“图层 1”，按“Ctrl+T”键调整“图层 1”中图像的大小，如图 12.6.2 所示。

（2）按回车键确认此操作，确认“图层 1”为当前可编辑图层，设置前景色为红色，选择菜单栏中的 编辑(E) → 描边(S)... 命令，弹出 描边 对话框，设置参数如图 12.6.3 所示。

图 12.6.2　调整图像大小

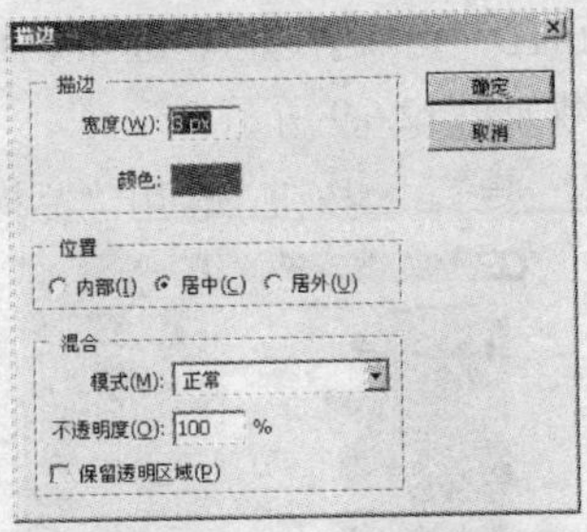

图 12.6.3　“描边”对话框

（3）单击 确定 按钮，描边后的效果如图 12.6.4 所示。

（4）选择菜单栏中的 图层(L) → 图层样式(Y) → 投影(D)... 命令，弹出 图层样式 对话框，设置参数如图 12.6.5 所示。

图 12.6.4　描边后的效果

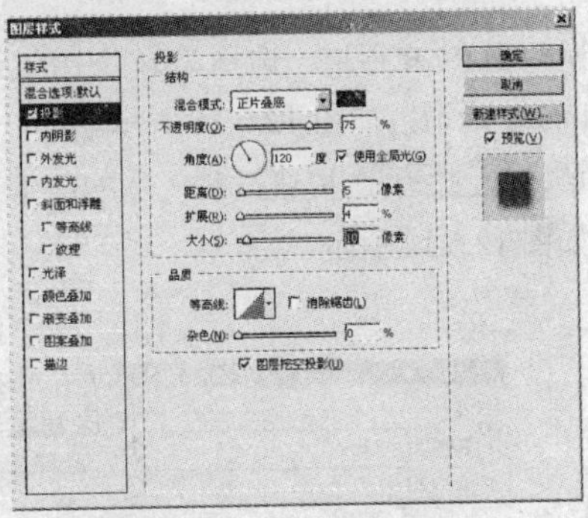

图 12.6.5　“图层样式”对话框中的“投影”选项

（5）单击 确定 按钮，即可为图像添加投影效果。

（6）在 通道 面板中单击“创建新通道”按钮，新建 Alpha 1 通道，如图 12.6.6 所示。

（7）单击工具箱中的“套索工具”按钮，在图像中创建选区，如图 12.6.7 所示。

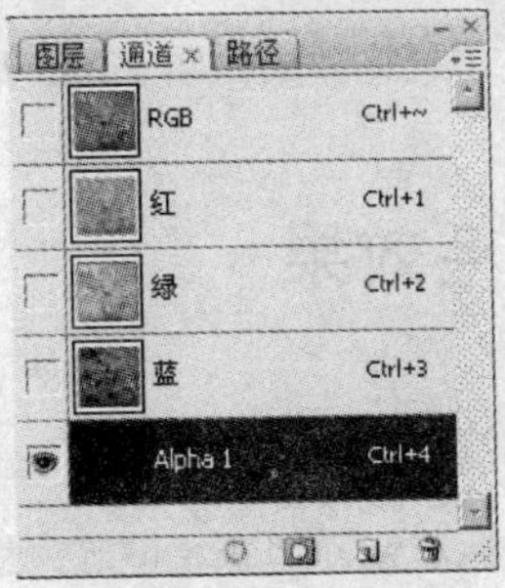

图 12.6.6　新建通道

图 12.6.7　创建选区

（8）设置前景色为白色，按“Alt+Delete”键填充选区，如图 12.6.8 所示。

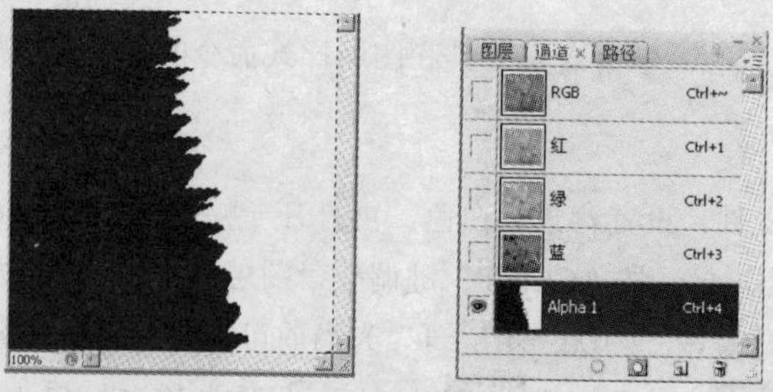

图 12.6.8　填充选区及“通道”面板

（9）按“Ctrl+D”键取消选区，选择菜单栏中的滤镜(T)→像素化→晶格化...命令，弹出**晶格化**对话框，设置参数如图 12.6.9 所示。

（10）单击确定按钮，使用“晶格化”滤镜后的效果如图 12.6.10 所示。

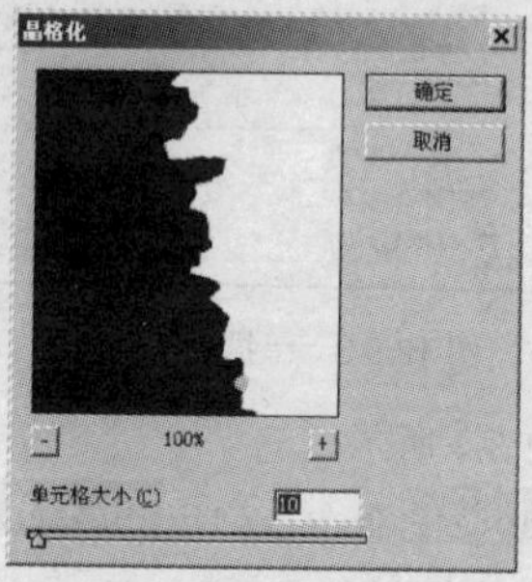

图 12.6.9　“晶格化”对话框

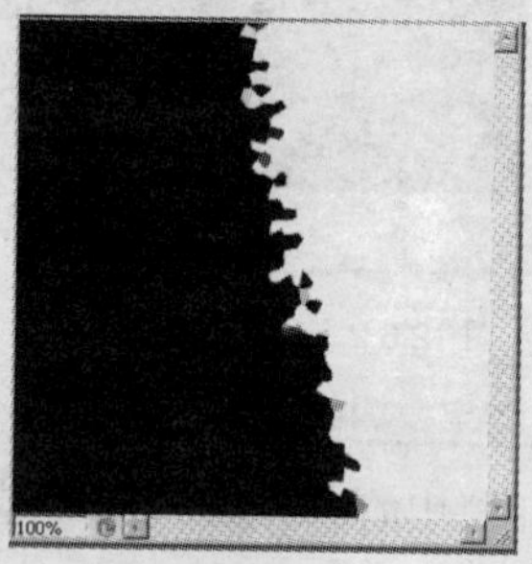

图 12.6.10　使用“晶格化”滤镜效果

（11）返回到 RGB 通道，选择菜单栏中的选择(S)→载入选区(L)...命令，弹出**载入选区**对话框，从中选择 Alpha 1 通道，如图 12.6.11 所示。

（12）单击确定按钮，载入 Alpha 1 通道，返回到 RGB 复合通道，再使用移动工具移动选区，效果如图 12.6.12 所示。

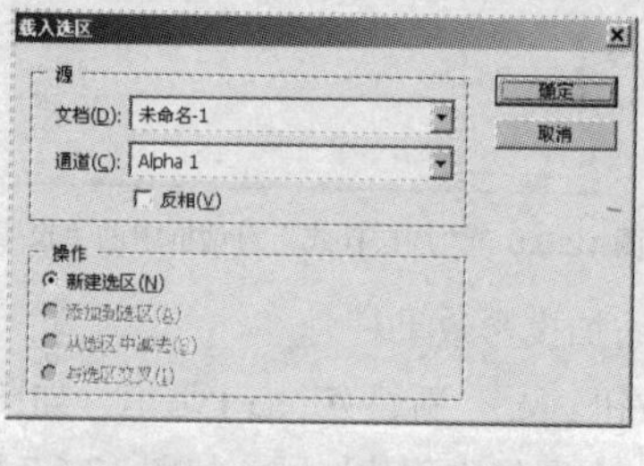

图 12.6.11　“载入选区”对话框

图 12.6.12　移动选区

（13）按“Ctrl+D”键取消选区，撕纸效果制作完成，最终效果如图 12.6.1 所示。

实训 7　制作羽毛效果

1. 实训内容

在制作过程中主要用到风滤镜、动感模糊滤镜、极坐标滤镜、切变滤镜等，最终效果如图 12.7.1 所示。

图 12.7.1　最终效果图

2. 实训目的

掌握羽毛的制作方法，学会风滤镜、动感模糊滤镜、极坐标滤镜、切变滤镜的使用方法和技巧。

3. 操作步骤

（1）按“Ctrl + N”键，新建一个图像文件，如图 12.7.2 所示。

（2）单击工具箱中的“矩形选框工具”按钮，在图像中绘制一个选区。

（3）新建图层 1，设置前景色为棕红色，按“Alt+Delete”键对选区进行填充，如图 12.7.3 所示。

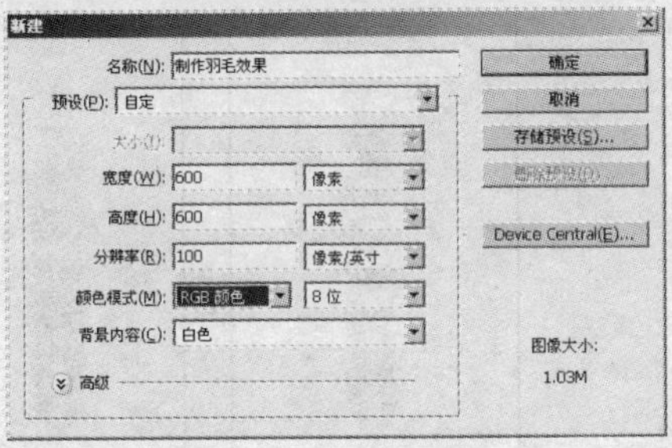

图 12.7.2　“新建”对话框

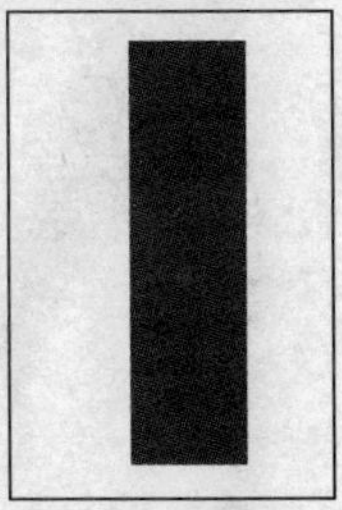

图 12.7.3　填充选区

（4）将图层 1 作为当前图层，选择菜单栏中的滤镜(T)→模糊→风...命令，在弹出的“风”对话框中选中“大风”单选按钮，单击确定按钮，效果如图 12.7.4 所示。

（5）选择菜单栏中的滤镜(T)→模糊→动感模糊...命令，弹出“动感模糊”对话框，设置其对话框参数如图 12.7.5 所示。

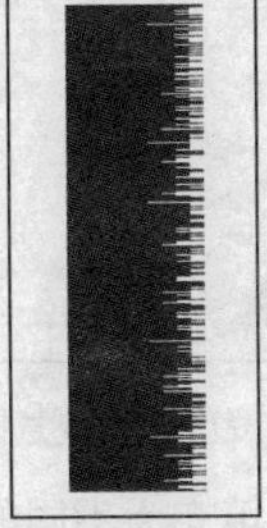

图 12.7.4　应用风滤镜效果

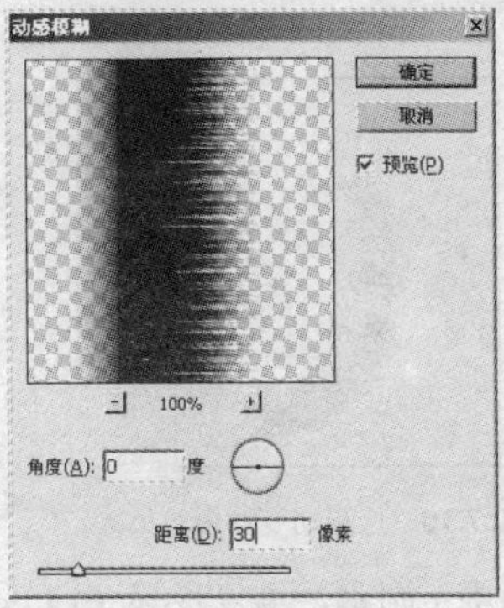

图 12.7.5　“动感模糊”对话框

（6）设置完成后，单击确定按钮，效果如图 12.7.6 所示。

（7）按“Ctrl+F”键 3 次，效果如图 12.7.7 所示。

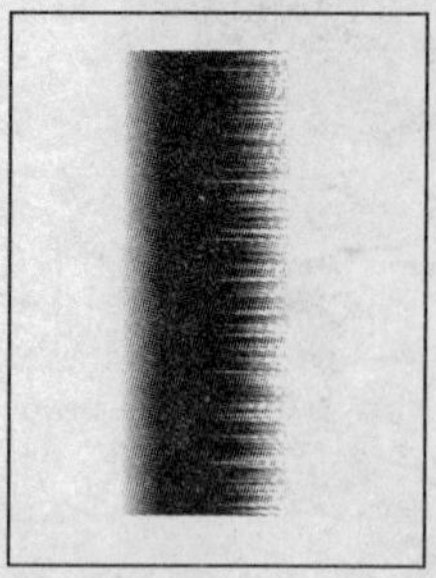

图 12.7.6　应用动感模糊滤镜效果

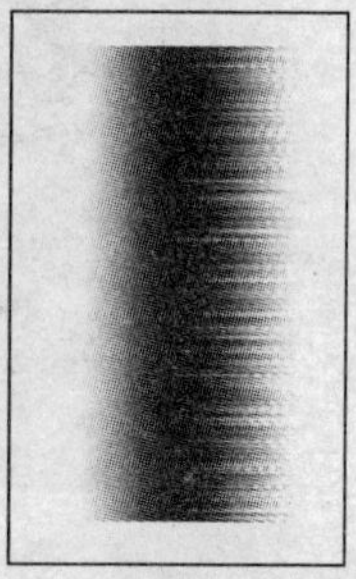

图 12.7.7　重复使用动感模糊滤镜效果

（8）按“Ctrl+T”键，对图像进行变换操作，使之成为水平形状。

（9）选择菜单栏中的滤镜(T)→扭曲→极坐标...命令，在弹出的“极坐标”对话框中选中“极坐标到平面坐标”单选按钮，单击确定按钮，效果如图 12.7.8 所示。

（10）按“Ctrl+T”键对图像进行变换操作，再用矩形选框工具选取一边，按“Delete”键删除。

（11）复制图层 1 为图层 1 副本，选择编辑(E)→变换→水平翻转(H)命令，再使用矩形选框工具在图像中绘制一个如图 12.7.9 所示的选区，并将其填充为棕红色。

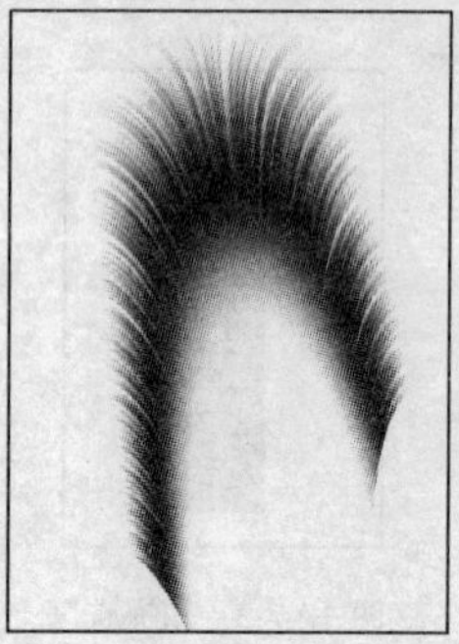

图 12.7.8　应用极坐标滤镜效果

图 12.7.9　绘制并填充选区

（12）合并除背景层以外的所有图层为图层 1，选择菜单栏中的滤镜(T)→扭曲→切变...命令，对图层 1 应用切变滤镜，效果如图 12.7.10 所示。

（13）复制图层 1 为图层 1 副本，按住“Ctrl”键将图层 1 副本载入选区，并将其填充为黄色，如图 12.7.11 所示。

图 12.7.10　应用切变滤镜效果

图 12.7.11　复制并填充选区

（14）复制 4 个图层 1 副本，重复步骤（13）的操作，将其填充为不同的颜色，再按“Ctrl+T”键对绘制的羽毛图像进行变换操作，将其分别移至如图 12.7.12 所示的位置。

图 12.7.12　复制并调整图像位置

（15）导入一个图像文件，将其作为背景层，最终效果如图 12.7.1 所示。

实训 8　制 作 邮 票

1．实训内容

在制作邮票的过程中主要用到椭圆选框工具、扩展选区命令以及动作等，最终效果如图 12.8.1 所示。

图 12.8.1　最终效果图

2．实训目的

掌握邮票的制作方法，学会使用扩展选区命令和动作处理图像的方法与技巧。

3．操作步骤

（1）选择菜单栏中的 文件(F) → 新建(N)... 命令，弹出“新建”对话框，设置其对话框参数如图 12.8.2 所示。设置完成后，单击 确定 按钮，创建一个新的图像文件。

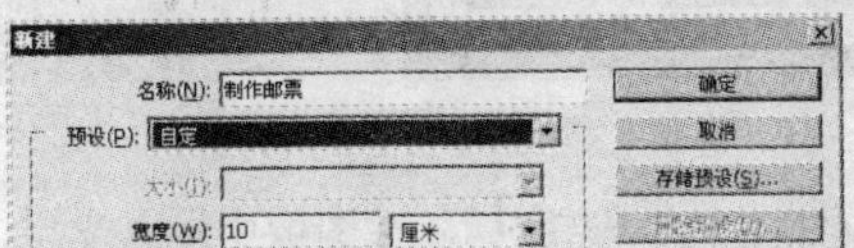

图 12.8.2　“新建”对话框

（2）设置前景色为黑色，按“Alt+Delete”键填充背景图层为黑色。

（3）选择菜单栏中的文件(F)→打开(O)...命令，打开一个图像文件。

（4）单击工具箱中的“移动工具”按钮，将此图像移动到新建图像文件中，自动生成图层 1，按“Ctrl+T”键调整图像的大小及位置，如图 12.8.3 所示。

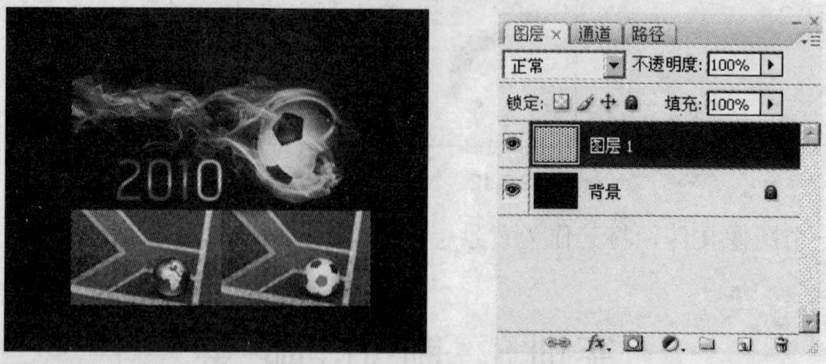

图 12.8.3　调整后的图像

（5）在按住“Ctrl”键的同时单击图层 1，载入其选区，选择菜单栏中的选择(S)→修改(M)→扩展(E)...命令，弹出“扩展选区”对话框，在其对话框中设置扩展量(E):为 20 像素。设置完成后，单击确定按钮，扩展后的选区效果如图 12.8.4 所示。

图 12.8.4　扩展选区效果

（6）新建图层 2，设置前景色为白色，按“Alt+Delete”键填充选区，将图层 2 移至图层 1 下方，效果如图 12.8.5 所示。

图 12.8.5　填充选区

（7）单击工具箱中的“文字工具”按钮，在图像中输入文字，如图 12.8.6 所示。

（8）确认图层 2 为当前图层，单击工具箱中的“椭圆选框工具”按钮，在图像中绘制选区，并将其移至图像的左上角，按“Delete”键删除选区内的图像，如图 12.8.7 所示。

（9）在动作面板中单击“创建新动作”按钮，即可创建一个动作 1。

（10）返回到图层面板，按方向键将选区向下移动一段距离，按“Delete”键删除选区内的图像。

图 12.8.6 输入文字效果

（11）返回到动作面板，单击“停止播放/记录”按钮，再单击 7 次“播放”按钮，即可应用刚才录制的动作，效果如图 12.8.8 所示。

图 12.8.7 创建选区并删除选区内的图像

图 12.8.8 录制动作后的效果

（12）根据上面同样的方法，为其他三边也制作如图 12.8.8 所示的效果，按“Ctrl+D”键取消选区，最终效果如图 12.8.1 所示。

实训 9 制作砂纸效果

1. 实训内容

在制作过程中主要用到文本工具和动作命令等，最终效果如图 12.9.1 所示。

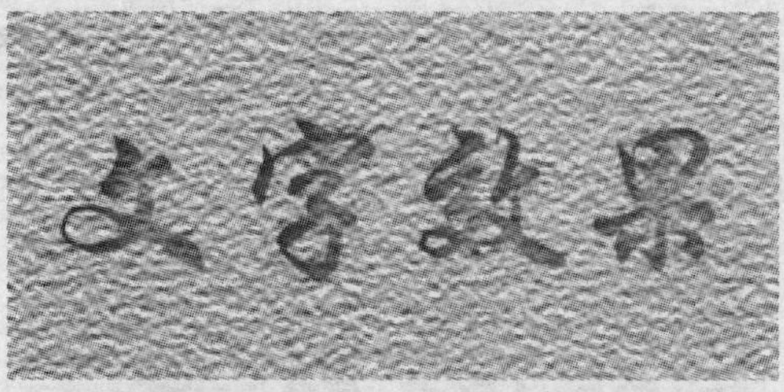

图 12.9.1 最终效果图

2. 实训目的

掌握砂纸效果的制作方法，学会动作的使用方法和技巧。

3. 操作步骤

（1）选择 文件(F) → 新建(N)... 命令，弹出“新建”对话框，设置参数如图 12.9.2 所示，单击确定按钮，新建一个图像文件。

（2）按“F9”键，打开动作面板，如图 12.9.2 所示。

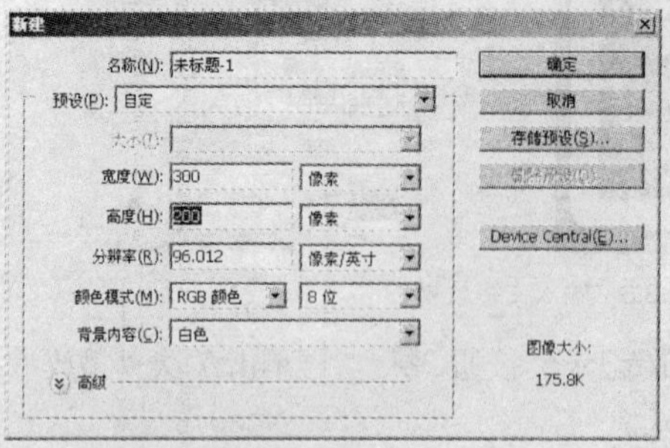

图 12.9.2 “新建”对话框

图 12.9.3 动作面板

（3）单击动作面板中的按钮，弹出动作面板菜单，如图 12.9.4 所示。

（4）在动作面板菜单中选择纹理选项，然后在纹理动作库中选择砂纸动作，在动作面板底部单击“播放选定的动作”按钮，即可得到如图 12.9.5 所示的效果。

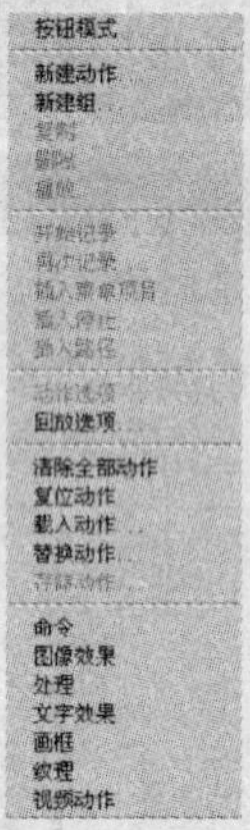

图 12.9.4 动作面板菜单

图 12.9.5 应用动作

（5）单击工具箱中的“文字工具”按钮 T，其属性栏设置如图 12.9.6 所示。

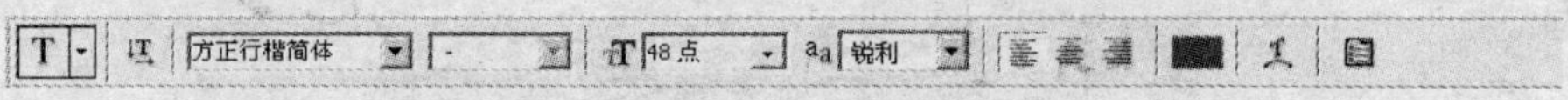

图 12.9.6 “文本工具”属性栏

（6）设置好参数后，在新建图像中输入文本“文字效果”，如图 12.9.7 所示。

图 12.9.7 输入文字

（7）在动作面板菜单中选择文字效果选项，然后在纹理动作库中选择凹陷（文字）动作，在动作面板底部单击“播放选定的动作”按钮，最终文字效果如图 12.9.1 所示。